八十年代
文学史料研究

程光炜 ◎ 主编

中国社会科学出版社

图书在版编目(CIP)数据

八十年代文学史料研究 / 程光炜主编 . —北京：中国社会科学出版社, 2019.11
ISBN 978-7-5203-5126-3

Ⅰ.①八… Ⅱ.①程… Ⅲ.①中国文学—当代文学—文学史研究 Ⅳ.①I209.7

中国版本图书馆 CIP 数据核字（2019）第 209057 号

出 版 人	赵剑英
责任编辑	慈明亮
责任校对	郝阳洋
责任印制	戴 宽
出 版	中国社会科学出版社
社 址	北京鼓楼西大街甲 158 号
邮 编	100720
网 址	http://www.csspw.cn
发 行 部	010-84083685
门 市 部	010-84029450
经 销	新华书店及其他书店
印刷装订	北京君升印刷有限公司
版 次	2019 年 11 月第 1 版
印 次	2019 年 11 月第 1 次印刷
开 本	710×1000 1/16
印 张	22
插 页	2
字 数	284 千字
定 价	118.00 元

凡购买中国社会科学出版社图书，如有质量问题请与本社营销中心联系调换
电话：010-84083683
版权所有　侵权必究

目　录

编后小序 ………………………………………… 程光炜　1

新时期的"死魂灵"
　　——读七八十年代之交《新文学史料》的回忆和
　　　悼念文章 ………………………………… 程光炜　1

一个"传奇"的本事
　　——《天云山传奇》诞生考论 ………………… 赵天成　19

重温新时期起点的"报告文学热"
　　——以"首届全国优秀报告文学评选（1977—1980）"
　　　为中心 …………………………………… 赵天成　39

另一部"王蒙自传"
　　——《夜的眼》诞生记 …………………… 赵天成　59

"杭州会议"开会记
　　——"寻根文学起点说"疑议 ……………… 谢尚发　78

"灵魂的自传"
　　——重勘《爱，是不能忘记的》写作前后 …… 谢尚发　96

在新潮学术涌来前夕
　　——创刊期《中国现代文学研究丛刊》与新时期话语的关系
　　　（1979—1983）………………………………… 夏　天　117

一个现代"自我"的历史诞生
　　——刘索拉小说《你别无选择》发表的周边 … 夏　天　132

浩然的性格及文学观
　　——由一次文人聚会谈起 ………………… 邵　部　153

萧也牧之死探考 …………………………………… 邵　部　174
杨沫的"病"
　　——续作问题与"十七年作家"的晚年心态 ………… 刘欣玥　196
作为"把关人"的林默涵
　　——林默涵批校1981年版《鲁迅全集》第六卷
　　　清样初探 …………………………………… 黄海飞　213
《高山下的花环》的发表 ………………………… 陈华积　230
书斋内外的小气候
　　——宗璞的家、父亲与小说 ………………………… 樊迎春　251
林斤澜的"复出" …………………………………… 朱明伟　272
残雪和她的家人们 …………………………………… 陆丽霞　293
格非与华东师大
　　——大学、读书及文学圈子 ………………………… 褚云侠　307

史料附录

《夜的眼》发表记 …………………………… 秦晋　赵天成　325
关于萧也牧之死与平反的几则史料 ……………………… 邵　部　333

编后小序

程光炜

最近两三年,中国人民大学文学院"重返八十年代"博士生工作坊的工作,逐渐转向文学史史料的整理和研究方面,这是从诸多论文中选辑的部分文章。

每学期结束,我会同参与工作坊的博士生们讨论、拟定下学期的研究题目。博士生写出文章初稿后,会发给我先看,我简单提点修改意见。待大家在课堂上宣读,旁听者对文章选题、切入角度、材料的选用及分析,以及思路展开的逻辑和路径,甚至文字是否简洁准确等提出异议后,作者再回去修改、补充,有的可能要做较大的调整改动。这种工作,不胜其烦,消耗了我平时大量的精力,也经常打断正在开展的研究工作。等到修改后的文章基本没问题之后,我再推荐到自己主持的杂志专栏发表;有些大家都不太满意的文章,则断然放弃,估计同学们的文档里,大概都有一些这样的废稿吧。

本著作涉及 80 年代文学史料的几个面向:一是作家与时代思潮及文坛的关系;二是一部作品从构思、准备到创作修改的过程的研究;三是作者的家世、生平等资料。以前的相关研究,对作家与时代思潮的关系,可能只是热情的描述,鲜有利用史料做具体分析的例子,也不太注意一部作品并非顺利的诞生过程,在此期间,作者的生活状态、写作情景到底怎样,也不见得有人会关心。关于当代小说家的家世和生平,则研究更少。这些,都影响到了八十年代文学研究的进一步发展。

因为是稍微早一点开展的史料研究,将大家对怎样吸收中国古代文学、现代文学既有的成熟经验和研究方法，投入自己的研究当中，实际上也很茫然。这方面的弯路，第一是因学养不够引起，比如文献学的知识，如何搜集史料、怎样吸收挑选和分析等一些具体的问题，恐怕得一边写作，一边还要回头补课。第二是就目前的情形来看，当代文学史料学在十七年研究中开始有了一点起色，但到80年代后，则基本没有开展。没有史料学做基础，就得一边积累、一边探索，我们的工作进展，常常在这里卡壳。因此，本书史料附录，特别选取了部分作者在写文章之余，留下的访谈、资料考证的文字，可惜的是，不少作者在写作过程中，大概也有一些类似的积累，限于本书篇幅，我们未能全部选用，这是一个小小的遗憾。

  作为前一阶段工作的回顾和小结，这本小书承载了作者们的辛苦，也存在着不足，希望读者热情匡正。

2019 年 3 月 16 日于家中

新时期的"死魂灵"

——读七八十年代之交《新文学史料》的回忆和悼念文章

程光炜

在我记忆中,在七八十年代之交的报刊上登载的,一般是从浩劫中归来的文学作品和文章。饱经沧桑的人们,准备以满腔热情投身于新的时代,是当时普遍的心态。近日读 1978 年至 1983 年的《新文学史料》,我的印象完全不同。一道长长的"死魂灵"的影子,似乎在"回忆录"和"悼念"等栏目中徘徊。它们把我拉回到那个不愿意再回去的年代,让沉重的哀歌重新啃噬着我已经安稳下来的心灵。这个文学史边角料,是我在过去了的 38 年生活中不曾想到的。

堆放在我书桌上的史料,从 1978 年创刊的第 1 期,到 1983 年第 3 期,总共 15 本。① 它们已经陈旧破损,有几期缺页,还有一期刊物的封底被人撕去一半。大多落满了灰尘,纸张发黄、变脆,翻看时稍不小心,就有掉落和破碎的危险。如果是在图书馆,估计大概要仔细存放在"馆藏部",只能经过允许才能到里面查阅。我之所以得到这套《新文学史料》,是拜托一位在人民文学出版社工作的朋友,从一间堆放多余书籍的房屋中觅得。所缺的刊物,又在孔夫子网上购得几期,还有一些至今未能搜齐。我当时只是想保存一套,偶尔做资料用,没有想到还会以写文章的方式与它重逢。

---

① 《新文学史料》是季刊,从 1978 年到 1983 年不止这 15 本。这 15 本主要是跟这篇文章内容有关,才作为叙述对象的。

这本杂志第一个栏目是"回忆录",发表与本文有关的追忆文章有数十篇。最后一个栏目"悼念",登载了 46 位作家、批评家和各类文艺家故世的消息,以及追悼会报道等。① 大部分悼词中有"受到四人帮的残酷迫害"的字眼,一部分没有。逝者年纪最大的是郭沫若(86 岁)和茅盾(85 岁),年纪最小的才 50 出头,是死于"文革"的缘故。他们的出生年月多在清末民初。一些人可能确实是迫害致死,例如老舍、傅雷和邵荃麟等,另一些人是心灵上受到伤害,因心情压抑和身体有病而亡故,例如魏金枝等。有些则是正常死亡。清末民初出生的人,到这个时候也有六七十岁了。当时人的正常寿命应在六十岁左右,不像今天可以通过药物将死亡时间推迟到八九十岁。那个年代只有郭沫若、茅盾享受的医疗条件能做到这点。所以,不能说所有人都是"被残酷迫害致死"。不过,死在新时期开始恢复正常的那几年,这些逝者的命运,也令人惋惜遗憾。

一 老舍的故事

老舍(1899—1966)原名舒庆春,出生在北京一个贫寒的家庭。父亲是普通的满族护军士兵,八国联军攻打北京时战死;全家靠母亲给人洗衣服,缝缝补补,在小学里当勤杂工维持生计。因为这个缘故,老舍衷心热爱新社会。中华人民共和国成立,他是作家中最受政府信任的人。他女儿舒济说:"毛主席生前曾多次亲切地接见过他,亲自观看和听他写的话剧和相声,邀请他出席历次最高国务会议。敬爱的周总理生前多次给他点题,观看他写的话剧彩排,给他讲解党的政策。"② 要讲,这种人生经历和背景不应该是"文革"戕害的对象。

1966 年 8 月 23 日早上 8 点多,老舍到北京文联上班。文联的人都很

---

① 这 46 位作家和文艺家是:郭沫若、田汉、茅盾、老舍、阿英、冯雪峰、丰子恺、邵荃麟、何其芳、郑伯奇、傅雷、魏金枝、金山、郑君里、萧三、徐懋庸、孟超、陈翔鹤、王任叔、陈梦家、李长之、穆木天、曹葆华、柯仲平、董秋斯、焦菊隐、周立波、赵树理、柳青、李季、吴伯箫、罗稷南、崔嵬、黄宁婴、黄谷柳、侯金镜、韩北屏、李星华、阿垅、彭柏山、方殷、芦甸、董每戡、杨朔、黄新波、彭慧。

② 舒济:《回忆我的父亲老舍》,《新文学史料》1978 年第 1 期。

惊奇，因为他身体不好正在住院。有人问他，老舍淡淡地回答："这是一个运动，康生告诉我了，这是个大运动，应该去参加，感受感受，所以我就来了。"当时文联和社会上已经非常混乱。下午2点多钟，天安门旁边北京第28中的一批中学生冲到文联，把萧军、老舍等人揪上汽车，老舍眼镜被人打掉。这群人被拉到文庙，脖子上挂着牌子，跪了两个多小时。老舍的头还被中学生砸破，鲜血从脸上流到衬衣上面。文联革委会的人生怕出事，借故把老舍从现场弄回家。第二天，老舍在新街口豁口外太平湖公园坐了整整一天，午夜投湖自杀。根据当时逻辑，他应该是"安全系数"最高的社会名人，不至于有如此结局。"他大概以为不大会揪他的，他闹不清咋回事，他表现得很沉静"。"他自己以为自己是爱国的，也是无党派，也不是走资派，也不是当权的，他是个作家。"① 联系前后这种种迹象，老舍之死大概是一个意外。

　　这个故事的引子很值得注意，就是老舍身边的文联办公室主任曹菲亚刚才说的那段话：他大概以为不会揪他，自己爱国，是无党派，又非当权的走资派。他进一步强调说："老舍先生很大一个长处和优点就是，他是个非常善良、非常豁达的这么一个老人。"② 实际不仅是上述史料，1949年以前的"老舍故事"，也在加强印证着人们对他这种"安全系数"很高的印象。

　　例如，曾在武汉时期跟着老舍办协会、编杂志的作家楼适夷回忆，抗战爆发后，老舍立即离开山东齐鲁大学教授的职务，将家人留在济南，只身一人来到武汉。他说："在一向的印象中"，老舍是"平时不大习惯参加任何政治活动的先生"，这次抱着爱国热情，答应担任"中华全国文艺界抗敌协会"的总务主任，主编《抗战文艺》。国民党很想把这个力量收罗门下，为其所用。为此，国民党中宣部部长张道藩摆了宴席，可出席者寥寥。只有老舍和冯乃超等少数人参加。老舍有自己的理由："我不

---

① 曹菲亚：《老舍当时为什么不躲开，现在也觉得是个谜》，转引自傅光明《老舍之死采访实录》，中国广播电视出版社1999年版，第62—69页。

② 同上。

是国民党,也不是共产党,谁真正的抗战,我就跟着谁走,我就是一个抗战派!"1938年3月文协成立时,原先答应承担经费的国民党,又变卦了。"尽管先生一次次跑腿坐索,结果还是一个钱也不发。协会付不出房租,发不出工作人员的生活津贴,要开会也租不起一个会场。但是这并没有难倒名为协会总务部部长而实际是主持人的老舍先生,他亲自掏腰包,四处奔走,联络文艺界的朋友,向冯玉祥、邵力子等抗战中的闲员,还有张道藩和陈立夫等,凭着自己的面子去借款,而且利用他们阔气的公馆,一次一次当作理事会的会场。"① 作家锡金当时是一个22岁的小青年,最初见到名作家老舍时有点紧张,可他在别人说话时插上一两句笑话,引起满座哄堂大笑后,自己的顾虑马上就消除了。他是老舍的另一个助手。他记得:"老舍建议,由我、适夷、姚蓬子三人直接处理编务。""我当时是不公开的共产党员,属于设在八路军办事处的文艺小组,老舍也许可能有些知道,所以他坚决推举我。适夷当时出狱不久,组织关系尚未恢复",因此他和老舍一样"算'无党无派'"。《抗战文艺》刚开始是三日刊,封面由梁白波绘制,刊头字是丰子恺所写。"编三日刊很忙,要组稿、看稿、编稿、校稿,印出来以后要发行,还要结算账目。所以老舍总是跟我们滚在一起"。他自己写稿,署名"总务部"。"我们只管编、校,其他的杂务都是老舍,他干得井井有条,一点也不杂乱。往往在我们想到还有什么事要干时,他已经干掉了;有的稿子约定了未送来,有时就是他去跑。"②

楼适夷还说到对老舍平时生活的印象。老舍当时的收入只有五元、十元等零星寄来的稿费,吃的是大锅饭,"穿的是从北方小行包中带来的几件旧衣服","从未见他穿过当时大家习惯穿的西服。在国外生活过那么多年,但他身上却找不到一丝一毫的洋气,倒像一位从乡下出来的三家村的学究。他自己光抽廉价的纸烟,有一个熟朋友来,谈久了便提议:'好,上外头去走走。'于是便一起到武昌街头熟悉的小饭馆,叫上一壶

---

① 楼适夷:《忆老舍》,《新文学史料》1978年第1期。
② 锡金:《严肃·勤恳·诚笃——追念老舍同志》,《新文学史料》1978年第1期。

酒,几只简单的酒菜,吃一点小点心,又把话题引起来了。最后由他掏出钱包来付钞:'不许同我争,到底我比你们还富一点呀。'"后来楼适夷向老舍借了几十元路费,去香港找事,还是老舍找许地山帮的忙。"许先生便说:'老舍嘛,他是穷苦出身,从小在北京大杂院里长大,他一直保持勤劳人民的本色。'"① 郑振铎的夫人高君箴在《一个难忘的人——忆老舍先生》里说到他朴实的为人。1930年年初他从新加坡回国,来沪在她家中住了半个多月。老舍很勤奋,天天埋头写作,那篇童话小说《小坡的生日》,就是他在那里完成的,后发表在郑振铎主编的《小说月报》上。"那时我家境况不好,加上福建人的习惯是早晚两餐粥,只有中午才能吃些干的,老舍先生是北方人,我怕他不习惯,因此几乎天天中午总是做一大碗肉丝面招待他,再好的却是无力办到了;有时深夜,他与振铎促膝谈心,充作夜点的也还是一碗面。每当我带着十二分的歉意把面端到他面前时,他总是表现出非常爱吃的样子,大口大口香甜地吃着,似乎是在安慰着我,而我却至今仍然感到内疚,我没能好好招待他……老舍先生是多么纯朴的人啊!"② 李长之1933年认识老舍,当时老舍34岁,他23岁。在他印象中,老舍是一个会鼓励也会规劝别人的人,考虑问题和做事比较有分寸。李长之那时写文章抨击商务印书馆总经理王云五,老舍开始没有说什么。以后有一天,"他给我信说:'与王老板大战,真如赵子龙,浑身是胆。'这是鼓励。我不久告诉他说,我要搞文学史了,他来信说:'还是搞批评的好,因为这救急。'我批评他的《离婚》后,他来信说:'你批评一个人演关公,就只问他演关公怎么样,不责备他没演张飞。只是一些琐碎之处,可以去掉。'这都是规劝。"他接着说:"一个要求进步的人,也关心朋友的进步。老舍就是这样。我觉得在他那里得到不少教益。我觉得他确是我的良师益友。"③ 这篇文章写于1978年老舍骨灰安放仪式之前,40多年前的旧事,他还记得清清楚楚。

---

① 楼适夷:《忆老舍》,《新文学史料》1978年第1期。
② 高君箴:《一个难忘的人——忆老舍先生》,《新文学史料》1978年第1期。
③ 李长之:《忆老舍》,《新文学史料》1978年第1期。

再例如1939年重庆北碚"文协"的同事萧伯青，也谈到了当时与老舍相处的点滴。北碚是嘉陵江上游的一个小镇，街道不多，但很清洁。店铺不少，有菜馆、饭馆、冷酒馆、旅馆，以及邮局、电报局和银行，也有几家书店。撤退到大后方后，这里集中了很多文化机关和学校。住在北碚的中华全国文艺界抗敌协会的理事和会员，在那里有三十多人。从这里上重庆开会太远，车船拥挤，路途不易。所以，决定在北碚设立一个文协分会。老舍搬到北碚，大概是秋天以后的事情。他记得老舍每天的生活比较规律："每晨要打太极拳。上午写作，写一阵就自己拿扑克牌过五关玩一阵，有时是用骨牌拿一百开。玩完了，他又写起来了。午饭后要睡一小时午觉。下午或写作，或看书，或看朋友。晚上写的不多。"他说，文协虽是一个松散的民间团体，但从全国流离过来的文学界朋友仍然不少，一来就住在那里。相处久了，他对老舍的性格有了切近的了解。萧伯青在这篇文章里回忆道："老舍对朋友真是好，可以说是'善与人交，久而敬之'，肝胆照人，情谊深厚。他喜欢朋友，朋友喜欢他，他有很多朋友，总是越交越厚。他平易可亲，和善待人。但不是一团和气，一遇到大是大非，他立时爱憎分明，有棱有角，不畏强暴，敢碰敢顶。有一名作家向国民党反动派告密，说老舍私下说不满意政府的话，老舍听说后，就立时恼了，就叫另一作家给那个作家带个口信，请他'以后不要再来我这里了，如果来了，我将他王八蛋臭骂出去！'"他认为老舍虽没明说，心里是同情共产党的。萧伯青对一件事印象很深。《新华日报》设立了一个北碚分社，是两间门面两层楼。在那里订报、分报、送报、卖报，门面摆了一个售书摊，再卖些进步书刊。街对面开着一个茶馆，天天坐满喝茶的人，其中也有特务在座。"分社送报的报童给老舍送报每天都是到黑夜悄悄地把《新华日报》从门缝下塞进屋里来，就连忙离开。有人问报童：'为什么不在白天里送，偏偏在夜里给老舍送报？'报童说：'我们怕给舒先生惹出麻烦，所以才暗暗送报。'一个报童说这个话，正说明党在那时对老舍是如何的关怀。"[①]

[①] 萧伯青：《老舍在北碚》，《新文学史料》1979年第2期。

将这些三四十年代的"老舍故事",与六十年代的老舍对接,才知道他真不是一个热衷于政治活动的文人。但这些故事也反照出我们过去没想到的东西来。前面说"老舍之死大概只是一个意外",意思是说如果不叫他赶上,可能事情就会是另一番样子。

二 邵荃麟的身前身后

邵荃麟是一个与老舍不同的例子。

邵荃麟(1906—1971)原籍浙江宁波慈溪,生于重庆。四岁时返回家乡慈溪。先后在复旦中学、复旦大学读书,受鲁迅、郭沫若等人文学作品的影响,走上革命道路。1926年入团,同年入党。担任过党的区委书记、地委组织部部长、省委常委等职,参加过上海工人第三次武装起义。抗战时期在浙江金华任东南局文委书记,主编过《东南战线》《文化杂志》。创作过《英雄》《宿店》两部短篇小说集,写过剧本和文艺批评。抗战结束后,任香港工委副书记、文委书记,主编《大众文艺丛刊》,领导了对胡风文艺思想的批判。中华人民共和国成立后任中国作家协会党组书记。1971年被迫害致死。与老舍不同,首先他是资深的革命者,中国作家协会的主要领导,老舍是"无党无派"人士。另外,他身上有一个"大连会议"的旧案背着,而老舍干干净净的,就像他从北京文联被拉到文庙路上心想的,大概"不大会揪他"吧。

尽管这是一篇研究史料文献的文章,我想应该有一个"叙述结构"。前面老舍的部分是"倒叙结构",邵荃麟部分则是"顺叙结构",究竟是为什么我先不说。倒叙是倒过来说,顺叙是根据传主的事迹顺序排列。关于邵荃麟的身世和革命生涯,讲得最详细的,是他女儿邵小琴写于1982年2月的长文《辛勤奋斗的一生——追念我的父亲邵荃麟》。研究史料文献,最需要谨慎的是传主家属的叙述材料。但假如旁证不够,也没办法。据邵小琴介绍,她祖父是一个有钱的药材商人,在家里请一个私塾先生给幼童邵荃麟授课。我们知道鲁迅是到私塾就读,付学费还感到有些吃力。可见邵荃麟是一个富家子弟。他1925年秋念复旦大学经济系的时候,为马克思的《资本论》所吸引,地下党也注意到他,就把他发展成青年团员，次年3月入党。从此以后，邵荃麟一边念书，一边秘密地从事地下工作。后事情暴露，他被学校开除。"爷爷听说儿子被开除，决心要他离开上海，去日本留学。"邵荃麟躲到青岛，还托人送一封家信骗父亲"一路平安"。从事地下工作既艰苦又危险，随时有杀头危险，或与组织失去联系。在上海，"有一次他走进一条巷子去找个同志联系工作，临近那房子时才发现情况不对。低矮的围墙头上已经露出了北洋军阀大兵的枪刺，偏偏这又是一条僻静的死弄堂，一个人也没有。急中生智他便一头钻进旁边一家小缝纫店，凑巧缝纫师傅又错把他当作前来取衣服的顾客，拿出做好的衣服左比右比。父亲也只好将错就错，推说衣服不太合适，改日来取，说罢压低帽檐，走出店铺。类似这种化险为夷的事情是经常遇到的。"她接着说，1928年父亲先后担任江苏省团委常委，浙江省团委书记，浙江省党委常委，并在一次会议上认识了周恩来。1929年他得了严重的肺病，地下党偷偷把他送到霞飞路一家德国人开的私人医院，住院费非常昂贵。组织上于是通知邵荃麟在上海开钱庄的父亲支付这笔医疗费。"爷爷一得到他儿子的消息，头戴着一顶红瓜皮帽，身穿着长袍匆匆奔到医院，经过抢救，我父亲居然从死亡的边缘又挣扎过来了。"然而，即使再秘密，有些事也是躲不过的。1934年4月，因一个姓曹的叛徒出卖，邵荃麟去西门书店与人接头时被捕，受到严刑拷打。他从看守那里知道自己要被解往南京雨花台，"这时他回顾自己所走过的路程，对自己的选择义无反顾"，反倒"感到了一种异乎寻常的平静。"但因事先他买通看守给父亲送信，父亲通过几个大商人的关系，用两千块大洋把他从监狱保释出来。① 这次被捕，在他的"革命履历"中留下了"污点"，出狱后一度受到冷遇。"文革"中再次被关押，也是一条罪行。

　　他30年代中期以后的生涯，我就比较熟悉了，不过也只了解概况，具体细节还是从邵小琴文章里得知。养病期间，邵荃麟读了大量文学名著，对文学的爱好日益加深。而鲁迅和高尔基是他崇拜的作家。1934年12月，他在内山书店第一次拜会了鲁迅，"本是鲁迅先生约我母亲（笔者

---

① 小琴：《辛勤奋斗的一生——追念我的父亲邵荃麟》，《新文学史料》1983年第2期。

按：女作家葛琴）去谈话，答应为她的短篇小说集《总退却》写序。"邵荃麟出狱与组织失去联系，他一面找党，一面开始拿起笔写小说和评论。1936年发表短篇小说《糖》《车站前》等。之后参加"左联"。他还与叶以群、张天翼、吴组缃、蒋牧良、朱凡和刘白羽等人，一起到妻子葛琴家乡江苏宜兴的丁山埠头写作。1937年全面抗战爆发后，八路军在南京设立办事处，邵荃麟、葛琴这才与组织恢复联系。他们被派到浙江丽水、金华和福建永安一带，领导当地的党的文化工作，邵荃麟担任中共东南局文委书记，主编《东南战线》等杂志。① 如果说邵小琴对父亲事迹的记述，可能一部分从父母那里听来，一部分来自间接的史料。那么，同为中共党员并与邵荃麟三四十年代多次交往的作家周而复的回忆，则无疑是"亲历者"提供的史料。他是1936年在上海欧阳山主编的《小说家》月刊座谈会上见到邵荃麟的："他穿着一身布袍子，出狱后虚弱的身体和清癯的面容，两眼奕奕有神，讲话的声音细而尖，却给我留下了深刻印象。"因为大家担任不同工作，聚少离多，有时还失去了音讯。1946年冬或1947年春，他们在香港再次相逢。邵荃麟当时任香港工委副书记兼文委书记，指导对疏散到那里的文化人做统一战线工作。周而复说："我和冯乃超同志住在英皇道，他们一家住在马宝道，他们楼上住着杜宣同志。因为都从事文化界统一战线工作，住的地方又比较近，——从英皇道走到马宝道不过一二十分钟就到了，所以往来的机会比较多，几乎每一个星期都要碰到一次甚至两次。他来英皇道的次数多一些，每次见面几乎都毫无例外地全谈工作，或者研究问题，很少谈及个人生活方面的问题。他有时约冯乃超同志和我到他家里吃个便饭，受到葛琴同志热情洋溢的接待，见了面，也还是谈文艺方面的问题"，"全家生活全靠葛琴同志独自管理，这时小琴还不过十岁左右，受到母爱的抚养，有时帮助做一点家务。荃麟同志从来不过问家里的事，甚至他个人的生活也是靠葛琴同志照料，什么时候该穿什么衣服，该吃什么，该买什么，全靠她安排。他像是小弟弟生活在大姐无微不至的温暖的关怀里一样。荃麟同志不注

---

① 小琴：《辛勤奋斗的一生——追念我的父亲邵荃麟》，《新文学史料》1983年第2期。

意生活小事甚至到这样的程度,连刮胡须这样的琐事也要人催,而他只能马马虎虎刮一下。我认识他以后,几乎没有一次看到他的胡须是刮得干干净净,总有一些地方没有刮到,留着残余的胡须。"但这时候,他正在谋划领导着一件大事,就是对胡风文艺思想的批判。为此,邵荃麟在他创办的《大众文艺丛刊》上,发表了两篇长文《论主观问题》和《新形势下文艺运动的几个问题》,组织一班文艺家对胡风文艺思想展开了严厉批判和清算。① 小琴的文章对这场批判只轻描淡写几笔带过,作为家属,她不想在胡风问题上有损父亲形象,也情有可原。②

　　导致邵荃麟"文革"蒙难的是1962年的"大连会议"。相关史料中,他女儿小琴的叙述比较细致。从女儿角度,小琴当然不认为父亲做这件事有过错,更何况《新文学史料》当时就具有为老作家"平反昭雪"的历史功能。自然这也是历史的结论。相较随便几笔讲胡风批判事件,小琴对父亲卷入"大连会议"的始末,则记述得不厌其烦。她说:"1957年以来,一系列的政治运动及同时滋生的'左倾'思潮都给文学创作带来极大的影响。六十年代初,一些描写农村题材的作家勇敢地披露了共产风、浮夸风,瞎指挥风等错误思潮对国民经济的严重破坏,赵树理同志的小说《实干家潘永福》便是以实干来对抗浮夸。这遭到了舆论界的非议,有人又挥起大棒了。""我父亲清醒地意识到这种尖锐的矛盾,他看到再不纠正文艺界的'左倾'思潮,文艺创作的路子将越走越窄,社会主义的现实主义基础将彻底被破坏,文艺园地必将百花凋零。对于这一切他是有着切肤之痛的。他着手组织全体创研室的同志深入农村,深入基层认真调查研究关于农村题材短篇小说创作的问题,探讨究竟怎样才能真实地反映农村复杂的现实斗争,反映大量存在的人民内部矛盾。"③ 洪子诚的《"大连会议"材料注释》为我们提供了另外的旁证。他引用了侯金镜的"交代材料":"约在1962年5月,邵荃麟听了陈云在国务院部

---

① 周而复:《回忆荃麟同志》,《新文学史料》1980年第3期。
② 小琴:《辛勤奋斗的一生——追念我的父亲邵荃麟》,《新文学史料》1983年第2期。
③ 同上。

委党组书记的会议上的报告之后,就神色不安,忧心忡忡。会下他向我说过好几次,'情况严重,要加强团结,同渡难关'。"邵荃麟的"交代材料":"根据我当时思想状况和周扬、林默涵的谈话,又和党组同志交换了意见。于是我起草了一个'1962年至63年一年半工作计划',和一个'作协工作制度和工作方法'的草案。""在计划中,拟定了要开一系列的创作座谈会。农村题材短篇小说座谈会的计划就是这时提出来的。"他向周扬汇报,"周扬完全同意。""7月间,我又看了他一次。这时大连会议有了个初步计划",周扬也表示同意。侯金镜的"交代材料"接着说:"邵荃麟……拉茅盾来参加会,事先有个组织准备,这就是《作家书记处的工作方法和工作制度》。其中规定加大书记处的权力,加大第一书记,也就是茅盾的权力。邵荃麟事先和周扬商定好所谓改进作协工作的新精神,贯彻周扬'发扬民主,加强团结,活跃创作,提高质量'的修正主义方针。这文件是在1962年4月由邵荃麟口授提纲,我写第一遍稿,然后又由邵荃麟修改两三次,才提交党组会讨论通过"。"有这个文件,大连会议就一定得拉茅盾参加,一定得和茅盾共同'领导'这个会了。""邵荃麟去大连之前,找过茅盾。因为,茅盾要去大连休养,才确定会在大连开的。"①

  小琴接下来对父亲用了正面塑造的笔法:为筹备大连会议,"我父亲几乎是废寝忘食地工作,有时和侯金镜同志通宵达旦地讨论。他一篇又一篇地大量阅读着那几年出版的小说,连在饭桌上也和客人讨论,我总听到什么工作量、亩产数,什么砍高粱缺柴烧,听起来活像个小队长在算账(其实,你若问他多少钱一双皮鞋,他保证说的让你啼笑皆非)。经过多少个不眠之夜,费尽多少心血,'农村题材短篇小说创作会议'终于在1962年8月于大连召开了"。"康濯同志告诉我:'你爸爸这段话是批评1958年高指标冒进的,他这样讲表明他对当时形势是经过反复考虑、深刻研究的。'"这里有个特殊背景,上层正就"走哪条道路"展开激烈

---

① 洪子诚:《"大连会议"材料注释》,《海南师范大学学报》2011年第4期。著名文学批评家侯金镜因此被牵连和批判,在"文革"中受到迫害。

的斗争。邵荃麟虽是正部级干部，但距那一层还差许多个级别，不可能知道内幕。也是这个缘由，"会上我父亲的前后两次讲话，后来被断章取义归纳为'现实主义深化论'和'中间人物论'。成为'文化大革命'中被一批再批的文艺'黑八论'中的两论。"1962 年过去了。1963 年也并不平静。张春桥和姚文元在上海提出"写十三年"，认为只有十三年才是社会主义的文艺。在中宣部召开的宣传工作会议上，邵荃麟点名批评了他们的做法。"参加那天会的李季同志告诉我，那天开会时正好张、姚坐在桌子的一面，我父亲和许多北京的代表坐在另一边，面对面，形成鲜明的两派。""张、姚恼羞成怒，怀恨在心，之后他们一见到我父亲就表现出势不两立的傲慢态度。从这个时候起就埋下了'文化革命'中我父亲惨遭迫害的祸根。"1964 年"两个批示"一下来，邵荃麟就进入了被批被罢官之列。他还继续当选第三届全国人大代表。"中央书记处曾征求他意见，是否到浙江省去当副省长。我父亲表示愿意到外国文学研究所去研究外国文学，于是 1965 年他便离开了作协，在外国文学研究所担任了研究员。""文革"开始后不久，邵荃麟被点名为文艺界的反革命修正主义分子。有一天，"我曾经当着父亲流过泪，父亲沉默了好一会，像自言自语，又像在宽慰我：'这没有什么，要经得起。'"还有一天下午，邵小琴陪父亲到城外的公园散步。"在公园的长椅上，父亲似乎轻松一些，向我谈起几十年前的老事，特别怀念起许多为革命而牺牲的战友。他谈到当时上海地下党在王明路线下，曾经出现过对抗国民党白色恐怖的所谓'红色恐怖'，一些优秀的共产党员被外地调来上海执行暗杀国民党要员的任务。这些同志人地生疏，往往完成了任务，甚至来不及完成任务就暴露了自己，他们英勇牺牲了，连姓名都没有留下来。"不久邵荃麟被捕入狱。又过了很久，中央专案组用长途电话通知她，邵荃麟 1971 年 6 月 11 日因心肌梗死去世。对方不让家里办理后事，不允许保存骨灰。最后，她以庆幸的口气写道："黑暗终于到了尽头。"在追悼会上，叶剑英、陈云、邓颖超送了花圈。"胡耀邦、王震、余秋里、周建人、宋任穷、茅盾等同志都来参加了他的追悼会。胡乔木同志主持了追悼会，周扬同志致了悼词。"她说，当自己"望着父亲那副清瘦的遗容，看到许许多多叔叔伯伯阿姨为父亲洒下了真诚的热泪,甚至失声痛哭时,我心里充满了温暖,充满了力量。"①

周而复还有一段插叙。大概是1975年前后,他听到邵荃麟在狱中过世、葛琴瘫痪的消息,就去邵家探望。葛琴面容的变化令他吃惊。"我走进荃麟同志住的院子,给人一种冷落的感觉,院子荒芜了,那间大客厅空空洞洞,家具大概给搬走了。我叫了一声'葛琴同志在家吗?'客厅右边的屋子里走出一位高个子的男青年,自称是荃麟的孩子,叫邵小鸥。"他压低声音告诉周而复,因妈妈有病,爸爸去世的消息都不敢告诉她。他们移步到客厅左边一间屋子,"那是两间套房,外面一间当作饭厅,里面一间是葛琴同志的卧室",葛琴虽然还笑着,但脸歪了,说不出话。"她紧紧握着我的手不放,好像肚里有千言万语要对我说,但她只能发出笑声,却一句话也不能说。我看她颤抖的站立不稳的身子,心里很难过。""我看到桌上有两样菜,她面前有一碗面条不断散发出油的香味。阿姨把面条放在调羹里,然后往她嘴里送,她也不能好好地吃,有时面条就滑了出来,阿姨连忙用筷子夹了面条,再往她嘴里送。"周而复不禁黯然神伤,葛琴当年在重庆、香港满腔热情迎接客人,招待他们吃住的往事,一一浮上心头。小鸥偷偷告诉周而复,妈妈1968年被抓走,1973年脑血管破裂,病危八天后才送医院"监护"治疗。刚刚见一点好就被赶出医院关进牛棚。小鸥说,在走投无路的日子里,子女们"想起了敬爱的周恩来总理,给总理写了一封信,恩来同志看到这封信,立即批示,马上接回家治疗,工资照发。"每当"谈起这些全家人都非常激动"。②

将上面史料文献捋一捋,做点比较可以看出:邵荃麟早年投身革命,是早期的中共党员之一。老舍是民主人士,是团结的对象。1949年以前,老舍固然追求进步,但主要是一个自由作家。邵荃麟二三十年代在上海就出生入死,冒险从事党的地下工作,具有坚定的马克思主义信仰。1949年后,他担任文艺界的重要职务,但因"大连会议"得罪了人。依

---

① 小琴:《辛勤奋斗的一生——追念我的父亲邵荃麟》,《新文学史料》1983年第2期。
② 周而复:《回忆荃麟同志》,《新文学史料》1980年第3期。

照这个顺序推进，他"文革"中"被四人帮迫害致死"的说法，在逻辑上能够成立。这与老舍因偶然原因卷入致命，就有了天壤之别。这是我在邵荃麟这里用"顺叙结构"，而老舍则用"倒叙结构"的原因。"倒叙"包含着一点点稍感意外的意思。

三　茅盾轶事二三

茅盾无论在文学还是政治地位上，都比前两位传主高出不少。茅盾（1896—1981），原名沈德鸿，字雁冰，浙江嘉兴桐乡乌镇人。北京大学预科毕业后，进入商务印书馆，因编《小说月报》和从事文学评论而知名。主要作品有《蚀》三部曲、《虹》《子夜》和《腐蚀》等。1921年7月加入共产党，国共合作时期任国民党中央宣传部秘书、《民国日报》主编。1927年大革命失败后脱党。中华人民共和国成立后担任全国文联副主席、中国作家协会主席、文化部部长和全国政协副主席等重要职务。1981年故世，享年85岁。

1949年以后茅盾个人生活没发生什么波澜。1964年毛泽东关于文艺工作的"两个批示"出来后，他被免去文化部部长职务，但不久出任全国政协副主席一职。茅盾一家住在北京沙滩文化部院内的独栋小楼，后搬至安定门交道口一座三进的四合院，享受国家领导人待遇。茅盾儿子韦韬和儿媳陈小曼撰写的《父亲茅盾的晚年》，记述他1965年到1981年间的晚年生活甚为详尽。[①]"文革"期间茅盾在受到红卫兵的冲击后，被周恩来列入几十位重要民主人士名单保护起来。[②] 他有坐冷板凳的感觉，但仍经常陪国家领导人在国务活动中露面。这本书写道，1966年8月30日，家里的服务员老白"叫来了'人大三红'的红卫兵。30日清晨，一

[①]　陈小曼为人民文学出版社编辑，后来与韦韬离婚，嫁给了著名诗人牛汉。

[②]　1966年8月12日夜，因北京大学经济系红卫兵闯入章士钊老先生家，受到惊吓的章士钊写信向毛泽东求救，毛遂作出"送总理处，应当予以保护"的指示。周恩来迅速开出"予以保护"的13位著名民主人士名单：宋庆龄、郭沫若、章士钊、程潜、何香凝、傅作义、张治中、邵力子、蒋光鼐、蔡廷锴、沙千里、张奚若和李宗仁。其中，也包括了国务院、人大常委会、政协等首脑机关的主要领导干部。茅盾因此以后者的名义被"保护"起来。

群红卫兵闯进家来，领头的小伙子举着一把日本军刀，声称他们得到举报，说这里有大批'四旧'物品，他们来清查这些物品的。他又对爸爸说：我们对你还是客气的，白天来，张治中家我们是夜间去抄的，刚刚抄完，我们是直接从他家里来的。""爸爸问他们的行动得到了哪一部门的允许？小伙子不屑地拍拍臂上的红袖箍，理直气壮地说：毛主席说，红卫兵的革命行动是天然合理的。爸爸非常愤慨，就给统战部打电话"，"接电话的是金诚同志"。[①] 在这个事件中，茅盾夫人孔德沚受惊吓生病，需要茅盾照顾，其余无大碍。

  韦韬、陈小曼这部回忆录插叙了一些茅盾五六十年代的轶事，仍让人感觉史料单薄，著名翻译家戈宝权的《忆和茅盾同志相处的日子——从五十年代初直到茅盾同志的晚年》一文，可以略作补充。"文革"中，戈宝权随中国科学院哲学社会科学部（中国社会科学院前身）下放到河南信阳"五七干校"，1972年回京。"大家不是靠边站，蹲牛棚；就是深居简出，闭门思过，这样我们好几年都没有见面，但心里还是时常想起茅盾同志。"他1974年7月6日写信给茅盾，8日茅盾回复：

  宝权同志：得函欣慰。残躯衰老，百病丛生，而以心脏病（冠状动脉硬化，心律不齐），老年性目疾，手指麻木（写字不便），腿脚软弱（走路蹒跚）为最讨厌。左目为老年性黄斑，盘状变形，几近失明；右目为老年性白内障（初发期），视力仅0.2—3，故只能阅大字书，五号字完全看不清，用放大镜稍可辨字形，然二、三分钟即目酸。医戒用目，谓如若不从其教，恐一年半载内右目亦将与左目同样半失明了。尊作极思拜读，但如为小字印本，那只好请儿、孙辈读给我听，但他们又忙甚，亦无多大时间分给老人也。如蒙过访，以下午四时——五时为最适宜，但最好先电话联系，因为时时

[①] 韦韬、陈小曼：《父亲茅盾的晚年》，上海书店出版社1998年版，第22页。金诚当时为中央统战部副部长。

去北京医院，有时下午亦不在家故也。匆复，顺致敬礼！①

这封信告知如下信息：夫人孔德沚先生去世后，他与儿子、儿媳和孙女同居一楼并被陪护。他是国家领导人，能在北京医院得到最好的治疗。所告"冠状动脉硬化""老年性黄斑""白内障""手指麻木"和视力"0.2—3"等，也都是这个年纪普通老人的常见病，并不稀奇。印象较深的是茅盾一如既往做起事来认真细致。鲁迅在日记中对每天读书写作接待客人等琐事都一一记述，不厌其烦；周作人直到晚年，如发现一角钱人民币缺失一角，还会花上很多时间仔细粘贴补齐，都可看出浙江人做事性格的某一方面。另外就是小说家的笔法。其叙述疾病之具体翔实，大概都是长期写小说注重细节描写养成的习惯。

另外，戈宝权还提到请茅盾为他写条幅的轶事。范用知道他去拜访茅盾，让他代求茅盾为他写一个扇面。他原藏有茅盾写的扇子，但不知被谁借去，没有归还，深为惋惜。戈氏也想让茅盾写张条幅留作纪念。茅盾告诉他，自从患了老年性目疾之后，写字困难，无法再写小字，甚至连写大字的条幅也很困难。茅盾在 10 月 11 日的信中解释说：

宝权同志：前承过访，忽已多日；嘱写小幅，尚无以报命，甚歉。范用同志处亦祈转达歉忱。所以然之故，因九月初曾患气管周围发炎，注射青大霉素十八针（每日两次），病退而手指麻木（我每次注射这类针药，都有这个反应，医生说不出所以然），写字不能控制波磔，故未曾动笔也。目疾仍然故，虽然中西药并进，已四阅月。大概不能回复原状，能不迅速恶化，已为万幸。

戈宝权 1913 年生人，小茅盾十七岁，实属晚辈。他虽与茅盾 40 年代相识，与后者文坛泰斗的身份相比，顶多也是后进后学。但茅盾信中不

---

① 戈宝权：《忆和茅盾同志相处的日子（六）——从五十年代初直到茅盾同志的晚年》，《新文学史料》1982 年第 4 期。下引皆出自此文。

说"拜访",而说"过访";即使戈、范二人向他央求扇面条幅,也以"无以报命"致歉,足见他为人低调谦逊。不过,那一辈人交往是非常注重这种"诚敬"的传统礼节的,长辈致晚辈、学生弟子的信,一般歉称"弟",对方则为"兄"。这种传统遗风到茅盾、戈宝权这里,渐次终结,我们这代人既不懂此礼,也不知其中的繁文缛节为何物。至为叹息。我小时候,外祖母经常会说"受人之托,忠人之事"这种古话,虽不到"家训"这种级别,但日子久了,也还有一点潜移默化的作用。然即使此等小事,已近八十的茅盾心里一直记得,连戈宝权也感惊讶:"想不到这样到了一九七五年初,茅盾同志已将条幅写好,在元月二日交由范用同志转来":

范用同志:前由戈宝权兄转致尊意,因迁居绪事栗栗,至今始能报命为歉。字太劣,聊博一哂耳。另两纸乞转交宝权兄为荷。此致敬礼,并颂新年愉快。

"就在这时,我也接到茅盾同志迁居后在元月二日写来的信,其中说:"

宝权兄:去年十一月二十四日来信及抄附《凯塞尔世界文学百科辞典》中关于我的一条,均悉。其时我正忙收拾书物,旋于十二月十二日迁居至后园恩寺十三号,又要整理书物,一周前略为妥帖。因此,直到今天方作此函奉答。嘱写之字幅,昨日始写得,连范用同志的,每人二幅(原纸太长,截半为四幅,兄及范用兄各二幅),已送范用同志处矣。特此并颂新年愉快!字太劣,聊博一粲耳。

戈宝权感叹:"我手边虽然保留有不少茅盾同志写给我的信,但却没有他题的字,因此这两张条幅就成为值得纪念的墨宝了。"

以上所抄材料,对茅盾这种文坛乃至国家生活中的大人物计,可能都是不足挂齿的点滴小事。它们却给我一个印象:"文革"中虽有韦韬、陈小曼记述的那次"抄家风波",但他的生活整体上还是风平浪静的。与友人通信,无非是生老病痛之类,和写字送字等日常逸事。笔者在其他能够看到的史料文献上,也都是这种观感。也许还有我接触不到的其他资料,甚至不为人知的内幕,也未可知。

如果让我对《新文学史料》这三位传主晚年事迹略作分析,我想把它们概括为六个字:"意外"(老舍)、"横死"(邵荃麟)和"善终"(茅盾)。三种不同的人生结局,与每个人的性格、人生经历都有一定牵连,但也不排除有偶然因素夹缠在里面。比如"老舍之死",这固然与老先生耿直不屈的性格有一点关系,但人们可以设想,他出院后就直接回家,不听人动员去北京文联现场,或许历史要重写了。又比如像邵荃麟这种早年投身革命,1949年后身居高位的资深文艺家,在"文革"中都是要吃一点苦头的,周扬、夏衍和林默涵就是如此。不幸的是邵荃麟本来体弱,又患有较重疾病,这是他过早故世的一个原因。茅盾的情况可能有所不同,因为声望很高,他一直受到政府的特殊优待,而且他做人做事都大致得体,生活基本平静平顺。他享年85岁,无论是作为普通老人,还是像他这种著名人物,都可以说是一个"善终"的圆满结局,值得庆幸并感到高兴。最初写这篇文章,我起名为"新时期的'死魂灵'",是因为重新感受到了那个已经逝去的历史沉重气氛的缘故,用词也许重了一点。写到茅盾这部分,我又有了一种重新舒出一口气的新感觉。我发现如果把那个历史看作一个整体的时候,心情肯定是会很沉重的;但再仔细省察个别现象,例如茅盾这种现象,就会醒悟历史其实还是存在着多样性的,并不是"受迫害"一说那么简单。这里面有一些人们没有细细品味就马虎将就过去的很小的东西。我把它称作是一种重新过一遍筛子的研究,不知确否。

2016年8月29日于北京亚运村

一个"传奇"的本事

——《天云山传奇》诞生考论

赵天成

《天云山传奇》完稿于1979年4月，初刊《清明》创刊号（1979年第1期，7月出版）。这篇率先触及"反右"运动的小说发表后颇受好评，荣获1981年中国作协举办的首届中篇小说奖一等奖[①]。1981年秋，由鲁彦周亲自编剧，谢晋担任导演的同名电影在全国公映，引起更为强烈的社会反响，但在作品的"政治倾向"上，也招致不少非议。《文艺报》为此特辟专栏，从1982年第4期至第8期连续5期组织集中讨论，其间共收到来稿180多件。不过，在中宣部及文艺界领导的支持下，讨论最终以"贯彻三中全会精神，是一部好影片"的结论收场，影片也收获了首届中国电影金鸡奖最佳故事片、最佳导演两项大奖。尽管荣誉不断，但在文学潮流飞速更迭的80年代，《天云山传奇》这种"强政治性"的反思小说，也成为最早被挑战、超越、"淘汰"的一类作品。在伤痕、反思、改革、寻根到先锋文学的进化论逻辑中，它被视为一次不彻底的解放，是一种阶段性的产物，理应被美学等级更高的文学形式所取代。也缘于此，鲁彦周和《天云山传奇》的意义，逐渐缩减为文学史教材中的

[①] 首届中篇小说评奖于1981年元旦后正式启动，中国作协委托《文艺报》具体负责。评委会由巴金担任主任委员，委员有丁玲、韦君宜、王维玲、孔罗荪、江晓天、冯牧、朱寨、苏晨、吴强、苏予、陈荒煤、林呐、唐因、秦兆阳、魏巍等。评委会最终以无记名投票的方式，评选出了15篇获奖作品，并以得票多少分出5篇一等奖，10篇二等奖。《天云山传奇》与谌容的《人到中年》、叶蔚林的《在没有航标的河流上》、张一弓的《犯人李铜钟的故事》、王蒙的《蝴蝶》同获一等奖。参见吴泰昌《〈天云山传奇〉大讨论纪实》，《江淮文史》2008年第1—2期。

一个名词。

2007年11月，在鲁彦周逝世一周年之际，《安徽文学》刊发王安忆的纪念文章《我们和"叔叔"之间》[①]。在文学世代的层面，王安忆用两个小说中的人物，为她与鲁彦周之间的代际关系作了形象的定位："我曾经写过一个中篇小说，叫做《叔叔的故事》，鲁彦周老师，大约可算作'叔叔'这一代人"；"在这缅怀鲁彦周老师的时候，我又一次打开他的小说《天云山传奇》，我特别注意到'周瑜贞'这个人物。……她正是我们这一代人。"当代文学中的王安忆们，也确实曾如小说里的"周瑜贞"一样尖刻，"在我们，思想解放背景下成长起来的写作者，难免会苛刻地看待他们，认为他们扛着旧时代的枷锁，觉醒和批判的力度不够。于是，他们又面临着我们的逼迫。……总之是，我们还来不及继承他们，就来不及地背叛他们了"。

时过境迁之后，早已褪去少年气盛的王安忆，开始反思曾经的"苛刻"，以及这种集体性"苛刻"所付出的代价："这就是'叔叔'他们的处境。急骤变化的政治生活，不断挑战着他们有关正义的观念，他们付出的思想劳动，我们其实所知甚少"，在他们"平静和煦的表面之下，究

[①] 原载《安徽文学》2007年第11期，收入鲁彦周研究会编《怀念鲁彦周》，上海文艺出版社2008年版。王安忆所说的"叔叔"一代，在年龄上相当于王安忆的"父兄"一辈，"年长的可做我们的父亲，年幼的可做我们的兄长"（《叔叔的故事》）。在文学代际上，"叔叔"对应的是文学史中的"归来"或称"复出"作家。在这篇纪念鲁彦周的文章中，被王安忆提及的"叔叔"，还有陆文夫和高晓声。"就是这一日，酒酣饭饱之际，老师（陆文夫——引者注）忽以商量的神情对了我，他说：'这样好不好？你们写你们的，我们写我们的，各人写各人的。'这句话大有意思，很像鏖战时的停火协议，可见我们的张牙舞爪，'叔叔'们为于无声处尽收眼底。这就好比武侠之间的过招，高手总是以静待动，以不变应万变，以玉帛对干戈。'叔叔'们是不可小视的。""在我母亲去世的时候，高晓声老师给我写了一封信，短短数行，吩咐我在母亲灵前替他点三炷香，有一股哀绝从字里行间冉冉升起。我们这些人，我是说'叔叔'们，在欢颜之后总是藏着一层哀婉之色。在这个清明的年代里，生活宽裕很多，医学进步，人均寿命大大延长，他们本可以更加健康，然而他们的寿都不顶长。"王安忆的中篇小说《叔叔的故事》在《收获》1990年第6期发表后，有许多圈内人士指出，主人公的形象是以张贤亮为蓝本的。据王安忆在《自强悍的前辈而下》中回忆，张贤亮本人曾就此事，在一次评奖活动中当面诘问过她：他"走到我们这堆人里，对我说：据说你的《叔叔的故事》里的'叔叔'是我，那么我就告诉你，我可不像'叔叔'那么软弱，你还不知道我的厉害！"对于这一事件的引述及相关讨论，参见洪子诚《〈绿化树〉：前辈，强悍然而孱弱》，《文艺争鸣》2016年第7期。

竟是什么样激荡的内心？我们太少注意'叔叔'们的内心了"。"在变化的当口，时间总是紧迫的，事物的运动不得不缩短了周期，表面看起来是飞速地进步，内里却付出了不成熟的代价。"如今看来，"我们却是踩在他们趟平的路径上"，而没能如他们所愿地完成"开启下一个时代的历史使命"，因为"这时代又呈现出另外一种复杂性，这种复杂性也是从他们时代的复杂性里衍生和演变出来。"

王安忆的意思是，在80年代充满幻觉与躁动的社会氛围里，历史反思的工作还没真正展开便已草草收兵。与此相关的精神劳动，也没有得到应有的重视。它们的成败得失，还未经过认真的检视，便被视为"旧时代"的产物而归入垃圾堆。如果脱开历史语境，从"叔叔"们的作品中挑出毛病绝非难事，但我们往往忽略了他们在反思与书写"这一代"故事之时的难度与复杂性，也就过于简单地理解了他们。而重新理解"叔叔"们的通道，则应该回到他们的"内心"，回到他们艰难的"思想劳动"，在他们的故事之中寻找。

一　"叔叔"们的故事

《天云山传奇》在结构设计上别具匠心，它通过"三女性"的视角——宋薇的个人回忆、冯晴岚的申诉材料、周瑜贞的实地探访，引出主要人物罗群的遭遇。主要情节是：1957年，年轻有为的天云山区考察队政委罗群，因为坚持己见而被打成右派分子。恋人宋薇与罗群断绝关系，后经撮合嫁给了青云直上的地委书记吴遥。宋薇的同学冯晴岚，却在罗群危难之时嫁给了他，并因此屈就，留在天云山区做小学老师。罗群则当起了车把式，白日靠赶马车为生，业余时间坚持大量阅读和哲学思考，并写下了总题"过去、现在和未来"的多部著述。"文革"结束后，在"文革"中受到冲击的吴遥官复原职，宋薇也担任了地委组织部副部长，与吴遥一起负责清查冤假错案。在处理罗群的案件时，二人发生激烈冲突而最终决裂。最后，罗群冤案平反，冯晴岚却因操劳过度含笑去世。

《天云山传奇》的故事情节，有许多真实可考的"本事"作为根据，其中的主要人物也多有原型。小说发表后,更有许多读者积极地给每个人物"对号入座",甚至来信说罗群的事迹就是自己的经历。

比如,关于吴遥这一形象,鲁彦周解释说,"这种人不仅有,而且在我们的报刊上屡有报道"①。北京读者黄一宁甚至在来信中进一步点明,"七九年二月十七日《安徽日报》刊登的一条消息,是吴遥夺宋的原型。"②

对于冯晴岚,作者介绍说:

> 冯晴岚决不是我凭空杜撰的人物,也不是我理想化的人物,她是深深扎根于我们祖国的生活土壤里的。我的不少朋友的爱人,她们身上就都具有冯晴岚的美德。我想到一个同志的妻子,她供养了失去公职被戴了右派帽子的丈夫,她负起沉重的生活担子,抗住了政治的、舆论的压力,终于使她的爱人获得了精神力量的支持,由一个一般干部变成一个学者。他们的情操是可贵的。我又想到我在大别山区里生活时碰到过的一位乡村女教师,她也同样以自己的力量支撑着她的爱人,她在一个大山脚下的茅草房里辛勤地教育着孩子。而她,本来也是可以而且完全有条件享受所谓物质文明的,可她完全自愿地放弃了那一切。

罗群的形象同样来自于现实:"当我思考我的罗群时,类似罗群的人,很自然地向我走来,他坚定地站在我的面前,似乎在说:'我就是你要描写的对象。'是的,这就是我要表现的人物。而这样的人物,有的是我的朋友,有的是和我有过交往,有的和我有过很亲密的关系,他们都是活生生的现实中的人物,他们有着和罗群同样的遭遇,也有着和罗群一样的坚强的精神。"③

---

① 鲁彦周:《〈天云山传奇〉写作的前前后后》,《江南》1981 年第 3 期。
② 《关于影片〈天云山传奇〉的讨论来稿综述》,《文艺报》1982 年第 8 期。
③ 鲁彦周:《〈天云山传奇〉写作的前前后后》,《江南》1981 年第 3 期。

根据一份当时的采访资料,笔者可以明确考证出,安徽籍美学家郭因就是罗群的原型之一:

> 他首先想到的是曾和自己一起工作过的一个十分要好的朋友。一九五七年,把他错划成右派开除了公职,然而坎坷的生活道路并没有使他屈服。在逆境中,他搏击着、奋斗着;没有工作干,他就研究美学。在漫长的二十年时间中,他起早贪黑地阅读了大量古今中外的美学著作,并顽强地写了好几本美学著作,最后成为一个美学专家,现在是全国美学会的常务理事。①

但是,鲁彦周曾多次强调,《天云山传奇》不是局限于某一个具体原型的命运,而是根据许多人的经历综合而成:"我有许多朋友只是讲了些实话就被打成'右派',他们的经历和故事大大丰富了我的创作"②;"我的不少朋友的爱人,他们身上都有冯晴岚的美德"。由此可知,《天云山传奇》的故事,首先来源于鲁彦周身边"朋友"的遭遇,同时又在其中寄寓了作者自己的身世之感。其中的关节,诚如王安忆所言,"他是'叔叔'一代里没有打成右派的那一类作家,但这并不意味他就可以幸运到豁免于那时代里所有的严厉性。"因此,与考辨人物原型是谁相比,更为重要的是理解作家与人物、作家与原型之间的关系。也就是说,是怎样的个人经历,使鲁彦周能够接触到现实中的罗群、冯晴岚们?又是怎样的命运关联,让鲁彦周可以将"他们的故事",转化为"我们的故事"。

---

① 荟萃:《他们产生在大别山的土壤上——鲁彦周谈〈天云山传奇〉的人物塑造》,《电影评介》1981年第6期。按,中华全国美学学会成立于1980年,属国家一级学会,首任名誉会长为周扬,朱光潜任会长,王朝闻、蔡仪、李泽厚任副会长。首届常务理事会共有九人:朱光潜、王朝闻、蔡仪、李泽厚、齐一、马奇、杨辛、蒋孔阳、郭因。参见《中华全国美学学会常务理事会第二次会议纪要》,《哲学动态》1981年第1期。郭因,1926年生,安徽绩溪人,80年代后出版有《艺廊思絮》《中国绘画美学史稿》等多部美学著作。郭因生于一个普通的农民家庭,自学成才。1957年被划为右派分子,送农场劳动改造。在逆境中,妻子胡迪芸一直支持着他。

② 许水涛:《鲁彦周与〈天云山传奇〉》,《江淮文史》2005年第5期。

1928年，鲁彦周生于安徽巢县鲁集村一个普通的农民家庭①，八岁起在村里的祠堂读私塾，抗战胜利后又在采石矶刚直中学、贵池昭明国专断续学习了一年多，1948年在老家投身革命队伍，1949年后先在合肥皖北行署文教处工作。1952年，安徽省文联筹备委员会成立后，鲁彦周调到文联机关刊物《安徽文艺》当编辑，并开始发表作品。1956年，是鲁彦周的命运拐点。这一年春天，文化部举行全国话剧观摩会演，要求每个省至少排演一部剧目。鲁彦周编剧的独幕话剧《归来》代表安徽省参加会演，毛泽东和周恩来都观看了演出，并给予高度评价。在最后的评选中，《归来》与陈其通的《万水千山》和曹禺的《明朗的天》同获剧本创作一等奖，并获演出一等奖，鲁彦周一夜成名。同年，他与陈登科、严阵当选为华东作家协会理事。三人一时成为安徽文艺界的明星，风光无限②。

　　1957年，"反右"运动开始，安徽省文联成为重灾区，"我们文联一共30多个人，有14个人被打成'右派'，其中有不少人是从小就参加革命的。"③鲁彦周、陈登科和严阵，此时都是省里的保护对象。周扬曾以"他是党培养起来的工农作家"④为由，替鲁彦周说了话。省委书记曾希圣也一直给予他们重点保护。在三年困难时期，"曾希圣特批文联的陈、鲁、严三人为'二类待遇'，每月供应两斤肉、两斤糖，还有黄豆、香

---

① 1949年后，鲁彦周的家庭成分先是定为贫农，后升为中农。鲁彦周父亲鲁邦裕是"高级文盲"，后来也识得一些字，到了勉强能读《三国演义》的程度。但他是村上的一个头面人物，有一定威信。母亲钱乃珍精明强干，鲁家日常生活都由她做主，"在很长时间内，我的母亲一直是我家的中心，我家能由贫农上升为中农，我的母亲起了很大的甚至可以说是决定性的作用"。参见鲁彦周《我的家世》及《我的生活和创作》，《鲁彦周文集》第6卷，安徽文艺出版社2002年版；唐先田、温跃渊《鲁彦周评传》，安徽文艺出版社2016年版。

② 三人之中，同为农民出身的陈登科年纪最长（1919年生），成名也最早。1950年他将以涟水保卫战为背景的小说《活人塘》投稿到《说说唱唱》，受到编辑汪曾祺、主编赵树理的激赏。小说发表后，《人民日报》头版头条报道了他的经历。严阵1952年与鲁彦周一起到淮北体验生活，后根据这段经历写下长诗《老张的手》，发表在《人民文学》1954年第1期上，开始受到文艺界关注。

③ 许水涛：《鲁彦周与〈天云山传奇〉》，《江淮文史》2005年第5期。

④ 参见唐先田、温跃渊《鲁彦周评传》，安徽文艺出版社2016年版，第63页。《鲁彦周评传》还介绍说，在反右运动中，"鲁彦周属于保护对象，陈登科在两可之间"。

烟、餐券,是很高规格的关照,比正厅级还高。"① 三十多人中就有十四个"右派",1957年的鲁彦周虽然从个人的灾祸中逃脱,却无法免除"知交半零落"的伤感和恐惧。当时进驻省文联主持"反右"工作的省委书记处书记曾庆梅,甚至严厉警告鲁彦周,让他与旧友划清界限:"谢竟成、耿龙祥马上就要划为右派了,是阶级敌人了,你怎么这样鼻子不通,划不清阶级界线?省里是保你的,你要自觉自爱!"②

1960年年底,为了响应作家"深入生活"的号召,鲁彦周到岳西大别山区挂职,在响肠公社当副书记。从1961年到1964年秋,他和家人都生活在岳西。这几年的工作经历,让他有机会接触到"吴遥"和"冯晴岚"式的人物。"关于吴遥,我那时是县团级的待遇,到下面去的时候能接触一些领导,观察了很多,听到看到的不少";"那个冯晴岚,就是我在岳西县担任公社书记时的一个经历。那时身体好啊,我背着包到处跑"。③"新时期"之初的小说写作,都严格乃至机械地遵循着"艺术源于生活,又高于生活"的现实主义成规,因此格外仰赖作家的生活阅历。鲁彦周创作《天云山传奇》的故事资源,大量源自他这一时期的生活基地与交际圈子。

"文革"开始后,运动势头比1957年更盛数倍,鲁彦周也在劫难逃,第一批被关入牛棚④,后来被下放到新马桥"五七"干校搞斗批改。与张贤亮在厄运中对《资本论》的阅读相似,鲁彦周也是通过读书获取慰藉,以及理解现实的途径。"这回真的把我打懵了。我自己弄不清楚是怎么一回事,就逐渐冷静下来,继续着从'反右'运动就开始的思考,进一步反省自己,反省社会,反省党的历史。在干校,一间屋子住了几十个人,别人回来后喝酒玩耍,骂骂咧咧,我则抓紧时间看《纲鉴》和《资治通

---

① 唐先田、温跃渊:《鲁彦周评传》,安徽文艺出版社2016年版,第76页。
② 同上书,第63页。另见谢竟成《1957年的鲁彦周》,鲁彦周研究会编《怀念鲁彦周》,上海文艺出版社2008出版。
③ 许水涛:《鲁彦周与〈天云山传奇〉》,《江淮文史》2005年第5期。
④ 据鲁彦周回忆说,"文革"开始时,时任安徽省副省长的李凡夫本想保他和严阵,但李凡夫很快就自身难保。陈登科则在1967年9月被江青点名为"国民党特务",关入监狱。参见唐先田、温跃渊《鲁彦周评传》,安徽文艺出版社2016年版,第89页。

鉴》，把中国通史都看了一遍，同时又作了认真的思考。我思考的结果是中国的封建社会太长，中国共产党是在中国土地上生长起来的政党，不可能不带有封建社会的烙印。"与张贤亮从"唯物论"和"辩证法"中获取启示不同，鲁彦周更多从中国历史中总结规律，有意识地在更长的历史段落中寻找"文革"的思想和文化根源。在"文革"中，鲁彦周的思想和命运。逐渐与"罗群"的身影重叠交织。《天云山传奇》中有这样一个细节，周瑜贞来到冯晴岚家中，被罗群总题为"过去、现在和未来"的系列著作所震惊。有意味的是，其中每一分册的题目也被作家一一列出：《论天云山区的改造与建设》《读史笔记》《科技与中国》《农村调查》《论"四人帮"产生的背景及其教训》《天云山下随感录》。罗群这些虚构的著作，其实就是鲁彦周在"文革"之中的思想轨迹。可以说，在"文革"前期，《天云山传奇》的故事雏形，就已经在作家的脑海中初具规模。

二 鲁彦周的"复出"与"北京的思想"

1972年春节，安徽省文化局局长吴平为了把省里的文艺创作搞起来，在文联机构已被取消的情况下，组建了创作研究室，自己当主任，把鲁彦周从干校调来当副主任。"创研室麻雀虽小，五脏俱全，文学组、戏剧组、评论组、美术组都有了，也就是个小文联。鲁彦周知道，在当时那种情况下，创作上想出点什么名堂，几乎不可能，但让省里文艺界的许多人出来工作，是件大好事。……不但自己'解放'了，还'解放'了来创研室和自己一起工作的一些人。"[①] 被组织安排工作，意味着鲁彦周的"文革"提前结束了。但他作为作家的真正"复出"，还要等到1976年之后。命运的机缘巧合，又让鲁彦周的"复出"进程，可以从地域性的角度划分为"外省"（安徽）和"北京"两个阶段。

值得一提的是，尽管鲁彦周在五六十年代也写了不少小说。但他在"文革"前的名声，主要还是作为一名戏剧作家与电影编剧获得的。除了

---

① 唐先田、温跃渊：《鲁彦周评传》，安徽文艺出版社2016年版，第95页。

成名作《归来》之外，鲁彦周还有五部电影剧本（包括和别人合作）正式投拍，另有已经准备投拍又因政治运动被迫停拍的三部，"那时不像现在每年国家要拍上一两百部影片，那时一年只能拍七八部最多也不过是十几部影片，我写电影有这么高的投拍成功率是很少见的。"① 因此，在"文革"之后，鲁彦周也首先是以"金牌编剧"的身份重新执笔，出山后的第一部作品，是与他人合写的反映治淮工程中的反特斗争的电影剧本《巨澜》。

到了1978年春天，重新恢复电影界领导工作的夏衍②，感到急需一部推动农村改革的影片，遂提出"应该尽快写一部反映落实农村经济政策的电影剧本"的建议。"中国改革始于农村，农村改革始于安徽"（邓小平语），安徽是中国的农业大省，而身为农民作家的陈登科和鲁彦周既有多年基层生活，又有丰富的编剧经验。因此，北影的领导找到二人，希望他们与肖马、江深一起合作，写一部讽刺"四人帮"在农村倒行逆施的喜剧片，这就是电影《柳暗花明》的缘起。四位编剧接到任务后，便到夏衍位于朝内北小街的家中拜访，亲聆他对于剧本的建议。鲁彦周50年代就多次见过夏衍，此时重逢却让他备感悲凉。受尽折磨的夏公，已完全是一个干瘦的小老头，眼睛又近乎失明，完全没有了五十年代的潇洒风姿。但在谈话过程中，夏衍"没有一句说到他的受苦，他关心的是农民，他要听的是当前的农民的命运"，"他主要还是详细询问我们有关当前农民的状况，因为我们毕竟是在外省，几乎无时无地不接近农民和农村的现实，所以他问的特别仔细。问农民在'文革'中的遭遇，问农民的思想情况，他的热忱和对老百姓的真诚，给了我特别难忘的印象。"③

---

① 鲁彦周：《我的生活和创作》，《鲁彦周文集》第6卷，安徽文艺出版社2002年版，第373页。
② 根据资料记述："1978年2月，在新召开的全国政协第五届委员会上，夏衍当选为政协常委。4月，经廖承志、李一氓等人的奔走，他出任对外友协副会长，党组副书记。一系列的人事安排，意味着周扬、夏衍所遭受的不白之冤已开始得到纠正。"参见陈坚、陈奇佳《夏衍传》，中国戏剧出版社2015年版，第657页。
③ 鲁彦周：《夏公百年诞辰随想》，《鲁彦周文集》第6卷，安徽文艺出版社2002年版，第459页。

将近一年以后,《柳暗花明》摄制组成立,四位编剧又致函夏衍,汇报创作过程,征求他的进一步指导:

> 去年四月间,我们在听了你的"应该尽快写一部反映落实农村经济政策的电影剧本"建议后,回到安徽就向省委负责同志作了汇报,省委也非常重视,并且对我们作了许多具体指示,根据省委负责同志的指示,我们立即在五月间访问了淮北淮南十多个县、几十个公社、大队和生产队。……下去以后,我们很快被一种愤怒的心情控制住了,"四人帮"对农村的破坏,简直令人发指,农民弟兄饱含热泪的控诉,更使我们受到了极其深刻的教育,我们感到"喜"不起来了。于是,我们抛弃了原来的想法,决定还是搞一部正剧……①

由于《柳暗花明》由北京电影制片厂投拍,故于 1978 年夏秋之际,鲁彦周来到北京,在位于蓟门桥的北影厂暂住,为影片剧本做最后定稿。在鲁彦周的一生中,这半年左右的"北京时期",只是一个短小的片段,但对于《天云山传奇》的最终成型,却是至关重要。其间,中央工作会议和十一届三中全会相继在北京召开,鲁彦周感受到强烈的思想解放气氛。他经常在傍晚乘坐 22 路公共汽车到天安门广场,加入形形色色的群众在广场展开的大辩论。他也时常从天安门步行到西单,去看最新贴出的大字报②。史家对"西单民主墙"作了如下记述:

---

① 《夏衍同志与〈柳暗花明〉作者的通信》,《电影创作》1979 年第 9 期。发表这篇通信时,《电影创作》编辑在文前写有"编者按":"《柳暗花明》电影文学剧本,内容是揭批林彪、'四人帮'破坏农业生产的罪行和广大农民群众为落实农村经济政策而斗争的故事。由陈登科等四位同志合作编剧,郭维同志担任导演,目前正由北京电影制片厂拍摄中。这个剧本曾发表在《人民电影》1978 年第 10—11 期。这里发表的创作通信,是陈登科等同志在剧本写作过程中和夏衍同志互相探讨创作问题的一部分。他们从选取题材,深入生活,直到执笔写作,都曾得到夏衍同志的关心和指导。从通信中,我们既可以具体地感受到文艺前辈对扶植作品所付出的心血和热情,又可以感受到新老作家之间对艺术切磋研讨的民主风气,能够从中得到很好的教益。"

② 参见许水涛《鲁彦周与〈天云山传奇〉》,《江淮文史》2005 年第 5 期。

一个"传奇"的本事

　　1978年11月19日，即中央工作会议召开不到一周后，在新的政治气氛下，报刊销售点还尚未开售的共青团杂志《中国青年》的完整一期，被一页一页贴到了墙上。……共青团的杂志张贴出来以后，几个大胆的人又开始张贴另一些材料，许多材料批评了1976年清明节的镇压。最初，一些路过的人对大字报连看都不敢看，更遑论张贴新的大字报。然而几天以后，并没有人受罚，尤其是有传言说邓小平支持张贴大字报的自由，于是人们变得大胆起来。

　　有些人张贴诗词、简略的个人自述或哲学文章。有的大字报是用毛笔书写的，也有的是用钢笔写在笔记本纸张上的诗文。许多大字报出自年轻人之手，他们是高干子女，能窥探到当时正在举行的中央工作的气氛变化。……西单墙变成了闻名遐迩的"西单民主墙"，或简称"民主墙"，在最高峰时，每天有数万群众驻足于这道墙前。

　　大字报写得激情洋溢。……一些偏远地区的人，也千里迢迢来到城里张贴他们的申冤材料。很多在"文革"中受过迫害或有亲人遇害的人，终于有机会诉说他们的遭遇。那些仍有亲友在农村、监狱或被监视居住的人，要求为受害者恢复自由。被迫害致死者的亲人，要求为他们的家人恢复名誉，以使他们自己能够脱离苦海。在1967年后下乡的1700万知青中，当时还只有大约700万人获准回城。很多抱怨来自于那些失去接受高等教育或得到好工作的机会、仍在农村忍受贫穷的人。还有一些政治上比较老练的人，隐晦地提到党内正在发生的争论，抨击"两个凡是"，要求重新评价"四五"事件。①

　　作家从来都是"局势"中的人，从不可能遗世独立。这时的鲁彦周，

---

① ［美］傅高义：《邓小平时代》，冯克利译，生活·读书·新知三联书店2013年版，第251—253页。

就置身于这样的氛围，汇入数以万计的人流中，感受着莫名的力量和召唤，甚至可以说，写于次年春天的《天云山传奇》，就是鲁彦周在这样的感召之下，以小说的形式挥就的一张大字报！谈到小说的创作动机，鲁彦周将"最初的触动"，归因于十一届三中全会公报的发表。在他看来，对于十一届三中全会精神，作家"应当无条件地赞颂"，"并在它的精神指导下，认真总结过去，展望未来"①。作为一个终身有着坚定信念的"共产党员"作家，以文艺为人民、为社会主义服务，并不是空泛之言。作家对于时代和社会的责任与使命感，是鲁彦周对于文学绝不让步、也无法更新的观念和认识，其中有着不能被解构的诚挚："但我毕竟是共产党员，必须要把握好尺度。写作不是为了泄愤，而是希望以自己的思想和作品推动时代前进。"② 而从另一角度说，在历史急剧变化的当口，与鲁彦周相似的"外省"③作家，往往因为距离太远、消息闭塞，把握不准中央的精神而反应迟缓。《天云山传奇》的故事是"外省的"，思想却是"北京的"，正是"复出"之路上的"北京时期"，使鲁彦周的"思想"找到了相对牢靠的根据。《天云山传奇》能够如此"反思"，并非只凭个人英雄式的"勇气"。

除此之外，来自于安徽省委的支持，也是鲁彦周的"勇气"之源。

---

① 鲁彦周：《〈天云山传奇〉写作的前前后后》，《江南》1981年第3期。
② 许水涛：《鲁彦周与〈天云山传奇〉》，《江淮文史》2005年第5期。
③ 在晚年的一些散文中，鲁彦周明确将自己定位为"外省人"和"外省作家"。"外省人"既是他的自况，后来也成为他有意选取的发声位置。"我是外省人，对北京胡同的认识，当然不如老北京深刻，但我对它的眷念之情，以及它引发我的某些历史思考，可能是我这个外省人所特有的"；"我现在是七十多岁的人了，我的精神却还不错，我还有一些在现今文坛上仍然很活跃比我成就大得多的朋友，他们对我都真诚地关心，使我这个很难得上北京的外省人，得到很大的心理安慰和鼓舞"。参见《胡同幽思》《偶然的独白》，《鲁彦周文集》第6卷，安徽文艺出版社2002年版。程光炜在2014年的"当代小说国际工作坊"中曾谈到"外省"作家的现象："郜元宝在天津人民出版社出的《贾平凹研究资料》里就说，贾平凹是一个比较迟钝的作家，因为他生活在外省，那时候'新时期'文学的各种思潮都发生在北京，后来波及上海，也就是说他跟'伤痕文学'那些总是慢半拍。他说他很自卑，一直没有找到自己的优势，所以他就只能去处理乡间的这样一个东西。我的意思就是说，陕西作家的一个特点，陕西作家一定要有北京的思想才能照亮他。"参见李陀、程光炜编《放宽小说的视野——当代小说国际工作坊》之"贾平凹的小说世界（下）"，北京大学出版社2016年版。

1979年，安徽作协恢复运转，陈登科担任主席，鲁彦周任副主席。新官上任，作协的第一把火就是在《安徽文艺》（后更名为《安徽文学》）之外，筹办新的文学刊物《清明》。陈登科、鲁彦周分别担任主编和副主编。《清明》创刊号定于1979年7月出版，草创阶段约稿不易，几位编委就约好每人拿出一篇分量较重的稿子，陈登科拿出了他和肖马合写的长篇小说《破壁记》的前半部分，白桦交出了诗歌《情思》，赖少其写下散文《悼念冯雪峰》。鲁彦周则曾明确讲过，《天云山传奇》就是为《清明》创刊号写的。而在《清明》创刊背后的支持力量，确如陈登科在北京举行的《清明》编辑部座谈会上所言："《清明》这个刊物是在安徽省委的关怀与重视下筹备起来的，尤其是万里和守一同志对我们的鼓励和支持，我们才有勇气办出这样的刊物。"① 座谈会上诗人韩瀚的发言，则颇为反讽地反证了省委支持的力度，"大家说《清明》办得比较解放，因为安徽有个万里同志支持。但是这的确也是我们社会上的一个可悲的现象。我们是社会主义国家，我们有优越的制度，为什么只能靠'清官'才能办事呢？"② 可见，"传奇"并不是从天而降，它的诞生与人事、地域等极其具体的时势因素息息相关。在此过程中的偶然与误会，正如巴特菲尔德在《历史的辉格解释》中指出的"历史的诡计"。他认为"历史转变的发生是特定历史条件和人与人之间互动的结果"，"历史进程不是一条直线，而是一片迷宫，每个历史参与者的愿望和行动都卷入其中，往往会产生事与愿违的后果"。因此，历史研究"不是某种漂亮坚决的一

---

① 《本刊编辑部在京召开座谈会》，《清明》1979年第2期。该文前附"编者按"中写道："《清明》创刊以后，受到了各方面的注意、支持和关怀。为了办好刊物、繁荣创作，九月三日，本刊编辑部在北京召开了座谈会，邀请了文艺界部分同志举行座谈，听取他们对《清明》的意见。参加座谈会的有李陀、陈允豪、吴泰昌、何孔周、孟伟哉、孔罗荪、秦兆阳、王蒙、韩瀚、陈荒煤、屠岸、白桦、董良翚、赵水金、李曙光等同志。会议由本刊主编陈登科同志主持，省文联主席赖少其同志和本刊负责人王影同志，省作协肖马同志也出席了座谈会。座谈会开得很活跃，与会者不仅对办好《清明》提出了很多宝贵的意见，而且对当前文艺运动中的一些问题也提出了很多有价值的意见。冯牧、刘心武同志因故未能出席，另为本刊写来了书面发言，现一并发表如下。"

② 同上。万里从1977年6月至1979年12月，担任安徽省革委会主任。

般论断，而是一段具体的研究。这是一种关于复杂性的研究，是我们可以做出任何归纳的基础"，"如果说历史可以做些什么，那就是提醒我们这些复杂性在颠覆我们的确定结论"①。

三　重看《天云山传奇》的"反思"

王瑶在《索隐和本事》一文中谈道："我以为有些可靠的本事或索隐的记载，如果我们对作品中人物所影射的对象的历史遭遇等有较多了解的话，对于这方面的研究是有帮助的。……它至少可以为我们的研究工作提供线索，帮助我们理解作家的创作过程和提炼题材的方法。"对于这一观点，何泽翰在《儒林外史人物本事考略》中作了进一步申说，"我们应该把作者所摄取的生活素材当作艺术构思的胚胎来看待，藉以窥察创作过程的本身，亦即作者将生活素材转化为艺术作品的手法，进而认识作品的整个倾向性及其社会意义。"②他们的话提示出，"本事"考证作为一种方法，可以成为进一步阐释与研究的坚实基础。以上两章对《天云山传奇》故事素材与创作环境的梳理，为我们提供了重新理解这篇小说的入口。

在晚年的回忆与访谈中，鲁彦周在"伤痕文学是反思文学的前奏，反思文学是伤痕文学的深化"的意义上，认可文学史家将《天云山传奇》归入"反思文学"的家族，并特别强调他对"伤痕文学"的超越，在于历史反思中的"整体观"："我不光写'反右派'，还有'大跃进'直到'文化大革命'，一连串的问题都有反映。因为我要写人物命运，这些人物都要经过这些运动，回避不了的，当时这样写的没有。像小说《伤痕》等写的都是孤立的一个人，像我这样反思历史的高度的不多。"③罗群的著作总题"过去，现在和未来"，其实就是《天云山传奇》的结构框架。

---

①　[英]赫伯特·巴特菲尔德：《历史的辉格解释》，张岳明、刘北成译，商务印书馆2012年版，第 ix、33、44—45 页。

②　王瑶：《索隐和本事》，原载《文艺报》1956年第21号，转引自何泽翰《儒林外史人物本事考略》，上海古籍出版社1985年版，第1页。

③　许水涛：《鲁彦周与〈天云山传奇〉》，《江淮文史》2005年第5期。

鲁彦周如同当代的太史公,心有所郁结,不能通其道,故述往事,思来者。诚如他在《关于〈天云山传奇〉》中所言:"要展望明天,自然地想起昨天,昨天、今天和明天,都是紧密联系不可分割的,不能正确总结过去,也无法知道今天,更不能指导明天。"[①] 如果说《天云山传奇》的人物本事和写作过程,分别对应着"过去"和"现在"的时间维度,那么对于"未来"的想象,则由作者塑造出来的"新人"所承担。但也正是在"新人"想象的问题上,凸显出"反思"本身的暧昧与难度。

在将自己这一代人对应于《天云山传奇》的"周瑜贞"时,王安忆特别提到鲁彦周在这个人物身上寄予的"慷慨的良善"。"我看见,鲁彦周老师称她是'受了洗礼的一代人',她思想自由,性格热情,对既定观念持怀疑精神,这怀疑却不妨碍她坚定地信任另一些事物,他让她担起承接上一个时代,又开启下一个时代的历史使命。"鲁彦周也曾坦言,"周瑜贞是和冯晴岚、宋薇完全不同的一个新人","在她的身上寄托着我的理想和希望"[②]。由此,《天云山传奇》对于昨天的反思,便以未来的名义展开。周瑜贞代表了作者理想中的绝对正义,成为小说反思历史的发起点。罗群、吴遥这些"叔叔"们的历史,便以隔代对话的方式,交由周瑜贞式的"社会主义新人"来审判。

在小说的开篇,周瑜贞的出场,即是与宋薇关于"是非标准"的论辩:"我一具体,你可能又要害怕了。这十年主要危害是'四人帮',那么再往前推,是不是就没有问题呢?反对了'四人帮',固然是英雄。在'四人帮'出现以前,反对了不良倾向,算不算是英雄呢?再具体一点吧,他反对的不仅是一般不良倾向,而且涉及到当时错误的路线、方针、政策,你敢不敢在政治上肯定他呢?"透过周瑜贞的"真理"之眼,冯晴岚和罗群获得了彻底、完全的昭雪。在周瑜贞眼中,冯晴岚是"受折磨的坚强的美好的人",而罗群更是光芒万丈:"按我的标准……他当然是一个值得尊敬的可爱的人",他"博大、精深,尖锐而又实事求是,只有

---

① 鲁彦周:《关于〈天云山传奇〉》,《电影艺术》1981年第1期。
② 鲁彦周:《〈天云山传奇〉写作的前前后后》,《江南》1981年第3期。

那些对问题进行过深刻的研究，对生活进行过细致的观察，对党和人民充满着热爱的人，才能做到这一点，这也正是我们所缺乏的。"在与吴遥和宋薇谈话时，尽管私交甚好，但周瑜贞却总以咄咄逼人的反诘相对，把一连串"历史的问号"抛掷给他们。她直截了当地质问宋薇，"我们别再弯弯绕了，我问你，你在人家困难时刻，为什么要抛弃他？你们相爱时那么热烈，为什么一下子就断绝了来往？你轻率地就把自己心爱的人扔了，你扔的真是右派？右倾？反革命？我认为你是扔掉了一颗最宝贵的心！"面对吴遥的道貌岸然，她更是毫不客气："你不敢承认过去整错过好人，什么叫否定过去的运动？落实政策，纠正错误，就是否定整个运动？""你是怕落实了政策就否定了你自己！……其实，这有什么呢，你不能改吗？不能从那框框里跳出来吗？你自己不也被'四人帮'整过吗？为什么提到自己整人就咆哮如雷呢？你为什么不想想，像罗群、冯晴岚这样一些你本来很熟悉的同志，他们的命运现在如何呢？""你看看，吴遥同志，阳光灿烂，新的历史已经开始，而你还是一个套中人。"

由此即可看出，周瑜贞的"新人"之"新"，不仅体现在自然年龄上，还必须具备"高于环境"的历史见识、思想能力和崇高精神，这是小说结构对于她的功能性要求。为了让周瑜贞思想的解放程度与"权威"地位，不至于太过脱离实际，鲁彦周只得将她的身份设置为"高干子弟"。在小说中，作者借宋薇的声口介绍说，"这姑娘叫周瑜贞，是我们地区规划小组的一个技术干部。她今年还不到三十岁，用她自己常用的口头禅来说，是'受了洗礼的一代人'。她是中央某部门一位负责同志的女儿，是不久前才调到我们这个地区工作的"，"我丈夫吴遥曾是她父亲的下级，我去世的父亲也认识她的父亲，所以她也就成了我们家的常客，来往像自己家一样。"鲁彦周甚至在创作谈中提到，周瑜贞也是有原型的：

（周瑜贞）这样的新人，也不是我凭空想出来的，而是我在同一些干部子弟交往中观察得来的。……我们干部子弟固然有一些不好的典型。但多数是好的。他们因为接触面的关系，知道的事情很多，又因为成长环境的关系，他们的性格比较开朗。他们当中不少人身上有一种可贵的因素，即不受旧的传统偏见约束，面对生活，面对现实，敢于发表自己的见解，并且能为祖国的明天去大胆探索。他们批判社会，批判别人，同时也严格要求自己。他们身上充满着朝气，对党的三中全会的伟大转折是热情拥护并且敢于为之进行斗争的。这样的青年，正是我们未来的希望。①

但问题在于，将以真理形式显现的"理想"和"正义"，寄托在以血统作为保证的"特权阶层"身上，即使在当时也显得尤为突兀。几乎与《天云山传奇》的发表同时，沙叶新创作的话剧《假如我是真的》在上海公演②。这部话剧引发的旷日持久的激烈争论，反过来证明了"反特权""反官僚主义"的问题，已是当时各界普遍关注的热点话题。因此，在电影《天云山传奇》公映之后，即有评论文章敏锐指出"周瑜贞"的不合情理："在观众的印象中，周瑜贞的形象实际上是代表了一种游离于党的领导之外的'正义力量'。而且，在影片中也正是主要由于这种'正义力量'的作用，使罗群的'右派'问题得以改正。"③ 事实上，问题的实质不在鲁彦周对待社会公平和社会正义的态度，而恰恰源自周瑜贞形象的"失真"。因为周瑜贞与吴遥、罗群、冯晴岚不同，只是一个想象性的存在。所谓的"新人"，不过是一种观念与理想的寄托。因此，尽管鲁彦周

---

① 鲁彦周：《〈天云山传奇〉写作的前前后后》，《江南》1981年第3期。

② 1979年8月，根据上海籍知青张泉龙的真实案件改编的六幕话剧《假如我是真的》在上海公演。该剧讲述了一个名叫李小璋的下乡知青为了调回城里，冒充中央首长张老之子，四处招摇撞骗，某市一帮干部趋之若鹜，从而使其返城问题顺利解决。但最终东窗事发，李小璋因诈骗罪被逮捕，他在法庭上为自己辩护说："我错就错在我是个假的，假如我是真的，那我做的一切都是完全合法的。"该剧公演后引起轩然大波，在1980年1月召开的剧本创作座谈会上，它与同样触及反官僚、反特权、青少年犯罪问题的《在社会的档案里》《女贼》，成为重点讨论的对象。而对于是否应该"禁演"该剧，则一直存在意见分歧。巴金先后撰写了《小骗子》等四篇"随想录"，公开支持该剧。参见石岩《争议是如何引发的——〈假如我是真的〉台前幕后》，《南方周末》2008年12月11日；黄平《重温1980年围绕〈在社会的档案里〉的论争》，《中国现代文学研究丛刊》2016年第2期。

③ 蒲晓：《对影片〈天云山传奇〉的一点异议》，《文艺报》1982年第6期。

努力调和她与环境的不适配，最终的效果仍旧适得其反，周瑜贞变成了一个不受律法限制，可凭一己之力拯救世界的"超人"。

而与这样的人物设置相匹配的，还有出人意料的小说结局。在与丈夫吴遥无可挽回地决裂之后，宋薇为了实践去冯晴岚坟上拜谒的许诺，同时怀揣着与罗群重修旧好的隐隐期盼，重返天云山。此时的罗群，已被任命为重新恢复的天云山特区的党委书记，周瑜贞也被批准调到那里工作。充满戏剧张力的收场，在宋薇缠绵悱恻的讲述中徐徐展开：

> 我捧着花束，慢慢向前走着，同时注意找寻她的墓。我忽然发现离我不远的地方，站着两个人，我差点叫了出来，原来这两个人正是罗群和周瑜贞。这意外的发现，使我不觉一震，我下意识地停了脚步，把身子掩到一棵树后面，躲了起来。
>
> 他俩在晴岚的坟前肃立着，罗群还是那身装束，周瑜贞今天也是一身素服，只有脖子上一条白纱巾，不断被风吹得微微飘动。
>
> 他俩转身往回走了。他们俩的神情都异常严肃庄重。两人的眼光，同样是深邃的沉思般的，他们靠得很近，但是又都在望着前方！
>
> 我听见周瑜贞说话了。她说：
>
> "你现在担子重，你已经不是搞个人研究的时候了，你要把你的许多想法，付诸实践。你的那几本书，让我来帮助你整理好了，我应当继承晴岚姐姐的遗志。你呢！指挥你的天云山建设部队，大打一场现代化的战争吧！"
>
> 罗群没说话，但是他那种急于奔赴前线的渴望，清清楚楚写在他的脸上，使他的神情显得特别刚毅果敢。
>
> 他们的步子加快了！那有分量的脚步，使我倚身的树都摇晃起来。
>
> 我目送着他们的身影，消失在这春天的树林里，一刹那间，我完全明白了！刚刚我是多么可笑啊，失去的是永远失去了，我感到心里很空，不能自制地想哭，但是我极力忍住了。我望望手里的花束，鲜艳的红的紫的花朵，含笑看着我，向我不住地点头，我又注

意到我自己写的那张照片，注意到那上面我刚刚写的话："你的应该向你学习的朋友，薇！"

我忽然真心实意感到脸红了！

我应当向晴岚学习什么，直到片刻以前，我还是不明确的，我还是陷在个人的狭小的感情圈子里。人生应当有更高的境界，应当有正确的理想、情操，应当有为人民、为党而斗争的是非观念和献身精神！这不正是晴岚说的，她完成了她应该完成的！

我在我的岗位上，要完成应当完成的不是更多么？

于是，我整理了一下衣服，拢了拢头发，坚定地走到晴岚的坟前，献上我的花。

我默默祈祷她安息，同时我也为罗群和周瑜贞，暗地里献上我虔诚的祝福！

"今天的斗争，正是以往斗争的延续"，是《天云山传奇》将过去、现在与未来贯穿起来的认识基点。因此，鲁彦周沿用"过去"时代的革命话语，转译了以现代化建设作为中心任务的政策调整，"指挥你的天云山建设部队，大打一场现代化的战争吧！"在这样的阐释框架中，罗群与宋薇还是与周瑜贞携手，就不是一个感情问题，而是关乎社会主义信念的思想问题与政治问题。表面上看，《天云山传奇》对三十年历史的探究，最终落入"革命加恋爱"的窠臼，当然大大削弱了反思的力度。但作者当时不会意识到，罗群与周瑜贞的相遇，不只是"强人"与"新人"的结合，同时也是中国当代历史前后"三十年"的对接问题。如何将它们整合进逻辑自洽的统一叙述里，显然既超越了社会发展阶段，也超出了一个作家的能力范围。而当"反思"的触角延伸至未来，历史进程又会反身质疑思考的合理性。《天云山传奇》结局的不尽人意，或许也是作家的无奈之举。

《天云山传奇》当然是一部有缺陷的小说，它至少留下了一个不合情理的人物，和一个有待商榷的结局。但是这些"缺陷"，也可以从另一个角度看待。在三十年后重新打量"叔叔"那份"慷慨的良善"，王安忆也不禁问道:"那是根据什么来的呢?我们有那么好吗?"她自己回答说,"那只能解释为一种期望,期望我们能具备着身处的时代里最优质的禀赋,因这时代是从他们的争斗和教训中脱胎。很可能,他们是过于地看好了它。"①

王安忆的解释提醒我们,《天云山传奇》的"反思",诚然有它的局限性,但限度本身也是一种历史的真实。胡适在考证明末清初的《醒世姻缘传》时说,"《醒世姻缘传》真是一部最有价值的史料。他的最不近情理处,他的最没有办法处,他的最可笑处,也正是最可注意的社会史实"②。这为我们提示出一种研究思路,即将艺术表现上的"可笑"和"不近情理",转化为历史探究的起点。文本结构中的种种幼稚、肤浅、不可理喻处,也许恰恰对应着一代人想象与看待世界的认知框架和情感结构。

如何通过考证理解文学,如何通过文学清理历史?在我看来,文学与历史,都不是枯干泛黄的纸堆,而是鲜活的、有温度的东西。如果考证意味着对于原始语境的恢复,我们或许可以建立一个更具弹性、感性和人性的研究框架,收纳那些被整齐的历史叙述排斥在外的东西,以及那些有缺陷、不成熟,却凝聚了看不见的"思想劳动"的精神产物。

2016 年 9 月 27 日初稿毕
2016 年 11 月 9 日改

---

① 王安忆:《我们和"叔叔"之间》,《安徽文学》2007 年第 11 期。
② 胡适:《〈醒世姻缘传〉考证》,《胡适文存》第 4 集,首都经济贸易大学出版社 2013 年版。

重温新时期起点的"报告文学热"
——以"首届全国优秀报告文学评选（1977—1980）"为中心

赵天成

时至今日，报告文学已被视为一种"正在衰亡"[①]的文体。这种没落，也无可避免地殃及它在文学史中的位置。洪子诚在《中国当代文学史》（北京大学出版社1999年版）的编写体例中写道："对于文学创作，本书以传统的诗歌、小说、戏剧、散文作为主要对象。报告文学、传记文学、儿童文学、影视文学、科幻文学等样式，由于各种原因没有作为重点。"这种将报告文学视为"边缘"文类，并将其排斥在"当代文学"之外的做法，也逐渐凝固为文学史叙述的共识[②]。

被文学史遗忘的是这样的一些"历史事实"：在"新时期"文学的起源阶段，以徐迟的《哥德巴赫猜想》为先导，报告文学掀起了一次规模空前的热潮，多篇作品在读者中引发轰动效应。"从数量看，据不完全统计，在1979年至1980年，全国65种报纸，90余家文学刊物上，平均每天有一篇报告文学发表"；"全国省市中央三级文学刊物中，刊登报告文学作品的达125家。刊登报告文学的专业性杂志《报告文学》及《报告

---

① 语出李敬泽《报告文学的枯竭和文坛的"青春崇拜"》，《南方周末》2003年10月30日。李敬泽在文中以"恐龙已死"比拟报告文学的命运，文章发表后，曾在报告文学研究界引起争议。

② 如在陈思和主编的《中国当代文学史教程》及孟繁华、程光炜主编的《中国当代文学发展史》中，同样没有"报告文学"的章节或专节论述。

文学选刊》也在此间应运而生。"① 1981 年，继优秀短篇小说评奖之后，由中国作协主办的报告文学奖与中篇小说奖、新诗奖同时设立。张光年在 1983 年第二届全国报告文学获奖作者座谈会上讲道："这一代的报告文学家是立了功的！……今后的文学史，应该开辟报告文学专章！"张光年的观点，很快在 80 年代的文学史著述中得到落实。在洪子诚参与编写的《当代中国文学概观》（北京大学出版社 1986 年版）中，报告文学与散文平分了一个章节的篇幅，撰者在该章概述中写道："在报告文学方面，近几年的报告文学，其成就，其影响，恐怕是仅次于小说而超迈诗歌、散文、戏剧之上的。"②

援引这些史料，不是为了给报告文学争取位置，也不是以此指认文学史家的"失误"，而是认为，报告文学出入文学史的"疑案"，恰恰凸显出用一以贯之的"整体性"逻辑，叙述和整合"后三十年"当代文学的"难度"。《中国当代文学史》排斥报告文学的依据，是洪子诚自认的"审美尺度"，即"对作品的'独特经验'和表达上的'独创性'的衡量"③。尽管他以缠绕而严密的笔法，有限度地承认"审美性"或"文学性"乃是一种"非本质化"的历史范畴，但这里隐藏的问题是，这样的"审美尺度"，实际上是兴起于 1985 年前后，尊奉文学自主性的"纯文学"尺度。而这种后设的认识框架，本身即内置了对政治性因素的排斥机制，如何能够"回收"充满杂质的"新时期"起点的文学？此外，"文学"是否也应理解为一种历史范畴，这一概念的内涵是否也是在具体的历史中生成的结果？也就是说，是否也应对以诗歌、小说、散文、戏剧作为基本构成的"文学"概念，在源流上做一种历史化的清理与反省？

对于这些令研究者感到困惑的问题，重温徐迟在 1978 年春天对于报

---

① 佘树森、陈旭光：《中国当代散文报告文学发展史》，北京大学出版社 1996 年版，第 185 页。
② 《当代中国文学概观》，北京大学出版社 1986 年版，第 127 页。这部文学史由张钟、洪子诚、佘树森、赵祖谟、汪景寿集体编写。"散文与报告文学创作"一章由佘树森执笔，但基本可以代表编撰者的共同意志。
③ 洪子诚：《中国当代文学史》，北京大学出版社 2007 年版，"前言"第 4 页。

告文学的理解，或许可以找到一种具有生产性的阐释思路。当年4月，在与刘锡诚交流写作计划时，徐迟谈道："各个历史时代有各个时代的文艺形式。唐诗、宋词、元曲不用说了，社会主义时代的文学形式，恐怕主要是特写、报告文学，是写真人真事、写列传。……这样一个壮丽时代，这样众多的英雄人物，最好的体裁是二万字左右的特写、报告文学、列传。"① 徐迟的这种认识，显然与其几年后写作的《现代化与现代派》思路一致，都是在政治经济学（经济基础决定上层建筑）的高度上看待问题的。徐迟的预言是否应验，这里姑且不论，重要的是他提醒我们，实际上存在两个报告文学，一个是抽象的文类概念，另一个是在具体历史中生成的"报告文学"，而后者就已经不单纯是文学内部的问题。在这一意义上，重温"新时期"初期的"报告文学热"，我们不妨首先顺着徐迟的思路，把"文学"视作一种社会意识，从它与总体环境的"关系"入手，追索隐藏在两种不可兼容的文学史观念背后的历史理由。

本文的首要工作，就是要打破"文学"与"政治"二元对立的解释框架，在充分语境化的前提下，考证"报告文学热"的来龙去脉与发生动力。1981年报告文学奖的设立和评选，为我们的讨论提供了一个落脚点。我将要考察的核心问题是，报告文学为什么与诗歌（如"天安门诗歌"）、话剧（如《于无声处》）、中短篇小说（"伤痕""反思"）一起，在"新时期"之初被征用为推动社会转型的重要力量，并以制度化的形式确立为"主流文学"重要的组成部分？由"报告文学热"牵涉出的丰富的历史内容，如"新时期"对"十七年文学"的选择性回收、文艺格局的重新布置、文化领导方式的调整、作家身份意识的变化等问题，也将在打捞工作中渐次浮出。

一 "新时期"视野下的报告文学

在首届全国优秀报告文学评选（1977—1980）中，初刊《人民文学》

---

① 刘锡诚：《在文坛边缘上——编辑手记》，河南大学出版2004年版，第84页。刘锡诚时任《人民文学》编辑部评论组组长。据他所述，在《哥德巴赫猜想》发表后的一段时间里，徐迟经常泡在《人民文学》编辑部，引文即来自1978年4月4日徐迟与刘锡诚的一次长谈。

1978年第1期的《哥德巴赫猜想》在三十篇获奖作品中位列榜首，进一步奠定了它在"新时期"报告文学史上的经典地位。随着近年来幕后材料的大量披露，《哥德巴赫猜想》的组稿过程与政治背景已经不是什么秘闻。该篇责任编辑周明（时任《人民文学》编辑部散文组组长）回忆说："1977年10月，《人民文学》杂志社得到一个消息，全国科学大会将要召开。科学大会的召开，预示科学的春天即将到来。我们深受鼓舞，同时也就想到了自己应负的责任和使命。作为一家全国性的文学刊物，《人民文学》如能在这个时候组织1篇反映科学领域的报告文学，读者一定会喜欢看的，同时也可借此推动思想解放，呼吁人们尊重知识、尊重知识分子。"① 另一位编辑涂光群谈得更为详细，他指出邓小平在1977年7月的正式复出是催生《班主任》和《哥德巴赫猜想》最为关键的因素：邓小平在7月21日、8月8日、9月19日的几次讲话中，提出了"完整准确地理解毛泽东思想""教育战线要拨乱反正""正确对待知识分子"等一些非常重要的思想观点，"作为处于'潮头'刊物位置的《人民文学》编辑，我们可以说是'闻风而动'。我们很想通过短篇小说、报告文学，反映科学、教育战线的拨乱反正，以便多少尽一点文学推动生活的责任。"② 之后《人民文学》编辑部如何确定陈景润作为选题、如何约请徐迟采写，该文发表后又怎样轰动一时，陈景润和徐迟怎样受到偶像一般的追捧，都早已是人们耳熟能详的文坛掌故。

问题在于，研究者往往由此出发，将关注点全部转移到署名作者徐迟身上，而多少忽略了《哥德巴赫猜想》的"隐含作者"，即《人民文学》编辑部，以及背后的意识形态领导力量。毫无疑问，如果没有他们的规划、组织，《哥德巴赫猜想》的写作根本不可能实现。因此，应该追问的是，以文艺作品配合思想解放的方案是如何产生的？又为何选择"报告文学"作为推动思想解放和文学变革的突破口？解决这些疑点，首先就要考察当时的文艺界领导、编辑、作家，是如何理解报告文学的文

---

① 周明：《春天的序曲——〈哥德巴赫猜想〉发表前后》，《百年潮》2008年第10期。
② 涂光群：《五十年文坛亲历记（上）》，辽宁教育出版社2005年版，第243页。

体特征与社会效用的。

"新时期文学"的生产，是与文学体制的修复同步展开的。恢复秩序的工作以重回"文革"之前、延续"十七年"的格局为基本方针，包括权力机构（中国文联、中国作协）的恢复，"机关刊物"（《人民文学》《文艺报》）的复刊，张光年、周扬、冯牧、陈荒煤、林默涵等人先后"复出"等内容，可谓千头万绪，但其中也有缓急之分。据张光年1977年7月24日日记，他当日应约与国家出版局领导王匡和王子野商谈工作问题，并达成一致："先抓两个刊物，主要是《人民文学》。"① 张光年当即走马上任，《人民文学》也迅速成为密切配合中央"思想解放"的顶层设计、以符合需要的文艺作品"形象化"落实各项方针政策的前沿阵地。

对张光年这些以"官员"身份重返文坛，并迅速担起繁重的领导工作的人们而言，"回到十七年"不只是思想理论方面的务虚问题，也是在领导方式、工作方法等务实层面的延续性和历史惯性。"十七年文学"领导文学创作的思维模式，类似于"计划经济"的部门化管理，它将文学按不同体裁分门别类，并定期进行阶段性的分述与评析。这样的认知与领导方式，也不动声色地移植到"新时期"之中。例如冯牧在参与1978年首届优秀短篇小说时谈道："现在看，短篇小说把戏剧抛在后面了。文艺创作的发展是不平衡的。'四五'时期，诗歌有声有色；有个时期是戏剧活跃；最近一年，短篇小说又出乎于其他创作之上，活跃而又有声有色。"② 在此基础上，对应着社会主义建设的进程，某一文类会因自身独

---

① 张光年：《文坛回春纪事》，海天出版社1998年版，第22页。据刘锡诚《在文坛边缘上——编辑手记》介绍，张光年"大约是最早被安排工作的为数不多的老一辈领导人和文艺名人之一"，"'文化大革命'前夕，他就是《文艺报》的主编。'文革'初期，被中国作家协会的造反派拉下马来，受到群众组织和中央专案组的审查，被扣上'文艺黑线干将'的罪名，并于1969年10月与作家协会两派群众组织以及领导干部一起，下放到了湖北咸宁文化部'五七干校'。1971年干校开始陆续分配干部，继而咸宁干校被撤销，合并到天津南郊静海团泊洼干校后，他又于1975年10月6日到了静海干校。但他只在那里呆了13天，就于10月18日接到回京通知，文化部留守处遂向他宣布了审查结论（定性为'严重路线错误'），并被安排在国家出版局当顾问。据张光年的日记，他作为出版局的顾问，曾参与了《人民文学》复刊的工作"。参见该书第6页。

② 刘锡诚：《文坛旧事》，武汉出版社2005年版，第111页。

具的"功能"特征,而在不同阶段受到大力倡导。例如,短篇小说因为"能迅速、敏捷地反映生活",而一直受到重视①。与短篇小说相比,报告文学有着相似的短小、灵活的形态特征,二者在五六十年代都被喻为文艺战线的"侦察兵"和"轻骑兵",而且报告文学因其更强的"普及性",具有其他文类不可替代的政治宣传和社会动员功能,而自 50 年代末起就备受瞩目。《文艺报》于 1959 年第 3 期刊发《迫切需要反映人民公社新气象的报告文学作品》的短评,提出特别需要报告文学这类小型作品,及时反映人民公社的成长和发展,并号召各报刊文艺栏协助组织作家写作。一年之后,《文艺报》(1960 年第 19 期)又刊发昭彦(黄秋耘)的《充分发挥报告文学的革命威力》,继续提倡报告文学的创作。1964 年第 4 期,《文艺报》再次组织"要让报告文学遍地开花,迅速反映社会主义时代"专栏。其中包括专论《进一步发展报告文学创作》《新人新风尚——报告文学的战斗主题》《读〈大寨英雄谱〉,赞大寨精神》三篇文章。这些文章的共同点是,它们都以对于社会的"价值标准",而不是"文学标准",认定和倡导这种文学样式,并且将报告文学的生产,与当前政治生活的中心任务直接联系。

由此已可看出,"新时期文学"对报告文学的最初征用,逻辑线索其实埋藏在"十七年文学"之中。而如果要为"新时期"与"十七年"的历史性"对接",寻找一个确切的坐标的话,1963 年 3 月召开的"报告文学座谈会"应是重要节点。这次会议由《人民日报》编辑部和中国作协联合召开,是我国举行的第一次专门讨论报告文学的创作会议,历时 11 天,由邵荃麟主持,夏衍、胡绩伟等三十多位作家、记者出席。有趣的是,徐迟也参加了这次会议,他的两篇描写知识分子的作品《鱼的神话》和《祁连山下》,还在与会者中形成了热烈讨论,并被写入袁鹰、朱宝蓁、吴培华三人执笔的会议纪要。这篇纪要会后发表在《新闻业务》

---

① 洪子诚:《中国当代文学史》,北京大学出版社 2007 年版,第 77 页。冯牧在 1979 年所作的《短篇小说——文学创作的突击队》一文中说:"我们的短篇小说创作历来有着站在时代前列,也站在整个文艺战线前列的优良传统。建国以来我国文艺创作的发展历程中,短篇小说常常起着突击队、尖刀班、轻骑兵的作用的。"参见《冯牧文集》第 2 卷,解放军出版社 2002 年版,第 94 页。

1963年第5—6期合刊上，其中第一部分题为"为什么要开这个会？"，对会议的政治背景作了说明：1962年9月召开的中共八届十中全会，提出"我国人民当前的迫切任务"，是"贯彻执行毛泽东同志提出的以农业为基础、以工业为主导的发展国民经济的总方针"，这就加重了文艺工作者和新闻工作者"及时表现时代精神，迅速反映现实生活斗争"的责任。在这种情况下，还未得到应有重视的报告文学，应该发挥更大的作用。因此，有参会者总结说，这次会议的重大收获，就是"扫除了把报告文学列为二等文学的错误观念，提高了报告文学的'级别'，使它和小说平起平坐"①。

会议对报告文学的概念作了界定，将"特写""文艺性通讯""文艺性速写"等不同称谓统一"正名"为"报告文学"。邵荃麟在"世界"和"中国"的两重维度讲了报告文学的起源和发展：

> 报告文学是无产阶级革命文学运动中出现的一种新的形式，高尔基称它为"战斗的文学"。高尔基的《一月九日》、约翰·里德的《震撼世界的十天》、基希的《秘密的中国》、绥拉菲莫维支的《铁流》、伏契克的《绞刑架下的报告》，都是杰出的报告文学，在革命事业中起过极大作用。在我国，从第一次国内革命战争时期起，就开始出现革命的、进步的报告文学作品。一九二六年，陆定一同志就写过《五卅节的上海》。以后，夏衍同志写了《包身工》，宋之的同志写了《一九三六年春在太原》，这是两篇出色的报告文学。抗日战争开始，报告文学有了更大的发展。②

---

① 袁鹰、朱宝蓁、吴培华：《报告文学座谈会纪要》，《新闻业务》1963年第5—6期合刊。
② 从词源学的角度讲，"报告文学"（reportage）是一个外来概念，源出德语词reportague，它产生于1920年左右，与十月革命影响下德国工人运动的兴起直接相关，起初大量刊登在德国共产党的报纸杂志上。这种取材于新闻事件，简单直接地反映生活的文学样式，广受工人群众的欢迎。捷克著名记者基希（Egon Erwin Kisch，1885—1948）1921年迁居柏林，参与左翼报刊的编辑工作，并写出了许多极具影响的报告文学作品。与此同时，列宁、高尔基等人也在苏联大力提倡报告文学的创作，列宁亲自为描写苏联十月革命的报告文学《震撼世界的十天》（美国约翰·里德著）写序。报告文学由此被普遍认作世界无产阶级的新型文学形式。因此，报告文（转下页）

关于报告文学的"基本特征",大会经讨论后形成一致看法:"一、写真人真事或以真人真事为基础;二、迅速反映当前现实斗争,反映时代精神,具有强烈的战斗性和鼓舞作用;三、主要从正面歌颂先进人物、先进事迹;四、用文学语言、文学构思来进行写作,与一般新闻通讯有别。"这次会议标志着,"十七年"对于报告文学的文体认识与生产特征,已经在理论层面形成了成熟的模式。只是由理论思考到创作实践的转化,因"文革"的展开而被迫中断。

值得一提的是,《文艺报》也以《充分发挥报告文学的战斗作用》(1963年第4期)为题,对此次座谈会作了报道。而在"文革"结束后,最早重提报告文学的文章之一,是孔罗荪的《充分发挥报告文学的战斗作用》(《解放日报》1977年6月19日),它一字不差地"复制"了14年前《文艺报》的文题。这看似巧合,实则象征性地标示出报告文学"重启"

(接上页)学在30年代译介到我国时,即与左翼文学运动密切相连。自1930年第3期起成为左联机关刊物的《拓荒者》,即登载《德国的新兴文学》(日本川口浩著,冯宪章译)、沈端先(夏衍)《到集团艺术的路》等文章,介绍这种新兴的文学样式。1930年8月4日左联执委会通过的《无产阶级文学运动新的情势及我们的任务》(载《文化斗争》1930年8月15日第1卷第1期)中提出:"从猛烈的阶级斗争当中,自兵战的罢工斗争当中,如火如荼的乡村斗争当中,经过平民夜校,经过工厂小报、壁报,经过种种煽动宣传的工作,创造我们的报告文学(Reportage)吧!"随后,1931年11月左联执委会决议《中国无产阶级革命文学的新任务》(载《文学导报》1931年11月15日第1卷第8期)中明确提出:"现在我们必须研究并且批判地采用中国本有的大众文学,西欧的报告文学,宣传艺术,壁(报)小说,大众朗读诗等等体裁。"基希在1932年到中国实地采访,写成报告文学集《秘密的中国》,经周立波的翻译和大力介绍,在中国,特别是解放区产生了很大影响。到了"新时期",在理论上重述报告文学"伟大的传统"时,一般沿着这样的谱系展开:基希—约翰·里德—列宁、高尔基的理论倡导—斯诺(《西行漫记》)、史沫特莱(《一个中国绅士的轮廓》)、安娜·路易斯·斯特朗(《中国游记》)—夏衍《包身工》—茅盾主编的《中国的一日》等群众性写作—魏巍《谁是最可爱的人》。"新时期"对报告文学合法性地位的追认,主要以两种方式展开,一是有选择地重新刊登30年代介绍报告文学的经典文献,如茅盾的《关于"报告文学"》(原载《中流》1937年2月20日第1卷第11期),重新发表于《时代的报告》创刊号(1980年第1期)。夏衍关于报告文学是"集团艺术"的说法,此时也常被引述;二是通过文艺界领导、作协批评家关于报告文学的文章及讲话,张光年、冯牧、陈荒煤、刘白羽这一时期等都有书面文稿直接谈及。关于"报告文学"的概念及历史,主要参考文献有:杨如鹏《试论报告文学的起源、形成和发展》,《时代的报告》1981年第4期;佘树森、陈旭光《中国当代散文报告文学发展史》第1编,北京大学出版社1996年版;丁晓原《20世纪中国报告文学理论批评史》上编,安徽大学出版社1999年版。

的方式：经由一条看不见的暗线，报告文学被嫁接到"十七年文学"的中断处。"新时期"对报告文学的认识和征用，其实是以"死火重温"的方式，重新激活未被耗尽的历史能量，以回归的姿态展开新时代的文学。

二 "评奖"与"主流文学"的建构

至此，对新时期"报告文学热"的来龙去脉，以及报告文学一跃而为"一等文类"的历史逻辑，我们已经把握了属于"前因"的一半。但在80年代之前，这股"热潮"还只是在场者才能感受到的温度，距离可以落实到《当代中国文学概观》中的"文学史结果"，还缺少一个"制度化"的中间环节。

在"十七年文学"中，文学体制对于文艺方向的具体领导，如文学成规的确立、经典作品的圈定、"越界"作品的批判，基本依靠直接的行政手段。"新时期"对文学生产的管控方式，是在对"十七年"的复归中开始，因此没有发生激烈的变化。但随着"现代化"成为国家和党的中心任务，文艺的方针、政策也要作出相应调整。单一化的行政领导严厉、僵化、刻板的面目，就与时代主调不相匹配。奖励制度的设立，就是文艺界在领导方式上重要的"制度创新"。尽管"文学艺术的奖励制度具有明确的意识形态性，权力话语以隐蔽的方式与此发生联系，它毫不掩饰地表达着主流意识形态的意图和标准"[①]，但是以隐蔽、间接的引导机制，部分取代简单、粗暴的干预，仍被视作具有进步意义的积极信号。

由于"十七年"制度性文学评奖的空白状态，1978年由中国作协委托《人民文学》编辑部举办的首届全国优秀短篇小说评选（1978年启动，1979年3月颁出，评选范围为1976年10月至1978年12月的短篇小说），常被记为首创之功。但在为数不多的研究中，对于这次评奖意义的认识，基本停留在这样几个层面："以笔者看，其一，也是最大的收获是，使一些有才能的青年作家脱颖而出，得到了公众的公认；其二，25篇作品的评出，标志着我们的新时期文学已经走出了'四人帮'文学教

[①] 孟繁华：《1978：激情岁月》，山东教育出版社1998年版，第238页。

条影响的阴影,逐渐向着文学的本义回归;其三,以'伤痕文学'为开路先锋的新时期文学横空出世,开了一代文学新风。"① 这段引文来自回忆录《在文坛边缘上》,该书作者刘锡诚参与了这次评选。这种认识的真实性无可非议,但在我看来,这里隐藏的问题是,第一,囿于作者的"当事人"身份,他不能或不愿从"文化政治"的角度,看待评奖制度"接纳"与"排斥"、促进自由与设定限度并存的两面性。评奖的过程,其实也是意识形态以制度化的形式,推进"主流文学"的建构和"文学成规"的确立的过程。其中的暧昧之处,确如程光炜所言,"80年代的'主流文学'已经不是过去那种传统的面貌了,不是单质化的了,它吸收了很多不同的成员、观念、形态,是一种'主旋律'与'多样化'结合的产品。它的目的,是要与'新时期叙述'相适应,但是,并没有放弃基本的态度和立场"②。因此,尽管评奖以"繁荣创作"作为宗旨,纳入了符合"双百方针"的"多元化"考量,但归根结底,由作协举办的这类评奖活动,在最初几年依旧是一种领导和管理的手段。周扬、张光年在颁奖仪式的讲话中,经常使用"检阅"这个与"文化领导权"密切相关的词汇,来为评奖活动定性③。在"领导"与"自由"的关系问题上,周扬谈得非常清楚:"现在有的文艺工作者,有一种企图摆脱党的领导的言论和倾向,这是错误的,应当加以批评和帮助。如何正确对待文学艺术这类意识形态,是一个比较复杂的问题。既要有领导又要有自由。简言之,就是要有有领导的自由。"④

另外,不应孤立地看待某一奖项的意义,而忽略它们背后的"总体设计"。笔者认为,中国作协1979年设立的短篇小说评奖,1981年同时

---

① 刘锡诚:《在文坛边缘上——编辑手记》,河南大学出版社2004年版,第192页。
② 程光炜:《当代文学批评方式的转移——从1981年〈苦恋〉风波中引出的一些问题》,《文学讲稿:"八十年代"作为方法》,北京大学出版社2009年版,第317页。
③ 参见周扬《按照人民的意志和艺术科学的标准来评奖作品——在全国优秀中篇小说、报告文学、新诗评选发奖大会上的讲话》,《文艺报》1981年第12期;张光年《社会主义文学的新进展——在全国四项文学评奖授奖大会上的讲话》,《文艺报》1983年第5期。
④ 周扬:《按照人民的意志和艺术科学的标准来评奖作品——在全国优秀中篇小说、报告文学、新诗评选发奖大会上的讲话》,《文艺报》1981年第12期。

举行的中篇小说奖、报告文学奖、中青年诗人优秀新诗奖［后改为全国优秀新诗（诗集）奖］，1982年创办的茅盾文学奖，构成了一个前后联系、逻辑连贯的整体，体现着主流意识形态对于"新时期文学"格局的想象、规划和认定。这些奖项的设置，不仅奠定了一批作家作品的地位，也在类型学的尺度上，确立了居于中心位置的文类形式。

具体而言，1981年三项评奖的设置，报告文学是最大的受益者。评奖客观上提升了报告文学的"级别"，将其纳入主流文学的组成部分。在这背后隐藏的意识形态目的，大有讨论的余地。只是真正有效的分析，不能从已经固化为真理形式的"结果"出发，而要深入充满暧昧、博弈与冲突的"过程"之中。三项评选于1981年5月25日同时举行颁奖仪式，张光年在此前一段时间的日记里，透露了许多鲜为人知的重要信息。

【1981年3月29日星期日多云】

秦兆阳在电话中建议中篇小说评奖与报告文学评奖同时举行，使评奖结果增加昂扬气息，我表示同意，请他在明天评奖会上提出供商讨。晚间与罗荪谈话，他感到为难，因报告文学评奖工作量超过中篇。他明天迁往西郊宾馆，中篇评奖会明天在那里开会三天。

【1981年4月4日星期六晴】

上午周明偕李玲修来，他们是到车站刚送走了黄宗英。黄到山东采访，将为《人民文学》写一篇东西，汪南宁偕往。周取去了校样，他对举办报告文学评奖仍有热望。……

下午看了罗荪亲自送来的《文艺报》为中篇评奖给党组、书记处的报告，包括篇目，说已选定十五篇。定4月15日发奖。报告对我提的几点建议，都拒绝了。日期也定得那么迫促，我很感诧异。……我反复考虑，报告文学评奖势在必行……

【1981年4月7日星期二多云】

上午去沙滩参加党组办公会扩大会，罗荪、葛洛、子奇、张僖、剑青、唐因、唐达成等与会，讨论举办文学评奖问题。我对此作了说明，提出几个问题，经过讨论，大家同意由《文艺报》、《人民文学》两家合办，提出设以冯牧为首的评委会，以阎纲、周明等组成工作组，及早形成一个备选名单，征求各地编辑部意见，希望能在5月中、下旬完成任务，请剑青召开第一次工作组会。

【1981年4月9日星期四阴】

上午冯牧来，他刚出院，听说我在抓报告文学评奖，要他主持，他马上投入这一工作，昨天已参加工作组会议，协同搞出备选名单，正待交首都各有关单位征求意见，下星期一可打印分发。他连说这是"明智"之举，不需花很大力气，可收良好效果。他认为一个月可以完成，争取与中篇小说同时发奖。……①

可以看到，报告文学奖评委会是在距离颁奖仅剩一个月的时间仓促上马的。而且张光年的"个人考虑"，似乎起到了重要的推手作用。一个困难的问题是，个人意志究竟可以在多大范围内产生影响，并最终转化为以方针、政策、制度的形式呈现的国家和集体意志？这一问题，关系到全部历史生成的必然和偶然性，已属历史哲学的范畴，这里无须讨论。对本文来说，关键的问题是，张光年的"考虑"从何而来？又为何得到冯牧等人的全力支持？背后隐藏的是怎样的对于文学的想象和设计？这些疑点，我将在下一节结合获奖篇目加以探讨。

三 "伤痕"之后的文学想象

评选工作在作协统一主持下迅速展开，中篇小说评奖委托《文艺报》主办，新诗评奖委托《诗刊》社主办，报告文学评奖委托《文艺报》和《人民文学》联合主办。报告文学奖评委会由冯牧、刘白羽、李春光（以上《文艺报》）、刘剑青、严文井、袁鹰（以上《人民文学》）和张光年

---

① 张光年：《文坛回春纪事》，海天出版社1998年版，第233、236、237页。

组成，前期工作由《文艺报》《人民文学》《人民日报》文艺部、中国文联研究室、《当代》编辑部组成的工作小组进行。"工作小组首先同各有关单位反复磋商，提出了一部分仅供参考的初选篇目。同时致函各地作协分会，请他们推荐备选的篇目。不到半个月的光景，来自全国各地一封封打着'急件'字样的函件，装着一张张填好的推荐表，载着一片片热烈而真挚的心意，纷纷飞到了北京。各地作协分会推荐的篇目共达一百多篇。"① 与此同时，报告文学评奖启事刊登在《文艺报》（该年度为半月刊）1981年第9期上。经过一个多月的工作，评委会最终选出30篇报告文学作品。为讨论方便，获奖名单②抄录如下：

1	《哥德巴赫猜想》	徐　迟	《人民文学》1978年第1期
2	《地质之光》	徐　迟	《人民文学》1977年第10期
3	《人妖之间》	刘宾雁	《人民文学》1979年第8期
4	《一个人和他的影子》	刘宾雁	《十月》1980年第6期
5	《大雁情》	黄宗英	《十月》1979年第1期
6	《美丽的眼睛》	黄宗英	《上海文艺》1978年第6期
7	《船长》	柯　岩	《人民文学》1979年第11期
8	《特邀代表》	柯　岩	《人民日报》1980年4月26日
9	《中年颂》	理　由	《北京文艺》1979年第11期
10	《扬眉剑出鞘》	理　由	《新体育》1978年第6期
11	《热流》	张　锲	《当代》1980年第4期
12	《励精图治》	程树榛	《当代》1980年第2期
13	《命运》	杨匡满 郭宝臣	《当代》1979年第2期
14	《祖国高于一切》	陈祖芬	《人民日报》1980年10月2日
15	《从悬崖到坦途》	雷　铎	《解放军文艺》1979年第6期

---

① 本刊记者：《为了明天——记全国优秀报告文学评奖活动》，《人民文学》1981年第6期。
② 《文艺报》1981年第11期。

续表

16	《彭大将军回故乡》	翟禹钟 何力库 罗海鸥 江立仁	《中国青年》1979年第3期
17	《铁托同志》	刘白羽	《人民文学》1980年第4期
18	《一封终于发出的信》	陶斯亮	《诗刊》1979年第1期
19	《线》	祖慰 节流	《长江文艺》1980年第12期
20	《为了周总理的嘱托》	穆青 陆拂为 廖由滨	《人民日报》1978年3月14日
21	《勇士：历史的新时期需要你》	韩少华	《人民日报》1980年11月1日
22	《笼鹰志》	李玲修	《人民文学》1980年第2期
23	《正气歌》	张书绅	《鸭绿江》1979年第5期
24	《赤子之心》	杨笑影	《解放军文艺》1979年第5期
25	《无声的浩歌》	任斌武	《人民文学》1980年第8期
26	《历史之章》	金河	《鸭绿江》1979年第10期
27	《划破夜幕的陨星》	王晨 张天来	《光明日报》1980年7月21、22日
28	《爱情的凯歌》	艾蒲 向明 郭光豹	《解放军报》1979年4月12日
29	《写在她远行的路上》	马继红 王宗仁	《人民文学》1980年第8期
30	《从青工到副教授》	杨世运 孙兴盛 史祥鸾	《中国青年》1979年第5期

尽管留给评委会的时间相当紧迫，但是这份名单的最终出炉，还是经过了较为充分的讨论。1981年5月5日（距颁奖大会20天），中国作家协会党组、书记处举行联席会议讨论中篇小说、报告文学、新诗三项评奖问题；5月18日，冯牧主持的报告文学评奖会在新侨饭店举行，评委会讨论并最终定下了获奖篇目，并内部公开，根据各方意见，又作出

微调①；5月21日，贺敬之、张光年、孔罗荪三人私下约谈，讨论周扬和贺敬之对评奖篇目的意见，最终达成一致，不再改动。与同时评选的中篇小说和新诗奖相比较，报告文学的评选过程相当顺利，争议最少，几点分歧也很快取得一致②。

这30篇获奖作品，可以说是作协直接"圈点"的报告文学"经典"或"中心"作品，代表着值得提倡的先进方向。虽然没有成文的"评审条例"，但评委会高度一致的评选标准，不难从几位评委关于报告文学的文章和讲话中推断。刘剑青认为获奖作品"无论就其题材的广阔性和主题的深刻性，抑或就其人物的多样性和生动性来说，都有新的起步和发展，它们出色地反映了党的三中全会以来不同人物于'十年动乱'中苏醒、奋发、挺进的雄姿伟貌，和推动社会向前发展的时代音响，获得了不容忽视的重要成就"③；冯牧认为："早在三中全会前后，我们的一些报告文学作家就以他们强烈的政治责任感、真诚的革命情绪和可敬的艺术勇气直接参与了拨乱反正的战斗；我们从许多作品中听到了时代的声音，人民的声音；它们促进了社会前进的战斗步伐；它们帮助了党和人民扫除和廓清了前进道路上的障碍。"④ 张光年认为："粉碎'四人帮'以后的几年来，报告文学一直是打先锋的。在拨乱反正的斗争中，在向人民报告时代的佳音，描绘社会主义新人，反映群众的喜悦、疾苦、愿望和

---

① 据当日张光年的日记，获奖篇目原有黄钢写李四光的一篇，"傍晚周明来电话，说李四光的女儿和不少科学家不赞成选这篇，我同意撤下了"，后来评委会还就此篇文章的问题，征询地质部党组的意见。参见《文坛回春纪事》。

② 新诗奖与中篇小说奖的争议焦点，分别是叶文福的《将军，不能这样做》，和张一弓的《犯人李铜钟的故事》。报告文学奖的评选过程中，只有两点小分歧，一是可否选入一篇黄钢的作品，二是否选入遇罗锦的《一个冬天的童话》，但很快达成一致。参见刘锡诚《在文坛边缘上——编辑手记》，河南大学出版2004年版，第564、570页；张光年《文坛回春纪事》，海天出版社1998年版，第250页；本刊记者《关于〈一个冬天的童话〉》，《当代》1999年第3期。

③ 刘剑青：《鸟瞰春潮起涨——略评1977—1980年获奖的报告文学作品》，《文学评论》1981年第5期。

④ 冯牧：《报告文学应当有广阔的道路》，《时代的报告》1983年第2期。

要求这些方面,报告文学有时起着直接推动生活前进的作用。"①

冯牧勾勒出的"拨乱反正"与"促进社会前进"的两场"战斗",与张光年将报告文学视为"拨乱反正"和"描绘新人"的"先锋"别无二致。从题材的角度看,报告文学对这两场战役的"直接参与",是这一时期最为活跃的部分。但由于报告文学的文类性格,它在两个战线上投入的力量并不均衡。在30篇获奖作品中,以"揭批'四人帮'"为主题的共有8篇,占26.7%;而与"塑造社会主义新人"相关的作品则有16篇,占53.3%,其中倾向已见端倪。但由于评选作品的时间范围纵贯"文革"结束后的四年,因此在题材选择与社会功能的意义上,还没有明显体现出与其他文类"分离"的特殊之处。

随着国家的中心任务转移到经济建设上,"走向现代化"成为唯一的支配性叙述,揭批"文革"的文学叙事逐渐失去它的重要性,在文学上"告别伤痕"的呼声也越发强烈。冯牧即以"愈合'伤痕'和走出'伤痕'之后"为题,评论1981年全国短篇小说奖的获奖作品。1983年,为了彰显现代化建设的昂扬基调,第二届全国优秀报告文学奖(1981—1982)与第一届全国优秀新诗(诗集)奖(1979—1982)、1982年全国优秀短篇小说奖、第二届全国优秀中篇小说奖(1981—1982)同时颁发。冯牧再次主持报告文学评奖,并在对四项评奖获奖作品的评论中,"特别推荐"了报告文学取得的成绩:"十二大以后,各条战线都在调动一切积极因素,最终目的是对于'四化'伟业作出力所能及的贡献。比起其他文学门类,近年来出现的报告文学更鲜明、更生动、更丰富地反映了我们伟大的时代。"② 在另一个场合,冯牧以评委的身份,难掩兴奋地谈起了自己的评奖感受:"从四项评奖看,特别激动的,是报告文学。二十五篇优秀作品,没有照顾的,没有滥竽充数的。每一篇都反映了我国'四化'建设各条战线上许许多多过去很少注意到了和了解到的斗争生

---

① 张光年:《社会主义文学的新进展——在全国四项文学评奖授奖大会上的讲话》,《文艺报》1983年第5期。

② 冯牧:《四项文学评奖获奖作品的一些特点》,《冯牧文集》第2卷,解放军出版社2002年版,第430页。

活。……也有揭露生活阴暗面的，但只有一两篇，其余的都是写生活中正面的，反映时代不断前进的新人新事、新思想、新风尚。"①

在此时的文艺领导看来，从现代化建设的总任务着眼，迫切需要的是能够鼓舞士气、给人民以信心、"团结一致向前看"的文艺。因此，再一次在"功能性"的意义上，报告文学受到格外的重视和提倡，并在上层的构想和设计中，逐渐与"小说"有了"对立化"的分工。时任《当代》主编，组织过多篇报告文学获奖作品的秦兆阳的看法，很具代表性："我们这个时代，从文学的社会功能来讲，要大力提倡报告文学。这是一个转变的时代，许多新的事物在涌现，许多矛盾在起作用，小说、诗歌不可能那么快地来反映这些生活内容，必须同时提倡报告文学，作为文学的一翼……如果有那种应该严加批判的事实，我们也可以组织人写的。但同时也感觉到，用小说的形式写这类题材较合适。"② 在这些"主流批评家"鼓吹报告文学的文字里，尽管他们以"切中时利"与"切中时弊"分别对应报告文学和小说的社会效用，但也隐隐透露出对小说与"现代化"总任务不能保持统一步调的忧虑，也预示了小说主潮与意识形态主流分道扬镳的结局。

与对小说的不信任相反，"主流批评"对于报告文学的信心，还有一个重要的原因，那就是报告文学的创作，依旧保持着"计划生产"的模式，因而具有很强的操作性与可控性，"要开扩题材范围，更多更快地反映现实中的积极事物，使人民通过具体的事实看到希望。……但是要坐等这样的小说来稿是很困难的。因为小说的取材和生产的时间不是能由编辑室主观努力来决定的，只有组织报告文学的写作才能达到这个目的。"③ 正如前文指出的，徐迟并不是《哥德巴赫猜想》的唯一生产者，在当时流行的"一人一事"的报告文学模式中，自上而下的"领导—编辑—主人公—作家"配合联动的链条，才是真正意义上的生产者。领导指出方向、编辑具体组

---

① 《大力发展报告文学努力反映伟大时代——本刊编辑部邀请文艺界领导同志和部分报刊负责人举行座谈会》，《时代的报告》1983年第5期。

② 刘剑青、秦兆阳、梅朵：《报告文学的现状与展望——〈人民文学〉〈当代〉〈文汇月刊〉编者答本刊记者问》，《文艺报》1982年第2期。

③ 同上。

织、主人公讲述故事、作家执笔完成,环环相扣地串联成一条完整的生产链。一篇出色的报告文学的产生,需要每一环节的默契配合。

这就是为什么在已被"传奇化"的幕后故事里,"电话"往往成为改变报告文学作者一生命运的重要道具。"到七七的夏天,《人民文学》杂志社打来了长途电话,就问我,是不是可以写李四光的文章,我当时就说可以试一试"(《地质之光》)①;"《人民文学》打来了电话给我,让我写陈景润,当时,我就有点摇摆,写不写?跟家里人一说,家里就反对:这个人不能写,你别写他"(《哥德巴赫猜想》)②;"大约是1980年初,人文社现代编辑室副主任孟伟哉读到一本刊物,叫《四·五论坛》。上面有文章,介绍遇罗克事迹,并附有其妹遇罗锦文章。文章中留有电话。孟伟哉拨通号码,接电话的人正是遇罗锦"(《一个冬天的童话》)③。

在张光年的日记里,也大量存有与徐迟、陈祖芬、黄宗英、李玲修、刘宾雁等报告文学作家约谈、商量修改意见的记录。两位编辑刘剑青和秦兆阳,也以今天看来匪夷所思的坦率,谈起他们这一"环节"的作用:

> 责任编辑……要具有较高的政治敏感和充沛的活动能力,要善于眼观四路,耳听八方,沟通上下,广结良友,特别是要熟悉报告文学作家的创作个性。不然的话,就难于及时地表现可以表现时代精神风貌、动人心弦的题材线索。(刘剑青)
>
> 我们组织报告文学作品的线索多半是从报纸上或自己听到或想到的。比如报上看到某些消息,觉得可以作为报告文学的题材,就跟当地,或跟写报告文学的作者联系,谁有兴趣就动员他去,或者当地有人写,就跟当地的有关组织联系,动员他们来写。(秦兆阳)④

---

① 徐迟:《关于报告文学问题的讲话》,《武汉师范学院学报》(哲学社会科学版)1979年第3期。
② 同上。
③ 本刊记者:《关于〈一个冬天的童话〉》,《当代》1999年第3期。
④ 刘剑青、秦兆阳、梅朵:《报告文学的现状与展望——〈人民文学〉〈当代〉〈文汇月刊〉编者答本刊记者问》,《文艺报》1982年第2期。

如果以"纯文学"的知识立场观之,这种具有"订购"性质、高度组织化的文学生产模式,自然是陈旧、低级的文学观念的产物。但如果因此反向上溯历史,简单否定报告文学的意义,却是犯了年代错误的价值判断。在历史发生的时刻,对"这一种"文学的倡导和高扬,正是"主流"文学规划的题中之意。张光年们相信,"及时地、敏锐地表现时代的精神和人民群众的心声,这本来是社会主义文学引以自豪的传统"①。将"新时期文学"归置并接续在"社会主义文学传统"的根脉上,是他们力排众议,勉力推行报告文学评奖的良苦用心,也是"报告文学热"得以发生的思想根源和上层动力。

四 结语:报告文学的历史宿命

大约自 2010 年起,针对报告文学理论与实践的积弊,一些作家和批评家以《人民文学》为阵地,强势推出"非虚构写作"的概念,冲击了"报告文学"对于纪实性文学的"垄断"。两个概念的暗斗,最终因阿来《瞻对:一个两百年的康巴传奇》的"零票事件"而变为明争,在文学界引发激烈争论②。在我看来,如果抛开争夺话语权的具体人事因素,参与争论的多数文章其实都未击中问题的实质。或许可以概括地说,"报告文学"是发源于 20 世纪左翼运动的、政治性的、强意识形态的概念,而"非虚构"则是脱胎于当代美国小说的、去政治的、去意识形态的概念。二者的话语之争,实际上仍未脱出 80 年代"社会主义文学"与"纯文

---

① 张光年:《新时期社会主义文学在阔步前进——在中国作家协会第四次会员代表大会上的报告》,《张光年文集》第 3 卷,人民文学出版社 2002 年版,第 415 页。

② 2014 年 8 月,第六届"鲁迅文学奖"评选结果公布,阿来的长篇纪实作品《瞻对:一个两百年的康巴传奇》参选"报告文学"类评选,最终却得零票。阿来对此表示愤怒,公开发文从评奖体例、评奖程序和作品质量三个方面,质疑鲁奖评委会的评奖。论者普遍认为,鲁奖评委会的理据是,《瞻对》发表于《人民文学》的"非虚构专栏",曾获 2013 年"茅台杯人民文学奖"中的"非虚构"大奖,而其写作形式也不属于严格的报告文学。相关讨论,可参见丁增武《"报告文学"和"非虚构写作"之争的辨析与考察》,《雨花》2016 年第 2 期;尹均生《中国报告文学不是美国的"非虚构"写作》,《中华文化论坛》2015 年第 1 期。

学"截然歧途的内在逻辑。

作为一个历史概念,报告文学内在于中国文学的左翼传统、革命传统与社会主义传统。因而"中国化"的报告文学,始终内含着"向谁报告"与"为谁文学"的中国问题。因此,在"新时期"的起点,当文艺方针由"为政治服务"调整为"为人民服务,为社会主义服务",报告文学将其落实为具体、扎实的实践,在"向人民报告时代的佳音,描绘社会主义新人,反映群众的喜悦、疾苦、愿望和要求"的方面,起到过"直接推动生活前进"的作用。然而,这样的文体性格与生产模式,也决定了报告文学对一体化的制度环境,以及文学在社会生活中处于中心位置的高度依赖。报告文学的"兴起"或"衰落",都是一种历史的宿命,并非由其自身所能决定。由此我们可以回到本文的开篇,重新回应徐迟关于"报告文学时代来临"的预想。他的判断当然并未应验,但是他所依据的理由,报告文学是"社会主义时代的文学形式"的看法,却有其深刻的合理性。只是他所憧憬的"未来",很快变成了一种"历史遗产"。

对于重编文学史的行为,洪子诚在《中国当代文学史》的"后记"中作了这样的解释:"这次的编著,没有在《概观》的基础上进行,也没有采取集体合作的方式。主要原因是研究者之间,已较难维持'新时期'开始时的那种一致性。"但他随即又以感伤的笔调写道:"《概观》也许存在着这样那样的不足,但是,它的长处,它所表达的那种想象和情感,那种看待文学和世界的方式,在今天却已很难复现——而它们并非都是应该否定的。"[1] 如今我们也可以说,报告文学的历史实践,乃是"社会主义经验"的一部分,也正代表着一种"难以复现"的"想象和情感",以及"看待文学和世界的方式"。

2016 年 5 月 19 日初稿
2016 年 7 月 31 日改

---

[1] 洪子诚:《中国当代文学史》,北京大学出版社 1999 年版,第 429—430 页。

另一部"王蒙自传"
——《夜的眼》诞生记

赵天成

《夜的眼》初刊于1979年10月21日的《光明日报》[①],是王蒙重返北京后发表的第一篇小说。在为这篇论文的写作查找资料的时候,我有些吃惊地发现,无论是根据《王蒙文集》(人民文学出版社2013年版,共45卷)附录的"王蒙研究资料索引",还是通过"中国知网"搜索,关于这篇小说的研究文章都只有1篇,而且还是发表于1980年的一篇印象式批评[②]。

与研究者对该小说的普遍忽视相反的是,作家本人对它格外看重。2003年,王蒙接受了斯洛伐克汉学家高利克的采访,当高利克问到哪一部是他最好的作品时,王蒙回答说:"一九七九年我的小说《夜的眼》的发表是重要的。"[③] 而在《王蒙自传》中,王蒙辟出整整一节谈论《夜的眼》,称它为"这一段我的最值得回顾的作品"[④]。"这一段"指的是王蒙自1979年年末到1980年初夏的创作"爆发期"。以《夜的眼》为起点,短短数月中,王蒙还发表了中篇小说《布礼》《蝴蝶》,短篇小说《风筝

---

① 本文中,《夜的眼》的小说文本皆引自《光明日报》1979年10月21日第4版"东风"副刊,以下不另加注。
② 何新:《独具匠心的佳作——评王蒙〈夜的眼〉》,《读书》1980年第10期。
③ 王蒙、高利克:《有同情心的"革命家"》,《王蒙全集》第27卷,人民文学出版社2013年版,第255页。
④ 王蒙:《王蒙自传》第2部,花城出版社2006年版,第48页。王蒙的三部自传中,只有四部作品被王蒙辟专节讨论,另外三部是《组织部来了个年轻人》《青春万岁》和《春之声》。

飘带》《春之声》《海的梦》，这一系列作品奠定了王蒙在80年代文坛的地位。它们当时被冠以"探索""意识流"之名，在文坛激起强烈反响，也招致一些争议①。从"命名"即可看出，当时的论者主要是从艺术技巧的层面来评判它们的意义的。如李子云在写给王蒙的信中说："以《夜的眼》为开端……你在创作上开始了新的探求，你企图把复杂与单纯、现实与理想巧妙地结合起来。"②但在王蒙的自述中，《夜的眼》的起点意义，显然不只在于技术层面，"然而我始终不能忘情于这大约七八个月的喷发。《布礼》已经进入了情况，稍嫌生涩，不无夹生。《夜的眼》一出，我回来了，生活的撩拨回来了，艺术的感觉回来了，隐蔽的情绪波流回来了。"③

在一篇创作谈中，王蒙用"故国八千里，风云三十年"描述他这一时期的"小说做法"。略微了解王蒙经历的人都会知道，"八千里""三十年"，其实是王蒙对自己坎坷多事的前半生的概括。也就是说，当时所谓的"意识流"，实际上是一种高度依赖于"经验"的写作模式。在表面喧哗、流动、跳跃的叙述背后，作者的人生经历和历史体验才是小说真正的结构框架。因此，这些小说在不同程度上都可视作王蒙的"自叙传"。王蒙也曾坦然承认，"在我许多作品的人物身上，正面人物身上有我的某种影子"④。这提醒我们，只有把《夜的眼》重新放回到王蒙的个人命运和1979年的历史语境中，将作品与作家的自传、自述及其他"周边"信息对读，释放出作品隐藏的时代信息与历史冲动，才能明白王蒙为什么会在"重返"北京的时刻写出这样的小说。

---

① 这六篇小说中，《布礼》的写作最早，但发表比《夜的眼》略晚。花城出版社1981年10月出版《夜的眼及其他》，内收六篇小说的同时，一并收入了相关争鸣文章及新闻报道。

② 王蒙、李子云：《关于创作的通信》，《王蒙全集》第23卷，人民文学出版社2013年版，第48页。

③ 王蒙：《王蒙自传》第2部，花城出版社2006年版，第92页。

④ 王蒙：《创作是一种燃烧》，《王蒙全集》第21卷，人民文学出版社2013年版，第383页。

另一部"王蒙自传"

一　流放与归来

《夜的眼》的表层故事极为简单：恢复创作的陈杲来北京开会，并受边区领导之托走后门办事。小说的开篇，陈杲在城市夜晚来临的一瞬出场：

> 路灯当然是一下子就全亮了的。但是陈杲总觉得是从他的头顶抛出去两道光流。街道两端，光河看不到头。……
>
> 陈杲已经有二十多年不到这个大城市来了。二十多年，他呆在一个边远的省份一个边远的小镇，那里的路灯有三分之一是不亮的，灯泡健全的那三分之二又有三分之一的夜晚得不到供电。

王蒙对"光"极为敏感，也是描写"光"的高手。开篇看似白描的一笔，却投射出历史和个人命运的恍惚之感。主人公的身份之谜，就在这略显夸张的主观性描述中慢慢揭开。他来自边疆的小镇，重回阔别二十年的大城市，已生隔世之感。作者接着补叙了他此行的来由：

> 陈杲来到这个城市来是参加座谈会的，座谈会的题目被规定为短篇小说和戏剧的创作。粉碎"四人帮"后，陈杲接连发表了五、六篇小说，有些人夸他写得更成熟了，路子更宽了，更多的人说他还没有恢复到二十余年前的水平。

读到这里，老练的读者自然将主人公与作者本人联系起来[①]。王蒙却毫不顾忌小说的创作规律，继续如"自画像"一般量身描摹陈杲的体貌特征——"现在这一类会上他却是比较年长的了，而且显得土气，皮肤黑、粗糙"。又仿佛是对读者的解读能力过于担心，王蒙在小说的中段进

[①] "开会"的情节桥段，也基于王蒙的亲身经历。在正式调回之前，王蒙曾几次到北京"出公差"，其中一次是在1979年2月，王蒙来京出席人民文学出版社举办的长篇小说座谈会。

一步披露陈杲的"身份"信息。

> 这种倒胃口的感觉使他想起二十多年前离开这个大城市来。那也是一种离了群的悲哀。因为他发表了几篇当时认为太过分而现在又认为太不够的小说,这使他长期在百分之九十五和百分之五之间荡秋千,这真是一个危险的游戏。

这当然指涉那场因《组织部来了个年轻人》而起的"文祸"。至此无疑,王蒙就是陈杲的"原型",作家写陈杲就是在写自己。而由于叙述者与作者的高度合一,《夜的眼》中抒写的感受与情绪,就必然牵连出一个看不见的潜层文本,那就是作者本人"流放与归来"的人生戏剧。尽管在小说中,这段故事被抽去了实在内容,仅仅压缩成"二十余(多)年"(仅在以上引文中就出现了四次)的词语。但若没有这"二十余年",一定不会有这篇小说的写作。因此,对王蒙"故国八千里,风云三十年"的简单回顾,不仅是对小说"前史"的必要补充,更是理解《夜的眼》写作动机的基本视野。

据《王蒙自传》,他在1953年开始文学创作。那时的王蒙,已经是北京青年团东四区委副书记了。"我的日常工作渐渐让我看到了另一面,千篇一律的总结与计划,冗长与空洞的会议,缺乏创意新意的老话套话车轱辘话"①,这让年轻气盛的王蒙心有不甘,而文学创作给他提供了"独异"的机会。他后来回顾说:"在计划经济的年代,差不多只有写作不由计划安排,你想写就写,写好了就能成事。"② 王蒙的同龄人刘绍棠、从维熙、邵燕祥都是年少成名,王蒙在和他们一起出席第一次青年创作者会议时,甚至心怀强烈的自卑感。但是,王蒙的才华很快显露,1954年年底就完成了长篇小说《青春万岁》初稿。1956年9月,《组织部新来的青年人》在《人民文学》发表,年底被选入作协编辑的年度短篇小

---

① 王蒙:《王蒙自传》第1部,花城出版社2006年版,第121页。
② 同上。

说选，随后引发《文艺学习》《人民日报》《文汇报》等多家报刊展开的热烈讨论①。写作之路一炮而红，王蒙在追忆中没有掩饰当时的真实心理："我喜欢这个，我喜欢成为人五人六，喜欢出名，喜欢成为注意的中心。"②

1957年夏天"反右运动"开始，形势急转直下。《组织部来了个年轻人》在"清理修正主义文学逆流"中被作为"毒草"点名。次年5月，王蒙被划为右派分子，开除党籍，8月下放到门头沟区斋堂公社军饷乡桑峪村劳动锻炼，后转到南辛房大队一担石沟市委造林大队③。1961年秋天"摘帽"，一年后分配到北京师范学院中文系，担任王景山教授的助教。60年代初，大学教师工资高，待遇好，王蒙暂时过上了潇洒滋润的小日子。他分到了位于景王坟的两居室楼房，房间向阳，采光极好。宿舍楼内就有电话。"那时的生活过得单纯而愉快。王蒙白天在学院上课或

---

① 仅《文艺学习》（韦君宜时任主编）一家刊物就收到来稿三百多篇。1957年年初，毛泽东数次对《组织部来了个年轻人》发表意见，认为"王蒙的小说有小资产阶级思想，经验也还不够，但他是新生事物，要保护"，"王蒙有文才，有希望"，洪子诚在《1956：百花时代》中对此有详细介绍。王蒙当时"红"的程度，《王蒙自传》给我们提供了另一个有趣的角度：仅在1956年，王蒙《组织部来了个年轻人》发表，收到稿费476元；《青春万岁》预审通过，收到预付金500元，《文汇报》带着500元要求连载（《王蒙自传》第1部，花城出版社2006年版，第149页）。根据王蒙其他的自述材料，王蒙19岁时每月工资87.5元，"相当于现在的六千元"；"《组织部来了个年轻人》稿费476元，相当于现在五万的感觉。"参见王蒙《人·革命·历史》，《王蒙全集》第27卷，人民文学出版社2013年版，第283—289页。

② 王蒙：《王蒙自传》第1部，花城出版社2006年版，第149页。

③ 从维熙当时也在这里劳动改造，他的回忆值得参考："北京日报、新华社北京分社以及北京出版社的老右，在农村改造时化整为零了，此时又在这儿重新会合。除了那些在状元府就熟悉了的伙伴之外，又多了从中共北京市委、团市委以及市总工会、市妇联来的右派分子。他们中间有'老革命右派'王志诚、叶向忠，还有市委各部门'新革命右派'白祖成、李建华、梁湘汉、薛德顺、钟鸿、张敦礼，市总工会系统的安福顺、蒋济南、王一成，妇联系统的李琦，以及团市委系统的黄慕尧、张永经、王蒙。右派分子的人数骤增，足足可编成一个连队。乍见王蒙时，他好像又消瘦了，因而使得他本来就像竹竿般的身子，变得更为顾长。他被划为右派，翻了几次烙饼：划上了，又推翻了；推翻了，又划上了。几个回合的反复，精神折磨可想而知。反右期间，我和他唯一的一次见面，是在批判刘绍棠的会上，当时他还在扮演着正面人物的角色，不过好景不长，厄运很快就降临到他的头上。"参见《走向混沌：从维熙回忆录》，花城出版社2007年版，第41页。

听课，晚间在家备课或批改作业。"① 到了节假日，王蒙会带着妻子和两个孩子逛公园，或者进城吃西餐。王蒙在东安市场买过西餐刀子、咖啡、可可粉、价格昂贵的外国唱片等"奢侈品"。此外，市委和学校领导对王蒙多有关照，他还可以出席市文代会，参加全国文联组织的西山读书会等活动。

但是，创作和发表作品越发困难起来，王蒙越来越感到在高校干不出名堂，"六十年代我在大学里有个差事不错，但是我还想个人奋斗"②，"我们的文学要的是写工厂农村，实际主要是写农村农民，在高校呆下去，就等于脱离了生活……我要的是广阔的天地"③。对于山雨欲来的政治风暴，王蒙也多少有些不祥的预感。因此，在西山读书会上，当新疆作协秘书长王谷林表示可以把他调到新疆工作时，王蒙当即作出决定。一些老朋友对王蒙的"自我流放"感到不解，黄秋耘就劝他先不要带家属去，留条退路。但王蒙决心已定，他不断用高尔基、阿·托尔斯泰的人生经历鼓舞自己。1963年12月下旬，王蒙和妻子崔瑞芳卖掉所有大件家具，携两个幼子——5岁的王山和3岁的王石，举家西迁新疆。尽管事态的发展最终证明了王蒙的明智，但他在回顾时还是难掩几分苦涩："不能简单地把我去新疆说成是被流放。去新疆是一件好事，是我自愿的，大大充实了我的生活经验、见闻及对中国、对汉民族、对内地和边疆的了解……新疆的干部、作家、群众……都对我很好。当然，如果没有'反右'运动中的被'扩大'，我大概不会去新疆。"④

到了新疆，王蒙先是被安排在省文联下属的《新疆文艺》担任编辑，随后到吐鲁番深入生活。1964年年底，再次因"右派"问题被取消下乡搞"四清"的资格，次年4月下放到伊犁市巴彦岱红旗人民公社二大队。伊犁市位于我国的西部边境，紧邻哈萨克斯坦，东距乌鲁木齐还有500公

---

① 方蕤：《凡生琐记：我与先生王蒙》，长江文艺出版社2008年版，第33页。
② 王蒙：《人·革命·历史》，《王蒙全集》第27卷，人民文学出版社2013年版，第263页。
③ 王蒙：《王蒙自传》第1部，花城出版社2006年版，第218页。
④ 王蒙：《文学与我——答〈花城〉编辑部××同志问》，《王蒙全集》第23卷，人民文学出版社2013年版，第67页。

另一部"王蒙自传"

里，离北京则有 3000 公里之遥，真正是天高皇帝远。不得不说，王蒙在这里经历"文革"，真是人生大幸。如王蒙所回忆的："严格地说，巴彦岱谈不上有什么文化大革命，稍稍学学样而已。"① 王蒙没有受到多少实际的冲击，只是被取消公社大队副队长的职务，依旧留在大队做翻译②。在全国知识界斗得天翻地覆之时，王蒙基本还是过着"三不管"的太平日子，家庭关系和谐融洽，与新疆老乡也相处愉快。1971 年 5 月，王蒙被分配到乌拉泊文教"五七干校"劳动，被认定是没有问题的"五七战士"，并一次性补发了自 1969 年起扣发的工资两千多块。

身在历史之中的当事者，无论如何也不会超然绝世。王蒙庆幸之余，也常怀"弃民"之感："离开了大城市，再离开次大城市。不能'用'，不能上台盘也不能工作。实际上已经被剥夺了许多公民权，受到了各种贬斥。"③ 他仍然盼望着什么，却又不敢盼望，壮志隐隐，犹在心底。幸运的是，王蒙为我们保留了一些生动鲜活的细节，使我们可以走进他当时的内心曲折：

> 一九七二或一九七三年的新年，我与几位文联的同事饮酒，喝得较多，我已经哭哭笑笑，语无伦次。原籍伊犁查布察尔县的锡伯族作家忠禄兄便也乘酒兴大喊，我们一起回伊犁去，乌鲁木齐有什么好？第二天他们告诉我，我则叫道："不是，我不是想回伊犁，不是回伊犁……"我拼命地敲着桌子，把桌面敲出几个小坑，把自己的手指也敲裂了，鲜血流渗。共饮者分析，这时他们才恍然大悟，王蒙不管讲过多少伊犁的好话，王蒙不管怎样地与伊犁语言风俗认同，王蒙之志并非伊犁，而是意在北京。④

1976 年，王蒙终于等来了命运的转机，"都说一九七六年把四个人抓

---

① 王蒙：《王蒙自传》第 1 部，花城出版社 2006 年版，第 290 页。
② 王蒙：《热爱与了解》，《王蒙全集》第 24 卷，人民文学出版社 2013 年版，第 12 页。
③ 王蒙：《王蒙自传》第 1 部，花城出版社 2006 年版，第 261 页。
④ 同上，第 344 页。

起来是第二次解放,对于我来说,其兴奋,其感触,其命运攸关,生死所系,甚至超过了第一次解放:指的是一九四九年解放军席卷了全国"①。一年后,王蒙试探性地写了一篇歌颂高考恢复的散文《诗·数理化》,经自治区领导研究审阅,终于发表在 1977 年 12 月 4 日的《新疆日报》上。此时距王蒙上次发表作品已逾 13 年。

1978 年 4 月 20 日,中共中央批准中央统战部和公安部《关于全部摘掉右派分子帽子的请示报告》,即"中央(1978)11 号文件"。与此同时,王蒙收到《人民文学》编辑的约稿信,有"漫卷诗书喜欲狂"般的感慨。5 月,《队长、书记、野猫和半截筷子的故事》在《人民文学》发表,事实上标志着王蒙的"复出"。6 月,王蒙应中国青年出版社之邀,赴北戴河团中央疗养所写作。9 月 1 日回北京,"本计划探望一下亲属,立即回疆,早已想家了,谁知来到北京,已是八面来风,五方逢源,走不了啦"②。在北京的三个月里,王蒙以《人民文学》特约记者身份出席共青团第十次全国代表大会。其间,王蒙与邓友梅、从维熙、刘绍棠、邵燕祥、陆文夫等"同科落难"的朋友重聚,还与方之一起看望了恢复工作的周扬③。

1978 年 9 月 17 日,"中央(1978)55 号文件"④下发。文件指出:"凡不应划右派而被错划了的,应实事求是地予以改正";"经批准改正的人,恢复政治名义,由改正单位负责分配适当工作,恢复原来的工资待遇"⑤。12 月 5 日,刚刚复刊的《文艺报》和《文学评论》在北京新侨饭店联合召开"作家作品落实政策座谈会",共有包括王蒙在内的 140 多位作家应邀到会,会上为《保卫延安》《山乡巨变》《三里湾》《组织部新来的年轻人》等作品平反。会议综述以"给批错的作品和受迫害的作者

---

① 王蒙:《王蒙自传》第 2 部,花城出版社 2007 年版,第 1 页。
② 同上,第 23 页。
③ 同上,第 26 页。王蒙还曾于 1978 年 10 月给周扬写信,并收到了回复。参见《王蒙:不成样子的怀念》,人民文学出版社 2005 年版,第 91 页。
④ 即中共中央转发中组部、中宣部、中央统战部、公安部、民政部《关于全部摘掉右派分子帽子决定的实施方案》。
⑤ 转引自李向东、王增如《丁玲传》,中国大百科全书出版社 2015 年版,第 603 页。

平反"为题，刊登在12月23日的《人民日报》头版①。身在乌鲁木齐的王蒙妻子，则从中央人民广播电台早7点播送的"新闻和报纸摘要"节目中收听到了消息，激动万分。

1979年年初，北京团市委下达"右派"问题"改正"通知，向新疆维吾尔自治区党委开出了党员组织关系介绍信②。王蒙在京参加完"1977—1978年度最佳短篇小说奖"颁奖大会后，回新疆办理调回北京事宜。1979年6月12日，王蒙和妻子登上开往北京的70次列车，"到站台上送我们的达四十多人，车内车外，竟然哭成了一片。芳一直哭个不住"③。1979年的火车站，上演了多少相似的珍重与惜别。十六年后重归故里，王蒙已是两鬓微霜。

二 北京：北池子招待所六号房客

火车沿兰新、陇海、京汉线，翻越天山、贺兰山，穿过茫茫戈壁、秦岭隧道与郑州黄河铁路桥，驶入华北平原的丰饶田野。看到窗外的景色变换，也看到三教九流的旅客匆匆上下，其中有披着光板羊皮大衣的农民，也有背着篓子、领着孩子的女人，王蒙感到，积贫已久的故国百废待兴④。火车上的他或许已经意识到，这双从新疆带回来的"眼睛"，将成为他重返北京、重返文坛的秘密武器。

王蒙的接收单位是市文联。正式住房还要等待分配，无"家"可归的王蒙和妻子被临时安排到市文化局下属的北池子招待所暂住。招待所是由

---

① 当日《人民日报》还配发评论员文章《加快为受迫害的作家和作品平反的步伐》。
② 资料显示，自1978年5月起，北京市抓紧落实干部政策和其他各项政策，"至1979年6月上旬，审干复查和平反纠正冤假错案的工作基本结束。全市共复查了65008名干部的问题，占本市'文化大革命'中被立案审查的干部总数的99.1%。属于原处理完全错误的占复查总数的65%，部分错误的占13%，基本正确的占22%"，"为反右派斗争中被错划为'右派分子'的11700名（含外地调入的）干部作出改正，并给1959年'反右倾'时受到错误批判的4500多名干部进行了平反"。参见《当代北京大事记》，转引自《北京通史》第10卷，北京燕山出版社2012年版，第89—91页。
③ 王蒙：《王蒙自传》第2部，花城出版社2007年版，第38页。当时，王蒙长子王山还在新疆大学读书，次子王石在陕西三原读军校，女儿王伊欢已经回到北京借读小学。
④ 王蒙：《一点感想》，《王蒙全集》第21卷，人民文学出版社2013年版，第58页。

一个小剧团的排练场改建的，还保留着原来的舞台。这里条件简陋，不过地理位置极佳，向西步行五分钟就是东华门，中间隔着故宫的筒子河。晨昏时分，王蒙一家常常沿着护城河散步。向东不远就是王府井大街，这里有百货大楼和王蒙曾经最爱逛的东安市场。阔别已久，45岁的王蒙就像《夜的眼》中的主人公一样，对这座城市充满了陌生感。"主人翁"意识的恢复还需时间的慢慢累积，这时他还只是一名从远方归来的"观察者"，而对于50年代北京的记忆，则是观察这座城市种种变化的潜在参照。

在这双"观察者"的眼里，此时的北京已是"满目疮痍"。十年"文革"将规矩和秩序糟蹋得不成样子。物质损失尚好弥补，人心的损伤却很难复原。但日子逐渐恢复的信号，还是让王蒙得到许多慰藉："比如东安市场出现了较多的鸳鸯冰棍、杏仁豆腐、奶油炸糕、牛肉干、槽子糕、话梅糖果……而每天傍晚与周末，这里人山人海，而且有了勾肩搭背的青年男女"，筒子河周围"有提着笼子遛鸟儿的，有骑着自行车带着恋人的，有带着半导体收音机听早间新闻广播的，有边走边吃炸油饼的。常常看到听到有年轻人提着录音机，播放着当时流行的《乡恋》《太阳岛上》《我心中的玫瑰》……播放着李谷一、朱逢博、邓丽君、郑绪岚，得意洋洋地自路边走过。"[①] 街头甚至出现了商品的广告牌：星海牌钢琴、长城牌旅行箱、雪莲牌羊毛衫、金鱼牌铅笔等[②]。更为重要的是"知识"的"恢复"，在东安市场的西门内就有一家书刊店，新出版的文学杂志和书籍都会摆到架子上出售。这个时候，继人民文学出版社"名著重印"引起轰动之后，60年代一些供"内部参考"的文学理论和著作，也陆续重印发行。人们已能读到索尔·贝娄、弗吉尼亚·伍尔夫的小说。

王蒙住在招待所的六号房间，面积不到十平方米。屋门正对着公共盥洗室，哗哗的流水声从早到晚。后窗外面是一个大席棚，公用电话就在棚子下面，再往里面放了全招待所唯一的一台电视机。招待所里没法解决伙食，王蒙一家就把街上的小饭馆吃了个遍，有时就近去蓬莱小馆

[①] 王蒙：《我这三十年》，《王蒙全集》第27卷，人民文学出版社2013年版，第226页。
[②] 王蒙：《风筝飘带》，《王蒙全集》第13卷，人民文学出版社2013年版，第228页。

吃炒疙瘩和几毛钱一碗的芝麻酱拌面。有时多走几步,到南池子路西吃炸灌肠。时值盛夏,晚上七八点钟天还没黑透,全招待所的客人都凑到席棚下面看电视。这台电视机的高低音喇叭性能极好,音量又总调得很大,吵闹异常。每到这时,王蒙常会和妻子到大街上散步,看着这座城市渐渐笼罩在夜色之中。这样的"漫游者"经历,构成了前引《夜的眼》开场的灵感来源:"如果不是阔别十六年,如果不是已经习惯于生活在伊宁市解放路二号或者乌鲁木齐市南梁团结路东端高地,如果不是到京后我们夫妇常常彳亍在例如王府井大街上观看天是怎样变黑的(此时我们在北京还没有'家'),也许不会有这种对于街市灯火的感受"①。

  王蒙的左邻右舍来来去去,常有来京组稿的外省刊物编辑前来借宿,《延河》杂志副主编贺鸿钧和董得理,《北方文学》资深编辑鲁秀珍女士,都曾在这里住过几日。编辑们业务繁忙,棚子下边的公用电话不时响起,其中也有不少是打给王蒙的约稿电话。《光明日报》的老编辑黎丁和"文学"副刊的史美圣还曾登门约稿。此外,还有许多老友、记者不断到这里看望和采访②。

  今天看来,这充满喧哗与骚动的工作环境也许会让作家们抓狂。但对于当时的王蒙,这些干扰不值一提。"他蒙受多年的不白之冤澄清了,他重新获得了写作权利。……他回来后分秒必争,因为他在前20年失去的太多太多,他想尽快寻回以往的损失"③。王蒙在这里总共住了5个月,《夜的眼》就在这里诞生,此外还留下了《布礼》《蝴蝶》《友人与烟》《悠悠寸草心》和许多篇评论。王蒙或许应该感激这种喧闹,它实际上是一种时代的大气候,充满了历史转折期的躁动和生机,与他内心久被压抑的激情和谐共振。

  "文革"结束后,王蒙已经发表了《向春晖》(《新疆文艺》1978年第1期)、《队长、野猫和半截筷子的故事》(《人民文学》1978年第5期)、

---

① 王蒙:《王蒙自传》第2部,花城出版社2007年版,第54页。
② 参见王蒙《文学与我——答〈花城〉编辑部××同志问》及《关于〈夜的眼〉》,《王蒙全集》第23卷,第67、97页;《王蒙自传》第2部,花城出版社2007年版,第39—40页。
③ 方蕤:《凡生琐记:我与先生王蒙》,长江文艺出版社2008年版,第131页。

《最宝贵的》(《作品》1978年第7期)、《歌神》(《人民文学》1979年第5期)、《光明》(《上海文学》1978年第12期)等小说,《最宝贵的》还获得了"1977—1978全国短篇小说奖"。但这些作品都是小心翼翼的"试水"——"这时的思路完全是另一样的了,它不是从生活出发,从感受出发,不是艺术的酝酿与发酵在驱动,而是从政治需要出发,以政治的正确性为圭臬"①,"《光明》仍然有按政策……编情节的痕迹"②。在北池子招待所的生活实感,让王蒙真正感受到"解放思想、繁荣创作、重视复出"③的时代气氛,属于他的"历史机遇期"真正来临了。

值得一提的是,《夜的眼》的发表过程极其顺利。根据《王蒙自传》,《夜的眼》写于1979年国庆期间。此前,《光明日报》"东风"副刊的老编辑黎丁曾登门约稿,"他说写小说也行。因为光明日报的发行量比一般的文学刊物还是大得多,所以我就想,在光明日报上要是发表一篇小说也很有意思"④。1979年10月21日,《夜的眼》在《光明日报》第4版"东风"副刊整版登出。小说从动笔到发表,前后仅用了不到三周时间。王蒙与妻子沉醉在成功的喜悦之中:"当晚,我与芳在离东安市场不远的地方一个阅报栏里读到了它,激动极了。我们还躲在一边看有没有什么旁的人去读"⑤,"我看见一男一女,像一对情侣,也在那站着看"⑥。

时任《光明日报》文艺部主任的秦晋,则提供了另一角度的叙述:"按照我们一般的程序,先是编辑从作家那里拿稿子,然后是发排,就是

---

① 王蒙:《王蒙自传》第2部,花城出版社2007年版,第5页。
② 同上,第20页。
③ 笔者2015年11月19日对王蒙的邮件采访。
④ 王蒙:《光明日报与我》,《我们的光明之路》,光明日报出版社2014年版,第342页。《夜的眼》在《光明日报》,而不是文学刊物上登出,是另一个有意思的问题。"新时期"初期,《人民日报》《光明日报》《文汇报》等大报也会刊载小说。与专业文学刊物相比,报纸天天出,发行量大,受众不只限于文学爱好者,因此刊登的文学作品更易引发社会轰动,比如卢新华的《伤痕》在《文汇报》发表时的空前盛况。《夜的眼》发表的详细情况,可参见笔者对秦晋先生的采访。
⑤ 王蒙:《王蒙自传》第2部,花城出版社2007年版,第54页。
⑥ 王蒙:《光明日报与我》,《我们的光明之路——光明日报65年口述实录》,光明日报出版社2014年版,第342页。

铅印了以后打成小样。小样就都搁在一个筐里面，也可能下礼拜才用。之后是组稿，就是这一期副刊要用的几篇稿子，弄成一组，放到我桌子上，这个环节我必须看，上面有个签单，我在上面签字。我可能会有自己的修改意见，而且我跟总编辑的联系很密切，总编会告诉我，这是什么时候，你要注意什么。我签字之后就拿去拼版，打出大样。大样我再看一遍，也可能再做修改，改了之后签字，然后就可以复印了。这是一般的过程。紧急的稿子就直接往上拼，这样就快。我记得《夜的眼》就没有组稿的过程，直接拿过来就去排版了。"①《光明日报》以最快的速度处理《夜的眼》，王蒙所受到的重视可想而知。在他的个人感受中，这是"多么难忘的日子"，"每天都有新的进展。每天都有新的阳光，每天都想再写一篇两篇三篇五篇新作，每天都得到邀请，拜访，采访，电话，约稿，国内以及国外"，"国运兴文运兴蒙运兴。世界是大家的也是你的了，国家是大家的也是你的了。党是大家的也是你的了"②。

三 《夜的眼》为什么是"自传体小说"

只有理解了归来这代人，才能够理解王蒙这个人。如果不把对他的考证放到对那代人身世的整体考证上，这种孤证的存在价值就打折扣了。因此，这样的梳理让我更加确信，以《夜的眼》为代表的"意识流"小说，某种程度上都可以视为"自传体小说"。或者延伸地看，它不过是这代人"自传体小说"系列之一部而已。这代归来作家迄今为止的小说有一个基本形式，就是"自传体小说"。他们的命运决定了他们无法再写其他形式的小说。因为对这代人来说，生命经历与文学表现的关系，才是其中的核心问题。正由于因此，只有像考古学家那样回到"现场"，将原本积聚在文本周边，随时间流逝而消散的特定语境因素，尽其所能"还原"出来，重新构造成前后关联的故事，我们才有可能重返历史。在这个意义上，2006年起陆续面世的三卷本《王蒙自传》，其中包含的大量

---

① 引自笔者2015年11月17日对秦晋的采访。
② 王蒙：《王蒙自传》第2部，花城出版社2007年版，第45—46页。

"当事人"叙述,为我的"还原"工作提供了重要资料。但另一方面,在《王蒙自传》第一部的封底,出版社用鲜明的红色字体写下了这样的推荐语:"这是一部成功人士非凡的成长史"。书商的宣传策略,是将复杂的历史简化为催人奋进的"励志故事"。这提醒我,如果对今是昨非(拨乱反正)的"新时期"意识丝毫不加怀疑,仅仅满足于在作者的"自传"逻辑之内"讲故事",我们的研究将只能提供一个苦尽甘来的"成功学"案例,而很难具备反思和叩问历史的力度。因此,如果要进一步解释王蒙为什么写《夜的眼》、为什么自认它是"重要"的作品,并为它寻找一个恰当的历史定位的话,就需要稍稍放宽眼界,引入一个"同代人"参照性视野。

《夜的眼》的内核,是一个从1957年到1979年的"归来"故事。它不只属于王蒙一个人,而是一代作家、知识分子的心史。陈杲恍惚、陌生、疏离、急迫的复杂情绪,也为一代人所共有——"我们做梦也没有想到会有今天,这使得我们喜出望外,也使得我们不安与焦急"[1]。《夜的眼》发表九天之后,1979年10月30日,标志着"中国文人群体的又一次重组"的第四次全国文代会在北京开幕[2],王蒙作为主席团成员出席会议。其间同时套开了作协第三次代表大会,王蒙在会上作了题为《我们的责任》的报告。在发言中,他将自己概括为"新中国的第一代青年作家",如今以"中年作家"的身份,重新回到"大会师"的文艺大军之中。王蒙的这种"代际定位",代表了当时文坛的普遍看法。与王蒙有"同科"之感的陆文夫[3],在写于文代会前夕的《一代人的回归》中总结

---

[1] 陆文夫:《一代人的回归》,《陆文夫文集》第5卷,古吴轩出版社2006年版,第8页。

[2] 关于第四次文代会的研究,参见程光炜《"四次文代会"与1979年的多重接受》,《花城》2008年第1期;黄发有《第四次文代会与文学复苏》,《文艺争鸣》2013年第10期。

[3] 据王蒙自述,"陆文夫比我大六岁……一九五六年由作协编辑的年度短篇小说选中,我的《组织部来了个年轻人》与他的《小巷深处》同列,我们之间有一种同科'进士'之感。又同科落难。一九五七年,江苏几个青年作家要办'同仁刊物'《探求者》,出了一期,表示要好好探求,定为反党集团实践。陆由于不是党员,没戴帽子,但一下子降了三级,这一闷棍着实不轻。我是戴帽子没降级,他是狠降级不戴帽子,我们的不同遭遇表现了那个年代少有的生活多样性"。参见王蒙《王蒙自传》第2部,花城出版社2007年版,第26页。

得最为清楚："我们的这支文艺大军……大体上是由四个时代、四种年龄的人组成的","一是30年代的老将,是和鲁迅同时代的人,如今都是七十以上的高龄。二是40年代在战火中成长起来的战士,如今也已年近花甲。三是50年代解放以后的第一批文学青年,如今也是五十上下的年纪。四是70年代、特别是粉碎'四人帮'后大批涌现出来的青年,年龄都是二十多岁到三十多岁。从时间和年龄上看,我们缺少了一代人,缺少了60年代走上文坛,如今四十岁左右的一代人。"①。对于他和王蒙共同归属的新中国"第一批文学青年",陆文夫又给出了一个精确的判断标准:他们大多数都参加了1956年的"全国青年创作者大会",其中"有百分之七十都成了右派、中右、反革命分子、反党分子等等"。

根据这一标准,大概可以为"第一代青年作家"(后来也被称作"五七作家")开列出一长串作家名单:在57年北京文坛被讽为"四只黑天鹅"的从维熙、刘绍棠、邓友梅、王蒙,在江苏因创办《探求者》遭难的陆文夫、方之、高晓声,以及张贤亮、李国文、张弦等。"归来"对于他们来说,意味着以"文化英雄"的身份回到历史的中心舞台。争分夺秒地追回失去的时间,以文学实践重新参与历史的进程,是他们共同的身份意识。

如一些研究者所发现的,在他们"复出"之后的写作实践中,"流放与归来"的生命经验,往往直接转化为作品的结构模式,从而使小说表现出强烈的"自传"色彩。问题在于,如果以纯粹的(后设的)"美学尺度"衡量,这无疑是一种幼稚、粗糙的写作模式。安敏成在考察"现实主义"在中国的接受史时指出,30年代作家对于五四文学的整体性超越,就在于对后者"极端个人化、情感化"的倾向的自觉抑制。五四文学的许多作品中,"真诚表白的愿望致使作家们不加节制地使用浮浅的自传性材料,而同情的冲动又使他们堆积了过多的感伤"。而茅盾、巴金、

---

① 陆文夫:《一代人的回归》,《陆文夫文集》第5卷,古吴轩出版社2006年版,第1页。对于以"四次文代会"为标志,在"新时期"重组的文学格局,这种"四代相聚""五世同堂"的描述方式,在80年代被朱寨《当代文艺思潮史》等文学史著作落实。

老舍及其他几位30年代作家的作品,"共同表明中国作家对西方叙述技巧的把握已渐趋成熟",更为"客观"的叙述模式得到了更多实验①。如果在这种走向"现代"的文学发展逻辑上看,"自传体小说"在"新时期"起点的再度兴起,可以说是历史的重复或倒退。而且,以今天的文学史事实反观,对于自我表现的沉迷,确乎构成了王蒙一代作家取得更高文学成就的"限制"。但我们必须考虑到,由于"当代文学"完全不同的内在机制与政治功能,这一代作家写作模式的选择,与他们在50年代所形成的知识结构和文学观念密切相关。

陆文夫说得好,"50年代的文学青年大部分是准备不足,读过大学的人很少,留过洋的全无,大部分是中小学的程度,由于种种原因,偶尔走上创作的道路……我们这一代人没有来得及学习,解放以后匆匆忙忙地写了几篇东西,然后便受批判,下放劳动、劳改"②。然而尽管如此,对于"归来"之后的文学创作,他们并未因为知识准备的先天不足而失去信心。他们愿意相信,"苦难的历程"不仅是"复出"之时的政治荣耀,而且可以转化为辉煌的文学成就。这样的信念,接续了中国知识分子"发愤著书"的精神传统,也来自于这一代作家共有的历史承担与使命意识。刘绍棠1978年在写给从维熙的信中,以令人感奋的豪情鼓舞老朋友:"你在生活上比我承受的痛苦多得多,从中国和世界文学史上看,苦难出真知。若将真知变成为文学,就是人类的财富","依我个人的拙见,中国历史发生重大变革的时候,即将到来,为此,你在这段时间,一定要写出些好作品来——我们这些1957年的文化人,首先挑起历史新时期的文学重任,是定而无疑的。"③

这种历史的信心,也有更为深刻的内在理据。我们知道,在"十七年"的文学观念中,"生活"的重要性远高于"知识",每一个文艺工作者都要首先寻找自己的生活基地,以获取创作所必需的实地经验。《在延

---

① [美]安敏成:《现实主义的限制:革命时代的中国小说》,姜涛译,江苏人民出版社2011年版,第41页。
② 陆文夫:《一代人的回归》,《陆文夫文集》第5卷,古吴轩出版社2006年版,第5页。
③ 从维熙:《走向混沌:从维熙回忆录》,花城出版社2007年版,第332页。

安文艺座谈会上的讲话》中所说的"人民生活中本来存在着文学艺术原料的矿藏,这是自然形态的东西,是粗糙的东西,但也是最生动、最丰富、最基本的东西;在这点上说,它们使一切文学艺术相形见绌,它们是一切文学艺术的取之不尽、用之不竭的唯一的源泉",是这一代作家自青年时代起即已形成且终身无法远离的文学立场。不妨重温王蒙决定奔赴新疆的理由:"我们的文学要的是写工厂农村,实际主要是写农村农民,在高校呆下去,就等于脱离了生活……我要的是广阔的天地。"因此,将自身的"受难"经历,视作对于"生活"的深度"体验",并转化为"复出"之后的创作资本,也是"十七年"的文学观念在"新时期"合乎逻辑的延伸。

从维熙的回忆,相当准确地还原了"复出"作家的工作状态:"1979年,中央为右派平反以后,我和绍棠以及从西北和东北归来的王蒙、邓友梅——1957年被喻为四只黑天鹅……当时各自都争分夺秒地开掘着属于自己的那座生活矿山。"① 王蒙非常清楚,他的前半生中埋藏着两座"富矿",一是14岁投身革命的"少共"经历,二是16年的边疆生活,对此也从未避讳——《布礼》"包含了弘扬自己的强项:少年布尔什维克的特殊经历与曾经的职业革命者身份的动机"②,而"新疆的生活,伊犁的生活是我宝贵财富,对比它与北京,是本作者小说灵感的一个重要源泉与特色。我不会放过我的独一无二的创作本钱"③。因此,无论小说呈现出何种缠绕的叙述形态,也无论王蒙如何自得于"蝴蝶飞舞"④ 的作家姿态,王蒙和他的作品从来都不是"超历史"的存在。以个人经历作为基点,讲述"我"的故事,是王蒙小说一以贯之的坚实核心。这也是我将《夜的眼》称为"自传体小说"的用意。与张贤亮、从维熙等人一

---

① 从维熙:《蒲柳雨凄凄——文祭绍棠西行一周年》,《岁月笔记》,中国社会出版社2006年版,第81页。
② 王蒙:《王蒙自传》第2部,花城出版社2007年版,第43页。
③ 同上书,第50页。
④ "我的一篇小说取名蝴蝶,我很得意,因为我作为小说家就像一个大蝴蝶。你扣住我的头,却扣不住我的腰。你扣住腿,却抓不着翅膀。你永远不会像我一样地知道王蒙是谁。"参见王蒙《"蝴蝶"为什么得意》,《人民文学》1989年第5期。

样,王蒙受益于此,也受制于此。在漫长的文学生涯中,他们一直都没能讲好"别人"的故事。

但在处理自身经验的时候,王蒙比同代作家自觉地实验、采纳更为活跃的形式。在许多作家追逐潮流而写作的时候,王蒙一直不遗余力地寻找自己的个人风格。因此,他也努力通过阅读,在原有的知识结构之外寻求新的资源,"我读了当时新版的美国短篇小说集,我喜欢约翰·奇弗与杜鲁门·卡波特的小说"[1]。值得注意的是,"归来"之后的阅读,与他的写作是"同步性"的[2]。在回答厦门大学两位同学的提问时,王蒙有限度地谈到了阅读"现代派"对他的影响:"我前些时候读了些外国的意识流小说,有许多作品读后和你们的感觉一样,叫人头脑发昏。……但它给我一点启发:写人的感觉。"[3]《夜的眼》的独特之处正在于此。小说的重心,由流行的"身世"控诉,转为诗笔写就的"身世之感"。新疆十六年的荒凉隐匿在故事的后景之中,只留下一个含义不明的朦胧夜晚。通过这双"夜的眼","我"由抒情者变为观察者和接收者,敏感地向外部世界敞开,捕捉一团团暧昧不清的历史情绪。小说因此颠覆了"伤痕文学"成规对故事完整性和形象连续性的期待,也出人意料地获得了独立的审美空间。

在小说的最后,碰壁后的陈杲踏上了夜班的公共汽车:

>二十年的坎坷,二十年的改造,陈杲学会了许多宝贵的东西,也丢失了一点本来绝对不应该丢失的东西。然而他仍然爱灯光,爱上夜班的工人,爱民主、评奖、羊腿……铃声响了,"哧"地一声又一声,三个门分别关上了,树影和灯影开始后退了,"有没有票的没有?"售票员问了一句,不等陈杲掏出零钱,"叭"地一声把票灯关熄了。她以为,乘车的都是有月票的工人呢。

---

[1] 引自笔者2015年11月19日对王蒙的邮件采访。
[2] 同上。
[3] 王蒙:《王蒙全集》第21卷,人民文学出版社2013年版,第320页。

到了这里，陈杲就是王蒙创造出来的"分身"，与他一起彷徨于明暗之间的历史十字路口，为作家、也为读者分担内心的惶惑与感慨。这不禁让我想到宇文所安对杜甫《江南逢李龟年》一诗的精彩分析："他挥手指向展现在我们眼前的美丽景色，把我们的注意力从对消逝的时间的追忆上引开，或许还从未来上引开。然而，这个姿态是一种面纱，它是这样透明，以致使我们更加强烈地感受到我们所失去的东西。"①

2015 年 12 月 31 日初稿毕
2016 年 3 月 2 日改毕

---

① ［美］宇文所安：《追忆：中国古典文学中的往事再现》，郑学勤译，生活·读书·新知三联书店 2014 年版，第 7 页。

"杭州会议"开会记
——"寻根文学起点说"疑议

谢尚发

在后来文学史研究者的追认中,1984年12月在杭州西湖边上召开的一个"部分青年作家和部分青年评论家的对话会议",成为"寻根文学"的起点①。这个在陆军疗养院里召开的会议,由"《上海文学》编辑部、杭州市文联《西湖》编辑部、浙江文艺出版社三家""联合召开"②,以后在文学史上被简称为"杭州会议"。也有一些西方的汉学研究者,认为"中国八十年代的'文化寻根'运动发起于1984年的杭州会议,完成于1990年的香港会议",从而把"寻根文学"勾勒成"那种'有组织、有计划、有纲领'的'寻根运动'"③。但是研究者们也同时提醒,这次会议"后来回忆的人多了,就变得很有名,似乎'寻根文学'从那个会算

---

① 洪子诚在其《中国当代文学史》中说:"'寻根'……作为一个文学事件,指的是始于1984年12月在杭州举行的《新时期文学:回顾与预测》的会议提出的命题。"参见洪子诚《中国当代文学史》,北京大学出版社2010年版,第349页。同样,在陈思和主编的《中国当代文学史教程》中,认为"杭州会议"上"许多青年作家和评论家""讨论了文化寻根的问题"。参见陈思和主编《中国当代文学史教程》,复旦大学出版社1999年版,第278页。另外,孟繁华、程光炜也在其《中国当代文学发展史》中认为,"'寻根'最早的潮汛出现在1984年12月。……'文学与当代性'的座谈会在杭州召开。"参见孟繁华、程光炜《中国当代文学发展史》,中国人民大学出版社2008年版,第257页。将杭州会议作为寻根文学的起点,几乎成为一种文学史的常识。

② 周介人:《青年作家与青年批评家对话 共同探讨文学新课题》,《西湖》1985年第2期。同题的报道内容,也刊登于《上海文学》1985年第2期,但并未署名。从内容上来看,两篇文章应该是事后周介人所写的会议总结、综述性的报道。

③ 韩少功:《杭州会议前后》,《上海文学》2001年第2期。

起是顺理成章的。不过仔细想想,好像也有问题。因为这样牵攀起来,寻根文学就成了一种人为倡导、发起的文学思潮。"① 显然,在种种论述中,我们可以看出,杭州会议与寻根文学之间的关系,要更为微妙、复杂。时隔三十多年,带着一种"重回现场"的态度,来观察"杭州会议"召开前后的相关情况,辨析在这个会议上所产生的诸种论题,对于还原历史现场,应该有着不小的帮助。借此,也可以厘清"寻根文学"和"杭州会议"之间种种的复杂关系,给"杭州会议"一个较为合适的文学史定位。

一　李子云的角色

如果文学史的发展也存在着"草蛇灰线,伏脉千里"的章法的话,那么杭州会议的召开,早在1984年之前,就已经埋下了诸多"伏脉",留有不少提示作用的"灰线"。杭州会议只是这个"草蛇灰线"发展的必然结果。因此,在回溯这个会议的时候,前此的种种提示就成为不可忽视的一环,它们的存在,多多少少都直接或间接地影响着杭州会议的召开。

在回溯杭州会议的前史过程中,我们可以发现,新时期文学的好些现象都与之有着种种牵连。这是因为,作为杭州会议的主办方之一,《上海文学》杂志社以较为前卫的姿态,一直参与进新时期文学的建设之中。这其中,李子云作为其时《上海文学》的执行副主编,起到了很大的推动作用。1977年恢复工作后,李子云便长期担任《上海文学》的副主编,主管理论版块,对当时的理论探讨颇为热心。从1979年发表题为《为文艺正名——驳"文艺是阶级斗争的工具"说》的评论员文章开始,到1981年发表徐俊西的文章《一个值得重新探讨的定义——关于典型环境和典型人物关系的疑义》,再到1982年"现代派"通信,《上海文学》作

---

① 陈思和:《杭州会议和寻根文学》,《文艺争鸣》2014年第11期。在文章中,陈思和开宗明义地讲:"依我看,与其说寻根文学三十年,还不如说,1984年在杭州西湖边上举行的那个会议三十年了。"在这里,他明显地将杭州会议和寻根文学之间的关系做了区分。

为较活跃的杂志,一直紧跟当时文学发展最前沿的潮流,并且推动着这股潮流的发展。在当时的社会环境中,自然,这种推崇文学新思潮的行为,给《上海文学》带来声誉的同时也带来了不小的压力。1981年发表的徐俊西的文章,因为"对于典型论的质疑,直接触碰到了党对文学的领导权问题。所以文章发表后,引起的反响特别大。"以至于"引来了马克思主义文艺理论研究所副所长程代熙的批判文章,程代熙还向上海市委宣传部写揭发信,给《上海文学》带来了压力。"① 当然,比起1982年"现代派"通信带来的影响,这一次的"压力"算是较为轻微的。

1981年下半年,高行健的《现代小说技巧初探》出版,旋即引起许多人的争论。彼时,冯骥才、李陀、刘心武等人,亦有感于"现代派"的种种,于是三人以互相致信的方式,对"现代派"展开了讨论。文章写出后,却遭遇了无法发表的尴尬。北京的文学刊物自感于"现代派"问题的敏感性,纷纷拒绝刊发此类文章,李陀等只好求助于氛围较为宽松的上海方面,联系了当时《上海文学》的副主编李子云。"李陀告诉我北京不能发,我说给《上海文学》吧。"文章如期发表于《上海文学》1982年第8期,但是相关的批评与影响也接踵而至。"发表通信的那期刊物出厂那天,我早上刚到办公室,冯牧同志就打电话来,命令我撤掉这组文章。我跟他解释,杂志已经印出来了,根本来不及换版面。他说,你知道吗?现在这个问题很敏感,集中讨论会引起麻烦的。但我认为没什么关系,讨论一下不要紧。冯牧说,你知道吗?一只老鼠屎要坏一锅粥。我说你这样讲也太过分了吧,我这老鼠屎还没有这能耐坏一锅粥吧。他说,啊,你这种……他没讲出来,意思是你是小人物没什么关系,可是会影响整个文艺形势。我说我在上海连累不到文艺界。他说现在是牵

---

① 李杨:《当代文学生产机制转型初探——以〈上海文学〉1980年代的文学实践为线索》,华东师范大学2011年版。在李杨的分析中,"从清除精神污染到第四次作代会召开,《上海文学》刊首再也没有刊登任何来自中央的领导讲话或文件,也没有再发表任何形式的通信,'文艺论坛'也迅速萎缩了。填补刊首空位的是上海市委领导的讲话。《上海文学》自动放弃了参与影响文艺政策的对话关系。"这表明,当时《上海文学》的办刊特色,恰好有利于种种新思想、新观念和新作品的发表。

一发而动全身，怎么怎么。稿子还没有发出来，不知北京他们怎么知道的，我不知道谁告诉他们的。我说你管不着我，有市委管我。他把电话挂了。我就发了，他从此几年不理我，我们见面也不说话。"① 冯牧其时作为《文艺报》的主编，对当时的大势较为敏感，他"用'背向现实，面向内心'八个字来概括这种思潮（当时还谈不上流派）的特点。他对此感到忧虑"②。事实的发展证明，冯牧的担忧不无道理。然而李子云却并不如此想。在刊发了"现代派"通信之后不久，又"发表了巴金先生致瑞士作家马德兰·桑契女士的《一封回信》……紧接着夏衍同志又主动寄来一篇《与友人书》的长文"。颇有一种一竿子捅到底的勇气。"但是他们两位的文章发表之后，我又罪加一等。从北京到上海，沸沸扬扬地说我搬出巴金、夏衍来为自己撑腰。"③ 因为巴金和夏衍的参与，事情的影响显然逐渐扩大。1983 年 4—5 月召开的中宣部部务扩大会议上，周扬表示："夏衍同志的文章使我们很为难。我对夏衍同志是尊重的。……但是他在《上海文学》上发表的文章基本观点是不对的，产生影响是不好的。使得我们没有办法处理。"④ 北京的形势如此严峻，在上海却并未及时感受到这种影响。在周扬的发言中证实，"夏衍同志文章发表，上海马上开了一个座谈会，发表了座谈纪要，响应夏衍同志的文章，说是现在该是实行文艺民主的时候了，说是要正确对待现代派。"⑤ 所以，在李杭育的追忆中，在经历了各种各样被文坛的漠视，尤其是北京权威批评家的漠视之后，他叙述道："1984 年 3 月我从北京领奖回来，由上海回湖州途中，心想上海或许是比北京更能容忍我在当时的文坛意识形态语境之外另起炉灶的地方。"⑥

此时，虽短暂却影响颇大的"清除精神污染运动"正轰轰烈烈展开，

---

① 王尧：《"'现代派'通信"述略——〈新时期文学口述史〉之一》，《文艺争鸣》2009 年第 4 期。
② 刘锡诚：《文坛旧事》，武汉出版社 2005 年版，第 169 页。
③ 李子云：《我经历的那些人和事》，文汇出版社 2005 年版，第 159 页。
④ 顾骧：《晚年周扬》，文汇出版社 2003 年版，第 69 页。
⑤ 同上书，第 71 页。
⑥ 李杭育：《我的一九八四（之二）》，《上海文学》2013 年第 11 期。

李子云和《上海文学》的顶风而上，自然也逃脱不开。"在上海，王元化的宣传部长也被挂起来了，成立思想工作领导小组，由夏征农来管意识形态。他一上台就在文艺会堂开一个大会，就是检讨会，各个单位检查清除'精神污染'，点名《上海文学》是重点，要检讨。"① 因此，在1984年12月11日，各路人马齐聚上海，准备第二天前往杭州开会的时候，上海市作协召开了一个小型的见面会。"傍晚，市委宣传部长王元化来，与众人共进晚餐，餐后聚谈，谈政治经济学、哲学、芭蕾舞演员的辛苦、门户开放，然不谈文学，部长何其谨慎也。"② 其时，李子云所受到的处罚则是，"把我调到大百科全书去，说我本事太大了，在这里呼风唤雨，把检讨会弄成这个样子，要把我清除出文学界"③。最终，关于李子云的相关处理并未落到实处，他继续担任《上海文学》的副主编。

或许正是得益于经历过这种大风大浪之后带来的勇气，李子云及《上海文学》继续着较为大胆的编辑方针，用时任《上海文学》编辑周介人的话来说，就是"《上海文学》应该坚持和发展文学性、当代性、探索性的刊貌"④。最能体现这种编辑方针的另一件事情，就是刊发阿城的《棋王》。"《棋王》原是《北京文学》的退稿，那时候文学刊物禁忌还比较多，退稿原因是此稿写了知青生活中的阴暗面。……《棋王》就是经过李陀、郑万隆而输送给了当时《上海文学》的"⑤。于是，1984年，阿城的小说《棋王》在遭受了退稿的境遇，并且做了修改之后，刊发于《上海文学》1984年第7期，产生了强烈的反响，随即被《中篇小说选刊》选入1984年第6

---

① 王尧：《"'现代派'通信"述略——〈新时期文学口述史〉之一》，《文艺争鸣》2009年第4期。
② 鲁枢元：《梦里潮音——我的八十年代文学记忆》，海天出版社2013年版，第125—126页。
③ 关于这件事情的记录，李子云在《我经历的那些人和事》中也有相同的描述，略有出入。这里引用的内容，参见王尧《"'现代派'通信"述略——〈新时期文学口述史〉之一》，《文艺争鸣》2009年第4期。
④ 周介人：《编辑手记·文学性、当代性、探索性》，《新尺度》，浙江文艺出版社1989年版，第212页。作为"杭州会议"的主要发起人之一，周介人的编辑思想对这次会议的召开有着重要的影响。
⑤ 朱伟：《1984年的阿城》，《有关品质》，作家出版社2005年版，第66—67页。

期。阿城的《棋王》，加上前此李杭育的"葛川江"系列小说，以及张承志的《北方的河》、贾平凹的《商州初录》等的相继发表，一股新鲜的文学气息悄然在文坛发酵，引起担忧的同时，也促发批评家思考当时文学发展的相关问题。《上海文学》前此的种种表现，及其所彰显出的迥异于其他刊物的品格，吸引着当时较为大胆、富有探索精神的青年作家和批评家。所以，在与会者看来，"《上海文学》是本力主张改革的刊物"，并且对其"对探索的支持再次表示感谢"[1]。由这样一个具有"探索"精神的刊物来发起、组织杭州会议，是再合适不过的了[2]。

二　李杭育与周介人的推动

在此后许多参会者的叙述中，杭州会议都被描写为是一首"无主题变奏曲"，是地地道道的"神仙会"。这个于1984年12月份召开的"神仙会"，和同一年召开的其他几个会议，有着密切的联系。要追溯杭州会议的动议、发起与组织，就必须把这一年前的几次会议，交代清楚。凭借与会者的诸多回忆文章，通过爬梳相关资料，一些文学史的"草蛇灰线"逐渐浮出水面。杭州会议最初的动议，和李杭育有着密切的关系。因为在李杭育参加的那三个在浙江召开的会议上——1984年7—8月的"李杭育作品研讨会"；10月在湖州召开的笔会；11月在杭州召开的"徐孝鱼作品研讨会"，他和参与会议的周介人、蔡翔等，就杭州会议的筹备进行了商讨，并最终确定会议召开的相关细节。

早在1983年，李杭育的"葛川江"系列小说中的一篇，《最后一个渔佬儿》发表于《当代》，引起了较大的反响。紧接着，他又发表了《沙灶遗风》这一系列的其他小说。这些作品给他带来不小的收获，尤其是

---

[1] 鲁枢元：《梦里潮音——我的八十年代文学记忆》，海天出版社2013年版，第116—117页。

[2] 蔡翔在事后的追忆中，就强调了期刊在推动文学发展中的作用，还特别强调了《上海文学》。"在整个的八十年代中，《上海文学》无疑占据着一个非常抢眼的重要位置，不仅因为这本杂志编发了许多重要的作品，发现和培养了许多优秀的作家和批评家，在刊物上组织了许多已被文学史证明非常重要的文学讨论，同时还组织召开了许多文学会议，这些都直接或者间接地影响了八十年代文学的进展。"参看蔡翔《有关"杭州会议"的前后》，《当代作家评论》2000年第6期。

《沙灶遗风》，获得了1983年度全国优秀短篇小说奖①。1984年3月，在参加了"由《文艺报》和《人民文学》编辑部召集的全国农村题材小说创作座谈会"之后，旋即于19日参加了《沙灶遗风》的颁奖典礼。然而，让李杭育疑惑不解的是，"到1984年初夏，'葛川江小说'应该说有些气象了，但那些权威评论家似乎都对它们视而不见。"在北京开会期间，李杭育觉得权威的批评家"比我有话语权，就让我插不上嘴了，这常常让我感到孤独"②。恰在此时，让他稍感安慰的是，"上海的一位年轻评论家程德培"，"写出了一篇洋洋万言的评论我的文章《病树前头万木春》给了《上海文学》，后来还获了奖。"③ 在这篇文章中，程德培敏锐地发现，"我们正处在一个极具变化着的新旧交替的历史时期。在这时代的总体氛围中，我们感受到的，是一种新生的喜悦。当然，同时也伴随着分娩时的阵阵痛苦……"④ 不仅如此，时任上海市作家协会主席的茹志鹃，"几个月前出访美国，在她还压根不认识我的情况下，就在演讲中向美国听众介绍了我的作品《最后一个渔佬儿》。"⑤ 这让处在孤独、困惑中的李杭育找到了一些信心。北京文学界对他的漠视和上海文学界对他的重视，两相对比，让李杭育逐渐萌生了一些全新的想法："在回湖州的路上，我在想，上海是不是能让我更容易、更爽地另起炉灶、另开话题的地方？但又隐约觉得，好像还缺少一点什么。那应该是什么呢？我不知道，只有一点朦朦胧胧的念头。"⑥ 这缺少的"一点什么"，正是他的困惑使然，某种程度上，也是当时文学的发展在冥冥之中对杭州会议的呼唤。

---

① 1983年全国优秀短篇小说奖获奖者还有陆文夫、史铁生、楚良、邓刚、乌热尔图、张洁、张贤亮、达理等人。参见《人民文学》编辑部《一九八三年全国优秀短篇小说评选获奖作品集》，作家出版社1984年版。

② 李杭育：《我的一九八四（之二）》，《上海文学》2013年第11期。

③ 同上。

④ 程德培：《病树前头万木春——读李杭育的短篇近作》，《上海文学》1984年第9期。在文章中，程德培就是以"新变化"来剖析李杭育的小说的，并将之指认为是"病树前头"的"万木春"，是文坛发展的新鲜力量。

⑤ 李杭育：《我的一九八四（之一）》，《上海文学》2013年第10期。

⑥ 同上。

对于李杭育来说，他是幸运的，因为不久他就结识了程德培和吴亮，并成为最要好的"哥们儿"。1984年7月底8月初，在杭州召开的"李杭育作品研讨会"上，两位批评家的到来，给困惑的李杭育带来了些许答案。"我问了德培一个近半年来一直在我心中挥之不去的问题：为何北京的权威评论家们对我不感兴趣？德培回答：他们还没想好怎么说你。吴亮插话：你的小说超出了他们的思维惯性和话题范围。德培幽默一把：老革命遇上了新问题。吴亮有点幸灾乐祸：所以他们失语了。庆西插话：弄不好就一直失语下去了。我有点不敢相信：这么说，他们的时代结束了？德培很肯定：起码是快了。"① 语气当中透露出来的狂傲，大有一种不可一世的感觉。这恰是当时文坛的真实情景，正如李陀后来回忆时所说的那样，"那时候人人都非常狂傲，那是一个狂傲的时代"②。批评家的话点亮了作家心中的迷雾，也让李杭育"暂时不再孤独"。事后，李杭育总结道："我和程德培、吴亮的初识是那次研讨会给我的第二个收获，由此坚定了我把文学活动的重心部分地由北京向上海转移的决心和信心……研讨会还给了我第三个收获，就是让我明白，继'伤痕文学'、'反思文学'、'改革文学'之后，我的另起炉灶成功了。"③ 也正是得益于这一次的交流，年轻的作家和年轻的批评家们感觉到，他们需要找到言说文学新现象的方式，认真、审慎地思考如何应对当下文学发展的新趋势。

事实上，李杭育感到困惑和孤独的同时，在蔡翔的叙述中，作为杂志的编辑和一些批评家，也同样存在各种迷茫，无法对一些新出现的文学现象发出自己的声音。"当时《上海文学》刚发了阿城的处女作《棋王》，反响极为强烈。我们编辑部在讨论这部作品时，觉得就题材来说，其时反映知青生活的小说已很多，因此《棋王》的成功决不在题材上，而是其独特的叙事方式和深蕴其中的文化内涵（我们那时已对'文化'产生兴趣）。可是，《棋王》究竟以什么样的叙事方式和文化内涵引起震

---

① 李杭育：《我的一九八四（之二）》，《上海文学》2013年第11期。
② 李陀：《另一个八十年代》，《读书》2006年第10期。
③ 李杭育：《我的一九八四（之二）》，《上海文学》2013年第11期。

动，我们一时尚说不清楚，然而，已由此感觉到（还有其他的种种写作和言论迹象）文学创作可能正在酝酿着一种变化。……当代文学经过数年的演变，确实也到了应该重新反思和总结的时候。"① 对于李杭育而言，为了集思广益，也为了听听同时代其他作家和批评家的意见，于是，"大概是在十月里，程德培给我来信说他和吴亮都希望有个聚会，听听'各路豪杰'都在想些什么。至于聚会放在哪里搞，由哪家单位挑头，请哪些人参加等等，这都不是德培该考虑的，都还没个谱儿。但德培的想法正合我意，所以不几天后，《上海文学》在湖州搞笔会，我见着周介人和蔡翔，就和他俩谈了这个想法。"②

湖州笔会召开于1984年10月，其时，《上海文学》的编辑人员，包括周介人和蔡翔在内，都参加了这个笔会。这恰好让李杭育找到了一个契机，把程德培、吴亮和他的想法转达给了《上海文学》的编辑们。在追忆中，蔡翔说道："我记得是1984年的秋天，应该是十月，秋意已很明显。《上海文学》的编辑人员到浙江湖州参加一个笔会。"在会议间隙，"杭育当时就提出，能否由《上海文学》出面召开一次南北青年作家和评论家的会议，交流一下各自的想法。周介人先生听了，极为赞同。当时，我和介人先生已接到杭州方面的邀请，将于十一月中旬到杭州参加浙江作家徐孝鱼的作品讨论会，杭育说他届时也会去。周介人先生和他当即商定在杭州再就具体事宜讨论。"③ 周介人其时作为《上海文学》的编辑，"在上海扶植了一大批青年评论家，呼风唤雨，声势浩大，吴亮、程德培、陈思和、王晓明、蔡翔、许子东等一大帮。"④ 因为对种种文学新现象颇为感兴趣，对文学的当代性问题极为敏感，因此才对李杭育的提

---

① 蔡翔：《有关"杭州会议"的前后》，《当代作家评论》2000年第6期。在这种种叙述中，关于"杭州会议"的发起与前史，就显得更为清晰。在李杭育的困惑中，也同样存在着《上海文学》编辑部的困惑。那么，这次会议的召开就显得多少有些"一拍即合"的"默契"了。

② 李杭育：《我的一九八四（之二）》，《上海文学》2013年第11期。

③ 蔡翔：《有关"杭州会议"的前后》，《当代作家评论》2000年第6期。蔡翔的文章尤其强调了《上海文学》对会议的发起和组织，这也成了我们考察"杭州会议"前，必须考察《上海文学》1983—1984年相关情况的理由。

④ 韩少功、王尧：《韩少功王尧对话录》，苏州大学出版社2003年版，第63页。

议"极为赞同"。于是,《上海文学》的出现恰逢其时,在各种诉求都呼之欲出的前提下,"各路豪杰"一碰面,几乎是一拍即合,用了"仅半个月时间"① 就快刀斩乱麻般地筹备好了会议。李杭育等人对杭州会议的呼唤,在韩少功的论述中也有提及:"1984年深秋的杭州会议是《上海文学》杂志召开的,当时正是所谓各路好汉揭竿闹文学的时代,这样的充满激情和真诚的会议在文学界颇为多见。"②

1984年11月,徐孝鱼的作品讨论会如期在杭州西湖边上的陆军疗养院召开,与会的李杭育、周介人等再次碰面,"介人先生当即决定就在这里举行会议,并商定由《上海文学》、浙江文艺出版社和《西湖》杂志联合召开此次会议。由《上海文学》出面邀请作家和评论家,而浙江文艺出版社和《西湖》杂志则以地主身份负责招待和相关的会务。介人先生在电话上就具体事宜向李子云老师作了汇报,并得到批准。事后,我们即和陆军疗养院联系,并订了协议。"③ 之所以选择这样一个地方,也有着种种较为谨慎的考虑——"他们之所以选择在杭州举办会议,其中有一个原因是浙江的作家和出版单位对文学新思潮开始有了深度介入。……我们开始意识到,那些具有颠覆性的话语方式将整个儿地改变文坛面貌。"④ 杭州会议的前期准备至此基本上算是完成了。关于这次会议召开的动机,在陈思和的叙述中,他认为李杭育、阿城、张承志、贾平凹等人的作品,"与主流的小说审美趣味大相径庭。正是这些作品引起了敏感的编辑和评论家——李子云、周介人、李庆西、黄育海等人的关注。他们意识到新的变化正在悄悄发生,他们想及时总结这些新的文学现象,这就是《上海文学》和《西湖》杂志,以及浙江文艺出版社协力组织杭州会议的最初动机。"⑤ 另外,"联系当时的背景,这个时候'清污'运动已经平息,被批判的人道主义思潮和西方现代派文艺又开始在创作中慢慢复活,不

---

① 李杭育:《我的一九八四(之三)》,《上海文学》2013年第12期。
② 韩少功:《杭州会议前后》,《上海文学》2001年第2期。
③ 蔡翔:《有关"杭州会议"的前后》,《当代作家评论》2000年第6期。
④ 黄育海、李庆西:《"新人文丛"丛书再版序言》,《书城》2014年第12期。
⑤ 陈思和:《杭州会议和寻根文学》,《文艺争鸣》2014年第11期。

过毕竟有了顾忌，活跃的现代主义因素需要寻找一件新外套来包装；同时，也确实，知青作家经过了四五年的成长，在文学潮流里开始崭露头角，要寻找更加能够表现自己特点的艺术道路。"① 在这些叙述文字中，我们可以看到，杭州会议的最初动议里，包含着作家、批评家和编辑们的探索欲望。因为一种新生力量的存在，造成了他们的迷茫，这促使他们聚集在一起，为文学的发展把脉，说出各自的困惑与见解，既是总结文学的发展现状，也是为文学的未来走向出谋划策。

按照先前的构思和策划，《上海文学》开始邀请"南北青年作家和评论家"，这些人此后很多成为叱咤风云的"文坛人物"。最终，出席杭州会议的大名单得以确定——"与会者总共三十余人，来自三个主办单位和一部分特别邀请的作家、评论家。受邀人员是李陀、陈建功、郑万隆、阿城、黄子平、季红真（以上北京）、徐俊西、张德林、陈村、曹冠龙、吴亮、程德培、陈思和、许子东、宋耀良（以上上海）、韩少功（湖南）、鲁枢元（河南）、南帆（福建）等。上海作协和《上海文学》方面有茹志鹃、李子云、周介人、蔡翔、肖元敏、陈杏芬（财务）等人出席；浙江文艺出版社仅我②和黄育海二人；杭州市文联有董校昌、徐孝鱼、李杭育、高松年、薛家柱、钟高渊、沈治平等人。会议由茹志鹃、李子云、周介人主持。"③ 贾平凹因身体不适④、张承志因事⑤均未能出席会议。从这一份名单上可以看出，受邀人不仅来自全国各地，且都是青年，作家和批评家几乎尽数收入

---

① 陈思和：《杭州会议和寻根文学》，《文艺争鸣》2014 年第 11 期。
② 引注：李庆西。
③ 李庆西：《开会记》，《书城》2009 年第 10 期。在文章中，除了开列的这一份超级详细的名单外，李庆西并未就其他问题提供更多的资料。在其他人在事后的追忆中，连这一份名单基本上都是不全面的。
④ 李杭育在追忆文章中，提及了贾平凹受邀请但未出席的相关事实。他说，"记得《上海文学》本来还请了贾平凹，或许还有别的什么人。但贾平凹因为身体原因未能到会。"参见李杭育《我的一九八四（之三）》，《上海文学》2013 年第 12 期。
⑤ 蔡翔在文章中特意提到了受邀请而未能出席会议的张承志。因为在杭州会议的讨论上，张承志的《北方的河》与阿城的《棋王》是一个小小的讨论热点。蔡翔以"张承志因事未来"的叙述将之放入开列的参会人员名单之中。参见蔡翔《有关"杭州会议"的前后》，《当代作家评论》2000 年第 6 期。

"杭州会议"开会记

其中。按照韩少功的说法,"当时这些人差不多都是毛头小子,有咄咄逼人的谋反冲动,有急不可耐的求知期待,当然也不乏每一代青年身上都阶段性存在的那种自信和张狂。"①

于是,1984年12月13日②,"为了加强作家和评论家之间的信息交流和感情交流"③ 而举办的杭州会议,在西湖边上如期召开。由于经费问题,整个会议相当简朴,在与会者的叙述中,颇显得寒酸。"会议的伙食以客饭为主,非常简单,包了二幢小楼(俗称'将军楼'),说是'将军楼'条件亦非常简陋,二人一间,亦有三人一间。令我感动的是,那时的作家和评论家都非常本色,没有任何人抱怨,还都抢着住三人间。当时这座疗养院还没有任何的取暖设备,而十二月的杭州已非常阴冷。我们和院方商量,在楼下的客厅(权充会议室)生了一个煤炉,二十多人挤在一起,倒也驱逐了一些寒气。"④ 这在鲁枢元的日记中也能找到旁证——"余与上海文联党组副书记、上海作协秘书长徐俊西同住一室。"⑤ 但是,就这样一个简陋的会议,却令人匪夷所思地拒绝了新闻媒体的参与。"一些记者闻讯赶来,被拒之门外。上海一家报纸的记者抱怨说:他多年的文坛采访活动中还未碰过这种钉子。出于当时的社会气氛,

---

① 韩少功:《杭州会议前后》,《上海文学》2001年第2期。
② 李杭育在事后的回忆中推测,会议召开的确切时间应该就是12月12日。但根据鲁枢元的日记记载来看,虽然12日各位代表都已抵达杭州,然而会议却并未在当天举行,而是在13日才正式进入讨论之中。"十二月十二日晨六时起,乘车赴杭州。车行四小时,与茹志鹃、许子东、宋耀良同座。近午,至杭州,住陆军疗养院十三号楼,楼前修竹数百竿,亭亭玉立。余与上海文联党组副书记、上海作协秘书长徐俊西同住一室。午后,一行游西湖。先至花港观鱼,后乘船游小瀛洲三潭印月处,途中与陈建功谈及小说创作,谈及风格、语言,谈及宏观、中观、微观,谈及厨川白村,甚投契。与郑万隆谈起《苦闷的象征》。又与莫言、程德培、张帆(南帆)诸君谈,程德培竟以为余答丹晨信较先前一争辩文章更为严峻,其中有针、有刃。余不自知。晚,杭州市文联请客天香楼,楼上设置颇雅,然菜味实难称佳,计有清烧虾、叫化鸡、醋鱼、海参等。酒为加饭,阿城不知此酒厉害,大喝猛喝,终于酩酊大醉。"参见鲁枢元《梦里潮音——我的八十年代文学记忆》,海天出版社2013年版,第126—127页。同样,在蔡翔的叙述中,这一点也得到证实,他说:"第二天上午,会议开始,由介人先生具体主持。"参见蔡翔《有关"杭州会议"的前后》,《当代作家评论》2000年第6期。这里的"第二天",指的正是12月13日。
③ 周介人:《青年作家与青年批评家对话 共同探讨文学新课题》,《西湖》1985年第2期。
④ 蔡翔:《有关"杭州会议"的前后》,《当代作家评论》2000年第6期。
⑤ 鲁枢元:《梦里潮音——我的八十年代文学记忆》,海天出版社2013年版,第126页。

与会者很不愿意让新闻界人士掺和进来。"① 蔡翔也在此后的回忆文章中说："由于当时的特殊情况（'反自由化'和'清除精神污染'），为避免不必要的麻烦，这次会议没有邀请任何记者，事后亦没有消息见报，最遗憾的是没有留下完整的会议记录"②。这也就不难解释，《上海文学》在1982年、1983年和1984年所经受的批评，其影响直接或间接地留在了杭州会议身上。

三　众声喧哗的"神仙会"

行文至此，若从"开会记"的叙述角度而言，"杭州会议"从主办方、发起人、组织者到参会者、会议本身等，都已展示出了各自独特的面孔。那么，接下来该如何继续本文的分析呢？这一点让我颇感为难。为此，不得不再一次回过头来检阅事后众多与会者的追忆材料，从中发现了诸多此文继续下去的端倪。在韩少功的事后叙述中，他对将"杭州会议"作为寻根文学的起点的说法，颇不以为然。他认为，"所谓'寻根'的话题，所谓研究传统文化的话题"，在杭州会议上的"发言中充其量也只占到10%左右的小小份额，仅仅是很多话题中的一个，甚至仅仅是一个枝节性的话题"③，将之作为"寻根文学的起点"显然有失牵强。为此，他还特意强调了杭州会议对"先锋文学"的促发，以及由此而引发的先锋文学的浪潮。但是与此同时，在参与会议的批评家们看来，由于会议触及了此后寻根文学所强调的"文化""民间""传统"等，将之作为寻根文学的起点也并不为过④。这尤其体现在鲁枢元的表述中："那次会议原定的主题是'新时期文学：回顾与预测'，不料，'寻根'却成

---

① 李庆西：《寻根：回到事物本身》，《文学评论》1988年第4期。
② 蔡翔：《有关"杭州会议"的前后》，《当代作家评论》2000年第6期。
③ 韩少功：《杭州会议前后》，《上海文学》2001年第2期。
④ 陈思和强调，在寻根文学的发展过程中，"杭州会议自然在其中起了重要的作用"（陈思和：《杭州会议和寻根文学》，《文艺争鸣》2014年第11期）。蔡翔也认为，寻根文学"应该说与'杭州会议'有着种种内在瓜葛"（蔡翔：《有关"杭州会议"的前后》，《当代作家评论》2000年第6期）。李庆西也主张，杭州会议"对于正在酝酿和形成过程中的'寻根'思潮，无疑起到一种杠杆作用"（李庆西：《寻根：回到事物本身》，《文学评论》1988年第4期）。

了会议上的热点与高潮。"① 径直将"寻根"说成是杭州会议的"热点与高潮"了。出现这样的争执和截然相反的说法,源于杭州会议的召开过程中,具体的讨论显得驳杂芜乱的特性。

在很多人的印象中,杭州会议是一次不折不扣的"神仙会"。"会议主题并不集中……有点神仙会的味道,没有主题报告,没有安排宣读论文和讲评,更没有限制发言时间,某个人的发言引起听者的兴趣,就不断被插话和提问打断。讲话内容也是五花八门,自由发挥。"② 在会议的组织者蔡翔看来,也同样是如此:"当时会议并没有一个明确的规范,只是要求大家就自己关心的文学问题作一交流,并对文学现状和未来的写作发表意见,是一个名副其实的'神仙会'。"③ 对于这样一个"神仙会",李杭育说:"的确就像其他与会者回忆的那样,'杭州会议'没有明确的主题。表面上看,每个人的发言完全是各说各的,谁也不应和谁。但缺乏主题的一个明显好处就是,人人都讲出了真正是他自己最想讲的话,讲出了或许在他内心憋了好久的那番思考。而实际上所有这些话都是对那个时代的中国文学尤其是小说往何处走各抒己见。"④

但事实上,在周介人等的叙述中,作为一次比较正规的学术会议,杭州会议其实同样有自己的主题。"会议的议题是:《新时期文学:回顾与预测》。会议中,大家集中就小说观念与文学批评观念进行了探讨。"⑤ 在会后所写的报道中,他也强调"会议的主题是对近年来文学创作的回顾与对未来文学发展前景的预测。在回顾与预测的过程中,与会者一致就文学的当代性问题展开了热烈的讨论。"⑥ 这一点也在李庆西的叙述中得到证实:"会议的主题是'新时期文学:回顾与预测';如何突破原有的小说艺术规范,也是与会者谈论较多的话题。"⑦ 在这样一个大的主题

---

① 鲁枢元:《文学的文化之根与自然之根》,《文学教育》2015年第1期。
② 陈思和:《杭州会议和寻根文学》,《文艺争鸣》2014年第11期。
③ 蔡翔:《有关"杭州会议"的前后》,《当代作家评论》2000年第6期。
④ 李杭育:《我的一九八四(之三)》,《上海文学》2013年第12期。
⑤ 周介人:《文学探讨的当代意识背景》,《文学自由谈》1986年第3期。
⑥ 周介人:《青年作家与青年批评家对话 共同探讨文学新课题》,《西湖》1985年第2期。
⑦ 李庆西:《寻根:回到事物本身》,《文学评论》1988年第4期。

下，参加会议的作家与批评家则各抒己见，整个会议就显示出了它的驳杂和芜乱的特性来。"大家都对几年来的'伤痕文学'和'改革文学'有反省和不满，认为它们虽然有历史功绩，但在审美和思维上都不过是政治化'样板戏'文学的变种和延伸，因此必须打破。这基本上构成了一个共识。至于如何打破，则是各说各话，大家跑野马。"① 所以，整个会议就呈现出两种面相：存在着一个大致的方向，但是却有许多不同的论述。

就第一个方面而言，虽然杭州会议没有达成共识，却有着较为集中的讨论话题。在周介人所写的会后总结中，"文学的当代性"被一再提及，且被作为一个共识性问题总结了出来。这些关于"文学当代性"的共识，基本上是在讨论作品的过程中，逐渐被认识到的。在讨论了张承志的《北方的河》之后，大家认为"文学的当代性首先在于它所表现的生活、冲突、人物、灵魂能使当代读者感受到自己与当代世界在物质、文化、道德、感情、哲学上的时时相关的联系。"② 同时，在讨论了阿城的《棋王》之后，又认识到"文学的当代性不仅表现在作品描写了什么事物，而且还表现在作家用什么样的观念来处理、组织、表现这个事物。"③ 从作家的角度而言，达成的共识则是"我们正处在一个大变革的时代，为了适应于反映这个时代，希望批评家与作家们一道，'换一个活法（即改变陈旧的生活方式），换一个想法（即改变僵化的思想方式），换一个写法（即改变套化的表现程式）'，使文学创作与文学批评更加多样化。……'操自己的犁，用自己的方法，锄自己的地'。……使中国文学不断走向世界，走向未来。"④ 然而在事后的追忆中，蔡翔却说："这次会议不约而同的话题之一，即是'文化'。我记得北京作家谈得最兴起的是京城文化乃至北方文化，韩少功则谈楚文化，看得出他对文化和文学的思考由来已久并胸有成竹，李杭育则谈他的吴越文化。而由地域文化

---

① 韩少功：《杭州会议前后》，《上海文学》2001 年第 2 期。
② 周介人：《青年作家与青年批评家对话 共同探讨文学新课题》，《西湖》1985 年第 2 期。
③ 同上。
④ 同上。

则引申至文化和文学的关系。"而且,"把'文化'引进文学的关心范畴,并拒绝对西方的简单模仿,正是这次会议的主题之一。面对'文化'的关注,则开始把人的存在更加具体化和深刻化,同时更加关注'中国问题'。当然,当时会议并没有明确提出'寻根'的口号。"[1] 这种说法也在陈思和的追述中得到重复——"总的说来,开了几天的会议好像也没有达成过什么共识。但是有一点是明显的,大家对现代派文学完全是肯定的,对当前小说创作的形式实验有了信心,对于过去不甚注意的民族传统,尤其是民间文化传统,开始有了关注的意愿。但这种关注,绝不是拒绝西方的现代主义影响倒回到传统里去,而是努力用西方现代意识来重新发现与诠释传统。"[2] 显然,事过多年之后的追忆(蔡翔、陈思和、鲁枢元、李庆西等人的追述)与事发当时的叙述(周介人的综述、记录)之间,存在着较大的裂隙,也让我们有理由相信,经过多年来批评和文学史的经营,把杭州会议作为寻根文学的起点已经逐渐地被"叙述"为一种事实存在。但梳理这些有关杭州会议的材料可以发现,其牵强与附会之处,也颇让人惊讶——挑其一点,无限放大,并最终坐实杭州会议乃寻根文学起点的论述。这也正是韩少功事后质疑这种说法的主要原因,他论述说:"这些批评最喜欢在文学上编排团体对抗赛,比如他们硬要把10%当作100%从而在杭州组建一个'寻根文学'的团队。"[3]

从另外一个方面来看,韩少功所谓的"各说各话,大家跑野马"的状况,按照周介人会后的回忆,也确实如此。周介人列举了与会者的核心观点——"韩少功:小说是在限制中的表现,真正创造性的小说,都在打破旧的限制,建立新的限制。阿城:限制本身在运动,作家与评论家应该共同来总结新的限制,确立新的小说规范。这种新的小说规范,既体现了当代观念,又是从民族的总体文化背景中孕育出来的。陈思和:现代意识与民族文化应该融合。李杭育:当代小说出现了越来越多的、对人物进行文

---

[1] 蔡翔:《有关"杭州会议"的前后》,《当代作家评论》2000年第6期。
[2] 陈思和:《杭州会议和寻根文学》,《文艺争鸣》2014年第11期。
[3] 韩少功:《杭州会议前后》,《上海文学》2001年第2期。

化综合分析的方法。小说的变化，首先是作家把握世界的思路的变化。鲁枢元：对于作家来说，研究人物的心理环境比研究物理环境更为紧要，当代文学正在'向内走'。黄子平：文学的突破与发展，是同对人的理解的深度同步的。季红真：人永远处于历史、道德、审美的矛盾与困惑之中，文学就是人类对自身的认识与把握。吴亮：为了找到解决问题的钥匙，人应该调动自己全部的本质力量、在理性之光的光圈之外，是一个神秘而具有诱惑力的世界。郑万隆：每一个作家、批评家都应犁自己的地，不要犁别人耕过的地，在创作上，犁'公共'土地是不合适的。我们要创造自己独立的艺术世界。陈建功：变革的时代，一切都在变化，作家尤其需要在生活方式、思维方式、表现方式上进行变革，所以我主张'换一个说法，换一个想法，换一个写法'。李陀：应该张开双臂迎接小说多元状态的到来，文学思潮的共存竞争与迅速更替，是社会主义文学富有生命力的表现。"[1]从完整地抄录的这些观点中，也可以更直观地了解参会者们的发言，有着多么大的区别与随意性。显然，各种"跑野马"的观点交织出现，膨胀了整个杭州会议，而非如文学史家和批评家们事后所追认的那样，形成了此后寻根文学发端的诸种"共识"。

事实上，从现有的材料中，从这些追忆性质的文章中，我们很难找到杭州会议与寻根文学之间存在着直接关联的证据。虽然不同的追述者都总结了不少会议议题中和寻根文学之间相似的地方，但将这些蛛丝马迹的相似性话题，作为直接关联二者的依据，有失精准。尽管这次会议之后，韩少功、阿城、李杭育、郑万隆等都表现出了更为自觉的理论追求[2]。或许在

---

[1] 周介人：《文学探讨的当代意识背景》，《文学自由谈》1986年第3期。
[2] 这种逐渐自觉的理论追求，在阿城的身上表现得最为明显。1984年，在给《中篇小说选刊》写的创作谈中，就《棋王》创作的种种，他用的是较为散文化的语言，意图表达十分模糊，只是说："小至个人，大至中国，衣食是一个绝顶大的问题。"（参见阿城《一些话》，《中篇小说选刊》1984年第6期）但是到了1985年再给《中篇小说选刊》写创作谈讨论《孩子王》的时候，他的表述明显地清晰了起来："中国的小说，若想与世界文化进行对话，非能体现自己的文化不可，光有社会主题的深刻是远远不够的。"（参见阿城《又是一些话》，《中篇小说选刊》1985年第4期）同时，他还发表了理论文章《文化制约着人类》，郑万隆也发表了《我的根》，李杭育发表了《理一理我们的"根"》等。

杭州会议的召开过程中，还存在着一系列的"大会议"之外的"小会议"，即参会者私下里的交流①，对寻根文学的提出者、发起者有着这样那样的影响。但限于材料的匮乏，将杭州会议作为"寻根文学的起点"，仍很难找到更为有力的证据。陈思和曾总结说，"没有杭州会议，郑万隆的'异乡异闻'系列、李杭育的'葛川江'系列、阿城的'遍地风流'系列、张辛欣和桑烨的'北京人'系列，都会陆续写出来发表，张承志大约也会自觉走进哲合忍耶阵营，贾平凹还是会继续经营他的商州故事"②。总而言之，通过这一番对"杭州会议"的梳理，我们可以看出，"杭州会议"开会记与"寻根文学起点"之间，并没有存在着天然的联系，批评和文学史的书写中一厢情愿地将之关联起来的做法，显然存在着不少问题。对"寻根文学"进行"源流考"或"起源考"的工作，尚需更恰切的定位与测量，以此来勘察文学史事实本身与叙述之间有更大契合度的矿藏。

---

① 这一点在很多人的事后追述中都得到了强调。鲁枢元在日记中记载：12 日午后游览的"途中与陈建功谈及小说创作，谈及风格、语言，谈及宏观、中观、微观，谈及厨川白村，甚投契。与郑万隆谈起《苦闷的象征》"（鲁枢元：《梦里潮音——我的八十年代文学记忆》，海天出版社 2013 年版，第 126—127 页）。李杭育也说，"除了和老周的交流，会议期间我还和也是初识的李陀、郑万隆、陈思和、黄子平、季红真等人有过许多二人的或是多人的交流……印象最深的，是私下里和韩少功的一番对话"[李杭育：《我的一九八四（之三）》，《上海文学》2013 年第 12 期]。会议期间，这种私下的交流恐怕不在少数。

② 陈思和：《杭州会议和寻根文学》，《文艺争鸣》2014 年第 11 期。

"灵魂的自传"
——重勘《爱,是不能忘记的》写作前后

谢尚发

1979年,《北京文艺》第11期发表了张洁的短篇小说《爱,是不能忘记的》。小说甫一发表,因其所触及的爱情与婚姻之间纠缠着的社会道德问题,立时就引起了不小的争议。有论者指出:"这篇小说并不是一般的爱情故事,它所写的是人类在感情生活上一种难以弥补的缺陷,作者企图探讨和提出的,并不是什么恋爱观的问题,而是社会学的问题。"[1]此后的论争,很大一部分就围绕着这样的"社会学的问题"展开讨论,观点莫衷一是,成为20世纪80年代初文坛的靓丽风景[2]。在论争过程中,有研究者不断把这篇小说与张洁的生活进行比对,以寻求蛛丝马迹的关联。尽管简单地把文学作品中的故事,与作家的现实生活之间进行比附和关联,有时候会是一件吃力不讨好的事,往往会因为带有牵强附会和勉为其难而受人诟病。但是同时,追溯作家创作的源头,围绕作品中的故事,勘察其与作家的现实生活之间,种种纠缠与互动,对于解读

---

[1] 黄秋耘:《关于张洁作品的所想》,《文艺报》1980年第1期。

[2] 《文艺报》先后刊发了黄秋耘的《关于张洁作品的断想》、李希凡的《"倘若真有所谓天国……"——阅读琐记》和晓立的《深刻细致,但也要宽阔——谈张洁的创作特色》。这些文章引出的争论话题,受到全国各地的关注,报社先后收到各种信件,并最终整理出《关于〈爱,是不能忘记的〉(来稿综述)》。《光明日报》于1980年5月14日、28日刊发肖林的《试谈〈爱,是不能忘记的〉的格调问题》和戴晴的《不能用一种色彩描绘生活——与肖林同志商榷》。《文汇增刊》1980年第2期也刊发了唐挚的《纯真爱情的呼唤——读小说〈爱,是不能忘记的〉随感》。王蒙也谈到过这篇小说(参见王蒙《当你拿起笔……》,北京出版社1981年版)。

"灵魂的自传"

文学作品来说,往往会起到意想不到的效果。因此,重新勘察《爱,是不能忘记的》写作前后的历史场景,厘清张洁写作这篇小说过程中,其个人经历与小说故事之间的区分与关联,为我们解读这篇小说及其所引发的争论,提供了一种新的可能。虽然张洁写作这篇小说的时候,不自觉地加入了属于个人的"灵魂的自传",对于她而言可能是"个人之无意",然而"历史之有情"却将之铭记。

一 张洁这个人

张洁一向对自己的身世、情感和生活经历三缄其口,不愿意过多谈论,仅在很少的篇幅中曾经触及过些许。披阅关于张洁的介绍资料,所呈现的也只是一个简单的履历。在一篇关于张洁的"小传"中,简单地记载着如下信息:"张洁,1937年4月27日出生于北京。……五十年代初,张洁在抚顺念中学……1956年中学毕业,她希望报考大学中文系,老师推荐她学经济,于是进入中国人民大学计划统计系学习。……1960年大学毕业以后到第一机械工业部工作。……1969年她与同事们一起下放到农村'五七'干校,干着各种粗重的体力活,1972年返回北京原机关工作。"1978年,《北京文艺》第7期刊发了张洁的第一篇小说,《从森林里来的孩子》,"受到读者和评论家的一致好评,并荣获1978年全国优秀短篇小说奖。""1979年,张洁加入中国作家协会。"[①] 更多的细节,尤其是对于自己生活经历的情感性表述,可以在张洁的散文中找到只言片语。它们杂乱无序,临时地出现在张洁的叙述文字中。若要将这些只言片语,勾连起来,铺排成一个连贯的人生故事是不大可能的。但经过甄别和挑选,一些主要的人生经历,时常流露在张洁的笔端。其中一个重要的方面,便是幼年时期父亲对于她们母女的抛弃,以及抛弃之后所经历的种种生活磨难。"我应该叫做父亲、而又不尽一点儿父亲责任的那个人,一家伙把我和母亲丢下,一个大子儿不给的年月,我们全是靠稀

---

① 何火任:《张洁小传》,何火任编《张洁研究专集》,贵州人民出版社1991年版,第1—4页。

粥度过艰难岁月。"① 在童年岁月里,张洁总是处在这种糊口度日、上顿不接下顿的境况之中,留下对于生活残忍的深刻印象。"从幼年起,就跟着妈住她任教的小学单身宿舍。在食堂开火,连正经的炉灶都没有一套。馋急了眼,妈就用搪瓷缸子做点荤腥给我解馋。一到年节,看着万家灯火,就更加感到那许多盏灯火里没有一盏属于我们的凄凉,我们那个家就更显得家不成家。"② 因此她总在母亲的寂寞中,品尝世态炎凉的况味。试图通过回忆来填充父亲的形象时,又同样满是痛苦不堪的经历。"我自认并非十分淘气的孩子,但我经常挨父亲的揍。或因为他的心情不好,或因为没钱买米,或因为前方战事吃紧,或因为他在哪里受了窝囊气……好像一揍我,他的心情就可以变好,就有钱买米,前方就可以打胜仗,他便不再受人欺凌……"③ 父爱的缺失,让张洁在童年岁月里,难以体味到人间温暖。也因此,导致了在选择自己伴侣的时候,让她对爱情产生了别样的理解,试图找一个"能够疼我,又是丈夫、又是兄长、又是朋友、又是父亲般的男人"④。然而当这爱情并未来临,或者在离婚独自撑起生活门面的日子里,"上有老母,下有幼女,她以坚强的毅力,曾长期撑持着一个三代女性的家庭。"⑤ 也因此,获得了"女男人"的称号。"难怪我那位土生土长于北京南郊的农民保姆,给我起了一个'女男人'的绰号;'你不是女人,也不是女强人,而是一个"女男人"。'她如是说。"⑥ 这又造就了张洁独特的个性,"从小就要强,不甘

---

① 张洁:《何以解忧,唯有稀粥》,《张洁文集·散文随笔卷》,人民文学出版社 2011 年版,第 39 页。
② 张洁:《世界上最疼我的那个人去了》,人民文学出版社 2011 年版,第 62 页。
③ 张洁:《帮助我写出第一篇小说的人——记骆宾基叔叔》,《张洁文集·散文随笔卷》,人民文学出版社 2011 年版,第 132 页。
④ 张洁:《可怜天下女人心》,《爱是不能忘记的还有勇气吗?》,作家出版社 1997 年版,第 553 页。
⑤ 何火任:《张洁小传》,何火任编《张洁研究专集》,贵州人民出版社 1991 年版,第 2 页。
⑥ 张洁:《去年,在 Peloponnesus》,《张洁文集·散文随笔卷》,人民文学出版社 2011 年版,第 364 页。

人后。"被描述为"她执着,她追求,她向往,她是一个坚强的女性。"①

在张洁的个性中,执拗、直率、对抗与我行我素等特征,给人一种与世界格格不入的印象,也造成了张洁在生活中经常遭受指指点点的后果。这里,不妨略举几例,张洁的这种印象就显示出她独特的一面来。比如对汪曾祺的声援上。在一篇写于2000年左右的纪念文章中,张洁谈到了20世纪80年代"间或听到"的关于汪曾祺的"花边"新闻,就此她表示:"谁能说出汪大哥的大恶呢?也许有那么点圆熟,但绝对不是油滑或狡诈。再有,无非喜欢女人而已。喜欢女人算什么,男人不喜欢女人反倒奇怪了。年轻时与女人的关系如何我无从得知,即便如何又怎样?我与他相识后,从未听说过他与哪位女人的关系过界。(过界又怎样!)……——轻易就被恶意揣测的女人,在他那里总可以得到一些善待……而已,而已。"② 张洁不同于世俗观念的一面,于焉可见一斑。再比如说到稿费一事时,张洁的义愤填膺也令人读之如在眼前。在一篇写于1994年的文章中记述道,"有朋友对我说,一些同行视我为斤斤计较的庸俗之辈。依据是:一、我单刀直入地向约稿人询问稿酬标准;二、我曾向《十月》杂志社预支稿费;三、对不及时付给稿费,甚至不支付稿费的报刊,要求实行一手交稿、一手交稿费的办法;"对此,张洁评论道,"就算我有钱,预付稿酬也是版权法上写得一清二楚的条款,是作家应有的权利,维护自己应有的权利又有什么可指责的?""从没见过谁为中国作家稿费之低说过半句公道话,反过来却指责穷嗖嗖的作家,不该发出这一丝微弱的、保护自己权益的声音,这是为什么?"③ 这种性格,还表现在国际舞台,展现了一个不卑不亢的女性本该有的傲骨。1985年6月,在德国的一个晚宴上,君特·格拉斯试图邀请出席晚宴的张洁,到他的餐桌上"叙谈

---

① 邓国治:《我所认识的张洁》,何火任编《张洁研究专集》,贵州人民出版社1991年版,第64—66页。

② 张洁:《清辉依旧照帘栊》,《张洁文集·散文随笔卷》,人民文学出版社2011年版,第165页。

③ 张洁:《不再清高》,《张洁文集·散文随笔卷》,人民文学出版社2011年版,第189—191页。

叙谈",张洁的回答却是:"如果格拉斯先生想要与我叙谈,他应该到我的餐桌上来,不是说女士优先吗?"以至于,"同桌的德国作家、编辑还有我的译者,煽风点火地鼓起掌来,闹得那位工作人员一时不知如何是好。"紧接着,她还总结说:"如果让我在'逞能'和'机会'之间选择,百分之八九十我会选择'逞能',它几乎变成了我的一个嗜好。"①更见出一个略带桀骜不驯的女性的自尊与骄傲来。对于这一性格,张洁在接受采访时表示:"我只是特立独行而已,是个独行侠吧,我没有高度,但我爱自由,我就是一个喜欢自由空间的灵魂。"对于这种"独立特性",她还说:"我不是有意标新立异,从小在他人眼里,就是个比较'奇怪'的人。"俨然是外在的观点,而非自己的刻意。就是如此"奇怪",张洁仍然坚持自我。"我基本上是一个不受待见的人,但依然自得其乐、我行我素。"②并且"不沟通,也不期待沟通,不仅仅与普通读者,包括与其他人。"③在她看来,这种种行为,其来有自。"我禀性难移,改起来实在不易。"④有些死不悔改的意思在其中,也有着更多的坚持自我的固执与韧性⑤。

这种性格常常为世所不容,也因此而招来许多的"非议"和"争论"。张洁曾在文章中自我记述说,许多人认为"我这个人很不礼义廉耻。相反,我认为在配偶之外与他人偷情,并不值得大惊小怪,也理解

---

① 张洁:《我没什么了不起》,《张洁文集·散文随笔卷》,人民文学出版社2011年版,第210页。

② 荒林、张洁:《存在与性别,写作与超越——张洁访谈录》,《文艺争鸣》2005年第5期。

③ 张洁:《答〈收获〉杂志钟红明女士》,《她吸的是带薄荷味儿的烟》,花城出版社2011年版,第156页。

④ 张洁:《在马德里"讨乞"》,《张洁文集·散文随笔卷》,人民文学出版社2011年版,第216页。

⑤ 在荒林、钟红明、张英等的访谈中,张洁一再把自己"不悔改""不低头""不妥协""不放弃"的性格给描绘得淋漓尽致。虽然是否可以由此来把张洁本人与《爱,是不能忘记的》中的钟雨这一人物形象关联起来,也仍旧值得考量。但对于理解小说中的人物形象,绝对是大有裨益的。参见《真诚的言说——张洁访谈录》《存在与性别,写作与超越——张洁访谈录》《答〈收获〉杂志钟红明女士》《答〈南方日报〉陈黎女士》等。

"灵魂的自传"

来客串一把的名教授没有办公室的现实。……我不喜欢轻易用'下流'这个词,在我看来,这是非常'重'的一个词。"① 这些言论,已经在暗示着她在1966—1986年,那场轰轰烈烈且引来不少反感和非议的"恋爱故事"。而且,这种种的"非议"和"争论",还时常走出国门,传遍世界。1985年,去法国访问的张洁,就遭遇了这种"非议"。"不久,就从法国使馆传出有关我的流言,说我傲慢、刁钻、对人戒备、难以对付、不好接近,并且在中国文化界中广为流传。但是我觉得我不傲慢,不刁钻,不难对付,对人不够戒备……我还没说别的呢,如果再多说些什么,后果恐怕更不堪设想。"② 对于这种不被世人理解,处处遭受"非议"的生活,张洁巧妙地使用了一种转换的手法,将之移植到文学创作中来。她曾说,"很多作家,在生活中实现不了的向往,可能会寄托在写作中。"并且一再强调,"文学是我生命存在的一种形式。"③ 借助文学的存在,张洁似乎在营造一个完成自我愿望的乌托邦,也通过写作的过程,排解来自于现实世界的种种压力。她曾坦言,"写作的了却还在于它的过程,那是一种心灵的需要,对文字的精雕细刻,就像打磨一件老旧的瓷器那样,那是一个让它逐渐显出光泽和圆润的过程。"④ 所以曾有研究者指出,"她把强行给予肉体和精神上的恢复休息描写为逐渐升起再写作欲望的过程。'我只有在写作的时候才找到自己。'"⑤ 她还曾就文学作品与作家现实生活之间的关联,很断定地说:"作家的每部作品,都可以看做是他们灵魂

---

① 张洁:《也许该为"芝麻"正名》,《张洁文集·散文随笔卷》,人民文学出版社2011年版,第337页。
② 张洁:《一个中国女人在欧洲》,《张洁文集·散文随笔卷》,人民文学出版社2011年版,第226页。文章中还记载了其他类似的事情,从一个侧面勾勒了张洁的独特性格,也让这种性格有了一以贯之的多侧面、多方位表达。
③ 荒林、张洁:《存在与性别,写作与超越——张洁访谈录》,《文艺争鸣》2005年第5期。同样的表述,也出现在《答〈收获〉杂志钟红明女士》中,她说:"因为写作是我生命存在的一种形式。"见张洁《答〈收获〉杂志钟红明女士》,《她吸的是带薄荷味儿的烟》,花城出版社2011年版,第151页。
④ 张英:《真诚的言说——张洁访谈录》,《北京文学》1999年第7期。
⑤ [德]米歇尔·坎-阿克曼:《访张洁》,何火任编《张洁研究专集》,贵州人民出版社1991年版,第93页。

的自传。不论是音乐家、画家，艺术家莫不如此。"[1] 虽然，据此就将张洁的个人经历与《爱，是不能忘记的》所讲述的故事之间进行理所当然的直接关联，仍然存在着困难。但是，由此也说明，张洁至少是把《爱，是不能忘记的》作为自己的"灵魂的自传"去经营和书写的。

二 "硬汉"孙友余

1998年11月12日，《人民日报》的第4版发布一个讣告，以"孙友余同志逝世"为题，报道了孙友余去世的消息。在讣告中，以简历的形式概括了孙友余的一生。"孙友余是安徽寿县人，毕业于上海交通大学。1938年1月参加革命，同年6月加入中国共产党，在延安任中央军委三局器材厂技术指导员，1939年奉命派往重庆中共南方局做统战工作。皖南事变后，负责秘密交通和情报工作，参与开辟了川北至陕甘、川东到中原的交通线。1949年6月后任上海市军管会军事代表，华东纺织管理局保卫处处长，纺织工业部处长，第二机械工业部十局副局长，第一机械工业部生产调度局副局长、仪表局局长，一机部第一办公室主任兼第九局（原子能设备制造局）局长。1965年任一机部副部长、党组成员。1969年平反后，历任一机部奉新干校校长，一机部副部长、党组副书记，国家机械委员会副主任、党组成员。1983年离休。"[2] 在这份极其简单的"履历"上，看不出出生于1915年的孙友余有任何传奇经历，缺乏"神采"和"魅力"的展示。然而，要认识这位传奇人物，还应该从他的先祖孙家鼐说起。在张洁的叙述中，"孙家鼐于一八五九年考取进士第一名，俗称状元，在清王朝的五位执政皇帝手下做过事。历任吏部、礼部、兵部、工部尚书（在这一点上我先生与他先祖似乎一脉相承，毛泽东纪念堂内的水晶棺、液压传动装置、照明装置、恒温恒湿装置正是在我先生具体运作下制作的），军机大臣、阅卷大臣、学政大臣、武英殿大学士、京师大学堂第一任督办（也可以说是北京大学第一任校长）、太子太

---

[1] 张英、张洁：《真诚的言说——张洁访谈录》，《北京文学》1999年第7期。
[2] 新华社北京：《孙友余同志逝世》，《人民日报》1998年11月12日第4版。

"灵魂的自传"

傅,死后又获赠太傅这一荣誉称号。"① 对于孙友余的这种"高贵出身",张洁历来不吝啬笔墨,并称赞这种出身所带来的潇洒和独特气质②。实际上,孙友余出身的辉煌还不仅仅如此。"所谓'一门三进士,五子四登科',其中大哥孙家泽为道光乙未恩科举人、戊戌科进士;二哥孙家铎为道光己亥科顺天举人、辛丑科进士;三哥孙家怿为咸丰壬子科顺天举人;四哥孙家丞虽未中举,但也是廪贡生;小弟孙家鼐则为咸丰辛亥恩科顺天举人、己未科一甲一名进士。……可谓极一时之盛。"③ 带着出身的耀眼光环,孙友余的传奇色彩就多了一条祖上荫庇的辉煌。然而张洁眼中的"硬汉"形象,却并非是靠着祖上的辉煌——虽然这种辉煌也让张洁迷恋不已——而是孙友余自身的"经历"。这尤其体现在他人生的前后两个时期中,即地下党时期与领导干部时期。

在富有传奇色彩的地下活动时期,孙友余的光彩照人形象,鲜明地体现在两个事件上。其一,在重庆领导地下党活动,摸清重庆国民党的电台情况,"为延安收购无线电电讯器材"。在当时,"这是一项看起来平常实则艰难重重还带有危险性的任务,因为只要在一个小的环节上出了漏洞,就可能被国民党特务的鼻子嗅出来。"④ 其间的危险性、特务跟踪、摆脱跟踪并完成任务,书写来不亚于一个情节丰富复杂、波澜起伏又惊心动魄的地下党故事。以至于在事后的追忆中,张洁不禁惊叹孙友余的种种表现。"先生堪称奇人。从事地下工作多年,且出生入死执行过党的重要任务,多次被特务跟踪却每每能够从容甩掉尾巴,将党交代的任务一一完成,是南方地下党榜上有名、智勇双全的人物。"竟至于在头脑中构造出一幅别样的画面,"眼前却时常出现在各种危急惊险的情况下,怀

---

① 张洁:《最后一个音符》,《爱是不能忘记的还有勇气吗?》,作家出版社1997年版,第546页。
② 张洁曾在多篇文章中谈及孙友余的这种出身,以及由此而散发出的独特魅力,《无可奈何花渐落》《无地自容》《吾爱吾夫》《人家说我嫁了个特权》等是较为集中的篇章。
③ 汪谦干:《安徽寿县孙世家族与教育》,《史学月刊》2011年第4期。
④ 杨仲明:《秘密交通纪实(一)》,《红岩春秋》2001年第1期。

· 103 ·

揣着党交给的重要任务，急煎煎走着的他。"① 为了掩护身份，创办了"青科技"，亲自"当经理"。"孙友余经营这公司，是掩护党的秘密活动，如前面提到的采购无线电器材、调查电台这类任务。"② 此后，为更好地开展工作，孙友余利用家庭的便利条件，在上海创办了地下交通站。"为了活动的需要，他学交际舞，什么布鲁斯、华尔兹、狐步、探戈，他都学会了，为这他还招来一些不了解实情者的非议，将他与亲戚表妹往来也作为话题，当然这些细节无碍于他完成了张明委派他的任务。"③ 这些为完成任务而学会的技能，无疑增加了孙友余的男性魅力。其二，解放战争时期传递情报的惊险经历。"1947年秋，他携带重要军事情报，从上海突破国民党重重封锁，前往大别山区，送交刘邓大军，为中共在战场上转入战略进攻的初战告捷做出了贡献。"④

1949年后，孙友余活跃在建设的各条战线上，辛勤工作，这其中在第一机械工业部的工作尤为重要。他一直强调发展新产品，力主改革。"一机部孙友余副部长在今年举行的产品设计工作会议上强调指出，新产品的发展是企业经济工作的第一道工序"⑤，推动机械工业，尤其是军事机械工业的发展。"他'在机械行业任职期间，做了大量开创性的工作'。"⑥ 不仅如此，"1980年11月召开的'中国系统工程学会'成立大会上，孙友余被聘任为该学会的'首批顾问'。"⑦ 在具体的工作中，"因孙友余同志的倡导，行为科学曾在中国80年代盛极一时。"⑧ 这些成就，

---

① 张洁：《无可奈何花渐落》，《爱是不能忘记的还有勇气吗？》，作家出版社1997年版，第526—528页。

② 杨仲明：《秘密交通纪实（一）》，《红岩春秋》2001年第1期。

③ 杨仲明：《接头暗号：我从重庆来——秘密交通纪实》，《红岩春秋》2001年第6期。

④ 汪谦干：《安徽寿县孙世家族与教育》，《史学月刊》2011年第4期。类似的文字，还可以参见孙友余前妻陈楚云1999年编写的纪念孙友余的内部材料《孙友余同志生平》。在这份材料中，陈楚云以共同经历者的身份，不但详细记述了孙友余的生平，且给予了他很高的评价。

⑤ 本刊特约评论员：《参加新产品鉴定会有感》，《上海机械》1980年第12期。

⑥ 汪谦干：《安徽寿县孙世家族与教育》，《史学月刊》2011年第4期。

⑦ 记者：《中国系统工程学会成立大会纪要》，《系统工程理论与实践》1981年第1期。

⑧ 陈立：《行为科学在中国的回顾与前瞻——为悼念孙友余同志而作》，《应用心理学》1999年第1期。

都让孙友余的形象得到了全方位的塑造,在张洁的眼中,更是成了"完美"的传奇人物。因此,张洁曾在一篇文章中说:"早在三十年代先生就是卓尔不群的人,在南方地下党时期,就深得周恩来总理的赏识……此事撂下不谈,就说解放后对他所担负的各项重任,也是肝脑涂地、兢兢业业。故而成绩显著,有口皆碑,在国务院各部委也是一个数得着、出色称职的官员。"①

正因为种种传奇经历、干练作风以及开创精神,在谈到孙友余的时候,张洁毫不掩饰她的赞美之情。在1966年张洁参加的一次批斗会上,她第一次见到作为领导的孙友余,虽然那时候他已经"下马"。在张洁的第一印象中,"孙友余穿了一件短、破、瘦的小蓝棉袄,想必是特意找来应付这种场面的,嘴上挂着一个与那天气一般冷的笑。造反派们一再吼道:'孙友余,老实点儿,不要笑!'但他依然很冷地笑着。……从此孙友余作为一条硬汉子,留在了我的印象里。"② 也是在这次见面之后,"硬汉"形象就成为张洁描述孙友余的时候,所使用的一个界定词语。"像大家一样,我钦佩他,因为他是一位杰出的人,是一位廉正的领导人。……文化大革命后在清算康生罪行时,康生的第五条罪状就是迫害孙友余,但我丈夫从不屈服,这正是我爱他的一个重要原因,他是条硬汉子。"③ 不仅有这种气质上的称赞,就是连不曾见过的年轻时期的相貌,也让张洁留下了深刻的印象。"我没有见过他年轻时的样子,只见到过他年轻时代的照片,的确是风流倜傥,光彩照人。"而且,"就是到了现在,不论我的中外朋友见了我的先生都会说他英俊、气度不凡。"④ 不仅如此,在张洁看来,孙友余做事情的态度和方式,也是值得钦佩的。"先生说话

---

① 张洁:《吾爱吾夫》,《爱是不能忘记的还有勇气吗?》,作家出版社1997年版,第557页。

② 张洁:《文革中的一天》,《爱是不能忘记的还有勇气吗?》,作家出版社1997年版,第517页。

③ [法]阿兰·佩劳伯:《同张洁的会见》,何火任编《张洁研究专集》,贵州人民出版社1991年版,第108页。

④ 张洁:《无可奈何花渐落》,《爱是不能忘记的还有勇气吗?》,作家出版社1997年版,第523页。

行事从来深思熟虑,不会像我那样,脑子一热张嘴就讲、动手就干,十有八九留下许多让人杀个回马枪的把柄。"① 叙述至此,足以见张洁眼中,孙友余俨然"完人"。不啻此,她还要再加上一笔,"更何况清廉公正、坚持党性原则,从不以权谋私、拉帮结派,乃至饮食起居这样的细微之处,也从不懈怠。"② 种种特征,征服张洁如斯,可见孙友余的魅力应该是无限的,其"完人形象"已是不言而喻的事实,悄悄被这位独具个性的作家爱上,也是情理之中的事。因此张洁说,"先生曾是第一机械工业部的常务副部长。当时在国务院所属各部委的领导干部中,像这样又有文化、又有才干、又清廉、又成熟、又激情、又有绅士风度、又有革命经历(特别是惊险异常的地下党经历)、又……、又……的干部,真是难得。自然容易引起知识女性的浪漫幻想。"③ 这些赞赏性的言辞,与《爱,是不能忘记的》中,描述钟雨所钟爱的那个"三十年代末""在上海做地下工作"④ 的老干部的言辞,又是何其的一致⑤。

三 爱情二人转

在追溯张洁与孙友余的爱情故事之前,需要交代一下孙友余的第一段婚姻。因为恰是因为这一段婚姻的存在,使得此后张孙二人的结合,成为千人所指的社会道德问题。关于孙友余和陈楚云的结合,在后来的追溯中,事情才逐渐明朗起来。"陈楚云是秦达远介绍给老孙的,那时孙

---

① 张洁:《无地自容》,《爱是不能忘记的还有勇气吗?》,作家出版社1997年版,第535页。
② 张洁:《吾爱吾夫》,《爱是不能忘记的还有勇气吗?》,作家出版社1997年版,第558页。
③ 张洁:《人家说我嫁了个特权》,《爱是不能忘记的还有勇气吗?》,作家出版社1997年版,第529页。
④ 张洁:《爱,是不能忘记的》,《北京文艺》1979年第11期。
⑤ 在小说中,有这样一段描绘,可以和这里引用的张洁的话作为对比。"从车上走下来一个满头白发、穿着一套黑色毛呢中山装的、上了年纪的男人。他给人一种严禁的、一丝不苟的、脱俗的、明澄的印象。那头白发生得堂皇而又气派,特别是他的眼睛,十分冷峻地闪着寒光,当他急速地瞥向什么东西的时候,会让人联想起闪电或是舞动着的剑影。"参见张洁《爱,是不能忘记的》,《北京文艺》1979年第11期。

"灵魂的自传"

工作上需要一个烫头发涂口红的妇女打掩护,秦达远问陈楚云肯不肯充当这一角色?陈答应了,就这样老孙与她认识,所以他俩并不是谈恋爱认识的。"①那时候,孙友余的勇敢、果断、机智等一系列优秀品质,应该是陈楚云对其产生好感的原因。"红岩村火警那天正值孙友余来看我,一听说火起,表现很勇敢,他第一个冲上楼去搬箱子。"②诸如此类的表现,让孙友余成为重庆地下工作者们谈论与夸赞的对象。大约在1942年左右,陈楚云逐渐对孙友余产生好感,对他展开热烈的追逐。"有天小吴发现了一封信,字迹娟秀,是陈楚云写给老孙的,心中充满了对老孙的爱,全是很委婉的哀恳的口气。"虽然孙友余并没有直接拒绝,但是"大家对老孙这人,有一种难以名说的惧怯,不敢把这事公开来谈论,只是私下偶尔交谈,流露出对楚云的同情和对老孙骄傲的不满。有的年青人由此产生了想法:原来老孙和楚云这一对并不美满!"③这也为1985年前后,孙友余与陈楚云的离婚"拉锯战"埋下了伏笔。与此同时,在具体的工作过程中,突如其来的安全威胁,却也时时把孙友余和陈楚云拉近在一起。1948年"7月1日上午,她刚上班,传达室来通知,有位妇女来找她,在会客室等。她出来一看,是张明爱人罗晓红。晓红低声告诉她:'张明要我来通知你:火速转告孙友余,赵平出事了,要老孙立即布置有关人员撤退。还要老孙务必在20天内赶回平山,在党中央联系好后,把张明送去。'……楚云一听,紧张起来,急忙转回办公室向科长请假,奔到老孙住处,将张明的指示告诉了他。"④这种发生于革命艰难岁月中的爱情,却在此后的日子里隐含着种种危机。在张洁看来,"我先生和他前妻的婚姻没有爱情,只是战争时期一种仓促的结合"⑤,那么孙友余离婚而与张洁结合,就是天经地义的追求爱情的行为,是无可厚非的。

---

① 杨仲明:《秘密交通员的生活浪花——秘密交通纪实》,《红岩春秋》2001年第4期。
② 杨仲明:《接头暗号:我从重庆来——秘密交通纪实》,《红岩春秋》2001年第6期。
③ 杨仲明:《秘密交通员的生活浪花——秘密交通纪实》,《红岩春秋》2001年第4期。
④ 杨仲明:《刘少文遇险——秘密交通纪实》,《红岩春秋》2002年第4期。
⑤ 张洁:《最后一个音符》,《爱是不能忘记的还有勇气吗?》,作家出版社1997年版,第542页。

在后来的追溯文字中，张洁曾言明，虽然她早在1960年便已经到第一机械工业部工作，但是她与孙友余的相识相遇，却直到1966年才发生。"直到一九六六年底，在一个朔风凛冽、严寒异常的下午，一机部全部职工被一机部造反派赶到天安门广场，参加批斗一机部正、副部长的大会，我才第一次见到这位叫做孙友余的副部长。"① 那时，孙友余刚调任第一机械工业部一年有余，"因反对康生诬陷贺龙同志策划所谓'二月兵变'的阴谋，以及反对林杰、谭厚兰等人在北京师范大学的反革命活动，被康生开除党籍、并打成三反分子，从而成为全国头一名被开除党籍，打成三反分子的部级干部。"② 在批斗大会上，孙友余故意穿着破烂，以抵抗造反派们的批斗，并且时刻"嘴上挂着一个与那天气一般冷的笑。造反派们一再吼道：'孙友余，老实点儿，不要笑！'但他依然很冷地笑着。"从而让张洁认定，孙友余是"一条硬汉"，并深深地"留在了我的印象里。"也是因为这一次想见，让张洁深深地爱上了"硬汉"孙友余。"我至今后悔去参加了那次批斗会，后悔留下了关于孙友余的印象，它使我的后半生，重又落入无尽的劫难之中。"③ 此后，又从各种渠道，获得了关于孙友余的种种，更加让张洁倾倒于孙友余的"魅力"。"想当初，我正是为先生的忧国忧民意识；为他对党国肝脑涂地的忠诚；为他对事业的兢兢业业；为他面对恶势力宁折不弯的高尚品格；为他一生清廉、两袖清风；为他的党性原则所倾倒。"张洁心中的爱也随之变得更为热烈且固执，"认为爱情比生命更重要，为了爱情可以牺牲一切，乃至生命"。在这份爱中，还夹杂着对孙友余的近乎信仰式的崇拜，"我对先生不仅深爱，更还有热烈的崇拜。"④ 甚至不惜称之为"皇上"——"谁若听见我

---

① 张洁：《文革中的一天》，《爱是不能忘记的还有勇气吗?》，作家出版社1997年版，第516页。

② 参见张洁《文革中的一天》，《爱是不能忘记的还有勇气吗?》，作家出版社1997年版。这篇文章中，详细地介绍了张洁第一次见到孙友余的相关情况，并且交代了爱情萌生的过程。

③ 张洁：《文革中的一天》，《爱是不能忘记的还有勇气吗?》，作家出版社1997年版，第517页。

④ 张洁：《最后一个音符》，《爱是不能忘记的还有勇气吗?》，作家出版社1997年版，第542页。

"灵魂的自传"

称先生为'皇上',不要惊奇。"① 并进而认为,"先生不但值得我爱,也值得他人敬爱。"然而其时,张洁或许经历的是个人的"单相思",所以这爱情也充满了浓得化不开的蜜意。以至于在后来可以公开谈论这件事的时候,她还大声地宣称:"我的先生是我的骄傲,我的爱。他就是大名鼎鼎的前一机部常务副部长孙友余。"② 此后,两人分别经历了"平反"和"下放",并最终于1972年,随着张洁的回归,爱情才正式铺展开来。在一篇写于1993年的追忆性质文章中,张洁叙述道:"黄鹤渺然去,空留旧时骑。还驮着我赴先生——当初是情人——的约会……转眼十八年过去,世事苍茫,物是人非。"③ 按照时间推算可知,也就是在1975年的时候,张洁已经开始以"情人"的身份,和孙友余展开了约会。

然而在张洁一方是如此热烈的爱恋,却遭受了来自他人的巨大非议,承受着同样巨大的社会道德压力。在后来的追忆文章中,张洁描述了一个最典型的反对者,以及她的态度。"L太太是一个激烈的人,对我这个所谓的第三者恨到了极点,也蔑视到了极点。逢人便指控我是个伤风败俗的坏女人,坚决反对我先生和前妻离婚。""并义正词严地向我先生指出,他必须在革命和爱情之间进行抉择。"④ 由此也可以看出,在这段爱情之间,不仅仅存在着为世人所不齿的"伤风败俗"的第三者行径,也同样存在着"革命和爱情"之间的纠葛与争斗。孙友余和陈楚云从革命中一路走来的婚姻,显然被赋予了超出张洁所理解的爱情的范围,包含着更为复杂的与共和国历史纠缠的因素。更何况,在"文革"期间,在"文革"结束后的几年里,"第三者"和"出轨"常被认为是道德败坏的行为,言未敢言,更不用说行之已行。大约从1980年开始,到1985年左

---

① 张洁:《可怜天下女人心》,《爱是不能忘记的还有勇气吗?》,作家出版社1997年版,第550—551页。
② 张洁:《吾爱吾夫》,《爱是不能忘记的还有勇气吗?》,作家出版社1997年版,第557—558页。
③ 张洁:《不忍舍弃》,《张洁文集·散文随笔卷》,人民文学出版社2011年版,第72页。
④ 张洁:《最后一个音符》,《爱是不能忘记的还有勇气吗?》,作家出版社1997年版,第541—542页。

右，从工作岗位退下来①的孙友余，以奔赴爱情的决绝，与发妻陈楚云离婚，这种道德批判和社会舆论，达到了顶峰。"我先生拖着重病，肩负着他们那个阶层的道德观念的重压，历经许多折磨，打了五年官司才离了婚。"张洁还指出，"在叛逆旧道德观念方面，我先生也有着他那个阶层的人少有的勇气，在他们那些人中，秘密的情人可以大有特有，离婚却大逆不道。"② 这也让张洁更加无畏地去追逐自己的爱情。她曾坦言，"想当初为了嫁给先生，真是上刀山、下火海、波澜壮阔、九死一生。"③ 然而，"尽管为了和先生结婚，吃尽人生的万般苦头，但我觉得很值。""尽管有人糟蹋我说，我和先生结婚是为了他的房子、车子、票子、地位……我也终生不悔。""我爱先生至深，这些糟蹋我全不在意，这些诅咒又奈我何？它既没有挡住我对先生的爱，也没有挡住我在事业上的成功。"④ 终于，在张洁与社会舆论的压力进行不懈的斗争之后，在孙友余不顾一切地终于把离婚的官司结束之后，在1966年二人第一次相见"整整二十年后，我与因致力改革而中箭落马的，无职、无权、无钱、无房子、无家具的五无干部孙友余结婚婚筵是在李国文兄的家里，并由李国文兄出资筹办的。"⑤ 寒酸、简陋成为描述张洁追求到的第二段婚姻的最佳词语，然而对于张洁来说，"虽然为这一天我得等上一年，或是说，为这一天，我将忍受一年。那我也知足了。"⑥ 事实上，她的等待和忍耐何

---

① 在张洁的记述中，孙友余是因为力主改革被自家人"暗算"了才下台的，退休只不过是个委婉的说法。"先生在他那个阶层，可算顶天立地的一条汉子。且不说他在经济建设，以及后来的经济改革中那不可磨灭的贡献，并为此中箭落马的事。"参见张洁《最后一个音符》，《爱是不能忘记的还有勇气吗？》，作家出版社1997年版，第542页。

② 张洁：《最后一个音符》，《爱是不能忘记的还有勇气吗？》，作家出版社1997年版，第542页。

③ 张洁：《人家说我嫁了个特权》，《爱是不能忘记的还有勇气吗？》，作家出版社1997年版，第529页。

④ 张洁：《吾爱吾夫》，《爱是不能忘记的还有勇气吗？》，作家出版社1997年版，第556—557页。

⑤ 张洁：《文革中的一天》，《爱是不能忘记的还有勇气吗？》，作家出版社1997年版，第517页。

⑥ 张洁：《可怜天下女人心》，《爱是不能忘记的还有勇气吗？》，作家出版社1997年版，第555页。

止一年。所以她会在结婚之后不禁感叹,"他是把他的聪明才智、人生理想、远大抱负、浪漫情怀、青春年少、生命享受……这些比一辈子还重要的东西,都献给了这个党。临到从无风三尺浪的圈子里退出来,才有可能重续风流。"① 就是如此得来的婚姻,日后也逐渐陷入柴米油盐的争吵和无谓的抱怨,张洁似乎也并没有得到她所渴求的白雪公主式的幸福②。张洁婚后所经历的种种不满、抱怨等,都成为她日后长篇小说《无字》的写作素材③。而她热烈爱着孙友余、以情人的身份与之交往的故事,则成为《爱,是不能忘记的》写作素材。

四 《爱,是不能忘记的》

就小说的内容而言,《爱,是不能忘记的》所写的是一个简单的故事。从叙述上来看,小说先由一个女儿"我"的婚姻选择难题,逐渐引出母亲"钟雨和老干部"的爱情故事。在女儿进行爱情和婚姻的抉择之时,来自母亲的教诲与其说是母女间的谆谆教导与关爱,不如说是

---

① 张洁:《无可奈何花渐落》,《爱是不能忘记的还有勇气吗?》,作家出版社1997年版,第523页。

② 在结婚后不久写下的许多文章中,张洁一再表达了自己对孙友余的诸种不满。"我这一辈子为母亲和女儿操的心,也赶不上这几年为先生操的心。"参见张洁《无可奈何花渐落》,《爱是不能忘记的还有勇气吗?》,作家出版社1997年版,第524页。"事后,我悔恨无穷地对先生说:'我当时昏了头,你经历过那么多事,又比我年长许多,怎么没替我想着给妈买个花圈呢?'先生说:'你又没告诉我。'……后来,我终于从悲痛中缓过气来的时候对先生说:'这一年要是没有朋友们的关心,我真不知道怎么过,可是你连问都不问问我是怎么熬过来的。'先生照样无辜地说:'你又没有告诉我。'""先生的万般事体,除了大小解这样的事我无法代劳外,什么时候要他张过口?就连他打算到街口去迎火葬场的车,我在那种情况下还能为他着想,怕他累着,转请谌容代劳。"参见张洁《世界上最疼我的那个人去了》,人民文学出版社2011年版,第172—173页。这种略带愤怒的表达,在很多散文中都透露了出来。最后,这段婚姻仍旧是以离婚而告终。

③ 王蒙曾在一篇文章中就《无字》发出较为严苛的批评意见。"如果无所不写,还有没有隐私与尊严,文德和文格之类的考虑?或者,一部小说和一部揭发材料之间的区别应该怎么样界定?"参见王蒙《张洁——极限写作与无边的现实主义》,《不成样子的怀念》,人民文学出版社2005年版,第250页。关于张洁的个人经历与小说《无字》间的关联,可参见张建伟《〈无字〉:男神镜像的创生与颠覆》,硕士学位论文,首都师范大学,2008年;张忞悦《当代中国女性作家作品中的现代革命历史建构——以〈无字〉、〈笨花〉为例》,硕士学位论文,上海社会科学院,2014年。

张洁从侧面来表达钟雨的爱情观，以便为那让她纠结了数年的爱情，有一个更为顺畅的展示。在故事的进展过程，一再凸显出契诃夫的小说选集——母亲珍视它"简直像是得了魔怔一般"①。缘由是，这套书是她深深爱着的老干部送的。对于契诃夫及其作品，张洁曾经毫不吝啬自己的笔墨，对之称赞有加。"十字架下，既没有费尽心机杜撰的、拍案惊绝的故事，也没有气象万千的意念和恢宏阔大的气势……无非是契诃夫的咳嗽、优雅、宁静、温柔、羞涩、敏感和忧郁……也曾喜爱和阅读过很多的作家，但是阅读契诃夫，那是一种缓慢的、对生命有去无回的穿透，而不仅仅是阅读。他那具有纯美而又并不纯美特质的小说，或许根本就是对万般缺陷的无奈。"② 巧合的是，在一次去张洁家的拜访之后，刘锡诚也关注到张洁家中摆放着的契诃夫小说选集。"我还曾到二里沟张洁的家里去拜访过她，当我看到她家里的陈设，书架上摆着汝龙译的那一套27本契诃夫的小说集，墙上挂着契诃夫的大幅肖像，与小说里写的那情景、那情调是多么一致呀！"③ 从这种种迹象来看，《契诃夫小说选集》不仅成为女儿破解钟雨爱情的关键，也为我们提供了解读《爱，是不能忘记的》的关键，彰显出小说和张洁的个人生活之间千丝万缕的关联。

此后，随着对母亲"写着，'爱，是不能忘记的'……笔记本"展开更深入的阅读，女儿发现了母亲的爱情秘密，那对象正是一个"三十年代末""在上海做地下工作"的老干部，而且是母亲"机关里的一位同志"。"他给人一种严谨的、一丝不苟的、脱俗的、明澄的印象。那头白发生得堂皇而气派，特别是他的眼睛，十分冷峻地闪着寒光，当他急速地瞥向什么东西的时候，会让人联想起闪电或是舞动着的剑影。"④ 这和张洁所描绘的孙友余嘴角上的"冷笑""英俊潇洒""说话行事从来深思

---

① 张洁：《爱，是不能忘记的》，《爱是不能忘记的还有勇气吗？》，作家出版社1997年版，第374页。
② 张洁：《"我很久没有喝过香槟了"》，《张洁文集·散文随笔卷》，人民文学出版社2011年版，第388—389页。
③ 刘锡诚：《在文坛边缘上——编辑手记》，河南大学出版社2003年版，第379页。
④ 张洁：《爱，是不能忘记的》，《爱是不能忘记的还有勇气吗？》，作家出版社1997年版，第376页。

熟虑"等,又有着极其类似的一面。同样能看出互相印证的,是小说中,女儿对这位老干部的印象里还有"一辆黑色的小轿车"。张洁在一篇文章中,为了表现孙友余的大公无私、廉洁奉公,特意提到了他的"小轿车"——"一九七八年那个时代,先生那辆小'皇冠'看上去很有些招摇。"① 除"小轿车"之外,在回忆这一次的相见之时,女儿还能清晰地记起母亲和老干部之间的对话。"您最近写的那部小说我读过了。"然后几乎是用剖白心曲的方式,告知钟雨"其实那男主人公对她也有感情"。透过小说,来委婉地说出了深藏内心的爱意,那通由小说的种种所表达的,不仅仅是男女主人公的故事,还有张洁小说中男女主人公的爱意,自然也包含了张洁的一些小小的私心。在一篇写于1993年的散文中,张洁如是说,"十多年前初进文坛,没想到我这个平庸的名字会带来什么麻烦,也不曾奢望将来有一天在文坛大红大紫,起个让人振聋发聩、过目难忘的笔名。当然,我不用笔名恐怕还包含着我的一番痴情。那时,我正在热恋着一个人,希望不断在报刊上出现的这个名字,会给他一些刺激,要是换了名字,还有什么意思。"② 果然,这种方式在小说中,起到了神奇的效果——"他在百忙中也不会忘记注意着各种报刊,为的是看一看有没有我母亲发表的作品。""鸿雁传书"被替换成了"小说传情",这自然是钟雨和老干部的"委婉手法",也未尝不是张洁的"隐微式书写"③。

正式进入母亲的"爱,是不能忘记的"笔记正文,女儿终于发现了钟雨的爱情故事——甜蜜并痛苦着的、不被认可却义无反顾地坚守着的、爱而不得又不得不爱的感情,在字里行间流露。她的压抑来源于不得不

---

① 张洁:《人家说我嫁了个特权》,《爱是不能忘记的还有勇气吗?》,作家出版社1997年版,第530页。

② 张洁:《"张洁"的烦恼》,《张洁文集·散文随笔卷》,人民文学出版社2011年版,第183页。

③ 实际上,披阅张洁的自述,能找到许多处与小说对应的地方。比如小说中一再强调的两人"曾经一同走过的那条柏油小路",张洁就在《不曾舍弃》中有过描述。又比如小说写道,"逢到他咳嗽得讲不下去,她就会揪心地想想到为什么没人阻止他吸烟?担心他又会犯了气管炎。"张洁则在《无可奈何花渐落》中,详细地描写了孙友余的气管炎,以及为之操心穿衣服等细节。

压抑,也来源于老干部对自己结发妻子的不离不弃。如此,她反而更加敬佩这个老干部,以为这才是值得爱的人的品质。这正如张洁对孙友余结婚后的表现所做的评价一样——"尽管先生现在还时常回到前妻那里共叙旧谊,我们婚后的第一个春节,先生不但送去节日食品,更是在旧家与前妻共进年夜饭。但我认为,这恰恰说明先生是个有良心的人:有了新妻不忘旧妻。"① 于是,钟雨和老干部"相约:让我们互相忘记。"然而"爱之神奇伟大,让人无所不能。"② 钟雨一直未能忘却,偏偏在内心执着地爱着,书写了一曲伟大的爱情故事,明确地宣称着"爱,是不能忘记的"。终于,1969 年的"文化大革命"运动中,老干部因为"右派言论"而被批斗至死,钟雨默默为其在臂上缠了一条黑纱,作为祭奠和哀悼。在默默地爱着老干部二十多年之后,钟雨在临死前,嘱托女儿把"契诃夫小说选集"以及写着"爱,是不能忘记的"的笔记本,和她"一同火葬"。在阅读了笔记本之后,女儿站出来,替母亲喊出了她压抑了二十多年的情感,为其鸣不平:"有人就会说你的神经出了毛病,或是你有什么见不得人的隐私,或是你政治上出了什么问题,或是你刁钻古怪,看不起凡人,不尊重千百年来的社会习惯,你准是个离经叛道的邪人……总之,他们会想出种种庸俗无聊的玩意儿来糟蹋你。"③ 最终,"大声疾呼","别管人家的闲事吧,让我们耐心地等待着,等着那呼唤我们的人,即使等不到也不要糊里糊涂地结婚。不要担心这么一来独身生活会成为一种可怕的灾难。要知道,这兴许正是社会生活在文化、教养、趣味……等等方面进化的一种表现。"④ 若联系着 1966—1986 年,张洁自己所经历的爱恋故事,或许可以从这些话语中,能听出属于张洁的呼声。

---

① 张洁:《吾爱吾夫》,《爱是不能忘记的还有勇气吗?》,作家出版社 1997 年版,第 556 页。
② 张洁:《可怜天下女人心》,《爱是不能忘记的还有勇气吗?》,作家出版社 1997 年版,第 549 页。
③ 这一大段表白,和张洁在散文中所表达的思想,是多么惊人的一致。在《吾爱吾夫》《最后一个音符》中,张洁写道,"指控我是个伤风败俗的坏女人""这些糟蹋我全不在意"等。
④ 张洁:《爱,是不能忘记的》,《爱是不能忘记的还有勇气吗?》,作家出版社 1997 年版,第 385 页。

"灵魂的自传"

实际上，也正是这种"耐心地等待"，让张洁最终获得了渴慕已久的婚姻。至于那婚姻的结果是如何，就另当别论了。

张洁曾在许多场合，表示自己的写作和自己的生活之间，有着密不可分的关联①。在一篇怀念冰心的文章中，她十分认同冰心对自己作品的看法。"她对我的《爱，是不能忘记的》一文的看法，也是慧眼独具：'……我也看了，也感到不是一篇爱情故事，而是一篇不能忘记的心中矛盾。是吗……'"② 类似的，哈里森·索尔兹伯里写信告诉张洁，"《爱，是不能忘记的》……是一个非常动人的故事，也是没有用一个虚假的文字写下来的故事。"③ 张洁同样默然接受。这正如她在接受德国《明镜》周刊采访时所认为的那样——"'张洁的书如同其人，正直不阿。她的目光始终洞察着阴暗的角落。我很喜欢她，但是很难和她接近。'我觉得他说得对。"④ 不唯此，在谈到《沉重的翅膀》的写作时，张洁就曾经坦言："说到底，我是一个感情重于理智的人，十五年前写《沉重的翅

---

① 当然，张洁也曾表示这种关联的不存在。在一次文学报告会上，当有人提问"《爱，是不能忘记的》是不是你本人的经历？"张洁回答说："这种提问缺乏常识。……自己的故事，三句话就讲完了，还有什么好写的东西呢？一定要强迫自己忘记自己，应该记住的，只是你的'人物'。"（张洁：《漫谈小说创作的准备——在锦州文学报告会上的讲演和答问》，何火任编《张洁研究专集》，贵州人民出版社1991年版，第58页）与此类似的表述，还出现在"创作自述"《我的船》中。"想不到我那并不高明的小说，却引起个别人的怀疑，或是说某部小说就是张洁自身的经历，还有人自告奋勇佐证：某年、某月、某日，某人、某事……真像那么回事。"话锋一转，为自己用文学的常识辩护道："谁都知道，文学作品里的某一个人物或者是某一个故事，也许是生活中若干人物、故事的提炼和概括，甚至是作者根据可以逻辑的逻辑虚构出来的。"（张洁：《我的船》，《张洁文集·散文随笔卷》，人民文学出版社2011年版，第173页）文章中还愤愤不平地说道："或有人对某篇小说对号入座，入座之后，不那么舒畅之后，便把我告上掌有生死簿的权力结构，然后就沉醉在从自己过长的舌头喷射出的唾液所映射出的彩虹中，以为那点唾液便是足以淹死我的汪洋大海。""还有因那不好说出口的原因而贬低你——你反复写的不就是自己那点破事！可我也没见着你写了什么超出自身经验的惊人制作，是不是？"如此语气，也让这篇写于1981年的文章，兼具有为自己创作和为自己和孙友余的爱情辩护的双重效果。

② 张洁：《乘风好去》，《张洁文集·散文随笔卷》，人民文学出版社2011年版，第156页。

③ 张洁：《"我最喜欢的是这张餐桌"》，《张洁文集·散文随笔卷》，人民文学出版社2011年版，第281页。

④ [德] K.莱因哈特、F.麦耶尔：《〈明镜〉周刊编辑部采访张洁记录》，何火任编《张洁研究专集》，贵州人民出版社1991年版，第100页。

膀》不过是爱屋及乌奋力而为,并非我对体制改革、经济腾飞、国家大事、一个理想完善的政治架构有多少研究……"① 这"爱屋及乌"的"屋",正是当时深陷改革风潮并因此而退休的孙友余。所以张洁才会在一个创作谈中说,"我必须回答那些尊敬的读者:我为什么要写《沉重的翅膀》?我想我必回答不好,这如同让我回答:你为什么是张洁一样。"② 张洁对自己创作所信奉的原则恰好是"真实"——"不,我绝不后退。……我要把我微小的力量,毫不吝惜地全部投掷出去,当我离开这个世界的时候,但愿我能够说:我没有用我的笔写过谎言!"③ 这"谎言"的对立面,既是"真诚",也是"事实"。纠缠于小说到底是否是作家的亲身经历,显然空费心力。但是从作家的故事来解读文学作品,却可以看出其中的端倪,也为我们理解文学作品,提供了更丰富的、新的侧面。或许,还是应该回到张洁自己的文学观念上来,才是最合适的——"作家的每部作品,都可以看做是他们灵魂的自传。"④

2016 年 9 月 13 日写毕于人大图书馆圆桌
2016 年 12 月 16 日改毕

---

① 张洁:《可怜天下女人心》,《爱是不能忘记的还有勇气吗?》,作家出版社 1997 年版,第 550 页。
② 张洁:《我为什么写〈沉重的翅膀〉?》,《读书》1982 年第 3 期。
③ 张洁:《起步》(《光明日报》1979 年 11 月 21 日),何火任编《张洁研究专集》,贵州人民出版社 1991 年版,第 15 页。
④ 张英:《真诚的言说——张洁访谈录》,《北京文学》1999 年第 7 期。

在新潮学术涌来前夕

——创刊期《中国现代文学研究丛刊》与新时期话语的关系（1979—1983）

夏 天

　　《中国现代文学研究丛刊》是老一代学者创办的杂志，那里面有他们告别历史的身影。当他们刚走出阴沉的隧道，新学术的潮汐正汹涌袭来。他们的学生中有不少这潮汐的弄潮儿。这就使创刊期的丛刊编辑工作中，透露出新旧交替的信息，透露出废墟与重建的双重气味。然而老一代学人沉稳持重的治学传统，也在加紧给杂志夯实打桩，并将这一优良传统贯穿至今。

　　本文回溯这段特殊历史，意义实际超出学科清理，它更像是一次历史的重温。今天承受老一代学者恩泽的年轻人，不应忘记这些默默前行的最早的创业者。当然，对他们思想学术局限性的认识与分析，也应该被纳入其中。

　　在这种心情中，我读到王瑶在1979年8月23日给王德厚的一封信。他说："《上海文学》上之大作已拜读，写得极好，我完全赞成，而且论证严密，分析深湛，有很强说服力，'四人帮'强调'工具说'而不顾生活真实是一件事，不能因此即排斥'工具说'，其实在把生活基础与宣传功能对立起来这一点上，二者是颇有相通之处的。有些流行观点，自己感到怀疑，同时也想到是否思想不够解放所致，但这也说明其论点尚不足说明别人，所以我对您讨论式的态度也很欣赏，完全是用事实和道理来讲话的。"①

当时围绕着《上海文学》上的评论员文章《为文艺正名》，展开了连续几期的讨论，这场讨论之后也成为"新时期"文学理论转折的重要标志。王瑶并非不赞同对"四人帮"的批判，他在之前给社科院鲁迅研究室同事陈鸣树的信中这样写道"我想批《巨人》一书事必须由鲁研室写出，应旗帜鲜明，必须指出它实质上违反毛主席思想，不宜过于'学术化'"②……至陈鸣树文章写成，王瑶仍指出"第二大段批他的关于鲁迅五四前后指导思想的三个观点时，恐不能引用他的原文，如此则很容易变成学术讨论，似需更理论化一些"③。从政治上来说，王瑶完全赞成对"四人帮"的批判，他认为政治上的批判不应变成学术讨论，反而应该快刀斩乱麻。但是一旦到了该如何建设"新时期"文学的时候，王瑶的态度就不再那么分明，与后来对《为文艺正名》的批判不同的是，王瑶认为文学的性质以及文学与政治的关系这些问题是学术讨论，所以需要完整严密的说理过程。他赞同王德厚在学术层面对这个问题的讨论，而不因为这篇文章是反对"四人帮"的"工具论"就预判为正确。此时王瑶面对即将来临的"新时期"，他的态度或许正如信中所说，既对流行的观点感到怀疑，同时也对自己的迟疑有所警醒。可以说他既有对现实政治敏锐把握的一面，知道不宜在枝节的学理问题上多做停留，否则会削弱政治批判的力度，同时也对具体的学术问题有着严谨的态度。

对现实政治敏感同时对学术审慎的王瑶此时正忙于高校中国现代文学研究会的筹办以及《中国现代文学研究丛刊》（以下简称《丛刊》）的创刊工作。之后作为会长和主编的王瑶，一定程度上也把自己的性格和学术取向带到了工作之中。在《丛刊》做实际工作的严家炎和樊骏很大

---

① 王瑶：《19790823 致王德厚》，《王瑶全集》第 8 卷，河北教育出版社 2000 年版，第 291 页。
② 王瑶：《19761120 致陈鸣树》，《王瑶全集》第 8 卷，河北教育出版社 2000 年版，第 282—283 页。
③ 王瑶：《19761222 致陈鸣树》，《王瑶全集》第 8 卷，河北教育出版社 2000 年版，第 284 页。

程度上也共同分享了这一品质。而作为学科的中国现代文学研究也以这样的姿态加入了新时期文学的调整过程之中。

一 《丛刊》的创刊

1979年创刊的《丛刊》是"新时期"以来最重要的文学研究刊物之一,同时也是当时唯一的专门刊发中国现代文学研究的学术刊物。当时《人民文学》《文艺报》《诗刊》《北京文学》《上海文学》等"文革"前的杂志陆续复刊;同时一些新的学术研究会开始成立,一批文学研究类的杂志如《文学评论丛刊》《文艺论丛》《新文艺论丛》《新文学史料》《中国现代文艺资料丛刊》等开始创刊,登载文学研究资料以及研究论文。《丛刊》也是当时新出现的文学研究类刊物之一。

中国现当代文学学科自"文革"结束后开始逐渐恢复。学科的恢复涉及新的理念的树立、研究方法与研究对象的确定与累积等等。第一,受到"文艺黑线专政"等文革理论的破坏,此时学科的首要目的就是"拨乱反正""正本清源",恢复涉及作家的政治声誉以及文学地位。而这种"拨乱反正"与国家正在推行的政治上的"拨乱反正"的国策具有高度的相关性,因此现当代文学研究一度成为一门具有广泛社会影响力的"显学",通过现当代文学研究的情况,读者得以了解平反冤假错案以及国家对知识分子政策调整的种种情况。第二,由于高考制度恢复,高等院校重新开始招生,催生了对教材的需求。唐弢主编版《中国现代文学史》应运而生。这一教材以及当时各高校推出的文学史虽然尽力突破五六十年代建立起来的论述框架,并有限运用了一些"春秋笔法"[①],但依然采取了十七年常见的"新民主主义论"作为其核心的理论框架,"政治评价仍然是基本标准"[②]。第三,学科的研究对象的恢复和扩容,需要建立在史料恢复的基础上——"许多作家保存的珍贵资料、文物,被他们(四人帮)查抄一空,许多资料被毁、被窃,或者散失。这就使得'抢救

---

① 张颐武:《新中国50年回眸 文学发展卷》,北京出版社2009年版,第98—99页。
② 温儒敏:《中国现当代文学学科概要》,北京大学出版社2005年版,第111页。

资料'的工作在今天越加迫切了"①，因此1978年《中国现代作家传略》《中国文学家辞典》的出版，以及人民文学出版社主持的《新文学史料》，上海文艺出版社主持的《中国现代文艺资料丛刊》的创刊，都在推动学科在研究资料上的积累。

有了这些初步的恢复与积累，组建学术共同体的学会，也就成为箭在弦上的议题了。1978年年末至1979年年初，北京大学、北师大、北京师院三校编了一套《中国现代文学史参考资料》，作为当时中国现当代文学学科的教材。三校以教育部的名义邀请全国部分的现当代文学的资深学者举行审稿会议，审核所选篇目并提意见。这次会议也可能是"新时期"高校召开的最早的学术会议②。在会议期间，陆耀东、吴奔星、黄曼君、邵伯周等学者提出要建立"高校中国现代文学研究会"，并推举王瑶为会长③。

此时，中国社科院的林非、马良春、徐乃翔苦于现代文学研究领域没有一个专业性的刊物。在《丛刊》创刊之前，鲁迅研究之外的现代文学研究刊物只能投给诸如《文学评论》这样的综合性的文学刊物。因此他们也找到了北京出版社的编辑，希望能够出版这一刊物。林非的回忆中提到严家炎找到谢大钧、邓庆佑，要求将《丛刊》变成现代文学研究会的会刊④，而在严家炎的回忆中则相反，是"邓庆佑、谢大钧同志却主动找上门来。他们捎话说：得知高校中国现代文学研究会想出学术刊物，他们很愿意支持"⑤。社科院的学者和高校的学者都更愿意在回忆中强调自身对《丛刊》创刊的主导性，不管事实如何，可以看到无论是科研机构、高校还是出版社，都对建立公共性的专业学术平台充满了热情。而当社科院的研究者加入学会后，学会也将高校中国现代文学研究会中的

---

① 《致读者》，《新文学史料》1978年第1期。
② 商金林：《怀念樊骏先生》，《告别一个学术时代 樊骏先生纪念文集》，社会科学文献出版社2013年版，第128页。
③ 吴奔星：《真正的学术带头人》，《王瑶先生纪念集》，天津人民出版社1990年版，第75页。
④ 林非：《回忆与思考》，《中国现代文学研究丛刊》1989年第3期。
⑤ 严家炎：《回忆我当"保姆"的日子》，《中国现代文学研究丛刊》2000年第1期。

"高校"二字去掉。

学会的成立和《丛刊》的创刊标志着中国现代文学研究领域的学术共同体的初步形成①,并且促进了同行之间的交流协作以及学科本身的发展。学会成立后,每年都会举行学术讨论会,有力推动了学科的发展。比如第二次会议的主题是关于思潮、流派的研究,几次讨论的发言被整理成《中国现代文学思潮流派讨论集》出版。在这一引导的影响下,出现了一批关于思潮、流派的研究论文与著作。钱理群回忆当时的会议情况——"整个学科的学者除了一年举行一次年会,专题性的会议基本上也是一年只有一回。因此大家准备得都非常用心,都是带着自己一年当中最好的论文前去参会。所以每开一次会,就会在学界形成一股潮流"②。学会成立后还组织文学讲习班等活动③,促进了学科人才的培养与学者之间的内部交流机制。

《丛刊》十周年的时候,唐弢在纪念文章中认为:"这个刊物可用'持重'两字概括。十年以来,他发表了一些很有分量的文章,默默地为现代文学研究打下基础,这一点就值得称道……自然,光有这些是不够的,除了刊登重要的文章外,一个刊物还应当拓荒,创新,力求进步,为中国学术界培养一批年轻的富有发展前途的人才,使研究工作日趋兴隆,日渐扎实,这才算是尽了自己的责任。"④ 唐弢在这里所说的"持重"既是对《丛刊》的赞扬,同时也是对既有情况不满足后提出新的期许。而《丛刊》的编辑亦对这一点有所自觉,日后的编辑无论樊骏还是吴福辉、温儒敏都不断提到这一点。樊骏认为《丛刊》的问题是对学界

---

① 当时其他学科也都试图建立各自的学术共同体,现代文学学科比较成功的经验在于一开始就能统一在一个学会之内,而当时有些其他的学科出现了两个学会并峙的局面。见严家炎《回忆我当"保姆"的日子》。
② 李浴洋:《中国现代文学研究的道路、方法与精神——钱理群教授、温儒敏教授、吴福辉研究员访谈录》,《文艺研究》2017年第10期。
③ 马韵玫:《一九八二年大连现代文学暑期讲习班》,《中国现代文学研究丛刊》1983年第1期。
④ 唐弢:《祝贺与希望》,《中国现代文学研究丛刊》1989年第3期。

的热点问题反映不够①,而吴福辉也提到了一些年轻学者认为刊物未能主动接受强烈的学术挑战的情况②。这固然是《丛刊》不完美的体现,但很大程度上来说,这也是从创刊以来主动自觉的学术选择。

与当时的其他刊物相对比,更能够看清《丛刊》所处的位置。由中国社科院文学所主办,作为综合性文学刊物的《文学评论》,经常起到高声呼喊的风向标的作用。《文学评论》紧跟着时代的潮流,经常就宏观的理论问题进行讨论,比如文学和政治的关系、现实主义、形象思维等,并常常跟进当时国家文艺方针中的重点问题,其中有关现代文学研究的文章也多注意刊发对重要作家的研究成果。在《文学评论》对现代文学研究进行编辑工作的王信曾经这样看《丛刊》:"我觉得《中国现代文学研究丛刊》倒是更全面地反映了现代文学研究的状况、动向和水平,也提供比较丰富的信息——虽然因为刊期较长和出版的不准时,显得缓慢。……'补空白'的工作扎扎实实地进行;一些人们熟悉的作家作品,在反复的研究中不断深化并时有创新。"③ 在 80 年代作为季刊的《丛刊》并不能像《文学评论》那样快速及时地追赶当下的文学研究热点,但也正因为编辑时间和刊载周期较长,使得刊物能够更仔细地审阅刊发稿件,提高文章的质量和厚重感④。《丛刊》也刊登与现当代文学相关的资料,但与以抢救现代作家史料,着力于作家的回忆性文章收集的《新文学史料》杂志⑤不同,《丛刊》除了常规性的回忆文章外,在资料栏目中还刊登对当年现代文学研究领域的学术总结⑥,同时也刊登为研究者提供方便

---

① 樊骏:《〈中国现代文学研究丛刊〉十年:1979—1989》,《中国现代文学研究丛刊》1990 年第 2 期。

② 事实上,《丛刊》在 2000 年以后也仍然在接受新的挑战,比如缩短出版周期,刊登当代文学与近代文学的论文等。见吴福辉《本刊无故事,仅留下脚印》,《中国现代文学研究丛刊》2000 年第 1 期。

③ 王信:《一点感想》,《中国现代文学研究丛刊》1989 年第 3 期。

④ 陈思和回忆当时《丛刊》刊发他的《论巴金的文艺思想》一文时,经历很长时间。见陈思和《三十年的治学生涯》,《昙花现集》,上海人民出版社 2015 年版,第 371 页。

⑤ 关于《新文学史料》可见牛汉回忆录《我仍在苦苦跋涉》,作为主编的牛汉常常去找各作家约请他们写回忆录。《我仍在苦苦跋涉》,生活·读书·新知三联书店 2008 年版。

⑥ 总结由樊骏带着年轻的编辑一起整理协作。这些文章中署名辛宇的即是樊骏。

的创作年谱①、作家的佚文②等。

二 编辑方针

刚创刊时，《丛刊》还未形成具有自己特色的编辑制度。当时严家炎被推举为高校现代文学研究会的秘书长，并且具体负责《丛刊》的筹备工作。严家炎回忆"创刊号稿件，文研所同志已提供了一批，但与二十五万字的目标仍有距离。乃由我约请唐弢先生将他在日本一次学术会议上的发言整理成了《〈故事新编〉的革命现实主义》一文；又蒙乐黛云、耿云志两位先生分别赐予《茅盾早期思想研究》《胡适与五四文学革命运动》给予支持；我则在北京出版社督促下写了发刊词《致读者》"③。

《丛刊》虽通过《致读者》表达了自己的办刊理念，但最初几期由于还未多做准备，加上稿源不足的关系，所以明显有过渡性质。总体来说，《丛刊》最初的几期还未体现自己的学术特色，大都是因否定"文艺黑线专政"论而写的拨乱反正的论文，这些文章大多试图纠正之前文学研究中政治论断中的错误，以回到"新民主主义论"的方式，指出过去的研究由于混淆了新民主主义阶段与社会主义阶段具有性质上的不同等，辨析史料事实，为下一阶段进一步研究作家作品提供了准备。严家炎发表于1980年《丛刊》第四辑的文章《从历史实际出发，还事物本来面目》即通过对胡风、萧军、丁玲、郭沫若等作家的史料辨析为例，呼吁："只有从历史实际出发，弄清基本史实，尊重基本史实，把认识统一到作品和史料的基础上，这样总结出来的经验和规律才能比较牢靠，比较扎

---

① 见《叶紫年谱》，《中国现代文学研究丛刊》1979年第1期；《艾青著作系年目录》，《中国现代文学研究丛刊》1981年第2期。

② 见《肖红自集诗稿》，《中国现代文学研究丛刊》1980年第3期；《巴金早期发表的新诗》，《中国现代文学研究丛刊》1981年第2期；《茅盾的五篇未署名文章》，《中国现代文学研究丛刊》1982年第2期；《〈孩儿塔〉未刊诗稿（外二首）》，《中国现代文学研究丛刊》1983年第1期。

③ 严家炎这篇《致读者》可以说是80年代现代文学研究的纲领性文章，日后的文学史论述大都无法绕开这篇。见严家炎《回忆我当"保姆的日子"》，《中国现代文学研究丛刊》2000年第1期。

实,也才能有助于我们较好地转变学风,清除林彪'四人帮'的流毒……现在是到了人们共同大声疾呼,从根本上改造我们学风,坚持一切从历史事实出发的时候了!"

这段时间的编辑工作由严家炎和当时北京出版社的编辑共同完成,并且充分利用了作为学会机关刊物的优势,拟定选题计划,向编委会的成员组稿。但由于严家炎此时身兼数职,所以向王瑶建议能够采取轮值编辑制度。因此从1982年起,《丛刊》正式实行轮值编辑制度,每一期都会在封底注明当期轮值编辑的姓名。《丛刊》这样的编辑制度,很大程度上调动了轮值编辑的积极性与主动性,同时也减轻了长期编辑所可能造成的疲态和惰性。由于这种办刊方式,使得《丛刊》稿件的来源能够最大限度地多元化,作者队伍也非常庞大,据樊骏统计,在《丛刊》创刊十年时,作者人数达565人[1],很多是只发表一篇的作者。

同时《丛刊》也采取了民主办刊的方式,每期出刊前编辑部成员会集中起来,集体讨论决定每期刊发文章的文章,最后由主编审读定稿。温儒敏回忆"这种方式类似于当年的《新青年》,《新青年》也是轮值制度。据我所知,全国绝大多数的学术刊物和学报主要是由编辑部来审稿决定,编委往往都是空的。但是《丛刊》的编委是实打实做工作的。每期讨论的时候,像严家炎先生、王信先生、钱理群先生等都来参加。所以这种体制我们认为能够较好地发挥编委专家的作用,编委不是虚设的而是有实质意义的。事实证明这个编辑模式比较民主、也比较能够保证学术质量"[2]。这也使得刊物能够切实地推动一些研究方向的拓展。虽然之后多次调整编辑制度[3]。但是轮值编辑与共同讨论的方式一直都没有改变,这也成为《丛刊》的传统。

---

[1] 樊骏:《〈中国现代文学研究丛刊〉十年:1979—1989》,《中国现代文学研究丛刊》1990年第2期。

[2] 《"〈中国现代文学研究丛刊〉创刊三十周年暨〈丛刊30年精编〉出版座谈会"发言录》,《中国现代文学丛刊》2010年第2期。

[3] 《丛刊》之后还采取过钱理群、王富仁、刘纳和吴福辉四人固定责编制与编委会制度结合、四位固定编辑各带一个年轻编委编刊等。参见吴福辉《给〈丛刊〉带来的品格精魂》,《告别一个学术时代 樊骏先生纪念文集》,社会科学文献出版社2013年版,第70页。

自然，任何编辑方式都不会是完美无缺的，这样的编辑方式也会面临自己的问题："我们无形中牺牲了造成个人编辑风格的可能。《丛刊》的编辑富有中国新时期学术群体的特质，却缺乏有个性的学人的独特魅力。"① 在当时的语境中，可以说《丛刊》不像逐渐兴起的民刊那样，过多依赖于主编个人的特质与编辑风格，这其实也保证了《丛刊》的出刊与质量的稳定性。同时也与依附于各个学校以及研究机构的学术研究刊物不同。《丛刊》虽然也刊登青年作者的文章，但是并不追赶潮流。日后影响巨大的《论"二十世纪文学"》在《文学评论》刊发，再后来的"重写文学史"系列论文刊登在《上海文论》杂志。可以说，《丛刊》一直未"得风气之先"，而总是保持一种审慎的怀疑的态度。虽然如此，《丛刊》却并没有对学术热点毫无作为。每当学科出现重要的讨论，或者编辑在总结之前的研究成果时感觉到学科产生问题之后，总会组织相关的讨论或者笔谈。1983 年，《丛刊》组织了"如何开创中国现代文学研究和教学的新局面"的笔谈。之后组织的"现代文学研究创新座谈会"与"二十世纪文学"论有关，为了呼应上海的"重写文学史"开辟了"名著重读"栏目，等等。可以看到《丛刊》虽不为先，但仍然对学科的前沿保持着高度的敏感与负责。主编王瑶虽然不赞成很多新的观点，但是仍然对其他年轻学者的观点采取了平等、宽容地对待的态度，"他不怎么赞成'二十世纪中国文学'的提法。这一命题的提出者中间，有两位是他晚年的得意弟子和得力助手。他和他们多次交换过意见，但从不以师长的资格和学术上的权威地位压制他们的不同意见，在公开发表的文章中涉及这个问题时也尽量避免正面交锋，而且支持他们继续研究这个问题。……从来没有因为学术观点上的同异，影响工作的安排和稿件的取舍"②。

三 史观建构

这样的工作方式与《丛刊》编辑工作中最重要的人物王瑶、严家炎、

---

① 吴福辉：《本刊无故事，仅留下脚印》，《中国现代文学研究丛刊》2000 年第 1 期。
② 樊骏：《王瑶先生：在会长和主编的岗位上》，《新文学史料》1990 年第 3 期。

樊骏有关。王瑶是《丛刊》的灵魂人物，刊物上很多栏目的设置、日后的研究方向选题，都可以看到王瑶的用心。甚至当《丛刊》遭遇经营问题，几次面临办不下去的"心肌梗死"般危险的时候，也是王瑶想办法帮助丛刊渡过难关的①。而严家炎和樊骏则负责刊物的具体的工作。他们虽然对现代文学研究的具体观点有所差异，但总的来说共享了相似的文学史观，可以说这是他们留给现代文学研究学科最为重要的贡献。

他们属于中国现代文学研究领域的第一、第二代学者，他们自身成长的过程与学科的自身建构过程同步。从知识结构来看，他们都受到了50—70年代总体的学术和思想氛围的影响，认同马克思主义作为基本的学术研究方法，强调文学与政治以及经济基础的关系。

在"新时期"初期，对他们来说，十七年主流的从文艺思想斗争甚至更进一步的阶级斗争出发的文学阐释的方式已经失效，而从作家和作品出发、从思想启蒙出发、从文学与文化的关系出发，成为新的学术增长点。但是他们最为可贵的是，能够从历史连续性的视角出发，强调在历史感与现实感的结合下对现当代文学进行研究。而这种强调并不意味着回到过去的教条性的政治框架，而是突出"时代"与文学的关系。

"时代"并不是文学与社会之间直观的联系，王瑶在给陈鸣树的信中批评姚文元的鲁迅论的时候，就说："他的关于'时代'的理解、时代与个人在历史上的作用等就是唯心主义、反马列的，其实质与胡适的'一时代有一时代之文学'相同。"② 他在评价鲁迅本人的文学史研究中也提到鲁迅能够"从丰富复杂的文学历史中找出最能反映时代特征和本质意义的典型现象，然后从文学现象的具体评述和分析中来体现文学的发展规律"③。王瑶反对将"时代"理解为观念化（姚文元）与同质化（胡适）的，而是要强调"时代"本身是动态的以及结构性的，在纷繁复杂

---

① 王瑶：《蹒跚十年》，《中国现代文学研究丛刊》1989年第3期；吴福辉：《怀想王瑶先生》，《石斋语痕》，河南大学出版社2014年版，第341—342页。
② 王瑶：《19761222 致陈鸣树》，《王瑶全集》第8卷，河北教育出版社2000年版，第284页。
③ 王瑶：《治学经验谈》，《江海学刊》1983年第2期。

的现象背后有着能够把握的律动着的时代本质；同时在樊骏的理解中，"时代"区别于"历史"意味着"如果说单单强调历史可能会陷入就事论事和事实表象陷阱的话，那么'时代'所依靠的是对'总体性社会历史条件'的把握。只有总体性的把握对深层潮流、时代趋势的判断才能产生对'时代'的认识"。①

在他们看来，史料固然十分重要，是任何研究的基础，但强调历史并不意味着回到表面上可见的材料，而是强调表面材料背后具有历史势能的结构性关系，从这个角度来说，如果我们抛开自己的后见之明的话，那么我们也可以理解为什么当出现了重新评价热潮的时候，王瑶会对沈从文的重评提出自己的不同意见了②。

同时，对现实性的强调导出的不再是文学为政治服务，而是不断地回到现代文学研究的根本，去反思这一学科的研究到底意味着什么，以及与我们身处的当下现实的关系。从40年代一路走来的王瑶不用说，一直关心着政治与现实问题，他在《中国现代文学研究的现状与前景》中认为"在几十年的历史事件中，我们有成功的经验，也有引以为戒的教训，总结这些经验对今天有很大的意义。我们今天面临的仍然是类似性质的重大问题，不过是在新的现实面前属于更高层次的问题罢了"而樊骏提出的"中国现代文学研究的当代性"更是对这一问题的有力回应。这些都透露出现代文学学科在80年代重新复苏时对自身反省的高度。历史性与现实性的结合也对现代文学研究本身提出了高度的要求。③

事实上，无论王瑶还是樊骏，都对新的研究与理论方法感到困惑，但是他们面对的方式并不是马上接受。王瑶在《还是谨严一些好》一文中对李泽厚倡导的文化积淀论，各种西方文艺理论中的"意识""感"

---

① 程凯：《学术评议、"时代"与文学研究中的总体意识》，《中国现代文学研究丛刊》2011年第4期。
② 王瑶：《研究问题要有历史感》，《文艺报》1983年第8期。
③ 樊骏本人在《丛刊》1982年第3辑中发表的《从〈鼓书艺人〉看老舍创作的发展》一文，很大程度上体现了他所说的对"时代"的把握。

"性"等概念，以及"20世纪文学"等新潮概念，提出了自己的疑问①。对樊骏来说亦如是，在开会的时候常常对一些新的论文坦率地说出自己的"不明白"②。这种不急于与时俱进但又能够包容这些新研究的态度，恰恰赋予《丛刊》以"持重"的品格。

在《丛刊》中几篇对当年的现代文学研究情况进行总结的文章，都提到了作家作品研究的问题。作者认同回到作家作品研究的倾向，并且欣喜地看到作家作品研究能够不再局限于作家本人的思想立场、作品的主题、题材和人物形象的塑造等范围，而上升到整个文学运动，进行综合性的研究。③ 但随后也认为新的作家作品研究也会"回避他们身上消极的一面"④，在樊骏看来，改变原来的研究模式势在必行，但回到作品本身并不意味着离开作品与时代整体的关系，不意味着能够脱离构成作品的社会历史语境。实际上，从今天的眼光来看，不断回到文学得以存在的根本性的问题，反对抽象的文本"自律性"，是一种激进的文本阐释学。更进一步来说，《丛刊》是以持重为激进的文学研究刊物。

四　学科推进与争鸣

《丛刊》在创刊初期刊发了一批以作家生平经历为线索的"评传"体的研究论文，研究对象从鲁迅、郁达夫到冰心、徐志摩、沙汀等作家。其中对郁达夫的研究颇有质量。

这样的"评传"式的研究以作家的各个阶段的作品与思想为线索，并且在作家的每一个阶段对其思想倾向以及文学作品进行品评。这些文章在看惯了以思想斗争史为核心结构的论文中，显得清新好读。并且并不放弃去询问作家和时代根本性问题之间的关系。比如在郁达夫的研究

---

① 王瑶：《还是谨严一些好》，《红旗》1987年第20期。
② 程凯：《学术评议、"时代"与文学研究中的总体意识》，《中国现代文学研究丛刊》2011年第4期。
③ 张建勇、刘福春、辛宇：《一九八一年中国现代文学研究述评》，《中国现代文学研究丛刊》1982年第2期。
④ 张建勇、刘福春、辛宇：《一九八二年中国现代文学研究述评》，《中国现代文学研究丛刊》1983年第3期。

中去辨析他的生活经历与时代的关系，他每一阶段的文学观与时代之间的关系等①。在冰心和徐志摩的研究中不再以阶级立场进行简单的评判，而是细致分析他们每个阶段思想与创作的差异性②。

这些论文实际上推动了学科一步步走出了既有的文学史框架，使得过去这些在文学史位置上被"钉死"的作家有了被重新讨论的可能。但是这些文章很大程度上来说所借鉴的框架过于被"新民主主义论"所形塑，对作家的评判虽然也承认他们文学作家的价值，但仍然以是否是革命民主主义作为凝固的观察点。这也逐渐成为一种新的套路。因此，从文学作品出发就成了当时很多研究者的共同呼吁，《丛刊》也开始刊载名篇精读这类的论文；同时从原来的"新民主主义"论框架脱离，寻找现代文学新的参考系，也成为一条重要的研究路径。1982 年出现了大量的中外文学关系的文章也并不是意外。

稳步推进学术研究进程的《丛刊》以"持重"为底色，但同时也仍然会有意识地容纳不同的争鸣的声音。对于文学作品的读解类的文章来看，在《丛刊》上发生了围绕着鲁迅《雪》的争论，1981 年第二辑发表了陈安湖的《说〈雪〉》一文，认为鲁迅《雪》的主题是表现作者"在饲人以血，之后反遭诽谤之后，自誓'不想再重蹈覆辙'，'有暇'自己玩玩的一种消极的思想情绪。"而在 1982 年第 3 辑，李允经的《说〈雪〉质疑》则认为《雪》的主题是"为了同黑暗的现实搏斗，作为一个战士，不应当像'南雪'那样，具有一种粘连或依恋的特质，而应当像'朔雪'那样，摆脱牵累，勇敢战斗，直到天地变色，赢得全胜。为此，虽孤身奋斗，亦在所不辞！"。这场论争是《丛刊》前期往返最多的论争。之所以围绕《雪》，是因为此时中学教材选入了《雪》。这场论争很大程度上

---

① 有关郁达夫的文章有：1980 年第 1 期朱靖华的《一个充满矛盾的作家》、1980 年第 2 期温儒敏的《论郁达夫的小说创作》、1980 年第 4 期中有论文三篇。1981—1982 年又有数篇论述郁达夫的论文。

② 关于冰心的论文有 1980 年赵凤翔的《冰心简论》以及范伯群、曾华鹏合写的系列文章《冰心评传》；而关于徐志摩的文章更为丰富，有讨论其诗歌创作和思想变化的，也有通过徐志摩来重新讨论现代评论派与新月派的文章。

为我们展示了传统的阐释方式已经耗尽了自己的能量,现代文学研究领域亟待新的研究方法的引入。

论战一方的陈安湖之前的论文《论鲁迅从革命民主主义到共产主义的发展》是这段时间鲁迅研究分析严密细致的一篇,文章在承认新民主主义理论框架的前提下,分析鲁迅思想的转变过程。但此时《丛刊》已经出现了重新讨论"五四"性质的文章。在创刊号中耿云志的《胡适与五四文学革命运动》试图重新理解胡适和"五四"的关系,通过肯定白话文的历史正当性从而一定程度上肯定了胡适对"五四"文学革命的贡献,进而正面肯定了胡适对短篇小说理论以及诗歌上的贡献。之后《丛刊》中刊登的许志英的文章《"五四"文学革命指导思想的再探讨》引起了争议,文章从分析40年代前对"五四"理解着手,指出"五四"的革命指导思想是"小资产阶级革命民主主义和资产阶级民主主义思想"①。这篇文章甚至在1983年"清除精神污染"运动中成为被点名批判的对象。编辑也被要求写文章进行批评,樊骏以辛宇的笔名写了《新民主主义的理论和中国现代文学研究》一文,在《文学评论》上刊发。虽然樊骏这篇文章是命题作文,但是从严格的学术角度出发要求对现代文学进行整体性地把握的视野是一以贯之的。许文造成的争议,也使得之后的青年学者在回应现代文学起点这一问题时,不直接采取讨论"五四"性质的方式,或是从更高的角度绕过这一问题,或是选择更加"文学性"的阐释方式②。

1982年第4辑的青年论坛中刊载了王晓明的《论沙汀的小说创作》,这篇文章中,第一次出现了一个极具个性的青年知识分子的声音,这个声音非常自信地谈到古今中外的各种文学作品,在论文中出现了这样的句子:"一个真正的艺术家必然是黑暗和愚昧的死敌,但他应该避免单凭良心去感觉他感觉不到的东西。文学不但需要对正义的坚强信念,更需

---

① 许志英:《"五四"文学革命指导思想的再探讨》,《中国现代文学研究丛刊》1983年第1期。

② 钱理群对许文的回忆,见李浴洋《中国现代文学研究的道路、方法与精神——钱理群教授、温儒敏教授、吴福辉研究员访谈录》,《文艺研究》2017年第10期。

要对生活的敏锐感觉，对心灵的透彻了解，熟悉和描写人生的特殊才能"，"文学的意义并不仅仅在帮助人发现自己，认识自己，它还要帮助人提高自己，丰富自己"，"优秀的作家似乎是突兀而起，其实背后撑着许多无形的支柱，哲学正是其中之一。……可五四新文学从这方面得到的支持相当微弱"。引用了那么多论文中的话，是想表明，一种完全不同的架构文学史的方式出现了。作者已经不再勉强将论述对象构架在新民主主义论之内，而是自信地引用了大量的世界文学名著，在行文中热切地呼唤着作者理想中真正优秀的作家作品应该是什么样的。直到此时，"文革"后培养起来的一代学者才以找到了自己处理研究对象的方式。

1983年，《丛刊》第一辑首篇文章即是王富仁的《中国反封建思想革命的镜子》，颠覆了之前鲁迅研究领域的新民主主义论的框架。同时在1983年出现了刊物的"编后记""稿约"，以及连续数期的对现代文学研究学科、教学等进行总体性反思的文章。这都标志着，随着编辑与出版工作日益的正规化，《丛刊》形成了自己的风格，并带动着现代文学研究领域走向成熟。此时一期《丛刊》基本包括成熟学者的论文、青年论坛与争鸣园地、文学史资料的刊登、以组稿形式呈现的论文专题，新书以及学术会议快讯，定期对学科成果进行总结并对学科本身进行反思。这些也构成了日后《丛刊》栏目设置的标准。1985年，由于出版社效益的原因，《丛刊》从与北京出版社合办转向了与现代文学馆合办。这一过程中，现代文学馆馆长杨犁功不可没[①]。有了现代文学馆的支持，《丛刊》也有了进一步的发展，就这样一点一滴的发展中，《丛刊》为中国现代文学研究学科贡献了坚实的学术基础。

[①] 王景山：《半纪交情忆杨犁》，《中国现代文学研究丛刊》1994年第4期。

一个现代"自我"的历史诞生

——刘索拉小说《你别无选择》发表的周边

夏 天

1985年刊发在《人民文学》上的小说《你别无选择》,被时任《人民文学》杂志主编的王蒙称为"横空出世"的作品,小说的刊发也标志着"新时期"文学中真正具有现代意识的"自我"的出场。当时诸多新潮批评家(如李劼、吴亮等)也多着力于此,试图通过自身对"现代"知识的理解与想象,赋予作品以"现代主义"的意义,将之建构为80年代文学真正"走向世界"的开端。

但是刘索拉这一个"自我"的诞生,并不仅仅是批评家们通过对"现代"知识阅读而被制造出来的话语实践的结果,同时也携带着作者本人以及那个特殊时代的丰富历史信息。既有的研究已经阐明刘索拉的小说创作与80年代的"青年问题"[①]以及刘索拉本人的"革命情结"[②]具有密切的关联。如果要更进一步理解刘索拉及其小说,就要将其放回她所成长的六七十年代的历史语境,将其"再历史化"是重读的第一步。

先前对刘索拉的理解或通过抓住刘索拉与"现代主义"知识谱系的关系,或从"亚文化"的理论视角来强调她的"边缘性"与"叛逆性"。这两种理解固然打开了刘索拉创作的一些重要环节,但并没有超越主导性的以突出"现代主义"的"食指—白洋淀诗歌—北京地下沙龙—《今

[①] 杨晓帆:《何谓"现代","自我"何从》,《长城》2010年第7期。
[②] 冯雷:《难以告别的革命情结:重评刘索拉》,《中国现代文学研究丛刊》2011年第8期。

天》—朦胧诗"文学史叙述。前者绕开了刘索拉的生命经历，通过作品及其延伸的周边文本——如评论家的批评——进行考察。但"现代"知识本身不必然担保"现代主体"的产生，需要更进一步厘清何种现代知识与何种现代主体之间的具体历史联系；而后者则更为强调刘索拉身份的边缘性与叛逆性，将中国70年代末的文化氛围理解为风格化反抗的"亚文化"，而简化了具体历史中人与所处环境的复杂互动关系。而仔细考察刘索拉从出生到发表《你别无选择》这一时期的人生经历，可以看到她这一个"现代自我"[①]的诞生并不是无源之水、无本之木。她的家庭背景、文化部大院的地下沙龙以及她在音乐院校的学习经历，都是我们理解小说以及作为"文学现象"的刘索拉的重要参照。刘索拉曾说"我周围经常有这样一些非凡的人，特别幸运……家里的人，每个人带给我一个世界，包括我后来见到的朋友，包括我的经历——因为有这么一个根儿，我看东西可能总和别人不一样"[②]，这也证明了从生活经历与写作资源来考察刘索拉创作的独特性是可行的。

一　革命家庭的童话与创痛

刘索拉成长在革命高干家庭中，父亲刘景范是中共陕北根据地的创建人刘志丹的弟弟。他在陕甘宁边区的革命中担任重要的组织工作，抗战后曾任陕甘宁边区政府副主席，在1949年后亦担任政府部门要职，先后在地质部等部委工作。她的母亲李建彤是鲁艺出身的作家，因写作小说《刘志丹》而著名[③]。由于60年代中国政治的高度敏感与复杂，李建彤的《刘志丹》沦为了政治斗争的牺牲品。夫妻二人也在"文革"时遭遇不公正的待遇，相继被审问关押，遭受牢狱之灾。

[①] 本文中"现代自我"是一个建构中的概念，强调这一"自我"与历史政治语境，知识构成乃至人的感性经验（如听觉）间的互动。

[②] 金燕、高贺杰：《我用即兴的琵琶抗衡自由的摇滚》，《艺术评论》2005年第8期。

[③] 刘景范、李建彤夫妇的生平与著述可见刘米拉与刘都都编《刘景范纪念文集》，中央文献出版社2015年版；刘尚淳《魂牵净土》，河南人民出版社1999年版；黎之《文坛风云录》，河南人民出版社1998年版；刘米拉、刘都都、刘索拉《怀念母亲李建彤》，《河南文史资料》2006年第2期。

高干的家庭背景并没有使刘索拉完全被革命话语浸透,相反,父母的爱护以及从小宽松的家庭生活使得她的性格能够充分展开,并较少受到社会以及当时主流政治运动的形塑。刘索拉度过了一个无忧无虑的童年时光,她在访谈中说:"我感谢我妈妈没让我受那么多传统教育。我爸爸从小让我学古文、诗词、国画,我妈妈让我三岁起学钢琴,但同时他们又给我放任我的环境,我的性格在家里从没有受压抑。大家都觉得我不像共产党的孩子……我一旦出门,反倒是社会束缚我。"① 与出生于普通家庭的孩子不同的是,刘索拉从小就受到良好的才艺的训练,这为她日后的音乐生涯打下了基础,这样的家庭氛围造就了刘索拉不受束缚、随性自由的性格。颇有意味的是,正因为父母遭到批判,所以能一直停职在家,陪伴于小女儿身边,父母政治生涯的不幸反而是她童年尽享家庭温暖的原因②。一直到"文革"爆发,家庭遭到变故,她身边也一直有亲人或父母的友人的帮助与照顾③。她的姐姐刘米拉、哥哥刘都都,在小时候都被严加管教,两人的命运也颇为动荡,皆于1968年9月同去内蒙古插队,之后也不像刘索拉一般幸运可以顺利回到北京,而是调到陕西三原,并且在那里工作生活④。

童年过多的保护也使得刘索拉对时代与政治的变动缺乏足够的敏感,她叙述自己童年时说,"我们是天下最幸运的小孩儿,谁知道门外就是尔虞我诈?谁知道你脚下踩的是官场沼泽?我虽然是从政治风波起伏不定

---

① 金燕、高贺杰:《我用即兴的琵琶抗衡自由的摇滚》,《艺术评论》2005 年第 8 期。刘索拉的家庭非常重视家庭教育,甚至给刘索拉请京剧的家庭教师,来帮助她学习音乐。

② 她母亲李建彤于 1963 年到 1966 年,受小说《刘志丹》的影响一直在家。同时刘景范 1965 年从高级党校学习回家后,也没有安排工作,赋闲在家。此时刘索拉在读小学——"这个小丫头生性聪颖活泼,整天又唱又跳的,像小鸟依人一般,围在他们膝下乱转,给他们的艰难岁月增添了不少的乐趣,因此倍受二老的宠爱",参见《魂牵净土》,河南人民出版社 1999 年版。

③ 刘索拉去江西干校所受照顾相关情况可见刘索拉的《老阿姨》一文,《丑小鸭》1983 年第 2 期;同时据《魂牵净土》一书的记载,1968 年刘索拉父母被隔离时,刘景范以前的秘书林真平一家对没有大人的刘索拉家提供了照顾。刘索拉从江西回北京的时候,也曾短暂寄宿在李建彤的三妹李玉馥家。

④ 关于刘索拉的哥哥和姐姐,可以参考《怀念母亲李建彤》;刘索拉《爸爸椅》,《醉态》,文汇出版社 2005 年版;也可见刘尚淳《魂牵净土》,河南人民出版社 1999 年版。

的漩涡里跑出娘胎,但因为你(指父亲刘景范)和妈妈的保护,使我从来就没闻到过官场味儿,活得懵懂自然。童年的回忆是照得人昏睡的太阳和头顶的白云、果树花,睡着了,毛毛虫爬进兜里,傻梦一直做到'文革'。"① 亲爱的家人、朦胧宁静的自然风物,构成了她童年的童话色彩。可以想见这一切的丧失会对她造成多么大的打击,而对这纯真生活的依恋与怀旧②,可以说是她日后创作的底色。无论日后的《你别无选择》,还是《蓝天绿海》或《寻找歌王》,刘索拉都会在小说中刻意设置追求纯真的伦理诉求与浮躁而荒诞的现实境况间的对立。在处理这种对立时,她的小说往往会流露出强烈的焦虑感——"我"已然无法回到纯真的过去,但对糟糕的现实也无法忍受。

查建英认为刘索拉是一个极念旧的人③,这种念旧的根源或许就是刘索拉对无忧无虑、甚少管束的童年生活的向往。"文革"对于刘索拉而言是一种创伤性记忆,这种创伤对她意味着,她必须穿越快乐的童年生活直接面对"真实"的世界,性格也开始转变——"我是一个心底非常悲哀的人。这一种悲哀,不是可以解释出来的,好像生活得多么好,都不可能从这种悲哀中解脱出来。这种悲哀使我长期就是一个悲观的人,大家都看不出来,以为我会起哄,开玩笑,会交际,我心里一定是阳光明媚!我不知道这种悲哀是什么时候开始的,你知道我小时候最没心眼儿。……我在'文革'的时候才知道我们家是怎么回事。当然这个事情对我的一生影响非常大。随着年龄,我的一生都变成了对父母命运的誓言。但是以前我并没有那么明确的感觉,我只是越长大越有一种悲哀

---

① 刘索拉:《爸爸椅》,《醉态》,文汇出版社 2005 年版,第 103 页。
② 在《外面真冷》中,刘索拉也说自己"怀旧"。而据朱伟回忆,虽然刘索拉不讳言自己在写《你别无选择》的时候正阅读《第二十二条军规》,但她最喜欢的书是《长袜子皮皮》这本童话。参见朱伟《作家笔记及其他》。刘索拉给《青春祭》写的主题曲的歌词也是由"童话诗人"顾城所作。她能够挑选顾城的歌词也与自己对"童话"的依恋有关。
③ 查建英:《刘索拉和〈女贞汤〉》,《中华读书报》2003 年第 26 期。这一判断得到了刘索拉的认同,在与姚霏的访谈中,刘索拉重述了查建英的判断,她有时也会将这一怀旧的对象定为 70 年代的生活。

· 135 ·

的心绪在心底藏着,生活对我来说处处都是黑色幽默和悲哀。"① 如果说刘索拉性格的底色源于她无忧无虑的童年生活,那么失去父母庇护的"文革"岁月,则促使她重新调整原先和世界童话般的关系。在具有自传色彩的小说《混沌加喱格楞》②中,主人公黄哈哈欲成为红卫兵参加"文化大革命"而不得,又学了一堆脏话的荒诞情节,来自于刘索拉或与她具有相似背景的朋友的故事③。小说中她将"文革"描述为一场荒诞喧闹的场景,这种写作心态应当来自当时她的真实感受。同时面对父母的离开与参与革命的失败,刘索拉几乎必然成为革命时代的"多余人"。此后的刘索拉命运仍旧多舛。1969年由于"珍宝岛事件"的影响,北京城开始疏散,刘索拉被迫从丰盛胡同的家中搬出,迁往江西的地质部"五七干校"待了近三年,平时在"共大"(共产主义劳动大学)劳动④。日后当回忆起1971年后回京复学的那段时光,她更愿意将自己定义为"多余人"⑤,并声称自己是美国嬉皮的"叛逆性格",她说:"你在秦城监狱的八年,正是我飞速成长的八年。没有家长,但是我选择了一种对父母命运的承担方式:反叛。"⑥

与刘索拉的自述以及日后研究所强调的"边缘性"不同的是,她所谓"对父母命运的承担方式",实际上是她深刻地卷入了家庭的政治生活

---

① 刘索拉、老木:《刘索拉:听音由命》,王次炤编《中央音乐学院作曲77级》,2007年,第46页。

② 小说中很多情节与刘索拉的个人经历高度重合,如小说中主人公黄哈哈出身的家庭背景、"文革"经验以及在海外漂泊等,都是基于她的真实经历。小说虽然具有自传色彩,但不能将之简单等同于刘索拉的自传。比如小说中的父亲在"文革"中自杀,而刘索拉的父亲度过了"文革"。因此不能用小说中细节来证成刘索拉的经历,但小说中所描述的遭遇"文革"的心情与状态,应该是当时刘索拉所具备的。

③ "文革"爆发时,刘索拉因为家庭出身无法参与到红卫兵组织之中。她也曾想去外地串联,被母亲李建彤在火车站拦下。

④ 关于这段经历,刘索拉在访谈中多次提及,劳动经历亦是她日后重新发现民族音乐的契机之一,参见《行走的刘索拉》中《音乐不仅是声音》《即兴音乐与个人意识》二文;而在《魂牵净土》中则记载了更多的刘索拉在"共大"的生活与委屈。

⑤ 当刘索拉的《你别无选择》发表后,一种批评意见即认为她是一个"多余人",参见何新《当代文学中的荒诞感与多余者》,《读书》1986年第7期。但刘索拉自称"多余人"时并没有贬义。

⑥ 刘索拉:《爸爸椅》,《醉态》,文汇出版社2005年版,第104页。

中。这一过程中也重新形塑了她的性格，即形成"反叛"的个性。而这种对家庭生活的深刻介入还未被先前的阐释者所注意。

刘索拉在回到北京之后，常常给母亲及各级领导写信，为家中的事情操劳。她为了要了解父亲刘景范的现状，还曾给周总理写信。在她的不懈努力下，母亲李建彤能回到北京，与她团圆，并得以治疗她的白内障。刘索拉也多次给地质部的专案组写信，要求取用父亲被冻结的工资以补贴家用。还多次与专案组联系，使得家人与亲戚们能够分批探望还在狱中服刑的刘景范。可以说，此时她在家中已经扮演了一个沟通内外的角色，同时她也在处理这些家庭事务与为父亲的平反奔走的过程中"飞速成长"①。

这一成长不仅仅表现在她形成了自己应对家庭问题和社会的一套为人处事的方式；同时她的语言语调也在这段时期形成。刘索拉原来的家庭生活就充满了欢乐，父亲刘景范随性而又爱说笑话，刘索拉从小在他的宠爱下，自然也形成了随性、幽默的性格，这样的性格在"文化大革命"期间遭遇了艰难的现实后也变得痞气与尖锐。为了应对外在的压力，刘索拉甚至舌尖嘴利，脏话也能说得出口②。在中学毕业闲荡了一段时间后，她找到了一份在蓝靛厂中学当音乐老师的工作。这份工作让她既能够和孩子在一起从而保持自己的天真，但也因为管束了叽叽喳喳的学生而将她从"嗲"中解放了出来③。这一职业经历也与她的家庭生活同步。

黄平在论及北岛这一批"今天派"的作家时指出，与其说是内部读物与思想沙龙，倒不如说是当时的政治参与使得他们开启了"心智"④。从这个角度观察刘索拉的话，可以说在政治的内外，在清纯与反叛之间是她从自己的成长期就开始奠基的张力与矛盾。也就是在这样的失序的

---

① 这些经历见《魂牵净土》，河南人民出版社1999年版。
② 说脏话在很多人对刘索拉的印象中都有所提及，比如查建英的《〈女贞汤〉序》、朱伟的《刘索拉小记》等。刘索拉在"文革"期间说脏话见《魂牵净土》，河南人民出版社1999年版，第183—184、193—194、223页。
③ 赵玫：《别迷失了你自己》，《以血书者》，宁夏人民出版社2010年版，第3页。
④ 黄平：《〈今天〉的起源：北岛与20世纪60年代地下青年思想》，《文艺争鸣》2017年第2期。

时代,在童话与创痛之间,刘索拉找到了可以让她心安的所在——"自我"。她说:"那时候,我不可能依靠,也不可能希望,我只有自我。因此,我信赖这个自我,并想在生存中,使这个自我得到充分的体现。"①与北岛他们的"我不相信"式的反抗型自我不同的是,刘索拉这一"自我"更显示出"逃避"现实,在艺术中寻找宁静的气质。那么在这样的背景下,构成这一"自我"的都有哪些资源与知识呢?

二 地下沙龙的聆听者

如果说刘索拉在六七十年代只感受到了政治生活带来的创痛体验,那么她日后的小说写作一定不会是现在这副面貌。有类似经历的青年人或许会写出类似于"伤痕文学"的小说。刘索拉最初的创作也不外于这样的时代氛围,不过她很早就偏离了"伤痕文学"所规定的写作模式。在《老阿姨》中,刘索拉固然书写了"文革"中的家庭分离对她造成的心灵痛苦,但并未将之表达为同时期作品反复表达的苦情;而另一部小说《最后一只蜘蛛》虽然以父亲在干校监狱的经历为主②,但小说通过蜘蛛的眼睛看坐牢的老干部,并将这段经历戏谑化,同样是超越当时其他小说的体现。

那么刘索拉在 70 年代的生活状态是怎么样的呢?她在自己的回忆中写道:"我们把家里的藏书拿出来分享,把母亲留在家里的衣服拿出来分着穿。弹着四把吉他,背着四架手风琴,走到哪儿唱到哪儿。"③ 除了 1969 年到 1971 年在江西干校的生活外,刘索拉在北京的生活不是被母亲关在家里读书,就是外出和有相同经历的朋友一起玩闹。

刘索拉第一部在杂志上刊登的习作《瞬间》就对当时他们的生活做了生动的刻画。《瞬间》写了"我们"四位年轻人从东城走到西城,最后

---

① 赵玫:《别迷失了你自己——我所见到的刘索拉》,《文学自由谈》1985 年第 1 期。
② 《最后一只蜘蛛》1986 年发表在《北京文学》上,但是根据朱伟的回忆,在 1984 年他就看到了这篇小说。可以推断小说的写作时间至少不晚于《你别无选择》。朱伟:《作家笔记及其他》,江苏人民出版社 2006 年版,第 14 页。
③ 刘索拉:《外面真冷》,《醉态》,文汇出版社 2004 年版,第 50 页。

在一间小房间里用磁带录音机唱披头士的摇滚乐的事。虽然只是习作与片段，但是北京很多真实的地理位置都现身其间："我和我的伙伴曾经在玉渊潭的荷塘里捉过蝌蚪，在西郊田野里抓过青蛙，在香山树林里打过麻雀，在颐和园湖中泛过小船……"在 Beatles 的 Come Together 歌声中也闪现了当时她们所接触的绘画作品，"我在扭曲中想起罗丹，想起毕加索……"①

文章之后附有评论《不能不正视的情绪》，此文呼应了小说中的"寻找"——"寻找自己的世界"，并且认为这是当时年轻人共同的主题②。同时评论者认为刻意表明"一九七五年"有些画蛇添足。但恰恰因为标明了时间才让我们能够看到"文革"后期年轻人在街上闲逛的经历。这个经历只属于当时有大把时间可以挥霍、不断"寻找"而求之不得的他们。

刘索拉自幼在家中受到音乐方面的训练，对音乐敏感，因此在没有家人管护的时候，也会寄情音乐来对付这些难熬的时光。她在描述这段经历时，会强调音乐之于她的重要意义，其中"披头士"的名字格外扎眼。在"文革"期间刘索拉如何听到风靡了欧美世界的摇滚乐团披头士？这样的听觉经验对她的写作又意味着什么呢？

1971 年发生了"九一三事件"即林彪事件，这对正在"上山下乡"的年轻人来说是重大的打击，他们很多人开始不信任政治③。随着国家政策的放宽，一部分知青们也通过各种方式回到城市，刘索拉也是回京的青年人中的一员。这时北京城里稍年轻的、之前没直接参与红卫兵运动的初中、高中学生，就像王朔的《动物凶猛》里描写的那样，沉迷在打

---

① 刘索拉：《瞬间》，《丑小鸭》1982 年第 10 期。当时刘索拉的朋友圈中也有"无名画派"的成员。

② 王健：《不能不正视的情绪》，《丑小鸭》1982 年第 10 期。作者王建就是知青作家晓剑，在回忆文章中说刘索拉只愿意把《你别无选择》当作自己的处女作，参见晓剑《清真总有动人时》，江苏文艺出版社 2013 年版，第 214 页。

③ 在《七十年代》以及《七十年代续编》中的各作者，都特别提到了 1971 年林彪事件对他们的影响。比如黄子平《七十年代的日常语言学》、鲁双芹《琥珀中的年月》、唐晓峰《难忘的 1971 年》等。

架、闲逛与闹恋爱之中①，年长一些的，由于对政治的不信任以及强烈的文化需求，就会聚在一起组织松散的文化沙龙，讨论思想、政治以及现代艺术。

刘索拉也处于这样的文化氛围中，但由于交友圈的差异，她不是日后那些影响重大的文学"流派"的成员。她在给好友，诗人严力的评论中写道："他（指严力）是'星星'和'今天'的一员，那是一群在70年代'文革'最黑暗时期就已开始探索西方文化时尚和创作现代艺术的北京才子们。我不曾属于那一群，70年代时，连仰慕这些才子的边儿都没沾上过。"②虽然没有直接的人事交往，但刘索拉也同样受到了这些圈子的间接影响。

根据资料显示，刘索拉听到披头士的歌可能是来自张寥寥。她当时由朋友介绍认识了张寥寥，并在一起活动——"有个朋友叫寥寥，从他那儿听到硬壳虫和丹佛的歌儿，把我们震了。寥寥是我当时认识的男孩里最聪明幽默的，他一说话大家都笑。他会弹吉他唱歌，还会演独角戏。'Let it be'的译文'去他妈的'就是从他这儿来的"③。刘索拉说的"硬壳虫"就是披头士，而张寥寥是国徽的设计者画家张仃的儿子，与哥哥张郎郎一起，是70年代重要地下诗歌社团"太阳纵队"的成员，手上集中了大量的文学和艺术资源，成了当时的北京地下文艺圈重要的参与者之一。张寥寥是个奇人，能写诗，能讲故事，同时也极具音乐天赋。他可能是当时北京听披头士的源头之一。根据刘索拉的邻居鲁双芹④的记述"在我印象里，吴尔鹿和寥寥是北京最早拥有'Beatles'（甲壳虫）唱片的人之一（大概真正的根源是当时外国语学院的外教和留学生们）。那时拥有这样的唱片，不亚于今天的大款拥有'奔驰'和'宝马'。这些唱片

---

① 程光炜：《读〈动物凶猛〉》，《文艺争鸣》2014年第4期。
② 刘索拉：《以自己为邻——读严力》，《鸭绿江》（上半月版）2015年第5期。
③ 刘索拉：《外面真冷》，《醉态》，文汇出版社2004年版。同时《Let it be》的歌词也成为《蓝天绿海》中的关键内容。
④ 鲁双芹与哥哥鲁燕生是当时重要的铁道部宿舍沙龙的组织者，她后来成了张寥寥的妻子。

的来历和流传历程,大概足够写出一部传奇,也许可以追溯到张郎郎(张寥寥的哥哥)"。①

围绕着张寥寥,一个松散的文化圈得以形成。他还召集了自己的朋友手工刻版制作了杂志《渡过忧愁桥》。而刘索拉也是这一杂志的同人,目前可见她最早的文字就登在《渡过忧愁桥》上面,她的一篇小散文《付》②,写了她对一位年长的"叔叔"少女般的朦胧情感。如果这篇文字谈不上是她最早的"文学创作"的话,也算是目前可见的最早的一篇作品。可见刘索拉对文学写作的兴趣以及开始的时间,都与她和这一群朋友的交往有着密切的联系。即便到1977年刘索拉考上中央音乐学院作曲系之后,她们家也从临时居住的万寿西街组织部招待所搬到了西城区三里河的南沙沟小区。此时她仍然与张寥寥兄弟、鲁双芹等朋友活动,还曾在俞平伯的孙子韦萘家一起排练萧伯纳的话剧③。

以张寥寥为中心的圈子时常一起听着音乐,包括具有异国风情的外国民歌,以及当时还不为人知的摇滚乐。自50年代以来,对音乐的控制一直都是涉及政治和权力分配的领域之一。但同时由于音乐传播本身的特殊性质,音乐和声音比文学作品有更多的逃逸出主流意识形态的可能性④。

1957年"反右"之后,当时的音乐家通过译介的方式出版了《外国民歌二百首》,不久即受到了官方严厉的批判。但这本书的出版,也影响了当时缺乏异质性文化与音乐滋养的年轻人。刘索拉提及她的朋友圈时这样回忆她们唱歌的场景——"我们那个时候主要是唱《外国民歌二百首》,那是在'文革'前出版的歌曲集,里面大多是爱情歌曲,这些歌曲成了'文革'期间年轻人在地下流传的精神食粮。"⑤ 不仅仅是地下文化

---

① 鲁双芹:《琥珀中的年月》,《七十年代续集》,牛津大学出版社2014年版,第103页。
② 刘索拉:《付》,《寥寥诗画》,现代出版社2015年版,第219—222页。
③ 北岛主编:《七十年代续集》,牛津大学出版社2014年版,第103页;刘索拉:《外面真冷》,《醉态》,文汇出版社2004年版,第50页。
④ 郭洵澈:《1949年之后的中国革命音乐系统》,《二十一世纪》1999年第2期。
⑤ 刘索拉:《外面真冷》,《醉态》,文汇出版社2004年版,第50页。

沙龙,《外国民歌二百首》还对各地插队落户的知青的文学创作造成了影响,这些歌曲"大多是俄罗斯民歌。主要通过借用这些熟悉的曲调和略带忧伤而又感怀的歌词,略加改动之后,加以演绎编织而成"①。许多同时代的年轻人都谈到当时听外国民歌的经历②。

如果说民歌之于大多数知青而言,是共享的逸出主流意识形态的听觉经验,那么摇滚乐却的确只在以北京高干子弟沙龙为中心的部分人中流传,鲁双芹回忆道:"寥寥唱的是我从未听到过的《金色的耶路撒冷》《Yesterday》、猫王和 Brother Four。他又带来了其他的吉他手……我记得有李世纪、唐克信、刘伟星(章乃器之子)等。"③

而在赵越胜的回忆中,同属于这一沙龙的唐克(即唐克信)在给他的信中提及了披头士带来的冲击:"我印象最深的是'甲壳虫'……后来我才明白'甲壳虫'就是 Beatles 的中文译名,现在大多称'披头士'的。信有点烫手。那时候,若让革命群众发现,唐克教唆犯的罪名是逃不掉的。……那时,在中国内地,听说过'甲壳虫'名字的又有几个人?因了唐克,我算一个。"④ 可见,披头士与摇滚是当时北京地下沙龙交流的秘密信号。

在《伊甸园之门》中,迪克斯坦曾这样描绘披头士的特点:"和蔼可亲的傲慢和奇趣……无法抑制的孩子气,对快乐原则的不能自拔的迷恋。……朝气蓬勃、兴高采烈。"⑤ 如果将这些词用于形容 70 年代末的刘索拉也丝毫不奇怪,气质相似也是刘索拉亲近披头士、亲近摇滚的理由。

---

① 郭小东:《知青一代及知青文学的历史起源》,《上海文化》2009 年第 1 期。
② 王天惠:《可惜了那本外国民歌 200 首》,杨智云编《知青档案(1962—1979)》,四川文艺出版社 1992 年版,第 212—213 页。金宇澄:《那是一个好地方》,《寻找溪水的源头》,文汇出版社 2015 年版,第 113—117 页。鲁双芹:《琥珀中的年月》,《七十年代续集》,牛津大学出版社 2014 年版,第 103 页。王天惠是成都知青,而金宇澄在东北插队,鲁双芹则留在北京。可见全国各地的知青都曾阅读歌唱过外国民歌。
③ 鲁双芹:《琥珀中的年月》,《七十年代续集》,牛津大学出版社 2014 年版,第 92 页。《Yesterday》是披头士流传最广,被翻唱最多的歌曲之一。
④ 赵越胜:《骊歌清酒忆旧时》,《七十年代》,生活·读书·新知三联书店 2009 年版,第 283 页。
⑤ [美]迪克斯坦:《伊甸园之门》,方晓光译,译林出版社 2007 年版,第 214 页。

刘索拉来说,摇滚乐以及披头士是她回忆中的重要坐标①。如果说,《外国民歌二百首》的听觉经验所揭示的,是当时青年人普遍希望脱离官方所划定的政治而回归"日常生活"的情感需求,那么对摇滚乐的沉浸正暗含于刘索拉当时内心对反叛生活的渴望与对快乐的追求。她谈到摇滚乐时认为:"(摇滚乐)只在部分城市的学生中流传。语言和思维方式不太相同(与港台流行乐),力度太强,声音太大……摇滚乐的意识形态是打碎一切陈腐,而对大多数中国人来说,刚经历完'文革',又打碎?不是要命吗?活着不容易呀。"②可见她对摇滚乐的接受既与"文革"的整体氛围有幽微的相似性(力度大、打破一切),同时又能切合她对"自我"追寻的需求。

迪克斯坦在《伊甸园之门》中论及当时从乡村民谣到摇滚乐在价值观演变也即从"真诚"到"本真性"的变化过程——"如果真诚的理想接受自我,而把社会看成一种手段、一个先决条件,那么,对本真性的追求则认为自我是可疑的,但又是一个充满可能性的广阔领域。真实的人力图变成他自己,而不是仅仅作为他自己:自我必须被创造和夺取,而不是被简单地发掘出来。本真性与现代主义和心理分析学相联系,这表现在它热衷于非理性和下意识,热衷于面具、角色和幻想,热衷于自我本质的所有复杂性和细枝末节,而不关心其较为广阔和较富概括性的简单性"③。隐于摇滚乐背后的自我形象和浑厚严肃的俄国民歌自然不同。而从"真诚"到"本真性"的变化,也意味着刘索拉所描绘的"现代自我"的知识与感觉来源和摇滚乐密切相关。

在1986年谈及流行音乐时,刘索拉认为:"现在的流行歌曲太甜、太嗲,听多了叫人腻歪。有些人总爱模仿,拿腔拿调,就是好歌也给唱糟了,还自以为挺美。其实,失去自然,失去真诚,同时也就失去了美。……我喜欢英国的'硬壳虫'乐队,喜欢美国歌星迈克尔·杰克逊

---

① 刘索拉在多篇访谈中回忆自己过去的经历时,都会提到披头士。可见其对刘索拉的重要性。
② 刘索拉:《外面真冷》,《醉态》,文汇出版社2004年版,第52页。
③ [美]迪克斯坦:《伊甸园之门》,方晓光译,译林出版社2007年版,第202页。译文有所改动。

和里昂纳尔·里奇,因为他们能在艺术中最大限度地实现那个本质的、真实的我。"① 就是这个本质的、真实的自我,这一"热衷于非理性和下意识,热衷于面具、角色和幻想,热衷于自我本质的所有复杂性和细枝末节"的自我,构成1985年之后文学对"自我"认识的重要面向。

刘索拉从地下沙龙听到摇滚,从而获得了现代自我的"本真性"的感受以及现代自我的知识,但从另一面来说,刘索拉对于摇滚乐的理解,并不属于通常对摇滚这种文化实践加以解释的亚文化理论脉络中。摇滚乐在英美国家的流行很大程度上是音乐工业与年轻人叛逆需求相互妥协的结果,而刘索拉对摇滚的接受则更多来源于同时代的与之相似的年轻人对意义的追寻与困惑。正如《瞬间》中所描绘的,这种追寻和困惑源于60—70年代政治运动的直接的创伤性冲击。她的"业余文化生活"也是对政治普遍怀疑氛围下的文化选择。1977年,当刘索拉考上音乐学院之后,"业余文化生涯"和"音乐学院的专业生涯"形成了鲜明的对照。这也构成了她的小说《你别无选择》中焦虑感的重要根源。

三 大学生活、友情与小说的诞生

"音乐学院的专业生涯"与"友情"是刘索拉所以能写出《你别无选择》的重要背景。学院生活既是她小说表现的对象,同时也构成了她小说创作的叙事基调,可以说刘索拉的这部小说是第一部真正以大学生的口吻表现校园生活的小说;同时对刘索拉来说,友情既是小说所重点阐发的主题,也是支持这部小说写作与刊发的动力。

《你别无选择》取材自刘索拉的校园生活,她这样自陈:"《你别无选择》的北京,就是在1976年到1983年之间,在那个被禁止的环境,我们怎么样想办法都要做被禁止的声音。我写作,就是为了想明白音乐学院那些事。"② 她曾直接表示小说中的李鸣和"懵懂"身上有她的影子③,

---

① 刘俊光:《这个刘索拉》,《艺术世界》1986年第2期。
② 《新周刊》编:《我的故乡在八十年代》,中信出版社2014年版,第174页。
③ 李宗陶:《刘索拉:把声音抛出去,有时搭上命》,《思想中国》,新星出版社2009年版,第307页。同时刘索拉的好朋友郭文景也是小说中孟野的人物原型。

小说中的"憎懂"上课犯困，但是爱玩，一听摇滚就开心得手舞足蹈，明显有刘索拉自己的影子。而小说开篇就是李鸣想退学，这一情节来自刘索拉的真实经历，她对自己能否继续在作曲系学习产生了困惑，并求教于音乐系的赵宋光老师。赵宋光是小说中王教授的原型，他在回忆中说"'你别无选择'是我的话。刘索拉当时喜欢文学，音乐觉得太难，学不下去，她问我：'我到底要不要在作曲系继续学呢？'我说：'你别无选择'"①。他的话也成了小说名字的来源。刘索拉在之后的回忆与访谈中多次提及她和赵宋光的对话，都涉及音乐和文学的关系。赵宋光将音乐看作高于一切的"宇宙之声"，并认为她"不应该纠缠在文字的情调里（那时我常写一些散文）"②，而刘索拉此时却觉得"宇宙之声那时离我遥远如星空，我满脑子里有太多人性的挣扎，它们把我拼命往上拽"③。刘索拉的压力既来自周围优秀的同学，也源于抽象的乐理本身造成的学习难度，还有当时开始正规化的学院教育体制。

　　她所在的中央音乐学院77级被称为"大师班"，她的同学之中有郭文景、瞿小松、谭盾和叶小纲这"四大才子"④，他们在80年代逐渐形成了自己的音乐风格，并成了名副其实的中国当代音乐的中坚力量。刘索拉和他们建立了的深厚的友谊。她一直特别欣赏郭文景的音乐，而四大才子之一的瞿小松甚至成为她第一任丈夫。他们对音乐的执着尤其让她感动，但同时也给她难以想象的压力，使她感到异常的迷茫。这一迷茫是她进入学院之前就已存在的："从文化大革命一直迷茫到毕业，一直迷茫到国外。我就是典型的北京的孩子，在大城市里老是迷茫、我们同班同学，我被他们感动是因为他们不迷茫。如果说他们迷茫，我觉得是暂

---

　　① 刘红庆：《耀世孤火：赵宋光中华音乐思想立美之旅》，齐鲁书社2011年版，第99页。
　　② 李宗陶：《刘索拉：把声音抛出去，有时搭上命》，《思想中国》，新星出版社2009年版，第307页。
　　③ 刘索拉：《外面真冷》，《醉态》，文汇出版社2004年版。
　　④ 紫茵：《"四大才子"之"前世今生"——兼及中国现代音乐的三次论战》，北京艺术研究所所编《博艺》第1辑，新华出版社2011年版。

时的在音乐上的或者在艺术上的困惑。"① 她将自己与同学的迷茫区别开来，她的迷茫除了在艺术本身的问题之外，还带有其他的面向，因为她"弄不明白音乐对我人生的意义？——我被音乐的大熔炉给炼糊涂了，音乐到底是什么？为什么？做习题做不出答案来"②。如果说，在 70 年代，民乐、摇滚以及与朋友密切的交流使刘索拉找到了暂时的情感寄托，同时也为之开辟了不断寻找人生意义的路径，那么此时更为正规化与专业化的大学教育，并没有自动解决刘索拉所面对的人生意义的焦虑。她说："'虚着'过了十年的年轻人，突然遇到了改革开放，当时很多我的好朋友都不能适应，改革开放使那些有目标的人有了盼头和生活意义。我进入音乐学院后，才发现周围很有雄心壮志之士，他们似乎带有很高的理想入学，也知道在音院里要得到什么。相形之下，我对音乐的狂热显得那么幼稚和业余，以为音乐的整个过程该像俄罗斯小说般浪漫，结果竟然如临黑格尔门下。音乐和我的距离越来越混沌不清，我整天带着迪斯科来逃避现实要求，渴望从制造伟人的气氛中逃到一块放纵的乐土上去。"③

她对学院的逃避既是知识上的反叛，同时也是行动的叛逆。她对摇滚以及流行音乐的爱好不断延伸，而相异于同学们所努力探索的大型交响乐和室内乐。④ 她不想练琴的时候也会发起舞会，和大家一起玩，并成了班上的"娱乐专家"⑤。在《你别无选择》中，与这种追求自由的个性相对的是教条主义的代表"金教授"，很多当时的评论从"反传统"的角度对此进行解读。但中央音乐学院其时的实际的情况却提示着另外一种解读的可能："金教授"的原型苏夏并不是那么不开明，他只是不那么赞成当时最新潮的十二音体系。而刘索拉喜欢的赵宋光老师也站在苏夏这

---

① 刘索拉、金燕：《音乐——宿命：你别无选择》，《你别无选择》，文汇出版社 2005 年版，第 12 页。

② 刘索拉：《外面真冷》，《醉态》，文汇出版社 2004 年版，第 51 页。

③ 同上。

④ "我搞不了那种大型的交响乐和室内乐，但我喜欢流行歌曲，我希望把流行歌曲写得更漂亮一些，更讲究一些"。解玺章：《刘索拉说：我别无选择》，《中国青年》1985 年第 10 期。

⑤ 刘索拉：《外面真冷》，《醉态》，文汇出版社 2004 年版，第 51 页。

一边。可见，如果回到当时音乐学院的知识格局中，真正让刘索拉焦虑的并不简单是批评家所描述的"守旧"，而是"做习题做不出答案"的专业化的学院制度。小说虽然没有明确的主人公以及主线故事，但是时间线索仍然明晰：从练习音乐技巧、通过各类考试到参加音乐比赛，并以毕业为终止符的标准化的学院流程。

因而，学院的环境对她来说极为矛盾。她既认为社会与知识分子并不了解音乐学院中的学生的辛苦、他们的努力奋斗及所作所为，她想写小说来为他们正名；但她对学院本身严苛的环境并不适应，所以小说也有意刻画了甚至有点让人窒息的学院场景。在这种矛盾下，她一方面要肯定学院中这些学生的努力与创造，但另一方面又把学校与现代学院制度塑造得如此荒诞、无聊与机械。

到了"新时期"，专业的音乐教育反而与她在"文革"时期养成的性格处处抵牾。真正的问题不仅仅在于性格不适，而且还在于"新时期"的到来以及升学制度的正规化，并不必然使得先前困扰一代人的"人生意义"问题得到自然解决。

为了应对这一困惑，刘索拉也通过文学写作的方式以及继续保持70年代末与朋友交往的方式来缓释自己的焦虑。刘索拉的文学兴趣的养成，首先来自"文革"时期母亲的爱护——为了保护她，不让她在外面惹麻烦，母亲把她关在家里，让她读文学书；其次是经由她的朋友圈所接触到的西方现代小说与艺术作品，这一过程中她也把她喜欢的惠特曼、食指的诗歌谱成曲子，唱出来。刘索拉对文学并不像对音乐那样，寄托了过多的情感，她多次表示写小说只是为了"好玩"，"只是想看到自己的文字变成铅字"。她也一直有写日记的习惯，喜欢"自己和自己说点说什么"。[①]

对刘索拉来说，她一直认为自己最关心的是音乐，她的音乐对小说具有决定性的影响，而写小说则是因为"心里有话吧，用音乐说不出来，

[①] 赵玫：《别迷失了你自己——我所见到的刘索拉》，《文学自由谈》1985年第1期。

所以有时候只好回到人类最低级的感情中去"①。但在 80 年代，写小说成了刘索拉用以表达用音乐无法传递的情感的有效方式。

而小说写作与发表的契机，也与刘索拉重友情有关。从音乐学院毕业后，她一边在中央民族大学任教，一边从事流行音乐的创作，她以摇滚的方式处理流行音乐，并且受到了当时的年轻大学生们的好评。据黄燎原回忆："那时我正上大学。我和我的很多同学一样只听刘索拉。最开始我们觉得她的旋律比较生涩，古怪，只是因为被歌词吸引而反复聆听的。后来，我们逐渐习惯了她的曲风，并以为她不袭前人而走自己的路十分可取，于是《我没有悲哀》《古老的村庄》《生命就像一座房屋》《希望的小舟》被我们反复吟咏。可以说刘索拉在当时的大学生中已成为一种时尚，而在大学以外她却几乎没有人知。"②

她的两盘磁带，《生命就像一座房屋》《我的歌献给你们》由当时众多诗人、小说家作词，包括阿城、严力、芒克、刘湛秋、唐亚平、顾城等。可谓"开解放后中国文人歌曲之先河"③。

当导演张暖忻听到刘索拉的收录于《我的歌献给你们》中的《古老的村庄》一曲后，便和刘索拉联系，想要用她的歌做她的电影《青春祭》的主题曲。因为张暖忻也希望在自己的电影中掺入一种前人未曾表达过的具有"都市感的音乐"，而刘索拉正契合她的要求④。刘索拉与丈夫瞿小松在为《青春祭》做电影配乐的时候，与张暖忻结下了深厚的友谊，通过与张暖忻的交往，刘索拉认识了张暖忻的丈夫李陀。当时李陀是中国作家协会北京分会的职业作家，从事理论与批评工作，是当时文坛的重要伯乐，并与北京文艺界的很多编辑、作家有交往。刘索拉和李陀提及了自己创作小说的事，李陀的口述中谈道：

---

① 刘索拉、王童：《用音乐思考小说的刘索拉》，《小说界》2001 年第 3 期。
② 黄燎原：《先驱刘索拉》，《打一巴掌揉三揉：黄燎原专栏文集》，同心出版社 2002 年版，第 136 页。
③ 同上书，第 137 页。
④ 刘索拉：《张暖忻的〈青春祭〉及其他》，《当代》2001 年第 6 期。

> 刘索拉认识我不久，就给我一篇小说，我就说了一顿，你瞎写，你根本不会写。索拉特别不高兴，说你懂什么呀，和我瞎吵一通，我也不理她，据说后来给她打击很大。她跟我讲完故事以后，我说，索拉你不是想写小说吗，你把你刚才说的事别加夸张，原原本本地写下来，就是一个很好的中篇。索拉说，这哪像小说。我说，你写吧，这肯定是小说。索拉说，真的啊，写完之后，你给我找地方发。我说，我给你找地方发。她就开始写起来了。写到一半的时候，给我看，说行不行，我说行，你就写完吧。后来，我给她提了点意见，做了些修改，就交给朱伟了。其中有一个细节，开第四次作家代表大会，宣布文学的黄金时代到来了，正好元旦，会上朱伟说，王蒙（《人民文学》主编）说这小说好要发，而且评语里有一句"横空出世"。小说发了以后，王蒙让我写评论，我拒绝了，拒绝的理由，和马原的差不多，虽然我推荐了那小说，我觉得不是我想象得那么好，比如我觉得她模仿《第二十二条军规》痕迹太浓，我就没写，是王蒙写的，刘索拉一夜成名。①

刘索拉和朱伟都提到了这一段，但是细节不如李陀回忆的丰富。可见如果没有与李陀一家的友情，他们在一起热心探讨文学的经验，《你别无选择》也没有写出来的可能。

李陀是这么描述80年代的友谊的：

> 八十年代的那种友情是很难用温馨或者精致来形容……那是另一种友情，是很烫人的。……为什么说烫人？因为形成这种友情的一种重要纽带，是我前面说的那种继往开来的激情，还有着激情带来的非常活跃的思想生活。那不是一般的活跃，里面充满了激烈的冲突和争论，同时彼此又相互激励；谁要是不长进，朋友就对你有压力——一种滚烫烫的压力，由不得你不努力。……刘索拉的小说

---

① 王尧：《1985年"小说革命"前后的时空》，《当代作家评论》2004年第1期。

写作也和在刘索拉家的经常聚会有关系。①

他同时也指出了80年代的友谊的起点特别复杂,"八十年代的友情不但还延续着革命时代的激情,而且它本身就是革命时代的产物——虽然它们的批判往往直接指向革命本身。这很矛盾,但是这矛盾就是一代人的命运"②。通过梳理刘索拉的经历与写作《你别无选择》的前前后后的具体情景可以看到,小说的发表既源于刘索拉自"文革"爆发以来的经历所形成的性格与学院生涯的冲突,同时也是她对朋友信任的产物。

她的小说发表是80年代"友谊"的结果之一。这一友谊也意味着,考察80年代前期小说创作不仅仅需要重新回到作者个人的经验,同时也要对广泛的社会交谊与向他者敞开自身经验的心理机制加以审视。

结语：现代自我的历史来源与困境

刘索拉在"文革"后期听摇滚乐的经验,构成了她那矛盾复杂"自我"的知识来源,除了《你别无选择》外,刘索拉也在自己日后的创作中不断地调动这一经验。《蓝天绿海》以披头士的 Let it be 开场,刘索拉甚至将其改编成了中国第一出"摇滚剧"。

刘索拉写完《你别无选择》后在访谈中谈道:"我不是榜样,平生没有做过任何堪称楷模的事,我更不是理想,理想人物都是天使,我不是。"③ 她这样的自我认识已经和80年代早期的那种自我肯定式的"真诚"的自我有了很大的差别。如果说80年代早期小说中的自我所指向的是,承认与追求自己的各项基本权利,呼唤"人"本身所具有的价值的"真诚的自我"的话,那么刘索拉这里的"自我"已经开始承认"自我"本身所携带的诸多的复杂与矛盾因素了,这个自我不再简单地相信着作为观念的"人",也不再简单地相信着自我与社会的正向相关,而是承认

---

① 查建英:《八十年代访谈录》,生活·读书·新知三联书店2006年版,第270—271页。
② 同上书,第271页。
③ 刘索拉:《每人都有一个脑袋》,《中国青年》1988年第4期。

自己苦恼、弱点、并且大方地承认"自我"并不那么高尚。

这样的"现代自我"的诞生包含了一批机关大院子弟的生活史。他们对现代自我的理解，既包含了对历史政治事件的态度与回应，同时也是他们自身无管束的文化生活的结果。他们面对新时期逐渐成形的经济与社会体制，常常会茫然失措。而正是在崔健还未登场之时，刘索拉通过自己的小说把这样的现代"自我"推到了读者面前，这就起到了"横空出世"的效果。

这样的"现代自我"被当成了1985年之后"新时期文学"重新出发的标志。但其一经诞生似乎就面临着危机："《你别无选择》之后，确乎有一个强大的个人诞生了，但貌似强悍的个人又几乎是个失败者的形象，因为他马上面临的是一个自我分裂的局面。"① 其实在80年代，这一"自我"的危机就被批评家敏锐地捕捉到了。与其他"新潮批评家"不同的是，王晓明在《疲惫的心灵》一文中指出，刘索拉不是一个理想主义者，她"被玩世不恭的境界诱惑着背起了理想主义，却又缺乏足够的脚力去走完通向那个境界的长路，结果在半途掉进这自觉堕落的悲哀里，怎么也挣脱不出来"。进一步提出了如何理解他们这些作家"精神性孱弱"的问题②。

刘索拉从"文革和改革的双重痛苦"出发，加上从摇滚乐而来的"现代"知识，使她最初的创作敏锐地把握到了别人难以把握的时代秘密。但是她对"自我"的认知仍然过于观念化，没能发展成一种更具历史能动性的认知原理，原来的敏锐慢慢也变成了85后文坛的常识。她日后对父母革命生涯的追忆仍然不出道德化的方式，而她将历史寓言化的小说《女贞汤》也并没有与90年代以来流行的历史认知拉开差距。她出国之后讨论音乐的文章集中于蓝调，并反复阐说音乐结构与表演的"即兴"之间的关系，这样的讨论方式似乎更为专业，但也将早期那种通过

---

① 蔡翔、罗岗、倪文尖：《八十年代文学的神话与现实》，《21世纪经济导报》2009年2月16日。
② 王晓明：《疲惫的心灵》，《上海文学》1988年第5期。

讨论摇滚从而把时代氛围带出来的张力取消了[1]。作为新的"自我"开端之一的刘索拉似乎也症候式地代表了80年代文学的一种走向，这仍然值得我们做进一步的分析。

2017年4月3日第一稿
2017年5月23日修改

---

[1] 刘索拉对父母历史的讨论见《爸爸椅》以及《刘索拉：来自中国的歌星》，《中国的演变风云人物访谈录》，开放杂志社1994年版，第164—175页。讨论音乐部见《行走的刘索拉》。

浩然的性格及文学观
——由一次文人聚会谈起

邵 部

一 一次聚会的两种表述

1979年年初，从维熙拿出返京后的第一笔稿费在家中设宴，邀请故友旧交重聚。王蒙、邵燕祥、刘绍棠、林斤澜、邓友梅、谌容、葛翠琳以及漫画家李滨声等人应邀前来。类似的聚会随着落难文人的回京在新时期之初频频举行。这一次的特别之处在于，"出于难忘少年时的友谊和对浩然自省的期盼"①，从维熙邀请了处境艰难的浩然。

在从维熙的叙述中，浩然接到电话颇为意外，激动地夸赞从维熙"真是情义中人，还能记起我来，并请我去你家"。待从维熙通报其他受邀者的姓名后，浩然有片刻犹豫，最后回答说："去，一定去！"②从流传的聚会照片可以看出，众人相聚在斗室之中，或斜倚着身子，或前后错落，挨肩擦背地坐在一起。或许是刘绍棠正在讲一件在运河滩上放牧的趣事，大家一致扭转着把目光投向他，被逗得哈哈大笑。话题可能引起了王蒙的兴趣，握着水杯的右手微微伸向前方，做了一个回应的姿态。在一群黑、灰色装扮的文人中，浩然穿着一件草绿色的军便装上衣，双手端着水杯，津津有味地听着。邓友梅似乎要参与到聚会的中心话题中去，向前探着身子，左手自然地搭在浩然的右肩上……当晚，王蒙大谈

---

① 从维熙：《梦里梦外忆浩然》，《上海文学》2012年第3期。
② 同上。

新疆有别于内地的民俗,从维熙则说他曾在三伏天全裸地干过活云云。一如被照片定格下来的场景,聚会相当愉快。

左起:邵燕祥、林斤澜、邓友梅、浩然、李滨声、刘绍棠、葛翠琳、谌容、从维熙、王蒙

可是,在表面的一派和睦之下,一种不易察觉的历史情绪和私人怨望却在悄然地滋生、潜伏、暗涌。这种轻松的氛围很大程度上是为浩然的"量身定制",如从维熙所说:"我很理解这种气氛的形成,全然在于有浩然在场(在此之前,燕祥与王蒙曾到我那间只有八平方米的小屋去看我时,谈的则多是二十年的内心伤痛)。我觉得友人们的心态很好,没有任何一块'狗屎',吐出恶臭的话语,让浩然脸皮发烧。"①

上述聚会名单中,浩然之外,除了林斤澜没有受到大的冲击外,其余各位全都有错划右派、改正回京的人生经历。按照文学史的说法,即为"归来"的一代。政治环境的转变以及共同的经验使他们形成一个具有排他性的情感共同体。在这样一个历史重评的关头,他们在互相倾诉中舔舐伤口,寻求认同。而浩然作为"八个样板戏,一个作家"中的"一个作家",他的走红经历是和这些文人的受难记忆联系在一起的。在历史与现实的反转中,他的名字连接着两种人生甘苦,就像不乏政治隐喻的军便装一样,与此类文人聚会并不搭调。于是,在多年后面对采访者时,对于这次聚会,浩然道出了隐秘的心声:"觉得虽然在创作上不是一个路数,共同语言不多,但面子上都过得去。"② 从维熙对此不满,披

---

① 从维熙:《梦里梦外忆浩然》,《上海文学》2012 年第 3 期。
② 浩然口述,郑实采写:《浩然口述自传》,天津人民出版社 2008 年版,第 294 页。

露了邀请浩然时的一段插曲："他这两句灵魂自白的话，着实刺激了我的中枢神经：我真太重情了，当时有的文友并不赞成我请他来，我说进入历史新时期了，浩然会有个自省自识的，还是以诚待人请他过来吧！"①

若不是浩然的表述与从维熙的恼火，文坛上的这段往事或许仍旧会停留在"相逢一笑泯恩仇"的文学想象。殊不知，劫波渡尽之后，人生浮沉反而催生出新的芥蒂与隔阂。浩然在创作上无法被归纳到某一潮流之中，在人际交往上又与同代作家的主流文人圈子有意疏离。于是，"孤介不群"约莫便可形容1978年之后的浩然在文学史中的形象。"介"在甲骨文中的释义是披甲侧立的军士，正映衬着他这种带有戒心的防备姿态。相对于从维熙组织的文人聚会，他在和农民的相处中，才能感到由衷的愉快，体会到"群"的感觉。同样的时间段里，他和萧永顺（萧长春的人物原型）的交往完全是另外一种情景："他把我拉到家里，拿出最好的吃的款待我，像办喜事儿似的把我所喜欢的农民朋友都召集来，一同开怀畅饮……"浩然动情地感慨，"这才是真正的朋友，真正的关心，真正的支持和爱护。"②

两相对应，其间的感情态度判若云泥。问题是，从维熙为什么会对浩然的表述如此动怒？浩然又因何会形成两种迥异的感受？进而言之，他的这种精神气质与他在80年代的文学活动又有着怎样的联系？作为一个在当代文学中具有"样本"意义的作家，浩然虽然经历了"重评的反复"，但并没有从争议中沉淀下来。③ 笔者以为，相对于政治/审美评价范式的左右摇摆，或许重新将视角落实到被略过的"作家论"的层面方能

---

① 从维熙：《梦里梦外忆浩然》，《上海文学》2012年第3期。
② 浩然口述，郑实采写：《浩然口述自传》，天津人民出版社2008年版，第185页。
③ 新时期对浩然的第一次重评以"泛政治化"读解将其定位于"帮派文艺"的作家。见任南南《历史的浮标——新时期初期"浩然重评"现象的再评价》(《海南师范大学学报》2007年第6期)。其后"重评之重评"总体上是将浩然剥离于他的时代，进行审美化的重读。浩然身上的诸多矛盾之处吸引了很多学者的研究目光。1994年《金光大道》四卷本出齐、1998年浩然接受采访时的言论引起了两场激烈的争议，2008年浩然去世之后，学界又出现了一股新的研究热潮。可以说，浩然不是一位被文学研究冷落的作家。只不过时至今日，对于如何评价浩然，学界仍然没有形成一个相对稳定的共识。

够走进浩然的世界，建构出整体的浩然形象。

二 1978年的浩然肖像

从维熙的恼火源自对浩然"以德报怨"的愤慨。这种感觉的产生首先要从浩然在1978年的处境谈起。对于个体而言，历史并不总是在同一个平面上展开。所谓几家欢喜几家愁，即使是"光明"也很难让人间同此悲欢。今天，"新时期以来……"作为国家意义上的历史纪年法，已经沉淀为表述历史转折的一个基本句式。而浩然却仿佛是一位时间的不感症者，对于新时期有一套自己的纪年方式："自我遭难以来……"[①] 在文学的新时期，浩然遭遇了人生的低谷：

> 我明白风向变了，大家不欣赏我了。苦闷和寂寞成了那段生活的主要特征。有一天老朋友梁秉堃到月坛北街来看我。我去书店没在家，回来时看到他，我竟握着他的手流下了眼泪，很久没有人来看我了。老梁劝慰我说，你没有害人，你可以度过这一关的。(《浩然口述自传》)

> 1978年，对父亲来说是有生以来最暗淡、最可怕的一年。(梁秋川：《曾经的艳阳天：我的父亲浩然》)

1978年元旦，《人民日报》《解放军报》及《红旗》杂志发表社论《光明的中国》，指出在新的一年将展开揭批"四人帮"的第三个战役，"把被他们颠倒过来的路线是非、思想是非、理论是非统统纠正过来"，预示着"拨乱反正"的工作将会进一步深入。加之1977年12月底胡耀邦履新中组部，开始筹措平反冤假错案、落实知识分子政策。一如社论乐观的论断，"坚冰已经打破，航路已经开通"。

[①] 1978年5月20日浩然日记。参见梁秋川《曾经的艳阳天：我的父亲浩然》，团结出版社2014年版，第188页。

时为《人民文学》主编的张光年在日记中写道："迎来大好形势的1978 年。读了两报一刊的元旦社论，眼前一片光明。"① 此前，他已经连续一个多月奔波在文艺座谈会上——《人民日报》的、《诗刊》的、中宣部的、《人民文学》的，以至于"高兴而太疲劳，肝区隐隐作痛"。历史最终没有让他的期待落空，经过一番拓荒者般的努力，文学秩序的重建已成定局。然而，与重建并行的是对历史的重评。"没有压抑性机制的存在是无法达到文学史的历史目的的，因为它不这样做就不能圆满地说明自己的正当性"，文学史的表述总是"以简单来征服丰富从而成功地宣告了前一段历史的终结"②。作为激进文艺思想推出的模范作家，浩然无疑要在历史转型时刻被新时期的文学范式所牺牲。

1977 年年底，《广州文艺》开始组织对浩然"文革"后期作品的批判，连续四期刊发李冰之的批评文章，引起了重评浩然的风潮。1978 年 1 月，中宣部部长张平化主持召开各界知名人士座谈会，讨论发扬文艺创作和活跃学术思想的问题。北京市拟定参会的作家有曹禺、杨沫、草明、阮章竞和浩然。通知下发后，就有人抗议，"不同意杨沫和浩然参加会，说'四人帮'时杨沫是受宠的，浩然是红人。如果有他们，我们说话不方便。"由张平化出面，这一问题才得到解决。③ 2 月，囿于社会影响，浩然被约谈，失去了第五届全国人大代表的资格。不得不提的是在 1978 年 5 月 27 日至 6 月 5 日举行的中国文联三届全委第三次扩大会议。这次会议是新时期文艺界举行的第一次全国性会议，在西苑旅馆礼堂举行，正式邀请的各地与会代表有三百余人，加上北京文艺界的旁听者，规模可达八百余人。④ 考虑到对 1957 年、1958 年错划"右派"的平反工作要到是年秋才展开，如此规模的文艺工作者聚会一堂，确可称为盛会。文联各协会恢复工作、《文艺报》复刊、筹备 1979 年的第四次文代会都是这次会议的直接产物，对于新时期文学秩序的重建具有承前启后、拨乱

---

① 张光年：《文坛回春纪事》，海天出版社 1998 年版，第 54 页。
② 程光炜：《"四次文代会"与 1979 年的多重接受》，《花城》2008 年第 1 期。
③ 《〈海内外〉文章〈再访浩然〉》，《文艺情况》1980 年第 11 期。
④ 张光年：《文坛回春纪事》，海天出版社 1998 年版，第 81 页。

反正的重大意义。

事实上，四代会上的许多情景在这次会议上都有预演。瘫痪、口不能言的方纪坚持来到会场，委托他人做了书面发言；老舍、孙维世、严凤英等文化界人士被迫害的悲剧事件在会场引起一片激愤。虽然上面有"复会不复旧"的指示，要求与会者重点谈在"文革"中所受的教育。但被压抑的群体情感还是爆发了，"一桩桩血泪的控诉，引起与会者的强烈共鸣，激起人们对'四人帮'的无比仇恨"[①]，会议发展下去渐渐偏离最初的设想，"几乎成了控诉会"[②]。作为筹备组副组长的张光年深受感染，在日记中称："会开得好，一些揭批'四人帮'的发言，激动人心，台上台下热泪盈眶。"[③]

在会场细节记录缺失的情况下，周扬的发言为我们透露了许多可贵的历史信息。周扬称："许多同志都遭受过'四人帮'不同程度的迫害，有一肚子气，凡物之不得其平则鸣，有气总是要出的。同志们有气，我也有气。这并不是什么个人意气，而是革命之气，革命的义愤。"[④] 周扬的发言意图将"个人意气"囊括在"革命义愤"之中。但这一语言策略亦从侧面表明，在未经主流叙述加工的历史现场，义愤/私愤并不像文坛主导者希望的那样泾渭分明。

在新时期的语境中，浩然无疑是一个"刺点"，自然会被当作时代的"肉身"接受义愤和私愤的指摘。按照梁秋川的说法，这次会议既没有让浩然参加，也没有任何形式的告知。整个会议的过程和内容对浩然都是保密的，只有参加会议的杨沫偷偷地复印了一份联名发言稿给他。发言稿名为《必须回答浩然的挑战》，矛头直指浩然的历史问题："在'四人帮'法西斯文化专制主义猖獗时期，在八亿人口中只有一个作家浩然，

---

① 《文艺界拨乱反正的一次盛会：中国文学艺术界联合会第三届全国委员会第三次扩大会议文件、发言集》，人民文学出版社1979年版，第608页。

② 黎之：《文坛风云录（修订本）》，人民文学出版社2015年版，第518页。

③ 张光年：《文坛回春纪事》，海天出版社1998年版，第81页。

④ 周扬：《在斗争中学习》，《文艺界拨乱反正的一次盛会：中国文学艺术界联合会第三届全国委员会第三次扩大会议文件、发言集》，人民文学出版社1979年版，第39页。

这是当代文学史上一种非常反常的现象。中国没有作家了，只有一个浩然享尽尊荣，这本身是个什么事情呢？难道不值得我们对浩然与'四人帮'的关系，提点疑问么？……十多年来，无论在日本，在北欧，在法国，关于'四人帮'的宣传，就知道中国只有一个作家——浩然。"① 这种逻辑与李冰之的诘难遥相呼应："在'四人帮'严密控制全国舆论工具，实行资产阶级文化专制主义的局面下，为什么唯独浩然能够新作旧作如数出版，摆满了全国各地书店，仿佛八亿人民只有、或仅有、或仅存一个作家？为什么'四人帮'当时单拿他来填补他们的所谓'空白'，如此垂青？"② 因"一个作家"的修辞而招来的不忿多少带有一些文人式的酸气。王蒙对此做过尖刻的分析："民心也有对于浩然极不利的一面，一个红里透紫的人突然崩盘，它有一种大快人心之感。我没有你红，我没有你紫，我早就红眼而且泛酸了，现在竟然看到现世报，你小子垮啦，真是老天有眼呀。"③

这种以政治名义进行的口诛笔伐掩盖的正是文人之间的意气之争，而且自有其历史渊源。雷加曾谈到北京市文联在1966年之后的团体与派性：

刘甘栗：他（指浩然——引者注）还有个对立面吗？

雷加：我们就是他的对立面。没拉过去，我们就是他的对立面。

刘甘栗：你们都有什么人？都是怎么回事？

雷加：他们那派人比较多一点。我们是谁呀，李牲、周述曾（现在是文化局局长）、我、草明，另外还有一些人，凡没有倒过去的就变成对立面了。总归有两派，每个机关都有两派。

刘甘栗：有什么具体问题的争议吗？或观点上的不一致吗？

雷加：观点上没有什么不一致。就是整浩然整得厉害了，时间

---

① 梁秋川：《曾经的艳阳天——我的父亲浩然》，团结出版社2014年版，第191页。
② 李冰之：《评浩然的〈西沙儿女〉》，《广东文艺》1977年第11期。
③ 王蒙：《大块文章》，花城出版社2007年版，第57页。

太长了，批得太厉害了……①

浩然在新时期之初的压力很大一部分就来自这一与之对立的文人圈子。如 1980 年 7 月 2 日，章竞致电张光年，向他转达了草明对于"浩然在《海内外》杂志上进行反宣传的不满情绪"②。而就在五天前，浩然已经在北京市第四次文代会小组讨论会上做了检讨发言，承认了言论中的错误："对于七八年审查我流露出不满情绪""没有注意内外有别"。③ 在这样的环境下，浩然切实地感到"遭了难了"。在这一年，写检查、改旧作充斥了浩然的生活。而这两件事其实就是一件事：重新认识自己的历史。

六月，夹杂着委屈、焦虑、恐惧的浩然给张平化写了一封解释信件，直接从他月坛北街的家中寄往钓鱼台。凌乱的书房中，浩然凝眉远望，等待一个注定无果的回信："从月坛北街凝望钓鱼台"构成了浩然 1978 年的肖像。月坛北街是一个附着了政治意义的地理空间，它"与钓鱼台东门遥遥相对……在'文革'时期因为临近钓鱼台，却是一个人声鼎沸、政治性极强的区域，居住的人多为受信任的国家机关干部，出入基本无白丁"④。然而，新时期文人空间轨迹的变动同样冲击着地理空间的象征体系。北京之于浩然的意义随着受难文人的重回故城发生了改变。在从维熙的邀约名单中，浩然的位置显得有些尴尬——一方面要同其他文友商议，说服反对意见之后才能决定邀请。另一方面，从维熙的高姿态并不是出于情感联系，而是以浩然在新时期的"自省自识"为前提，掺杂着受难者的道德优越感。这种作家间的身份差异是新时期文学秩序重建的结果。归来者不仅是聚会的主人，也是主流意识形态的代言者，他们的聚会是一次"历史性的链接"，而对浩然的接纳就隐约带有一点"统战"

---

① 雷加、刘甘栗：《雷加文学谈话》，时代华文书局 2014 年版，第 95—96 页。
② 张光年：《文坛回春纪事》，海天出版社 1998 年版，第 179 页。
③ 《附：浩然同志在北京市第四次文代会小组讨论会上的发言（八〇年六月二十七日）》，《文艺情况》1980 年第 11 期。
④ 陈徒手：《浩然：艳阳天中的阴影》，《人有病天知否——1949 年后中国文坛纪实》，生活·读书·新知三联书店 2013 年版，第 474 页。

的味道。如此，新时期文坛的风云变幻就以这样微妙而鲜活的形式渗入到个体之间的交往中。因此，浩然同回城故事相反的频频下乡，既是要逃离无法融入的北京文学圈子，也是在逃离一种处于劣势的权力关系。

三 浩然性格之一瞥

以1978年为分水岭，浩然前一阶段的文学道路可谓异常顺畅，在每一个重大的历史节点上，他都做出了"正确"的选择。在1957年前后，刘绍棠、王蒙、从维熙等早已跃居文坛的第一线，是明星式的人物。与他们相比，浩然起步晚、起点低，从一开始就伴随着被同代人遮蔽的焦虑。当他们"干预生活"的作品引起了极大的社会反响时，浩然完全可以用默默无闻来形容。就在短短的一两年间，这些同代人中的佼佼者退出了文学舞台，浩然先是写出了在他创作史上极有象征意义的《喜鹊登枝》，接着就开始出版短篇小说集。接下来的1962年，许多"右派"作家得到"摘帽"的待遇。铩羽之后，他们收敛锋芒，向浩然的方向靠拢。然而，浩然也在改变，他从八届十中全会"千万不要忘记阶级斗争"的口号中捕捉到了新的创作灵感，开始以两条路线斗争的模式架构长篇小说《艳阳天》，既是"十七年文学"的"挽歌"，也拉开了"文革文学"的幕布。[①] 这样看来，浩然虽然向来缺乏明确的主体意识，但近乎凭着农民式的直觉走在了同代作家的前面。有学者从文学史的角度注意到"文化激进派"对浩然的"发现"：在"文革"期间虽然一直受到肯定，但是在1974年前后，评价迅速提高，几乎可以看作是在文学（小说）上推出的"样板"。主导文艺界的力量在浩然的小说中"发现"体现其文学观念的创作例证，而浩然的写作也可以说是有意识地迎合着这种文学规范。[②] 这也正

---

① 雷达：《浩然，"十七年文学"的最后一个歌者》，《光明日报》2008年3月21日。
② 洪子诚：《浩然和浩然的作品》，《北京日报》2000年11月22日。浩然评价之所以在1974年迅速提高，不能忽视的是文学背后的推手。1978年5月1日，浩然在文联恢复大会上做公开检讨，内中重点交代了与江青的交往。从1974年1月24日至1975年9月17日，浩然与江青在小范围场内有过四次会面。浩然口述，郑实采写：《浩然口述自传》，天津人民出版社2008年版，第245—255页。

是浩然的典型性所在："他的文学生命的强弱与当代文学史的命运的浮沉，关系极为直接和紧密。于是，他的一身，奇特地集纳着当代文学的某些规范、观念、教训和矛盾，交织着'十七年'和新时期文学的风云变幻。"① 可以说，他的出现（以工农作家的身份登上文学舞台）和创作都具有"超前"的性质，对应着主流意识形态对社会主义文学的想象，与当代文学史的发展逻辑相呼应。

因为这样的顺畅，浩然在新时期的遭遇才更显出落差。1978年的浩然感到无比郁闷，对王蒙说自己"像是一名输光了本钱的赌徒"②。而在短暂的不适之后，浩然体现出了对"东山再起"的偏执。一方面他保持了高昂的写作状态，到1993年患病基本停笔的这段时间里，浩然出版的长篇小说多达七部（《山水情》《晚霞在燃烧》《乡俗三部曲》《苍生》《迷阵》《乐土》《活泉》）之多。再算上中短篇小说集、儿童文学作品以及三卷本的《浩然选集》、四卷本的《浩然文集》，浩然公开发表的文学作品远多过当时很多第一线的新潮作家。与此对应，这时期几乎所有的文学史著作都将浩然的形象固定为"误入歧途"的作家。通过选择性的"断裂"，"研究者把其他'十七年'、'文革'作家放在'审美批评'的层面上，却把浩然一个人放在'文化批评'的层面。"③ 而且，文学史也都只写了半个浩然——他的文学生命终结于《艳阳天》和《金光大道》，进入新时期以后的作品从未被提及。另一方面是浩然耗费大量心力，进行旨在培养农民作家（尤其是三河周边地区）的"文艺绿化工程"的活动。他不仅创办了《苍生文学》月刊，专门刊发初学者的作品，还在担任《北京文学》主编期间，发表了大量农村无名者的作品。甚至在1990年第十期的《北京文学》上，一次性推出了二十五篇陈绍谦的小小说。这样的举动引来了"组建自己的文艺队伍"的批评。总之，浩然不甘于

---

① 雷达：《旧轨与新机的缠结——从〈苍生〉反观浩然的创作道路》，《文学评论》1988年第1期。
② 王蒙：《大块文章》，花城出版社2007年版，第57页。
③ 程光炜：《我们这代人的文学教育——由此想到小说家浩然》，《南方文坛》2008年第4期。

寂寞和平静，仿佛又回到了50年代的生命状态①，以一个对抗者的姿态出现在新时期的文学场域中。

钱穆在《中国历史研究法》中讲道："事业到底由人物而演出。历史虽是人事之记载，但并非人事之堆积。事之背后有人，把事业来装点，反把人之伟大真性减色了。正由此人在事业上不圆满，倒反把他那个真人显出来。"②"事业"换成"文学"二字，道理一样讲得通。况且在浩然的文学观里面，"文学"和"事业"本来就是等值的。1978年之前的浩然，文学得意，"他在当时某一事功上有所表现，他所表现的即成为历史了。"此后是浩然的低谷，"历史轮不到他身上，但他正能在事业之外表现出自己。他所表现者，只是赤裸裸地表现了一人。"③1978年的落落寡合以及其后的文学活动，反而使得我们有可能在文学之外了解浩然——一个自卑敏感而又争强好胜的农家子弟。

翻看浩然的口述自传，笔者的一个强烈感受是，在浩然的叙述中，他的成名史同时也是一部受辱史。很难想象像这样一位特殊的大作家会在生命晚期对早年的冷遇如此介怀。

浩然的文学生涯几乎从零开始，路程上自是少不了冷遇。1956年8月，浩然接到河北作家冷照岭的电话，让他冒雨去送一包寄存的东西。浩然心里不乐意，但"转念一想，人家出了书，水平、身份比我高，以后我在拼搏求索的路途上还得求他帮助，不能够跟他计较这些小事。再说，他对我不讲客套，说明把我真正当朋友看，为朋友能够两肋插刀，淋淋雨水算得了什么？"④于是欣然而往，顺道带上了新作《喜鹊登枝》。冷表示要看看，推荐给《河北文艺》发表，可是过了很久都没有回音。等不及的浩然亲自去编辑部查找，结果"在桌面上大堆落满灰尘的稿子里"找到了"从来就

---

① "对他们（指刘绍棠、从维熙——引者注）既羡慕又在心里暗暗跟他们比赛，自认为有一天我一定会赶上他们。"《浩然口述自传》，浩然口述，郑实采写：《浩然口述自传》，天津人民出版社2008年版，第153页。

② 钱穆：《中国历史研究法》，生活·读书·新知三联书店2005年版，第87页。

③ 同上书，第84页。

④ 浩然口述，郑实采写：《浩然口述自传》，天津人民出版社2008年版，第156页。

未被拆开过"的小说原稿。怀着屈辱的心情,浩然将稿子直接寄给了老舍主编的《北京文艺》,不想一举成名,由此步入文坛。浩然一舒胸中之郁结,在晚年的回忆中难以抑制胜利者的得意:"我的小说能够连续发表在这样的刊物上,包括明目张胆蔑视我的'络腮胡',包括脸装笑容而暗中戏弄我的冷照岭在内,他们谁能比得上?"① 其实,事情原委是否确如浩然所讲并不重要,重要的是这件事如此鲜活地存在于浩然的记忆中,以至于构成了他的"创伤性记忆"。《艳阳天》也是如此。浩然此时在创作上已经小有名气,稿子修改满意后给"人民文学出版社打电话,叫他们过来取稿子。谁知他们并不热情,只淡淡地说,你什么时候下山,顺道捎过来吧"。浩然感到不满,将稿子给了复刊的《收获》。小说获得好评后,"人民文学出版社又后悔了,想出。我不给他们……还派人到上海来找我要稿子,我很冷淡。回来时,又去机场接我,我仍然坚持不给他们。"② 在十七年文艺体制中,人民文学出版社是全国最高等级的文学出版机构,即使是成名的大作家也不好怠慢。而且在浩然讲述的故事中,出版社的反应也难以说得上是过分,至多是摆出了一副公事公办的面孔,没有表现出他期望中的热情而已,况且补救措施显得很有诚意。与此对应,浩然的反应就显得有些意气用事。受挫之后的浩然,总是要争一口气,也可看出他性格过于计较得失的一个侧面。

华人学者叶嘉莹是浩然最热心的读者之一。除了对于《艳阳天》高得惊人的评价外,她也注意到了浩然性格中的这一面:"浩然所禀赋的过人的才华,曾使他从幼少年时代便在一般同辈中崭露头角,而不断的掌声和赞美,遂使他养成了一种难于泯没的想要过人的好胜之心……我以为浩然先生的成功,与他这种争强的好胜之心,实在有着密切的关系;但今日造成他的疾病与痛苦的,则实在也与他的这种心理有着密切的关系。"③ 叶先生对浩然文学才华的评价是否合宜暂且不论,十七年的文艺

---

① 浩然口述,郑实采写:《浩然口述自传》,天津人民出版社 2008 年版,第 156 页。
② 同上书,第 234 页。
③ [加拿大] 嘉陵:《〈艳阳天〉重版感言》,《文艺理论与批评》1994 年第 4 期。

浩然的性格及文学观

体制给予浩然过多的鼓励则确实加强了他这一心理。换一个环境来看，很难想象他这种只上过三年小学、十多岁就自立门户过日子的庄户人能够成为引导文学风潮的人物。这给了他一个"觉得自己有实力，进入文坛不需要任何人拉一把"的信心，促使他相信自己可以在新时期文坛上"翻身"，同时也造成了他的"疾病和痛苦"。1978年年初，广东方面的批评文章引起热议后，浩然成了北京市文艺界一个棘手的问题。2月6日，《北京文艺》评论组的评论编辑邹世明与《人民文学》编辑部交换意见，无奈地表示《北京文艺》在对浩然的批判上感到很为难。《人民文学》的情况大概也是如此。刘锡诚还就此专门请示了张光年。① 在此前后，《人民文学》组织了一次座谈会，但在是否邀请时为编委的浩然一事上犹豫不决。浩然得到消息后，"心里就有点火，于是就决定走了。等回到蓟县医院，他们就告诉我说北京来了长途电话，叫我去开会，而那时会期只剩下最后两天了。我就马上给北京打电话说，如果你们认为要我来参加，就请你们和文化局领导说，叫车子来接我，如果不一定叫我参加，那么就算了"②。就在这次浩然没有参加的会议上，有人尖锐地批评了浩然的问题，并以他得到邀请却不来参会反驳为浩然辩护的声音。浩然对此语带懊悔地说，"当时我并不知道这次会议的重要性……从此以后，一切就对着我压头盖顶的来了"③。

除了文艺体制的外部原因外，浩然的童年经历中蕴含了更为隐秘的信息。结婚的最初几年，浩然的父母都有心通过农民式的奋斗，过上安稳富足的生活。可是社会环境的恶化一步步挤压着他们的生存空间。父亲在遭遇绑票之后，性情大变，沦落为不求上进的赌徒，最后因风月之事枉送性命。父亲的沉沦对于"一生都好强的"母亲是一个沉重的打击，她一直希望以"志气"感化父亲走上生活的正轨，父亲却早已对这一套说辞心灰意冷。父母因此不合，争吵、冷漠、隔阂成为这个家庭最普遍

---

① 刘锡诚：《在文坛边缘上——编辑手记》，河南大学出版社2004年版，第73页。
② 《〈海内外〉文章〈再访浩然〉》，《文艺情况》1980年第11期。
③ 同上。

的状态,是浩然呈现在文本中最为清晰的一条童年记忆线索。父亲过世三年后母亲因病去世,剩下浩然与姐姐自立门户,反倒应验了《浩然口述自传》开篇的谶言——"算卦的瞎子给我批过八字,说我生来命硬,克父母。如果父母比我还要命硬,我就活不长;反过来,父母没我命硬,他们就得一个个地让我活活妨死!"在生命临近终点的时刻,浩然以一种宿命感的方式回溯自己的人生,来建立与读者之间的"自传契约"①,定下叙述的调子,不免让读者错愕。这种叙述背后的信息值得玩味。"从叙事上说,这也是一个极具意味的文学修辞方式。不管承认不承认,愿意不愿意,浩然的父母都是过早地去世了,这件事在他的潜意识里到底起了什么作用不得而知,但他在人生的晚年仍然记忆深刻,而且把它写进了自传体小说《乐土》与《浩然口述自传》,说明他始终有一种'弑父'的罪恶感与焦虑感。'弑父'的罪恶感与焦虑感使他急欲成为一个与父不同的人,只有这样才能证明'弑父'是无罪的,自己的存在是有价值的。"②经过这样一番转化,"成为一个与父不同的人"就沉淀为成年浩然为人处世的隐秘心理。

对父亲彻底失望后,母亲把扭转乾坤的最后希望都寄托在她唯一的儿子身上。在父亲缺席的时间里,母亲的"志气"教育贯穿在浩然童年生活的点点滴滴。以至于留下的遗言也与此有关:"往后,没啥盼的,只盼望你们长志气呀。"③回望浩然浮沉无定的一生,他在对逆境的反应背后总有一道长长的母亲的影子。晚年的浩然深切地理解了自己承袭于母亲的气质。他总结母亲的一生时谈道:"母亲有一颗好强的心。她一生都在执著地追求一种东西,盼望'夫贵妻荣',以便在亲友面前,特别是在故乡梁(夫家)苏(娘家)两族人的面前,显示出她高人一等,而不低

---

① "写自传契约(不论其内容如何),就是首先确定调子,选择说话的语气和笔调,确定他的读者,以及希望与他建立的关系。这就像乐谱表之首的符号,升号或降号,话语的其他部分都取决于此。这也是选择自己的角色。"见[法]菲力浦·勒热讷《自传契约》,杨国政译,生活·读书·新知三联书店2001年版,第66页。

② 房福贤:《论王蒙、从维熙与浩然的自传写作》,《中国现代文学研究丛刊》2001年第2期。

③ 浩然口述,郑实采写:《浩然口述自传》,天津人民出版社2008年版,第36页。

人一头。在追求的路途中她屡遭失败,然而锐气不减。每失败一次,她的好强心非但不削弱,反倒加强,以至于'变本加厉'地发展到极端,变成了'虚荣心':什么都不怕,最怕人瞧不起;什么都可以不顾,得要面子!"① 浩然对母亲的评语,在笔者读来简直就像是夫子自道!"父亲"之于"母亲"不正如"文学"之于"浩然"吗?把这样一个替换关系代入到引文中,浩然一生的是是非非也就变得不难理解了。

四 "浩然之问"与作为"手艺"的文学

"你说我能不能写呢?"② 浩然曾这样询问同在县委学习的唐力。唐力曾经做过新华通讯社冀东支社的译报员,所知有限,却是能够在文学上给予浩然助益的唯一人选。浩然于是"从在业余学校学习使用标点符号,学习认识字、理解字开始"走上了他的文学之路。③ "能不能写"的"浩然之问"显示他在文学上的"先天不足"。

对于浩然农民身份的过度关注,在一定程度上遮蔽了他的另一层身份——"基层干部"。这段经历对于浩然文学观念的形成其实有着深远的影响。相对于知识分子气质的作家,浩然少了一些虚、幻,从一开始就显示出务实、致用的特点。相对于其他放下锄头拿起笔的农民作家,浩然又能依靠政治上的敏感捕捉创作信息。触发浩然写作的动机,除了在文学上获得的"虚荣"之外,更重要的在于文学之于生活的效力。浩然在基层工作时了解到房东大嫂的一段遭遇——大嫂本该依法享有的财产继承权被村干部侵害,官司一路打到县上,都没有得到公平的判决。浩然得知来龙去脉后将冤案写成文章,好似递状纸一般投给《河北日报》。文章虽然没有发表,但引起了地方的重视,案件绝处逢生。此时浩然正在经历最初的写作危机,直接领导和周围同事的不理解、不支持动摇着他写作的决心。如果不是这件事情"象一只有力的大手拉住了我,又推

---

① 浩然口述,郑实采写:《浩然口述自传》,天津人民出版社2008年版,第19页。
② 同上书,第129页。
③ 同上书,第136页。

动了我，那么，我将怎么样走下去，变成怎样的一个人，实在不能猜测了。但是，可以肯定的是，此生我再不会成为现在这样一个写了那一些小说的专业作家了。"① 不久，浩然调到《河北日报》从事记者工作，一边采访报道，一边写作练笔。不曾想，终于能够以笔为业的浩然却因所犯两次错误被打入冷宫，调到读者来信科处理信件。这两个事件很有意思，一次是"移花接木"，把新闻事件的主角在别的地方打游击的经验，安插到他现在任职的公社。② 另一次是"类推想象"，报道春耕生产时，自作聪明地计算好写作和发表的时间差，把预算的成果写到了通讯中。两篇报道最终都露出马脚，被人举报失实。两相对应可见，在浩然的观念里，文学和新闻在本质上并无二致，都指向主流意识形态定位的"宣传"。

林斤澜说："浩然的作品当年读者很多，但浩然的文学观里没有文学，也可以没有语文，然而相当固执。"③ 话说得尖刻，却很有道理。"固执"是上文讲到的性格层面，"语文"则指向浩然文学观的问题。浩然是怎样理解文学的？回顾围绕浩然的争议，似乎研究者都对此问题不以为意。在笔者看来，浩然所理解的"文学"，从基层干部的一面出发，可以作为"宣传工具"放置在政治语汇系统中。从农民身份的一面出发，又可以转换到民间语汇系统的"本领""技艺"。这两者结合起来，就形成了浩然朴素的"文学观"："搞文学写作能够推动革命工作，能够替农民说话，这才是真正有正气有志气的事，我一定得学会这种本领！"④ 在浩然的认知中，文学不应当是"文化人"的专利，目不识丁的农民只要肯付出相应的努力也能习得这门"手艺"。他以民间的思维方式，解构了"作家"这个概念追求灵性的一面，坐实在"匠人"的层面上："我本身应该算是一个编写故事的匠人，从来不敢冒充学问的高深者。编故事的

---

① 浩然：《一桩往事的回忆》，《文艺报》编辑部编《文学：回忆与思考》，人民文学出版社1980年版。
② 当事人杨瑞生因报道失实，被撤去合作社社长的职务，最终回乡务农。
③ 程绍国：《林斤澜说》，人民文学出版社2006年版，第238页。
④ 浩然口述，郑实采写：《浩然口述自传》，天津人民出版社2008年版，第146页。

'小说匠'要手艺的时间长了,受的磕碰多了,对本行当的一些门道就摸明白一点,甚至摸得比外行人熟悉一点……"① 以"天才"来评定浩然,对他其实并不公平。② 如他所说:"我们既不要被所谓'天才'论吓住,也不能依靠所谓'天才'一举成功。""写作是艰苦的劳动;我们工农兵业余作者一定能写作!"③

值得注意的是,手艺上的熟练只能带来技巧上的进步——对人物的塑造,语言的驾驭能力,小说结构的谋篇布局等,这些技巧在《艳阳天》中已经臻于完善。——却终究无法弥补精神资源的贫瘠所带来的"知性之黯弱"④ 这一先天的缺陷。于是,既能够为他引以为写作的指导,又能为他的认知能力所消化的资源,就只剩下直白的政策条文以及追求简化的"文化激进派"的文艺理论了——它们代替作家的独立思考,直接告诉作家应该怎么写,这想来很合浩然的胃口。因此,浩然在新时期之初就直言写作上的弯路在于不加思考地紧跟政策:"像我这样的人,在'四人帮'时代若是不上当,那太奇怪了。因为我以前跟你讲过,我不是为当作家而拿起笔来的。一开始,我的写作就是为了宣传党的政策,党说什么,我就写什么,我就是这么过来的……"⑤ 以此,浩然对1978年的"历史结论"做出辩解:"拿今天的眼光看,那一阶段我有不少失误之处。但应负主要责任的是历史,而不是我个人。"⑥

---

① 浩然:《泥土巢写作散论·前言》,河南大学出版社1997年版。
② 浩然的第一篇文章发表在《河北日报》上,仅一千多字,此前已经写作了一百多篇废稿(此时还称不上小说)。写作《艳阳天》之前,他用了六年的时间写短篇做准备,计有一百余篇。这与他的同代人少年出道,一举成名的道路有着天壤之别。
③ 浩然:《〈春歌集〉编选琐忆》,南京师范学院中文系资料室编《浩然作品研究资料》(修订本),1974年,第172页。
④ 李洁非先生将此视为浩然最大的局限:"他一直没有摆脱弱于思考(理性)的困境,有的时候,还在少学的情况下强行去做很不适合他的思考,那就的的确确是陷己于荒谬而不自知了"。参见李洁非《样本浩然》,《典型文坛》,湖北人民出版社2008年版,第342页。
⑤ 《〈海内外〉文章〈再访浩然〉》,《文艺情况》1980年第11期。在《浩然口述自传》我们可以见到这样的怪论:"后来有文章说,高大泉就是高、大、全,我觉得很有道理,把我的作品深化了。"(第238—239页)
⑥ 纪思:《作家浩然答客问》,《锦师院分校学报》(语文版)1983年第2期。

吊诡的是，浩然念兹在兹的"观念"几度更移已成陈迹，恰恰是他近乎天成而不自知的"语言"成为他至今仍在被阅读和怀念的主要原因之一。浩然去世之后，一批学者的纪念文章不约而同地谈到浩然曾经在荒芜的文学年代滋养了一代人的文学感觉，体现出一种对他的怀旧式的阅读方式。如李敬泽所言："如果没有浩然，1970年代早期的中午将会荒凉寂寞。我永不能轻薄地对待浩然，因为浩然曾带我触摸热带之冰。"① 如程光炜所言："必须得承认，我对雷达、李敬泽'浩然重评'某种程度的认可，并不是站在今天的'历史高端'作出的，而恰恰是从我们那代人接近于零的一个低端的文学教育上作出的……在我的精神世界已近荒废的日子里，《艳阳天》伴随我度过了一个少年寂寞、无聊、无助的时光。"② 对于有着共同经历的人来说，浩然无疑在贫瘠年代里提供了"丰厚"的文学馈赠。

其实，对于初登文坛的浩然在文学上的得失，当时的学者已经看得相当透彻。在浩然的第一个短篇集《喜鹊登枝》出版后，巴人就敏锐地指出了制约他在文学进一步发展的因素：

> 形式是应该探索的。但更重要的是探索人物的精神世界。你的作品有一个共同的特点，写出了人物的一些精神状态，但不够深。这里的关键在哪里呢？仅从这两篇看，就可以看出你总是以一些"外来的条件"，使人物的"思想感情"突然转变过来了。看不出他内心的斗争和变化的真实基础。③

> 任何作品不怕有虚构的情节，问题是它是否来自生活，还是来自某一种预定的"概念"或"思想"……我们要描写的是为政策所渗透而改造过来或正在改造中的活生生的生活面貌。决不是所谓"写政策"或"反映政策"。浩然同志注意学习和熟稔党的政策思想

---

① 李敬泽：《浩然：最后的农民与僧侣》，《南方周末》2008年2月28日。
② 程光炜：《我们这代人的文学教育——由此想到小说家浩然》，《南方文坛》2008年第4期。
③ 浩然：《巴人同志指导我学习和创作》，《新文学史料》1986年第3期。

这是好的，但如果不能深入生活，发掘那些有典型性或有普遍意义的事物，而只以政策思想为"经"，以看到或听到一些故事和过去的生活经验为"纬"，组织出画面来，我以为，就容易使作品缺乏深刻的感人力量！①

巴人是浩然步入写作时知道的第一个文艺理论家。他的《文学初步》，同《在延安文艺座谈会上的讲话》一起启悟了浩然对文学的理解。文学新人浩然对巴人的意见一定格外看重。问题是，浩然此后的创作并没有向巴人指明的方向靠拢。巴人的表述并不隐晦，浩然为什么会"执迷不悟"呢？

这个问题或许可以在浩然与萧也牧的一段交往中找到答案。1956年初冬，浩然将长篇《狂涛巨浪》的稿子寄送中国青年出版社。不久后，编辑萧也牧约见浩然，提醒他先从短篇入手，打好基本功再写长篇，并就写作给予他很多指导。其后浩然根据去山西采访的材料，创作了一篇描写地主和地主子女经过磨炼成长为社会主义新人的故事，定名为《新春》，于1957年秋冬之交给了萧也牧。萧也牧看后对此大加赞赏，称赞"作品的题材新，有深度"，是"创作上的一个跨进"。看来，萧也牧的"指导"当与巴人的意见相似。而且，浩然并非对文学前辈的批评意见置若罔闻。然而事情在几个月之后发生突变。萧也牧告诉浩然，自己被划为右派，这篇小说在当下的形势看来很危险，交由浩然自行处理。二人分别的情景在浩然的笔下极有象征意味："没容我镇定下来，萧也牧已经离开了那堵随时会坍塌的墙壁和那根倾斜了的电线杆，迈着急促的步子，往南走去，那高大枯瘦的身影，很快就消失在胡同口了。"② 这不仅是浩然与萧也牧的分别，也是他与一种文学观的分别。1949年之后社会主义文学实践是一个不断"试错"的过程，浩然的创作也经过了这样一个环节。没有浩然的这次"试错"，也就不会有他的一直正确：想来浩然已经

---

① 巴人：《略谈〈喜鹊登枝〉及其他》，《人民文学》1959年第11期。
② 浩然口述，郑实采写：《浩然口述自传》，天津人民出版社2008年版，第344页。

在那个午间确定了往后的路该怎么走。等到1959年巴人以一种理论化的方式重新提出文学中的人物问题时,浩然当然不会允许自己再涉险境。况且就在《略谈〈喜鹊登枝〉及其他》发表一个月之后,人民文学出版社反右倾学习办公室编印了《王任叔同志的反党文章选辑》。三个月之后,姚文元的《批判巴人的"人性论"》刊发于1960年第2期的《文艺报》。是年底,巴人被定性为"反党反社会主义分子",撤销党内外一切职务。两位在浩然成长中最为关键的前辈,以自身的惨痛教训,为他树立了道路上的警示牌。①

因而,浩然在口述自传中称萧也牧为"恩师"而非"导师","刻骨铭心般地感激"的,是他在关键时刻对自己的保护,而非文学上的指导。作为一个历经运动、在文坛废墟中站立不倒的作家,浩然很难为自己确定一位可以称为"导师"的前辈,引为知己的同侪。这使他与几乎所有类型的文学史主流作家都有隔膜。在新时期的文学场域中,汪曾祺和浩然位置相仿,都曾经是特定时期文坛上的风云人物,因为新时期的历史重评,他们变成了"历史边缘"上的文人。② 对于汪曾祺,浩然并没有因为相似的处境而感到亲近。他谈到与汪曾祺从文联下去"四清"的经历,顺带提及了对汪曾祺的评价,所用语汇正是开篇几句:"他是那种很文人化的人,我和他没有共同语言,但面子上过得去"。③ 对于前辈作家情况会有改变吗?我们可以看看浩然对贺敬之的感受:"他们这些老革命,成就好,我很尊重他们。他们对我也不错,知道是后起来的。虽然当时和他们有工作关系,但我很少想到从他们那里学习写作经验,当时年轻气盛,觉得自己有实力,进入文坛不需要任何人拉一把。而且我的写作路

---

① 对于两位文学前辈的遭遇,浩然没有谈及自己的内心想法。但他的内心活动可以借由批判刘绍棠一事互读:"听了批判刘绍棠的发言,读了批判刘绍棠的文章,真像谚语所说的打骡子马也惊!我的心里总是沉沉的,时时在心里警告自己,不要走刘绍棠的路子,不能学刘绍棠的样子,要老老实实地做人,规规矩矩地写作,选择最安全最牢靠的地方落脚和迈步……"浩然口述,郑实采写《浩然口述自传》,天津人民出版社2008年版,第198页。

② 程光炜:《"四次文代会"与1979年的多重接受》,《花城》2008年第1期。

③ 浩然口述,郑实采写:《浩然口述自传》,天津人民出版社2008年版,第235页。

子和大多数人也不同。"① 言谈间有种敬而远之的味道，只不过将上述感觉换了一种说法来表达。他在文坛上的位置只能通过确认自己的独特性找到："这条路是我自己蹚出来的。"②

但这种独特性又是十分可疑的。进入新时期之后，浩然开始"重新认识历史，重新认识生活，重新认识文学，重新认识自己"。经过一番思考，他对文学的理解有了新的变化：

> 经过一个"反省过去、思考未来"的过程之后，我决计：立足农村这块基地上，写人，写人生；不再单纯地写新人新事，也不再沿用往时那种以政治运动和经济变革为"经"线、以人物的相应活动为"纬"线，来结构作品；这回倒过来，不论写中篇还是"小长篇"，贯穿着作品的主线都是"人"。写人的心灵辙印、人的命运轨道；政治、经济，即整个社会动态动向，只充当人的背景和天幕。③

这段话写于1985年，代表了浩然文学观念发展的新阶段。他不再鼓吹政策的作用，转回到"文学是人学"的范畴内。可问题是，"文学是人学"不正是新时期从"十七年"打捞起来，并建构出的新的"政治"命题吗？浩然文学观的形成，是出于对文学本体的再认识，还是对新时期政治的自觉靠拢？这仍然是一个需要辨析的问题。至少在他带有抵抗色彩的文学活动以及后期代表作《苍生》中，他写作的方式和话语并没有发生质的改变。细读之下，他的新的文学观与巴人的评述并无二致。经过被发现和被重评之后，浩然在文学观念的迷宫里绕来绕去，最终又回到了起点。或者说，纵观其一生，"浩然之问"都如一个魔咒般困扰着他，而这个问题也只有在前三十年的文化语境中才能够成立，并得到回答。

---

① 同上书，第232页。
② 《浩然口述自传》中专门一节谈到《金光大道》，标题是《〈金光大道〉：这条路是我蹚出来的》。
③ 浩然：《追赶者的几句话》，《北京文学》1985年第2期。同样的表述还出现在1989年的《我常到那里遛遛弯》一文，收录于《泥土巢写作散论》，河南大学出版社1997年版。

萧也牧之死探考

邵 部

萧也牧是一个 20 世纪 50 年代的故事，但是它被拉到了 80 年代的舞台上。80 年代对萧也牧事件的"再认定"，是新时期文学逻辑对 50 年代文学逻辑之反冲的历史结果。然而梁启超在《中国历史研究法补编》一书中提醒我们说："所谓史德，乃是对过去毫不偏私，善恶褒贬，务求公正。"仅有史德还不够，要忠实地去寻找材料，对之进行反复比较考证。因此，"忠实的史家对于过去事实，十之八九应取存疑的态度"。比如有些人在历史上"做了很多事业，是功是罪，后人自有种种不同的批评。我们史家不必问他的功罪，只须把他活动的经历，设施的实况，很详细而具体的记载下来。便已是尽了我们的责任。譬如王安石变法，同时许多人都攻他的新法要不得，我们不必问谁是谁非，但把新法的内容和行新法以后的影响，并把王安石用意的诚挚和用人的茫昧，一一翔实的叙述，读者自然能明白王安石和新法的好坏，不致附和别人的批评"①。

就我目前掌握的材料，萧也牧的真正死因还难做实。家属及其朋友一方和当事人一方在这个问题上争执不下，但双方都拿不出无法推翻的铁证。所以，写这篇文章我想采取并列叙述、小心求证的方法，尽量恢复历史的原貌，暂时做一个阶段性的探考工作。至于以后有人再做此项研究，也可按这个路径再找材料。从大历史的角度看，"萧也牧之死"肯定是一个悲剧。假如从小历史的角度看，"死因材料"仍有继续开采挖掘

---

① 梁启超：《中国历史研究法补编》，中华书局 2010 年版，第 17、18、92、93 页。

的必要。因为凡历史研究，一定得有孜孜以求、不肯放弃的精神。为把材料脉络梳理清楚，本文拟分"萧也牧之死""关于萧也牧死因的争辩"和"历史纵深视野的再探寻"三个部分，力求叙述上相对清楚完整。

一 萧也牧之死

萧也牧的死亡，与1969年下放农场有一定的关系。

1969年4月15日，团中央系统的一千五百余名干部和工勤人员在天安门广场做了下放前的誓师大会。随后队伍挥着红旗直奔火车站，包乘9节火车硬座，历经十余小时到达河南信阳，又分乘四十余辆解放牌卡车，从信阳到潢川，最终到达黄湖农场，安家落户。萧也牧作为中国青年出版社文学编辑室的一名普通编辑，也被裹挟在这支浩浩荡荡的队伍之中。

黄湖农场位于潢川、淮滨、固始三县交界处，淮河支流白露河、春河在此交汇，属于淮泛区，常年受到水灾的威胁。但是这里"地点大"，土地近两万亩。而且，50年代就已经建起一个国营农场，"便于管理"。于是，在1968年，本着"干部要到基层扎根，不是短期锻炼，子孙后代都可能在那里待下去"①的思想，王道义、路景（一说金）栋②、辛克高（时为团中央办公厅处长）、武如春（时为团中央机关群众代表）以及张立顺③一干人等对此地做了考察，比较满意。得到团中央批复后，干校最终在黑龙江、安徽和河南三地多点的选择中定址黄湖。

为了迎接"大部队"的到来，团中央在3月17日派遣一支先遣队到黄湖农场提前做准备。但是农场现有的基础设施只有农工留下的一批简陋住房，而且多为土坯茅草屋，住宿条件简陋，显然无法满足下放干部的需求。

---

① 辛克高口述：《团中央"五七"干校是如何选址到潢川黄湖的》，河南省潢川县政协文史委编《干校记忆》，内部资料，第51页。

② 王道义、路景栋时为团中央书记处书记，后来也是团中央书记中仅有的参加到"五七"干校革委会核心小组的成员，王道义任主任，路景栋任副主任。

③ 张立顺时为副军代表，后来是干校的二把手，实际上主持干校的日常工作。一把手是团中央军代表尹宗尉，12军副政委。叶至善在与父亲叶圣陶的家信（1969年11月27日）中透露，尹、张两位的位置在校革委会之上，是被派来领导团中央的全面工作的，不只是管"五七"干校。

初到黄湖的第一个夜晚，出版社数十名"牛鬼蛇神"挤在一个里外三大间的简陋房子里。在其中的一个里间，六张单人床从南到北拼成了一个通铺，萧也牧和陪他来的三子吴家刚与中青社的同事顾均正、张羽、覃必陶、唐锡光、陈斯庸、王康等人挤在一起。① 后来，随着基建的展开以及对"牛鬼蛇神"历史问题调查的落实，许多人的住房条件得到了改善，有的还因为家属的迁入分到了单独的住房。萧也牧却没有这么幸运，在生命最后的时光，他一直与"右派""叛徒"等有问题的"牛鬼蛇神"住在驻地最北边的"受审人员室"里，在东面贴墙的一张床上孤独地死去。

　　从干校建校初期大大小小的干部会议的议题来看，相对于政治运动而言，生活问题，包括房子、伙食、基建、农牧业以及卫生医疗等，是摆在干校领导层面前更为切实的问题，政治氛围较为宽松。在团中央进驻五七干校的当天，军代表张立顺对干校工作提出了一些指导性的意见，大意是："已掌握材料的，进行认真分析，区别对待，目前一般不作外调。敌我矛盾的，按照扩大教育面的精神，可以不给处分的就不给处分，可以不戴帽子的就不戴帽子。"② 面对崭新的生活环境，萧也牧在一种除旧布新、从头做起的气氛里，重又抖擞起了精神。在不久后的劳动分工中，萧也牧因为年纪较大，身体不好，被分到了以老弱妇幼为主的牛组，当起了牛倌。这段时间，萧也牧"对自己当时的处境，相当满意，整天笑嘻嘻的，见面时常说几句俏皮话"。③ 他甚至还乐观地对重回北京抱有期待，"希望自己在劳动改造中表现得好一些，尽快结束这一段苦难生涯……干活固然外行，那股劲头还是很感人的"④。

　　当然，放牛工作的轻松也是相对于菜组、大田组而言。1969 年 11 月，与他同在牛组的叶至善在一封家书中，向叶圣陶介绍了放牛的工作安排，这个十人小组"每天五时一刻起床，顾不得洗脸，第一件事就是

---

　　① 张羽：《萧也牧之死》，《新文学史料》1993 年第 4 期。
　　② 王道义：《干校笔记》，中国人民政治协商会议潢川县委员会学习文史资料委员会编，内部资料，第 9 页。
　　③ 葛蕾月编著：《孟庆远回忆录》，内部资料，第 117 页。
　　④ 张羽：《萧也牧之死》，《新文学史料》1993 年第 4 期。

把牛牵出牛棚，免得它们在棚里多拉粪。晚上九点半给牛把了屎尿，一条条牵进棚去，然后洗脸洗手洗脚上床，大概已经十点半了。真是睁开眼就是牛，待牛睡了我再睡。我们现在又增添了牛，水牛有了十四条，黄牛有了六条，加上一条毛驴，一共二十一条……"①而且，干别的活，总有个间歇期，能够得到休整。类似于放牛这种"服务性行业"却没完没了，即使已经在床上睡下，一听见外面有牛走动的声音，也得起来看看情况。因而，即使对于放牛的工作，萧也牧也是在勉力维持，后来因为他放的牛吃不饱而挨了连队的批评，受过一次"常规"批斗。

此处之所以说"连队"，是因为当时干校完全实行军事化管理，连排班编制。以原单位的组织形式为底子，中国青年出版社、少儿出版社被编为七连，驻地在李竹围孜，是整个农场最为低洼的地段。萧也牧所属的七连二排由文学编辑室和政治理论编辑室组成。排长为原中国青年出版社文学编辑室主任阙道隆②。干校由十二个连队组成，七连却分管水稻五百亩，占全校的四分之一，小麦五百亩，占全校的十分之一，农业任务相当重。而且，还承担着诸如修建"五七"干渠、平整大寨路等繁重的基建任务③。可想而知，繁重的劳动对萧也牧的健康是一大挑战。

进入1970年，政治氛围愈加紧张。一月三十一日，农历春节前夕，张立顺对干校的阶级斗争工作做了新的指示："当前有很多工作，以什么为

---

① 叶圣陶、叶至善：《干校家书（1969—1972）》，人民出版社2007年版，第11—12页。

② 阙道隆1955年秋进入中青社，主持编辑《青年共产主义者丛刊》。1960年前后任文学编辑室主任一职。邵益文在《悼念阙道隆同志》一文说："'文革'后期，我们又一起到了五七干校，文学编辑室和政治理论编辑室被编成一个排，他当排长，我担任党小组长兼副排长，一共20余人，都住在一个大房间里，劳动、学习、生活又紧紧地拧在一起了。"见《编辑之友》2009年第8期。

③ 在这些基本任务之外，还存在许多"刻意"的劳动。干校建校的目的之一是通过"劳动"改造"思想"，在战天斗地之中锻炼一颗红心。因此，在组织生产上存在着反现代化的倾向，许多可以由机械完成的工作都要交由人工来做，以此达到思想改造的目的。一位干校领导曾经有这样的发言："装卸车不让装卸工干，他们有意见，我们提出：'都你们干我们怎么锻炼。'卸下车后，用汽车拉，还是用人拉，大家讨论，叫人拉拖斗。'汽车能代替我劳动，但不能代替我改造思想'。翻地用拖拉机翻，还是用人翻地，讨论后提出'拖拉机代替人翻，我人舒服了，但我思想不舒服'。"这样思考问题的方式在今天看来十分荒谬，但在当时却是干校的一个指导思想。王道义：《干校笔记》，中国人民政治协商会议潢川县委员会学习文史资料委员会编，内部资料，第88页。

纲，以阶级斗争为纲，批判极左思潮，狠抓'五·一六'分子"，"能不能成为'四好'连队、'五好'战士，首先是看政治思想好。政治思想好，首先看对敌斗争"①。清查"五·一六"分子主要针对的是"文革"初期极"左"的造反派，萧也牧并没有受到波及。但是，大学习、大批判、大揭发、大调查的运动形式还是营造了一种山雨欲来的气氛。面对突然加紧的政治氛围，人心浮动，彼此之间在交往上多了几分戒备，有意以敌我之分的眼光看待周围的人，为日后更为激烈的阶级斗争做了预热。②

三月初，清查"五·一六"的运动还没有结束，革委会就开始酝酿落实"一打三反"③的指示。萧也牧在下放干校前因为"《红岩战报》事件"有为"毒草"《红岩》翻案之实，背负着不光彩的结论，是"问题人员"。在"打击反革命"的新形势下，他的未来不容乐观。尤其是在七连出现了"马期企图谋害军代表案件"④之后，连队阶级斗争的弦绷得更紧了，武斗之风更炽。作为没有澄清问题的"牛鬼蛇神"，萧也牧因此经常受到革命群众不同程度的殴打，想必十分落魄。⑤八月九日连队召开评

---

① 王道义：《干校笔记》，中国人民政治协商会议潢川县委员会学习文史资料委员会编，内部资料，第172页。

② 何金铭时在三连劳动，他在1970年4月11日的日记中，真实地记述了形势转变后的心理状态："校革委会核心组要求首先学习毛主席的教导，首先批判'阶级斗争熄灭论'，在此基础上进行查找。只有这样，才能提高觉悟，擦亮眼睛，才能布下捉拿反革命的天罗地网。而无论这个反革命分子是否在我们这里，通过这一活动，也都达到了锤炼我们忠于毛主席的一颗红心。""觉悟"的提高与"眼睛"的擦亮无疑是更严厉的运动的引子。何金铭：《五·七干校日记（1970—1971）》，《天涯》1999年第2期。

③ 中共中央一九七〇年一月三十一日发出《关于打击反革命破坏活动的指示》，二月五日又发出《关于反贪污盗窃、投机倒把的指示》和《关于反对铺张浪费的通知》，随即根据这三个文件在全国开展了"一打三反"运动。在这一运动中，"一打"的分量尤重。

④ 马期原是出版社的美术编辑，抗日战争时期参加过远征军，在滇缅公路上当辎重兵。在干校中因这一历史问题住进了萧也牧所在的"受审人员室"。一天晚上，马期去河边游泳，高度近视的他误将七连副军代表小李当成同去的杨彬华，伸手要他拉自己上岸。小李不识水性，误认为马期要谋害自己，将此事报告给了军代表李四海。连队据此大做文章，以此有了"马期企图谋害军代表一说"。见葛蔷月编《孟庆远回忆录》，内部资料，第150—152页。

⑤ 萧也牧在团中央宣传部门的同事盛禹九在干校时一次碰到萧也牧，"多年不见，他已变得十分苍老和憔悴，头发很长，衣衫不整。"见盛禹九《萧也牧的悲剧》，《书屋》2006年第11期。

审会，对萧也牧进行了"重点批判"①，认为萧也牧抗拒改造，释放了进一步整他的信号。对于此后的经历，张羽在《萧也牧之死》中有较为详细的讲述，笔者在此不再赘述。

需要再度提及的是萧也牧十月六日下午的被打事件。萧也牧因身体不济，难以完成晒草工作，被认为是"磨洋工"，接着受到群殴，躺在地上爬不起来。收工后所有人都走了，直到吴家刚从学校回到干校，在"受审人员室"里没有看到父亲，才听说此事，赶去一号稻田寻找。在一份申诉材料中，吴家刚记述了当时见到父亲时的情形："在离一号稻田不远的地方，我看到一个黑影在晃动。我走近才看清爸爸佝偻着身体，挂着木杈，双脚连鞋也没穿在呻吟。当他看到我找来，就再也不出声了。但是我看得出爸爸是很痛苦的。"② 被打后，萧也牧"小腿肿得和大腿一样粗了，脚也肿得把鞋紧紧地绷住了"，"从这一天开始，吴小武下不了床了，整天整夜哼叫不止"，③ 又得不到营养和及时的治疗。这也是在萧也牧死后，他的爱人李威与四个儿子，不认同连队做出的"病死"的推论，不断申诉追究打人者责任的原因。

不仅得不到应有的治疗，病重的萧也牧又碰上阶级斗争的新高潮。第二天，边春光在连长、指导员会议上介绍七连的阶级斗争，指出七连的阶级斗争划出了"重点人物四个"，"重点人物，要边揭、边批、边落实"，"还要搞一个'三反'的高潮"。④ 十月十一日，七连的"一打三反"运动进入高潮，对几个戴帽子和没戴帽子的"阶级敌人"开了斗争会，揭发和批判了一些人的反动言行，大字报贴了一批又一批，点名的有五六个，都要开大会批判。"至于这些人是否属于敌我矛盾，大概要经过调查研究才能确定。"⑤ 这中间，连长、指导员曾来"受审人员室"看

---

① 张羽：《萧也牧之死》，《新文学史料》1993年第4期。
② 吴家刚：《关于我父亲吴小武同志去世的经过》，材料存吴家石先生处。
③ 葛蕾月编著：《孟庆远回忆录》，内部资料，第119页。
④ 王道义：《干校笔记》，中国人民政治协商会议潢川县委员会学习文史资料委员会编，内部资料，第288页。
⑤ 叶圣陶、叶至善：《干校家书（1969—1972）》，人民出版社2007年版，第78页。

望萧也牧，嘱咐做点流食给他吃。伙房端来一碗藕粉。萧也牧"几天吃不下从伙房端来的饭菜，这时却贪馋地把一碗藕粉都喝光了。可能这样又激起了他活下去的力量，脸上又露出了笑容。可是，好景不长，可能有人对为他做病号饭，有了意见，藕粉又不冲了，仍然端来大食堂的饭菜。在吴小武身上，出现的一点生机，又消失了。等待他的，只有死亡。"①

同屋的虽然有张羽、孟庆远等平日与萧也牧交好的出版社同事，但是由于同为"受审人员"，自身难保，在人前都会避讳与萧也牧交谈，只有在私下无人时才会小心翼翼地对他予以照顾和他说几句话。吴家刚在地方中学读书，离学校很远，对于处境不堪的父亲所能助益的也是微乎其微。②作为一个父亲，他极力忍着病痛在儿子面前隐藏自己的不堪。可是他的遭遇，在后来还是对吴家刚造成了巨大的精神创伤。③

肉体的病痛加上孤立无援的处境最终造成了萧也牧精神的崩溃，一篇疑似为病重期间写的检讨书上弥漫着一种悲观绝望的情绪：

> 因为自己的罪行，到黄湖来已经快两年多了。你到黄湖是干什么？说是为了赎罪、改造自己呀！但是看一个人，首先看他的行动。到黄湖来，一点也看不出是为了赎罪、改造自己。而正好是为了对抗无产阶级专政。这是十分突出的矛盾现象。在我们伟大的社会主义的国家里，竟然有人如此，该当何罪？这在我是想都不敢想的，但阶级斗争是不以他人的意志为转移的。我回想起这个问题，非常恼火。问题在哪里？为什么会出现这种情况，总觉得需要再三思索。

---

① 葛蔷月编著：《孟庆远回忆录》，内部资料，第117、120、120、120页。

② 吴家刚曾谈道"爸爸病成这样子，很少吃东西，有一次和我说想吃点粥，我到伙房去要，却又遭到了冷眼和斥责，只好哭着回来，看到爸爸病成那种样子和当时的境遇，真叫人心酸。我那时才将仅十四岁，我一点办法也没有。"见吴家刚《关于我父亲吴小武同志去世的经过》，材料存吴家石先生处。

③ 父亲之死成为吴家刚一生的阴影，成年后也始终逃不开童年的梦魇。李威曾在一则申诉材料《关于吴小武同志之死的补充材料》中谈到此事："回京后，我的三儿子吴家刚精神失常，两眼发呆，经常半夜三更哭醒。"

我自进黄川医院以后，总觉得心虚，自知身上的病愈来愈多，一心想逃避劳动，他的目的是怕死。再加上自己懒得出奇，在劳动上更不行。有人说，我干活就像一个新鲜活死人，"只还有一口气"。自思把身体养得好一些再说。同时今后的事，□□要清醒一些，平时少说话，凡事要想一想。

……

在受审人员屋子很少说话，总觉得自己的脑子中没有话要说。受审人员对我提过这个意见，才想起这件事来，但是仍然回答不出来。自己对自己目前的精神状态，也是十分讨厌。

根据自己的情况，放在自己面前的问题是该怎么办？这样下去肯定是没有前途的，曾经□自己苦恼过。首先□□□□，带着自己思想中的问题去学习毛主席著作，突出具体措施，从行动上取得改正。学一点，用一点，在"用"上下功夫。同时在其他各方面，要严以待己。大问题不放松，小的问题也要改正。大事的根源常常是由小事引起的。特别要自己注意的是说得到做得到。

这是我目前存在着的问题。"历史经验值得注意"，我很有必要把自己经历作回顾，从而解决现在的问题。我怎样变成了一个有罪的人？这里也有深刻的教训。否则说是说，做为做，归根到底还是并不好的，五七年是分界线，怎样地犯下了罪，又怎样屡教不改。这个问题是考虑过的，但是始终在枝节问题上，而不是从根本问题上去考虑。于是一错再错，终于犯了更大的罪行。这是长期以来存在的问题，始终是没有解决的。自文化大革命以来，终于又跳出来。这都是由自己的反动本质——原来的阶级立场所决定的。

因此，自己的反动的世界观的改造，应该是□不放松，□毫不原谅自己，把自己当立足点彻底地移到无产阶级这方面来，对我来说，要经过长期的甚至是痛苦的磨练。这件事，是头等大事，而且要取得立竿见影的效果。不能像过去那样说了不算，毫不见行动。

在这问题上一方面在大的问题上多下功……①

更令我震撼的是，在纸张的背面，有这样一行文字："要时刻记住自己是一个犯罪的人。"不长的残稿之中一连出现了七个"罪"字，可见，"我怎样变成了一个有罪的人？"成为在生命晚期不断困扰着萧也牧的根本问题。他怎么也想不明白，自己一生热忱地拥抱革命，做革命的"队伍中人"②，为何在革命成功之后却疏离于正统，不断被边缘化，直到现在被"革命"完全抛弃。从《我们夫妇之间》开始，他便开始检讨自己的"罪行"，不断"赎罪"，结果却是"屡教不改""一错再错"。创作和编辑是他事业的主线。写作《我们夫妇之间》的本意是看不惯身边同志革命成功后抛弃发妻的离婚热潮，想要"干预生活"，保持革命肌体的纯洁，却被革命阵营的同志认为是"糟蹋我们新的高贵的人民和新的生活"③。在编辑的岗位上创办《红旗飘飘》、编辑《红旗谱》、保卫《红岩》，为的是教育青年，传播革命理想，结果不外是检举、揭发、审查、批判。对于这种差异，他实在难以从内心的自省中找到答案，解决自己为什么会是一个"反革命"的问题。故而他只好追溯到自己的出身，认为是"自己的反动本质——原来的阶级立场所决定的"。于他而言，这可能不仅仅是一种文本上的叙述策略，更重要的是能够寻找一个勉强说服自己的理由，以便在面对外在的和自我的"质问"时，搪塞过关。在这个层面上，萧也牧之死就呈现了这一代知识分子的怕与爱，使我们有可能再度审视知识分子的"当代"遭遇，尤其是知识分子与革命的关系这一话题。

十月十五日，萧也牧燃尽了生命的余热，在干校的这间"受审人员室"里带着"问题"含恨而逝。在他最后的弥留之际，没有目击者，没

---

① 萧也牧黄湖手稿残篇，现存吴家石先生处。原稿辨识不清处用□代替。
② 萧也牧的追悼会于1979年11月7日在八宝山革命公墓礼堂补开，萧也牧生前好友、中国青年出版社副社长李庚致悼词："我们怀着十分悲痛的心情，哀悼我们革命队伍中的一位好党员、我们出版界一位有才干的老编辑、一位文艺战士——吴小武同志。"
③ 李定中：《反对玩弄人民的态度，反对新的低级趣味》，《文艺报》1951年6月25日。

有遗言，更没有人能够了解他在回顾自己坎坷的一生时究竟想了些什么。梳理在他十月六日被打之后，与他有过短暂交谈的当事人的回忆，他给人留下的印象更多的是怨恨和不堪：

  一天，他看见房里只有我一人，就把我喊到床头，满怀伤感地对我说："我完了，奄奄一息，众叛亲离。如今又把我交到这个人（指排长）的手下，他已经带了头，我算活不下去了。"（张羽：《萧也牧之死》）

  也牧有气无力地说："我现在身心不堪重负，看样子活不了几天了。杨永青，你身体还好，还年轻，要挺过去……"他喘了两口气，再继续说："听说天主教有一个传说，人死前，要饶恕曾经得罪过他的人，对某某某，我绝不饶恕……"（黄伊：《五十年代中青社政治运动管窥》）

  在爸爸临去世的前二天的下午，我去看爸爸，他的伤势一天比一天重。含泪问爸爸觉得怎么样了，爸爸慈祥地看着我断断续续地说："你要好好学习毛主席著作，做一个对党对人民有用的人。我在革命队伍里奋斗一生，现在阚道隆带头毒打我，要我死看来他们的目的达到了。但是，他们的这种做法，不是毛主席的政策。"听爸爸这番话，我心里十分难过，一边抽泣，流泪。爸爸又继续说："你要相信党，我的问题终究有一天会搞清楚的……"（吴家刚：《关于我父亲吴小武同志去世的经过》）

  吴小武把我叫住了，他那瘦得像骷髅似的脸上，露出了惨然的笑容，很平静，很自然，对我说："老孟，你力气大，能扛起百多斤的口袋。你就把我当个口袋，让我坐起来。我屁股上已经烂了。"……据说，那天中午他就去世了。（葛蔷月编著：《孟庆远回忆录》）

二 关于萧也牧死因的争辩

10月18日，李威与长子吴家刚、二儿媳赶到黄湖干校料理萧也牧后事。此前，他们接到中国青少年出版社在京留守处的赵世权的通知，称"吴小武因心脏病已死"，"他的问题是敌我性质的，你们去了影响不好，要和他划清界线"，① 动员他们听从连队安排，不要再去河南了。李威是老工农干部，15岁参加革命，在晋察冀边区军工厂工作。1949年后因萧也牧的问题受到牵连，从北京市总工会妇女部部长，调到同仁堂人事科科长，再后来又调到崇文区，一路走下坡路。此时，李威正戴着"走资派"的帽子在原大兴县的东方红公社"五七"工厂下放劳动。但是她最终还是决定带着子女到黄湖看看情况。

在他们到来之前，连队同事"得到了吴小武死因的统一口径，就是：吴小武是病死的"。② 1985年中国青少年出版社做出了最后一次正式的结论，延续了此前的说法，认为："吴小武本来患有重病，不能坚持劳动，但在当时的极'左'路线下，没有得到应有的照顾，有时反认为他表现不好，抗拒改造，加重他的劳动，使他在精神上、肉体上都受到严重摧残，使他的病情恶化，以致死亡。"③ 对于此说，萧也牧的家属始终不予认同，坚持认为萧也牧之死与10月6日一号田发生的群殴事件直接相关，追究时为二排排长的阙道隆的责任。那么，萧也牧之死与这件事有何关联？当时的一号稻田是怎样一副场景？身为排长的阙道隆又在这一事件中扮演了什么角色呢？

李威之所以认为"萧也牧是被打死的"，在于十八日她到干校后坚持

---

① 李威等：《关于吴小武同志之死的补充材料》，材料存吴家石先生处。
② 葛蔷月编著：《孟庆远回忆录》，内部资料，第120页。
③ 中国青少年出版社整党领导小组：《关于吴小武之死的问题核查结果》，转引自石湾《红火与悲凉》，上海锦绣文章出版社2010年版，第131页。这份最终的调查结论虽然强调了极"左"路线对萧也牧的迫害，但是言语闪烁间还是把病因落脚到了"病"上。萧也牧本来患有胃病和心脏病。对于此种说法，李威称"（萧也牧）生前除了心脏病外，没有什么其他病症。吴在中国青年出版社工作十七年，从来没有休过什么病假"，如非受到迫害，不可能突然去世。

验尸,"将吴的遗体摸了一遍,发现吴的双腿青肿未消,脸部半边,也有青肿的伤痕。"① 李威自称"文革"前长期在基层做纪律检查工作和人事保卫工作,又经历过战争,死人见过不少,能够分别出病亡和非正常死亡的不同。但她一直不知道伤从何来,直到回京后,才从吴家刚口中得知萧也牧被打及之后的情况。目前,关于萧也牧死因的直接材料还没有得到发掘,可知的只是萧也牧遗体上确实带着10月6日群殴事件之后的伤情。②

对施暴现场的讲述和责任的判定一直是三次调查的关键点,也是萧也牧家属与出版社党组意见分歧最大的地方。1979年3月,为了核实此事,李威带着子女向王康、张羽、李庚、杨永青、马振、江晓天、孟庆远等十几位同志了解情况,写出了《关于吴小武同志之死的调查报告》,为"萧也牧之死"奔走。1985年之前的两次调查附有当事者、目击者、知情者所写的《证明材料》二十三份,第三次调查则将范围扩大到三十一人。也就是说,关于这件事情的证明材料应当有三十一份,如能找到对于还原当时的历史现场肯定会大有助益。在目前的情况下,可见的只有张羽和孟庆远的讲述,虽不确定是否就是当年的证明材料,但二人都在现场目击了事件的全过程,他们的回忆可做参考。

关于萧也牧在一号田上干活的情景。

> 张羽:十月六日下午,我们在柳树塘前的一号田里晒草,同时在地头码草上垛。萧也牧吃力地推了两车草,又被喊来挑草上垛。这本来是强劳力干的活。对久病无力的萧也牧来说,仅仅一柄木杈就像有千斤重。他只挑了几根稻草,可杈子还未举起,稻草已经簌簌地掉了下来。

---

① 李威等:《关于吴小武同志之死的补充材料》,材料存吴家石先生处。
② 关于遗体的状状,第二天为萧也牧入殓的张羽曾有如下描述:"第二天,我和马振从萧也牧的遗物里找出了两件干净衣服,为他更衣入殓时,脱下他贴身的衣裤,看到他骨瘦如柴的后胯和两条腿肚上被打得发青发紫的伤痕,肿犹未消失。"

孟庆远：一天，我们七连二排，正在翻场，垛垛，那是怎样一个情景啊！吴小武一叉子，叉不了几根稻草，等不到举手翻草时，草都从叉子缝里滑下来。

十月是秋收大忙季节，收割稻子、打场、晒草一直是大田组强劳力的工作。萧也牧此时虽已大小便失禁，但被连长认为是装病抗议，把他调到大田组，交由排长阙道隆监督劳动。萧也牧挑草上垛时的这种状态引起了不满，招致殴打。

张羽：场上的"红哨兵"在一旁嘟嘟囔囔骂他"磨洋工""装蒜"。但没有敢动手。排长动了邪火，从旁边走过来，朝萧也牧腿上横扫了一杈，接着骂道："吴小武，你以为离开你，地球就不转了？"现场最高指挥者一动手，群专小组组长也扑了过来，厉声喝道："旁人不敢打你，我敢打！"原先只是咋咋唬唬的"红哨兵"也赶上来噼里啪啦地追打起来。

孟庆远：不知是谁向排长做了报告，说吴小武不好好干活，排长顿时把叉子向地上重重一拍，喊道："吴小武！你不要以为，没有你，地球不转了"……这句话说过，大家一时还没弄明白，就都停下手中的活，一起把目光集中到吴小武身上，吴小武大概感到问题的严重，就赶快用叉子挑草，哪知，这时他已力不从心，越是用劲儿，越挑不起一根草来，样子十分难看，令人无法看得下去。这时，站在旁边的一个同志，看样子是想为他打个圆场，就用叉子拍了他一下，说："吴小武，你怎么这么不会干活？"谁知道，这竟成了一个信号。站在他旁边的一个人，也用叉子扫了他一下，不知怎的，有人竟然把叉子倒过来，抡起叉把，一下子把吴小武打倒在地。

张羽和孟庆远的叙述在这里对责任认定的叙述出现了至关重要的抵牾之处：二排长阙道隆到底有没有带头打萧也牧。按照张羽的说法，有了阙道隆先打的一杈子和对萧也牧的呵斥，群众才群起围殴萧也牧。孟庆远却说阙道隆是把杈子拍在了地上，呵斥萧也牧之后，出现了一个"停滞"状态，大家都在观望事件进一步的发展，直到一个同志好心打圆场的行为被误读，方才引起了一场悲剧事件。出版社1985年曾专门就此事做了调查，《核查结果》的第二部分就是"阙道隆是不是打了吴小武？"，想必也面临着这两种甚至更多的在关键问题上互相矛盾的讲述，他们最终得出的结论是："对这个问题，做不出肯定的结论。"①

之所以出现这种原因，很可能是叙述者"看"的视角和记忆的偏误造成的。当时三十几人分散在一号田上劳作，很多人只能看到事件的一角，听到了阙道隆的呵斥，"一时还没弄明白，就都停下手中的活，一起把目光集中到吴小武身上"，看到了之后的事情。一方面他们做出的证明，对于阙道隆是否带头打了萧也牧一事，其实并不能证实或证伪。另一方面则很可能存在现实的人事关系的顾虑，受访者不愿因介入一件已经过去了十六年的历史事件而影响当下的生活。② 至于历史的另一位当事人阙道隆，他则一直坚决地否认此事。因而，这一问题至今仍旧纠缠不清。其实，话说回来，不论事实结果究竟如何，萧也牧之死的悲剧性质以及当事人行为的责任丝毫不会发生改变。相对于调查结果对于事件性质（受迫害致死）的关注，从家属的立场来看，他们因亲人去世的心灵创伤也只有在"具体问题"的解决上才能获得些许慰藉。

不过，可以确定的是，阙道隆的确说出了"吴小武！你不要以为，没有你，地球就不转了"这样一句话。这句话由阙道隆说出，既是由带有政治隐喻意味的"排长"的身份所决定，同时也基于个人的隐秘心理之上，隐含了丰富的信息。

---

① 中国青少年出版社整党领导小组：《关于吴小武之死的问题核查结果》，转引自石湾《红火与悲凉》，上海锦绣文章出版社2010年版，第131页。

② 在萧也牧家属先前的调查中，他们取到了由张羽、王康、宋嘉沛做出的三份证明阙道隆带头打了萧也牧的证词。而在1985年出版社组织的调查中，只有两人写了证明材料证实此事，另有一位女同志声明看到了阙道隆带头打萧也牧，"但是坚决不写证明材料"。

孟庆远：从这句话，就看出来，排长也是个书生。本来，应该呵斥吴小武，装病卖傻，不好好干活，但却说出这样一句文绉绉的话。

张羽：萧也牧过去对工作有过议论，排长非常反感；萧在文艺界有影响，作家来求教时，对萧表示尊重，而领导受到冷落，就感到萧碍手碍脚。所以会出现排长打萧时那句意味深长的话。

这两种解释都是目击者对阙道隆心理的推测，谈不上对错之分，不过是着眼点不同罢了。孟庆远从当时的现场出发，认为阙道隆说的是一句文绉绉的话。重回当时的历史语境看，这句既不在革命话语系统里，也不在日常生活话语系统里的话，确实有些"不合时宜"的成分。张羽之所以会从当事人心理活动的角度解读这句话，在于作为萧也牧自1953年以来的同事，他对于编辑部内的人事纠葛有所了解，更容易从经验出发推测阙道隆的心理动因。① 虽然萧也牧之死确实是"极'左'路线迫害的结果"②，但极"左"路线毕竟要交由具体"代理人"执行。在这一过程中，"代理人"的利益诉求、人际纠葛都不可避免地带入进来。作为个体的"人"以及"人"与"人"之间的宽容与狭隘、温情与悲凉都在很大程度上左右着事件的走向。回头去看萧也牧被打的场景，不论正确与否，张羽对"排长"阙道隆心理动因的推测确实是值得关注的一点。

---

① 萧也牧被错划"右派"后下放河北安国农村劳改，直到1961年才回到编辑室。此后，萧也牧都是直接受阙道隆领导。据吴家石说，二人其实并没有具体的矛盾和争执，打人者的行为更多的是出于"嫉妒"的心理。当时很多被划为"右派"的编辑都被调离出版社，从事别的工作。萧也牧由于业务能力突出，顶着一个"摘帽右派"的无形帽子被留了下来继续工作。在运动的间歇期，作家们还是喜欢向萧也牧请教问题，修改小说，引起了作为"领导"的阙道隆的不满。这种说法源于笔者同李屹于2016年11月28日15：00—17：00对吴家石先生的采访。这也可以解释为什么张羽和黄伊编辑《萧也牧作品选》时，说了这样一句话："萧也牧以一个有才华的作家、出色的文学编辑，在读者、作者和多数同志里，享有很高威信，而在那个年月，被热爱、受拥护的人，也常常会带来杀身之祸，萧也牧就是这样被送进了坟墓。"参见张羽、黄伊《我们所认识的萧也牧》，《萧也牧作品选》，百花文艺出版社1980年版。

② 中国青少年出版社整党领导小组：《关于吴小武之死的问题核查结果》，转引自石湾《红火与悲凉》，上海锦绣文章出版社2010年版，第131页。

三　历史纵深视野的再探寻

萧也牧的死亡肯定不仅仅是个人身体的原因，还牵扯到大的历史背景。这里面有许多值得探讨的空间，也需要进一步补充、考订和丰富相关材料。

在回顾父亲的悲剧命运时，吴家石先生悲痛地说："死因，就是为《红岩》呐喊，保卫《红岩》！《红岩》刚出来时是经典，现在也是经典，我父亲就是死在了中间那一段上。这本书跟他也没什么关系，他也不是因为《我们夫妇之间》被整死的。说白了，如果我父亲不吭声，什么事儿都不管，可能也就这么熬过来了。"① 在萧也牧最后的黄湖岁月中，他之所以被列为"一打三反"的重点对象，受到严苛的对待，最主要的原因就是参与编辑了《红岩战报》，为《红岩》翻案。相对于与他死亡有直接关系的群殴，七连以"《红岩战报》事件"为名将他列为"一打"运动中的"重点人物"是更为内在的原因。那么，萧也牧到底与《红岩》有什么瓜葛？七连的领导层为何会抓住这个问题大做文章？

20世纪90年代，文坛上关于《红岩》有一段未了的公案。杨益言、王维玲和张羽围绕着《红岩》的著作权和责任编辑问题争执不休。作为对这一问题的回应，中国青年出版社在1992年的"4·6"函件中，对参与《红岩》"生产"的人员做出了官方的认定："我社参加《红岩》一稿、二稿的编辑工作的有朱语今、边春光、江晓天、王维玲、陈碧芳五同志。从三稿定稿，参加编辑工作的有边春光、阙道隆、王维玲、张羽四同志。边负责终审、阙负责复审，王、张是从事具体编辑工作的责任编辑。"② 进入新时期以后，《红岩》重又成为文学经典，这份函件所开列的名单显然更像是一份"功劳簿"，具有"分享荣誉"的性质。不过却也可以为我们在今天回溯历史上的《红岩战报》事件提供一个后置的视角，以免在历史事件纷纭变幻中迷失方向。

---

① 笔者同李屹于2016年11月28日15：00—17：00对吴家石先生的采访。
② 中国青年出版社"4·6"函件，《文化参考报》1992年11月30日第2版。

从文件可知，萧也牧与《红岩》的关系其实是非制度性的。1961年，下放河北安国劳改的萧也牧"摘帽"回到文学编辑室。此时社长朱语今调离，李庚、江晓天也都在1958年被打倒，失去了职务。边春光是在任的出版社一把手，主持工作。1960年上任之后，他将《红岩》作为出版社重点书稿中的重点①，对《红岩》的出版可谓是不计成本，"曾几次把作者请到北京，出版社包括他自己在内，先后共有七个编辑人员参加这部书稿的编辑工作，仅编辑部内部大的讨论就有七次，又和作者一起先后讨论过八次。在写作过程中先后拆版排印了三次。"②阙道隆、王维玲、张羽等都参加过《红岩》的讨论、审读，而且发挥了重要作用。③萧也牧则基本上被排除在这部重点书稿的组织生产之外。不过，或许是因为之前因《红旗飘飘》与《红岩》作者的联系，④也或者纯粹是个人兴趣使然，虽然"从编辑业务分工上，萧也牧与作者毫无关联，但他还是主动地发表了自己对稿件的意见，关心修改的进程，关心作品的命运"⑤。可

---

① 边春光于1964年1月在文化部召开的农村读物出版工作座谈会上的发言稿，《抓重点书的一些情况和体会》，以《红岩》为成功的范例，讲到了重点书的组织出版经验。转引自钱振文《〈红岩〉与当代文学的生产》，博士学位论文，中国人民大学，2006年，第112页。

② 邵益文：《编辑出版家边春光同志传略》，孔祥贵、邵益文编《怀念边春光同志》，中国书籍出版社2009年版。

③ 杨益言回忆1961年春在北京改稿，出版社告诉他们"文学编辑室将有三位同志，即阙道隆（文学编辑室负责人）和王维玲、张羽将经常和我们联系。从此之后的几个月，几乎每一周，我们和他们便有一次例行的讨论会"。杨益言：《祝贺·感谢·希望》，中国青年出版社编，《中国青年出版社三十五年》，内部资料，第32页。

④ 1956年年初，萧也牧被提升为文学编辑室副主任，主管传记文学组的工作，带着张羽、黄伊、王扶创办了《红旗飘飘》丛刊，并任主编。《红旗飘飘》发行后反响非常好，当月出版重印达三四次。在8个月之内出版6集，发行量超过了200万册，成为中青社的一个亮点。当年夏天，张羽在工作笔记上开列了77项选题计划，其中第5项的题目是"江竹筠"，拟定写作者为罗广斌等。作为《红旗飘飘》的主编，萧也牧会和传记组的成员一起讨论选题计划，开列选题和作者名单，向作者发约稿信。可以推测，张羽工作笔记的这项内容很有可能也为萧也牧所知。1958年2月，《在烈火中得到永生》在《红旗飘飘》上刊出。7月27日，已被补划为"右派分子"的萧也牧听说罗广斌等已经将《在烈火中得到永生》拓展为长篇，就向三位作者发出了一封约稿信，请他们将作品寄来编辑室。参见钱振文《〈红岩〉与当代文学的生产》，博士学位论文，中国人民大学，2006年，第91页。

⑤ 张羽：《萧也牧之死》，《新文学史料》1993年第4期。

以看到，萧也牧与《红岩》的关系更多是自发性的，而非分内之责。也就是说，当《红岩》在"文革"中被打成"毒草"时，萧也牧的"安全"系数其实很高，不料最后却承担了《红岩》的苦难。

1967年2月10日，《红岩》的作者罗广斌在重庆"文革"造反派的派系斗争中被整死。杨益言、胡蜀兴（罗广斌的爱人）从山城赴京寻求出版社支持，将情况告诉了张羽。一天晚上，在三里屯的原中青社宿舍楼中，张羽、周振甫、陈斯庸、严绍端等同事聚在萧也牧家，交换对此事的意见，决定"为《红岩》正名，为罗雪冤"①。他们的一个重要行动便是编印、出版《红岩战报》。第一期《红岩战报》署名"红岩战报社编辑出版"，由王久安组织专人上街叫卖，2分钱一份，卖了十几万份，影响很大。② 在6月5日发行的第2期《红岩战报》上，署名"北京地质学院东方红公社罗广斌问题专案调查组"的《罗广斌问题调查报告》就是由萧也牧主持定稿。③

相较于杨益言、胡蜀兴对罗广斌历史问题的回应，张羽在第1期《红岩战报》上的文章《不许污蔑〈红岩〉》主要说明的是《红岩》是不是罗广斌写的。④ 他曾在聚会中说："历史问题我们没有发言权，但小说是我们看着他们写的，我们应该秉笔直书、仗义执言。"⑤ 这是他作为《红岩》责编最有发言权的地方，也是对萧也牧及其他同事最有说服力的

---

① 张羽：《萧也牧之死》，《新文学史料》1993年第4期。
② 王久安：《告诉你一个真实的萧也牧》，《编辑之友》2010年第9期。
③ 此说见源于张羽。第二期的《红岩战报》署名变为了"北京地质学院东方红公社、中国青少年出版社革命造反兵团合编。"北京地质学院东方红公社在重庆罗广斌事件中参与很深，在全国也很有影响力。至于当时萧也牧及出版社部分同事围绕《红岩战报》的活动似乎还有待更丰富材料的佐证。
④ 张羽的《不许污蔑〈红岩〉》开篇即指出了自己文章针对的对象，"造谣者说：小说《红岩》不是罗广斌同志写的，是一个名叫杨本泉的右派分子写的；是沙汀亲笔润饰修改的；是马识途加策划的；是任白戈定的名；是肖崇宽组织的；最后甚至说：罗广斌同志是周扬黑线的成员，小说《红岩》是周扬黑线的产物。"见《红岩战报》第1期。
⑤ 张羽：《萧也牧之死》，《新文学史料》1993年第4期。

一点。如果说,张羽对《红岩》的支持多少带有一点私心①,对于萧也牧及周振甫、陈斯庸、严绍端等"事外"编辑而言,他们关注的问题在于重庆方面不承认罗广斌是《红岩》作者的谬论,为《红岩》呐喊的行动则更纯粹的是一种"义举"。萧也牧屡受"运动"波及的遭遇,不可能对于时事缺乏基本的判断能力,对于已经到来的"文化大革命",他对自己的处境其实不无担忧,明白"这场运动又将对自己不利,便格外小心翼翼,什么活动也不敢参加,更不用说大字报了"。②在这种境遇下,他能选择站出来为《红岩》呐喊,可窥知其人格的一斑。一方面,这种选择与他的性格也不无关系,在同事的回忆文章及吴家石的口述中,萧也牧待人真诚直率,口无遮拦,爱说爱讲,在运动的间歇期,总是与编辑部的年轻人打成一片。他与罗广斌之前的接触和目睹他们在北京写稿的过程,使他不能接受重庆造反派为《红岩》安插的"右派代笔"的罪名,性格中的"正义感"也是使他挺身而出的一部分原因。

另一方面,他们的行动也不尽然像新时期语境中叙述的那样充满"知其不可为而为之"的悲壮感。从大环境来看,"虽然罗广斌和《红岩》在重庆'被群众推上了审判台',虽然罗广斌在群众运动中死于非命,但这并不表示事情已经有了定性,因为所有的关于罗广斌和《红岩》的言论都还只是'社会上的议论'而并非官方的定论"③。也就是说,罗广斌之死和《红岩》事件在他们编辑《红岩战报》时,还只是一个"重庆问题",没有上升到全国的高度。这为他们的声音预留了话语空间。但

---

① 钱振文称"对于中青社的人们尤其是《红岩》的责任编辑张羽来说,罗广斌和自己可说是'拴在一根绳上的蚂蚱',能否为《红岩》和罗广斌'翻案',也关系着自己的前途和命运。"(《〈红岩〉与当代文学的生产》,第 162 页)。他还引用了张羽在 1971 年所做的一份"检查"——《我为什么积极为罗广斌翻案》的内容:"文化大革命开始后,接受群众性的大审查,自己写的、编的书以及未完成的未出笼的货色,受到批判,很多是毒草……只有一本《红岩》当时还被当作革命小说,没有对它进行批判。自己常想,如果能有一本自己编过的书,并且是花过点心血,有一定影响的书还是好的,也算对人民多少做了点好事。"
② 王久安:《告诉你一个真实的萧也牧》,《编辑之友》2010 年第 9 期。
③ 钱振文:《〈红岩〉与当代文学的生产》,博士学位论文,中国人民大学,2006 年,第 162 页。

是江青在 1968 年四川问题会议上做了讲话之后,《红岩》就确定无疑地定了性,变成了一本"为叛徒翻案"的大"毒草"。此时的《红岩》事件也就成了一个全国性的政治问题,编辑《红岩战报》的行为在性质上就严重了。当《红岩》被"抹黑"之后,《红岩战报》旗帜鲜明地"保"《红岩》的态度和全国性的影响,无疑为中国青年出版社的内部批判提供了靶子。此后出版社接着就成立了以王维玲为组长的"红岩事件"专案组,①审查萧也牧、张羽等人,这也就有了"错误的""一九六九年对吴小武同志的审查结论和处理决定"②。到了干校之后,《红岩战报》事件则被定性为团中央系统十大反革命政治案件之首。③

七连素来是干校的模范连队,热衷于抓阶级斗争。在 1970 年 7 月 27 日的干校委员扩大会上,程绍沛代表七连做汇报,重点突出了"在阶级斗争和路线斗争中坚持一个斗字"。对此,王道义颇感困惑,在笔记中写下:"七连阶级斗争的现象一直不断,其他连队为什么反映不多?"④ 可见,面对干校革委会布置下来的任务,各连在具体的执行中其实有相当大的自主性。⑤ 对萧也牧之死做进一步追溯就有必要将视角由干校的政策、制度、文件下移到具体的人事安排上,探讨七连的领导层何以如此激进。

从现有材料看,军代表李四海、指导员程绍沛、连长边春光在七连

---

① 张羽叙述,在"文革"开始,电影《烈火中永生》先被诬为大毒草时,王维玲曾贴出过针对张羽的大字报:"张羽是文艺黑线人物,他伙同张水华、于蓝炮制了大毒草《烈火中永生》,破坏了《红岩》的革命精神。"张羽:《就小说〈红岩〉著作权和责任编辑署名问题的声明》,《文化参考报》1992 年 11 月 30 日第 2 版。
② 中共中国青少年出版社党委会:《关于吴小武同志的结论的复查意见》,1979 年 9 月 18 日。材料存吴家石先生处。
③ 张羽:《萧也牧之死》,《新文学史料》1993 年第 4 期。
④ 王道义:《干校笔记》,中国人民政治协商会议潢川县委员会学习文史资料委员会编,内部资料,第 247 页。
⑤ 可做旁证的有当时在十连劳动的贺林的回忆:"最近我看到原中国青年出版社孟庆远同志的回忆录,其中讲到在黄湖'五七'干校期间,出版社(七连)的'阶级斗争'搞得很残酷,有几位无辜的人被折磨致死,可悲可叹!相对来说十连这方面比较宽松一些,我们在十连期间没有开过什么批斗大会。精力主要放到忙不完的生产劳动之中。文革仍在继续,但已经没有前几年那么强的火药味了。"见河南省潢川县政协文史委编《干校记忆》,内部资料,第 228 页。

· 193 ·

的运动中分量较重，经常代表七连在校级会议上发言。李四海，四十岁出头，由后勤部调来，在军队中是团政委。考虑到军宣队一般不随同单位下放，而是由驻地军区抽调人员入驻，那么李四海很有可能来自河南省军分区。干校革委会成立之初，团中央军代表尹宗尉曾对干校的组织形式做出安排：军代表领导干校工作，革委会负责落实。连队也因袭这种模式，军代表在七连的阶级斗争中扮演着重要角色。李四海的工作"看成绩，的确是很出色的"①，并因此升任校革委会副主任。指导员为程绍沛，"原是出版社《中学生》的一个年轻编辑，'文化大革命'初期是个群众组织的头头"，"干校革委会成立，又选为副主任"。② 七连的军代表、指导员都是干校革委会的副主任，在当时的历史语境中，职位能够升迁，思想上想必会比较激进。

边春光和阙道隆则是批判萧也牧具体的领导者和执行者。因历史问题没有澄清，原中国青年出版社党组书记、社长兼总编辑边春光初到黄湖农场时并没有被吸纳进连队领导班子，分配在体力劳动最重的大田组。1969 年年底落实政策，边春光成为七连连长，1970 年 2 月调离干校。③ 连长作为落实政策结合进来的"走资派"，更有必要表现自己"革命"的一面。值得特别注意的是，对照上文中的"4·6"函件，可以发现批判和惩罚的实施者其实正是《红岩》成书中的关键人物。熟悉这段历史的读者也都了解，在当时的情形下，保护自己最好的方法之一不外是在批

---

① 叶圣陶、叶至善：《干校家书（1969—1972）》，人民出版社 2007 年版，第 34 页。
② 同上书，第 72 页。
③ 边春光 1955 年进入出版社，1956 年 7 月任副社长兼副总编辑，分管政治运动。在"文化大革命"中边春光受到波及，成了青年出版社的头号"走资派"。据曾任审查边春光专案组负责人的林君雄说："老边的历史查清了，没有问题，而他在出版社的问题，很明显是执行的问题，不是什么'三反'问题。因此，我们专案组提出第一个解放他，得到军代表和革命大联合总部的批准。这时我们已经到了'五七干校'，老边就从犁地组成员，变为我们出版社连队的连长。"参见林君雄《永远的怀念——忆老边》。可做旁证的还有阙道隆、蔡云在《为出版的一生——回忆边春光同志》中的叙述："1969 年年底，团中央'五七'干校开始落实政策，解放干部。边春光同志从小参加革命，历史清楚，工作中也未查出重大问题，因此成为首批落实政策的领导干部，先参加连部的领导班子，1970 年 12 月，调陕西省工作，从此离开中青社。"两文均出自孔祥贵、邵益文编《怀念边春光同志》，中国书籍出版社 2009 年版。

判的过程中表现得比别人更积极。萧也牧曾对张羽说："如今又把我交到这个人（指排长）的手下，他已经带了头，我算活不下去了。"① 这种"带了头"的行为，有具体当事人的责任，也不乏更深远的悲哀。正如盛禹九所说："迫害和殴打他的人，不是'红卫兵'小将，也不是受蒙蔽的'大兵'，而是富有知识的'文化人'，有的我还认识。这些人平日都是道貌岸然的谦谦君子，可在政治运动中，一个个成了野狼和恶犬，疯狂残害和自己相处多年的'战友'和同事，这究竟是为什么?!"②

将已掌握的材料叙述完之后，我意识到目前只能做到这些。好处是讲出了一个相对完整的故事，因为迄今为止还没有人做过此类工作。不足大概也与此有关，就是还难得出一个非常有说服力的结论。不过，"考证的结果并不就是'历史真相'的出现，考证后的材料只给我们根据，让我们对真相的理解有更可靠的基础。"③ 正像前面梁启超讲的："只须把他活动的经历，设施的实况，很详细而具体地记载下来。便已是尽了我们的责任。"虽说这是一篇带有淡淡遗憾的论文，但我以为它留下了自己寻找历史的踪迹。

---

① 张羽：《萧也牧之死》，《新文学史料》1993年第4期。
② 盛禹九：《萧也牧的悲剧》，《书屋》2006年第11期。
③ ［德］德罗伊森：《历史知识理论》，胡昌智译，北京大学出版社2006年版，第28页。

杨沫的"病"
——续作问题与"十七年作家"[①] 的晚年心态

刘欣玥

一 "病人"杨沫

1988年3月,长期孤身在广东写作的老作家杨沫,带着刚刚开头的长篇小说《英华之歌》回到北京,参加第七届全国人民代表大会第一次会议。因中途心脏病发作,连闭幕式都来不及参加,杨沫就提前匆匆离场,前往位于香山的寓所静养。就在回京后不久,杨沫接到中国作协组织作家团队访问波兰的通知,原本答应了担任团长一职的杨沫,在病中斟酌再三,还是放弃了出访的机会。这位已经年届74岁的老人在1988年4月19日的日记中写道:"去国外,一则累,说不定像华罗庚那样猝死在国外;二则,我舍不得放下《英华之歌》,它没写成,是我终生大事,它写成了,如果能出去,则生死由之了。""最近钟惦棐和司徒慧敏相继去

[①] 本文中的"十七年作家",指在"十七年"受到较高评价,且在"新时期"继续有作品问世的作家群体,包括杜鹏程、梁斌、杨沫、欧阳山、王汶石、胡万春、李准、王愿坚、陈登科等。洪子诚的《中国当代文学史》对这一作家群体在"新时期"的境遇的描述是:"50年代中期到'文革'前这段时间,被当时的文学界所举荐的作家,在'新时期'大多数已失去其文坛的'中心'地位。在一个对'社会主义现实主义'话语,对'十七年'确立的政治、文学规则感到厌倦的时期,不愿、或无法更新感知和表达方式的作家的'边缘化',就在所必然;即使他们中一些人的新作仍得到某些赞赏,甚且获得重要文学奖,也无法改变这种情况。"参见洪子诚《中国当代文学史》,北京大学出版社2007年版,第193页。

世。故人多做鬼，我这年纪为了未完成的书，决定不去波兰。"① 字里行间，透露出老人唯恐无法完成最后一个心愿的紧张。然而病情的发展不遂人愿，推掉外事访问一心闭门写作的杨沫，依然饱受病痛折磨，写作计划不得不一再中断。"全国人代会后，犯起了头痛症，狠狠地闹了一个月。刚好没几天，写了三章多《英华之歌》，忽然又祸从天降，闹起带状疱疹，很痛，长在额头、前头部，后又发展到右眼，又到左眼，看东西困难，而且如波及角膜，有失明之虞。"②

疾病与写作的纠缠，在现当代作家身上向来不少见，但是像杨沫这样被疾病困扰了一辈子的情况却屈指可数。杨沫一生保持了记日记的习惯。在80年代整理出版的《自白——我的日记》里，杨沫以不甚为人所知的软弱、消极、自我厌弃的病人形象示人，与《青春之歌》持续释放的激情话语与青春想象大相径庭。除了创作笔记与家庭琐事以外，日记的内容大多与身体病痛和求医问诊有关，留下了几十年来杨沫四处拜访名医，尝试中西各种疗法的详细记载。③ 可以说，一部杨沫日记，几乎包含了一部杨沫的病史。根据杨沫日记以及儿子老鬼、女儿徐然的回忆，杨沫的患病经历包括心脏病，高血压，腰病，肝胆病，眼疾，腿部多发性关节炎，卵巢囊肿，脑血管硬化症，忧郁性精神病以及神经官能症等。从30年代末在冀中战地开始，杨沫接受过的大小手术和中西医治疗不计其数。1949年切除子宫、盲肠与右卵巢后，她曾长时间受到内分泌失调，包括头疼、失眠与妇科疾病在内的困扰。除此以外，心脏病、高血压和腰腿疼痛，对杨沫的健康造成的影响也一直

---

① 杨沫：《杨沫文集第7卷：〈自白——我的日记〉（下）》，北京十月文艺出版社1994年版，第282页。
② 同上。
③ 根据老鬼在《我的母亲杨沫》中的回忆："为了治病，她四处求医，找过中医针灸大夫胡荫培、秦祥麟……找过苏联专家，找过林巧稚，后来还找过卫生部顾问、北京医院中医科主任章次公先生。此人先后为毛泽东、周恩来、朱德、邓小平等中央首长看过病，是中南海的保健医生。"老鬼：《我的母亲杨沫》，同心出版社2011年版，第55页。

· 197 ·

持续到晚年。①

常年缠绵病榻，令杨沫时时笼罩在生命无常与时日无多的阴影之下。《英华之歌》是《青春之歌》的续篇，也是杨沫倾注了毕生心血的"青春三部曲"（《青春之歌》《芳菲之歌》《英华之歌》）的完结之作。在《英华之歌》诞生的种种艰难背后，除了每个老作家都会面临的体力不支外，对杨沫个人而言，更大的难题是要同病痛抢夺写作的时间与权利。一句"故人多做鬼"，既是旧友离世引发的感伤，也是对自身身体状况认知清醒的病人杨沫给自己敲响的警钟。生理性的病，伴随着政治变迁与作家的创作浮沉走过了半个世纪之久，又在晚年杨沫处获得了某种历史症候性。借由杨沫的"病"，我们或许能够重新揣摩其独特的生命经验与晚年心态，而曾在50年代风头无两的作家在"新时期"的寂寞，和在对抗病痛中心志不衰的写作事实，也暗示了在文学史叙述的主流之外，另一种从"边缘"处观察80年代文学图景的可能。

50年代末，人到中年的杨沫凭借具有自叙传色彩的《青春之歌》横空出世，接续这一极高的起点的，是无论怎样写都无法摆脱《青春之歌》光辉的后半生。从研究的角度观之，无论是传统的作家作品论、50年代文学思潮史意义上的论争与"改写"问题，还是后来在"再解读"浪潮中被重新激活的性别政治阐释力，女主人公林道静热情、健康、朝气蓬勃的青年革命者形象②，几乎完全盖过了作者本人。只有当杨沫以"病人"形象在日记中重新登场，人们才注意到，在文本之外，《青春之歌》和杨沫由此开始的文学生命，实则都与疾病存在密不可分的关联。

当我们尝试去追问一个从"十七年"走到"新时期"的"病人"的

---

① 老鬼在《我的母亲杨沫》中，用名为"疾病的折磨"一整章的篇幅，集中回顾了母亲一生的病及病对创作的影响，特别强调了家族遗传的"神经官能症"。女儿徐然在《小草，不是生长在沃土中——读妈妈的日记》中也简单梳理了母亲的病史。二人所依据的材料大多来自杨沫日记手稿及整理出版的《自白——我的日记》。在杨沫的自述文章以及与家人的通信中，更是常常提及自己的病。总体而言，杨沫的"多病"在亲友中是一个普遍共识，但杨沫的"病人"形象学，在以往的作家论和文学研究中却未引起专门关注。

② 饶有意味的是，林道静虽然是以柔弱的小布尔乔亚式的女性形象登场，在小说中却几乎没有生过什么病，与杨沫自身的多病形成鲜明反差。

杨沫的"病"

创作心态时,杨沫晚年格外清晰的"写作"与"疾病"的双重变奏,实则早已在《青春之歌》的诞生前后埋下伏笔。1949年以前,杨沫曾长期在冀中根据地从事妇救与宣传工作,是抗日战争前就已入党的解放区"老革命"。中华人民共和国成立后,杨沫先后供职于《人民日报》和北京市妇联宣传部,但因病痛频发,最后不得不为了养病离开单位。[①] 久病在床,长期远离集体,身为老党员却无法参与到如火如荼的新社会建设之中,杨沫的孤独、烦闷和痛苦在日记中一览无余:"一年又过去了,革命形势正万丈狂澜地汹涌前进。而作为一个布尔什维克的我,由于一身的病,几乎成了狂澜中淤陷的顽石和泥沙,蹉跎着岁月。我为革命的胜利狂欢,却对自己有点丧失信心。周围的人都在奋勇前进,而我却无所作为地停滞下来。这种内心的痛苦,对于健康工作的人,是不易理解的。"[②] 怀疑自己罹患肝癌,令杨沫时时恐惧自己将不久于人世。而对一事无成的忧虑,最终使她决意在病榻上将酝酿已久的长篇小说写出来——这就是后来历时六年之久、反复修改而成的《青春之歌》。[③]

养病期间的"蹉跎岁月",反倒为杨沫提供了充分的构思和写作时间。在此之前,杨沫只是一个文学爱好者,虽发表了少量作品,但都没有引起文坛注意。[④] 由于频频遭到退稿,杨沫也曾陷入是否应当搁笔不写的烦恼:"我能够成为作家的路是走不通了,还是老老实实做点实际工作,好好地在

[①] 杨沫当时的病痛主要来自子宫与卵巢切除后,内分泌失调引发的种种并发症,其中包括对其生活和工作造成严重困扰的神经衰弱。当时也有专家诊断为忧郁性精神病,但杨沫本人对这一诊断结果并不认同,坚持认为自己所患为"神经官能症"。见老鬼《我的母亲杨沫》,同心出版社2011年版,第52—53页。

[②] 1949年1月2日日记。杨沫:《杨沫文集第6卷:〈自白:我的日记〉(上)》,北京十月文艺出版社1994年版,第74页。

[③] 长篇小说《青春之歌》于1958年由作家出版社出版,在一年之内创下了180万册的畅销纪录,一时间洛阳纸贵,尤其受到青年读者的热烈追捧。1960年由崔嵬导演、杨沫亲自担任编剧的电影《青春之歌》作为献礼建国十周年的影片被重点推出,受到了周恩来等国家领导人的肯定。

[④] 杨沫的写作开始得很早,1934年在北京的《黑白》杂志上发表处女作《热南山地居民生活素描》,1936年在上海的《中流》《大晚报》副刊上发表过几篇署名"小慧"的短篇小说。1950年出版了反映抗战生活和斗争的中篇小说《苇塘纪事》。参见《杨沫小说》,沈阳师范学院中文系编《中国当代文学研究资料:杨沫专集》,内部资料,1979年,第1—2页。

工作中提高自己吧！"① 而在"干脆来个灯尽油干，尽所有力量写出那长篇小说来，然后死就死了，也比现在不死不活一事无成的好"② 的心声中，完成《青春之歌》的举动，不乏实现"遗志"的决绝。用杨沫的儿子老鬼的话说，如果不是母亲的病，就不会有《青春之歌》的诞生。此言或有几分夸张，但某种程度上杨沫的确是因"病"得福。直到生命的晚年，杨沫在回首往事的文章中，仍然不厌其烦地一次次重述自己在病榻上艰难创作《青春之歌》的场景："写稿常常要躺在床上，一手拿着块垫板，上面卡着稿纸；一手拿着笔慢慢地一字字艰难地写。如果写得顺利，高兴了，便忘了身上的疼痛。③"在写作中一次次靠近身体与精神的极限，令杨沫获得了崭新的治疗体验。与此同时，《青春之歌》的大放异彩实现了她自我证明的渴望，也更加坚定了走文学道路的决心。

然而，《青春之歌》所呈现的知识分子成长史，只能算是革命历史全景的一个段落。作品出版之后，许多热情的读者不满足于小说在"一二·九"运动中戛然而止的结局，纷纷写信给杨沫，追问林道静如今何在，她此后的命运又是如何。事实上，杨沫本人也早有写作《青春之歌》第二部的计划，甚至可以说，已出版的《青春之歌》本就是一部尚未完结的作品。据其自述，《青春之歌》原计划以敌后抗日游击战争的生活为中心，从全面抗战前写起，是为了交代林道静的出身历史。但没想到前面的部分越写越长，最后索性将其设置为独立的一部，全面抗战以后的部分另写一部，"可是当我写到'一二·九'学运完了时，我的身体和工作情况都不允许我再写下去了。于是只好草草收兵，不了了之"④。在读者的热

---

① 1949年2月25日日记。杨沫：《杨沫文集第6卷：〈自白：我的日记〉（上）》，北京十月文艺出版社1994年版，第79页。

② 1951年6月9日日记。杨沫：《杨沫文集第6卷：〈自白：我的日记〉（上）》，北京十月文艺出版社1994年版，第143页。

③ 杨沫：《青春觅踪——为陕西〈火花〉写》，《杨沫文集第5卷：散文选》，北京十月出版社1994年版，第534页。

④ 杨沫：《谈谈林道静的形象》，《人民文学》1959年第7期。杨沫还在此文中表示，要在下一部中让林道静形象从受到质疑、批评的"正在发展中的人物"，转变为成长起来的"理想人物"。

烈呼唤中，作家很快将续写的任务提上日程。在1961年8月25日的日记中，杨沫粗线条地记下了对《青春之歌》第二部的初步构想，同时四处走访搜集材料，但是一场大病再次打断了她的创作：同年12月，杨沫因心脏痉挛引起的脑血管痉挛，入住中苏友谊医院，直至次年2月底才出院。经过全面检查，杨沫被诊断患有冠状动脉性心脏病，轻度的脑血管硬化症，卵巢囊肿，腰部韧带劳损及风寒湿。一时之间，日记被琐碎不已的疾病名目和五花八门的治疗方案所充斥。在1962年接受《人民中国》的采访时，面对记者"现在读者都等着你的第二部呢！"的笑谈，杨沫分外严肃地直陈《青春之歌》续作的难产，仿佛"欠人民的债"般令自己日夜不安，"心里直想把东西写出来，就是身体不允许"①。写作与养病这一对老冤家卷土重来，二者孰轻孰重，让作者一再陷入苦恼的自我辩驳。

这种不能写作的生活，被急性子的杨沫形容成"仿佛被病魔囚禁在监狱里"。"心中常矛盾，想动手把小说写起来。可是，一想到稍稍一用脑子（连打一小时的麻将牌，或同党同志谈上一小时话都不行）就头痛、麻木，嘴角甚至淌起口水，脸部神经抽搐似的乱跳，我又不敢动手了。"②"养病—误工—挣扎—病重—养病"的恶性循环，令续作计划无限延宕。而随着60年代的政治空气越发紧张，作家不可避免地失去稳定的创作环境。"文革"爆发后，《青春之歌》被批为"大毒草"而遭查禁，杨沫与家人也卷入政治审查和接连不断的批斗风波，第二部的写作自然不了了之。在疾病的阻滞下一路磕磕绊绊走来，《青春之歌》终是在历史的剧烈错动中，与推出续作的黄金时机失之交臂。待到十年政治动乱平息，步入晚年的杨沫仍是百病缠身，但她所要面对的已是80年代另一番的文学天地了——未能完成《青春之歌》的续篇，也成了一桩"心病"，从"十七年"中就被作家揣在怀里，一路怅惘地走到了"新时期"的最深

---

① 韩瀚：《访杨沫》，原载于《人民中国》日文版1962年第12号，收入《中国当代文学研究资料：杨沫专集》，第185—186页。
② 1962年9月7日日记。杨沫：《杨沫文集第6卷：〈自白——我的日记〉（上）》，北京十月文艺出版社1994年版，第479页。

处。当我们将目光聚集在杨沫的晚年，不难发现，"疾病"与"十七年"老作家的写作的关系，不知不觉间已超越了单纯的"带病写作"的实际姿态。杨沫的"病"，也随之在文学史的维度上衍生出更为丰富的讨论意义。

二 晚年"心病"与自我抢救

与同代作家略有不同，杨沫是以旧作"解禁"的方式，宣告她在"新时期"的复出的。作为"文革"结束后国家恢复文学生活秩序的重要举措，一批曾在五六十年代出版的中外文学名著的重印，率先释放出"回春"的信号。《青春之歌》作为"十七年"文学的重要成果，位列1977年首批由国家出版局专项拨纸重印的图书名录，并于当年5月由人民文学出版社再版发行。关于该书重新印行后的社会反响，日本剧作家高山由纪子在《父女俩的中国纪行》（载1978年5月12日《朝日周刊》）一文中有这样的记述："我们的翻译李素梅小姐说《红楼梦》是一部很有趣的小说，于是我问她目前在中国的青年人中间什么小说受欢迎。这位中国国际旅行总社的27岁的女翻译回答说：'《青春之歌》和《李自成》。'"①

尽管《青春之歌》的重印，将杨沫直接推向了曾经的中心轨道。但此时已经年过六旬的杨沫，却不满足于以写回忆录、开报告会、整理旧作等"老作家"的方式发挥余热。翻阅这一时期的杨沫日记，最常流露出的并非劫后余生的庆幸，而是对于光阴虚掷的痛惜。对壮心不已的杨沫来说，"复出"既是一种荣耀，反过来却也增加了日暮途远的忧虑："时间在我心上变成一匹奔驰的骏马，它不听从主人鞭子的驱使，它无情地在生命的原野上奔驰，奔驰，它正载着我奔向那绿野的尽头——生命的终结。……现在常常浮现在我心上的念头是：能够供我使用的时间不多了，可是，我该写的东西，该做的事情还有那么多。"② 在杨沫的逻辑

---

① 转引自［日］深泽一幸《姚雪垠的〈李自成〉》，山田敬三、靳丛林编《日本学者中国文学研究译丛（第六辑——新时期文学专辑）》，吉林教育出版社1993年版，第79页。

② 1978年11月5日日记。杨沫：《杨沫文集第7卷：〈自白——我的日记〉（下）》，北京十月文艺出版社1994年版，第103页。

里,"新时期"的到来意味着被中断的写作事业的重新启动,只有在新的时代创造新的实绩,才是作为一名作家和革命战士的真正意义的复出。

而在当时的读者眼中,"新时期"重新执笔的老作家,本来就是象征春天的文化英雄。艾青在《文汇报》上发表宣告"复出"的诗歌《红旗》之后,一封读者来信中写道:"我们找你找了20年,我们等你等了20年。现在,你又出来了。"这早已是耳熟能详的文学史故事。虽然杨沫曾经达到的文学成就和她在政治运动中所受到的冲击,都无法与艾青相提并论,[①] 但是作者与读者在相互关情中建立的依存关系和互动机制,确乎为她提供了不可估量的鼓舞力量。同样是在1977年,一位读者在给杨沫的信中说:

> 打倒"四人帮",读者喜洋洋,然而对您来说,我觉得这不是轻松了,而是"负重"了,因为创作的渠道已经疏通了,多年积聚的创作之水要奔流了。我们恳切地期望您能为读者再写几本书,抓紧余生为革命多作贡献,这应该是革命者"延年益寿"的灵丹妙药。[②]

对已至暮年而又一向多病的杨沫来说,试图用新作再攀高峰的抱负,无疑是对身体与精神的双重考验。而除了挥之不去的衰老与死亡的恐惧,晚年杨沫又增添了被新潮抛弃的焦虑与迷茫。1980年前后,笔耕不辍的杨沫先后出版了在"文革"中完成的长篇小说《东方欲晓》和系列报告文学《是这样一个人》《不是日记的日记》《站在八十年代的地球上》,但作品反响不尽如人意,甚至招致不少冷眼和质疑。系列报告文学聚焦科学知识分子命运的题材,寄寓着杨沫尝试响应"四化"潮流的创作自

[①] 杨沫在"文革"中的处境远比许多同时代的作家要幸运。虽然《青春之歌》被列为"毒草",杨沫在北京市文联的批斗中始终受到浩然等人的保护。因丈夫马建民在审查中供出杨沫的入党时间存在问题,导致杨沫一度陷入"假党员"的调查和批判风波,但最后也平安收场。1971年,杨沫以养病为由搬到香山,在1972年已经恢复了写作。总的来说她在"文革"中没有受什么罪,因此常以"福将"自称。

[②] 中国新闻社记者:《从〈青春之歌〉到〈东方欲晓〉——访女作家杨沫》,《中国新闻》1977年第8056期。

觉。但在这部报告文学的写作内外，杨沫为帮助主人公刘亚光——一个遭到排挤、充满争议的微生物科研人员而投入了极大的热情，不但没能重演同时期《哥德巴赫猜想》的成功，反而让自己陷入帮助"科学骗子"的疑云而招致非议。"刘亚光事件"几乎成为杨沫晚年的一个"污点"，作者本人后来也不愿再多提及。① 而根据老鬼的说法，《东方欲晓》出版后反响惨淡，"除了刘亚光，没有人说这是一部成功的作品"，"我喜欢看抗日战争题材的小说，却实在看不下去母亲的这部作品。"② 在激情澎湃的80年代初，杨沫不断尝试自我突破，反而屡屡碰壁，始终在写作的"弯路"上徘徊，难免会让老作家积郁成疾：

> "突破"这个字眼，在我身上常有如芒刺背之感。时代在飞速地前进，我们的文艺繁花似锦，也似滚滚向前的浪涛——后浪推前浪。而我呢？我曾有过一点老本，有过林道静式的生活道路，有过她那样的思想和感情，也接触和认识不少当年参加了民族民主革命的好同志；所以，我能写出《青春之歌》来。然而，人民要求于我的决不仅仅是这样一部书。……每当我提笔写一篇新的作品时，我首先感到的不是喜悦而是惶悚与不安。心里象压块石头般的沉重。因为我有个主导思想，不写就不写，要写就应当写好它。可是，我能够写得好么？于是，我惶悚而苦恼了。这种苦恼近年来常压得我喘不过气来。③

在这段自白里，"人民要求于我的决不仅仅是这样一部书"的说法值得留意。如果追问《青春之歌》对于作者的特殊意义，一种可以归结为"一

---

① 关于"刘亚光事件"的来龙去脉，可参见老鬼《我的母亲杨沫》，但这一事件及其争议性的细节不是本文所关注的对象。值得一提的是，《东方欲晓》和《是这样一个人》《不是日记的日记》《站在80年代的地球上》最后也没有收入90年代杨沫亲自参与编选的七卷本《杨沫文集》，可见作者也默认了"失败之作"的地位。
② 老鬼：《我的母亲杨沫》，同心出版社2011年版，第269页。
③ 杨沫：《血和泪的凝聚》，《北京文学》1981年第11期。

本书主义"的心结，其实早如紧箍咒一般戴在杨沫的头上，且在三十年后也丝毫没有脱落的迹象。也就是说，杨沫的"心病"，看似是源于80年代特殊时代氛围中的创新压力，实则在续作计划受阻时就能找到蛛丝马迹。

1971年年初，杨沫结束了在"文革"中的严格审查，重新恢复了党组织生活。在1971年1月19日的笔记里，作家对于党支部扩大会议对自己的评议有这样一则摘录："解放前，你多少还是为党做了一些工作，但进城后，你泡病号，搞一本书主义，努力向上爬。以老革命自居，变化得很厉害。根源就是你不听毛主席的话，剥削阶级思想大泛滥，只想扩充个人实力，不积极改造自己。"① "一本书主义"的判语有其特定的历史含义②，因而党组织将"泡病号"和"一本书主义"直接挂钩的严正警告，在所有对于杨沫的质疑声音中最为致命。事实上，从50年代开始，杨沫就有着强烈的写出"第二本书"的愿望。而如果说在"文革"期间，超越"一本书"的诉求，可以被转化为一个革命者"改造自我"的承诺。那么当历史进入"新时期"，这种压力依然存在，杨沫只有再次证明自己的写作能力，才能疗治自己的"病"。

就在"身病"与"心病"内外交困之际，续写《青春之歌》的计划在偶然中再次浮出水面。80年代中期，当杨沫正以"芳菲之歌"为题对《东方欲晓》进行全面重写之时，女儿徐然的一句无心之言，却令杨沫兴奋不已。"有一天我和她聊起如何写《芳菲》下部的设想，她忽然说：'妈妈，您怎不把《青春之歌》下部写出来？就把《芳菲》的下部写成《青春》的下部多好！《青春》《芳菲》加上《青春》下部组成青春三部曲多好！'"死火重温的希望，既让杨沫再度感慨于续作未竟的缺憾，也悄然实现了两个时代的历史对接。杨沫最终是以重返"十七年"的方式，

---

① 老鬼：《我的母亲杨沫》，同心出版社2011年版，第177页。
② 1955年，文艺界在全国范围内展开"对丁玲、陈企霞反党集团的斗争"，这场批判的导火索是针对丁玲所谓的"一本书主义"言论的批判。1956年1月，《文艺报》第二号发表社论《斥"一本书主义"》，丁玲被指控腐蚀青年，提倡个人崇拜，鼓励青年追求名誉、地位。丁玲后来对此坚决予以否认，"我没有讲过'一本书主义'！"但作为一个特殊的批判语汇，"一本书主义"依然对五六十年代的文艺界造成了广泛影响。

缓解了"写什么"和"怎么写"的创新焦虑。"青春三部曲"的宏大结构,终于让杨沫重新发现了"自己想象中的作品"。

在最终成形的《芳菲之歌》与《英华之歌》中,杨沫复活了卢嘉川,讲述了已经成长为一名革命战士的林道静,以及江华等人在投身抗日游击战争后经历的更重大、更复杂的精神与情感考验。批评家不难发现"青春三部曲"在故事情节与人物命运上的延续性,不过,续作与"十七年文学"更为内在的历史连续性,其实表现为崇高的英雄主义基调、"三部曲"的结构形式[①]、社会主义现实主义的创作范式,以及全景展现革命历史图景的史诗性追求等更深层次的形式因素和美学原则。重要且耐人寻味的是,恰恰是长达三十年的"中断",才为"青春三部曲"的连续性赋予了症候性的意义。在杨沫的个人逻辑里,她终于得以走出"新时期"之初的迷茫,并为绵延几十年的"心病"寻得了积极的治疗方案。如同《白鹿原》之于陈忠实,"青春三部曲"是杨沫自视为可以在死时垫棺作枕的压卷之作。在躁动不安的 80 年代尾声,杨沫平静而又专注地投入到写作之中。《英华之歌》的书稿在 1990 年 6 月全部付梓,杨沫终于完成了她的"最后一部"[②]作品,为自己的小说家生涯画上了圆满的句号。至此,《青春之歌》及其耗费了三四十年才完结的续篇写作,在历时性的维度上呈现出一部革命历史经典小说的"全貌",也打开了一种从杨沫及其同时代人的内部视角出发,重新讨论"新时期文学"与"十七年文学"关系的可能。

三 不受欢迎的缪斯:作为文学史隐喻的"病"

在杨沫去世以后,老伴李蕴昌曾在怀念文章中回忆过两人生前的一

[①] 杨沫曾经表达过对于"三部曲"形式的带有历史性的认同:"巴金的三部曲,茅盾的三部曲,听起来多响亮。"而在此后给巴金的信中,杨沫坦率地承认了形式层面的影响:"因为您的'激流三部曲'——《家》《春》《秋》,正在鼓励我也要写出三部曲——《青春之歌》《芳菲之歌》《英华之歌》来。"参见杨沫 1986 年 1 月 31 日《致巴金同志信》,《杨沫文集第 5 卷:散文选》,北京十月文艺出版社 1993 年版,第 227 页。

[②] 杨沫在 1990 年接受《文艺报》记者访问时说,"《英华之歌》是我最后一部长篇小说",完成后"我象了却一桩心事一样如释重负。参见窦时超《她完成了"青春三部曲"——访著名作家杨沫》,《文艺报》1990 年 7 月 12 日。

次闲谈：当李蕴昌问到《青春之歌》和《英华之歌》哪一本更好时，杨沫的回答是："无论从文字、结构和思想内容，《英华之歌》都毫不逊色。全书一条线，就是党内思想斗争，正确的占主导地位时，革命斗争节节胜利，'左'的、右的抬头时就失败。"值得注意的是，无论是"心病"的疗愈，还是《英华之歌》的"成功"，都只是杨沫的个人感受。而在外人看来，在"告别革命"的语境之下，坚持用"十七年"社会主义现实主义的方式续写革命题材的小说，本身就是不合时宜的。而所谓的"成功"，更是一个"马列主义老太太"的狂热和谵妄。

残酷却真实的情况是：除了新作完成前后的几篇新闻报道和人物采访以外，《芳菲之歌》和《英华之歌》所受到的关注相当有限，评论文章数量寥寥。① 杨沫曾经把希望寄托在庞大的、因《青春之歌》而形成的读者群体之上。她的自信，来源于《青春之歌》曾经感动过无数的青年读者，以及在几十年中不断获得的积极反馈和殷切期盼——"多少读者都曾写信来，要我写出《青春之歌》下部。可是一拖二十多年，由于种种原因没有写成。"② 但这些想象中的"读者们"对于续作的反应，老鬼在《我的母亲杨沫》中的描述却让人心生寒意：

> 1986年《芳菲之歌》出版后，私下人们觉得不怎么样，可又不忍对母亲坦言相告。毕竟母亲有72岁了，不能苛求。1988年5月7日广西苍梧县财政局的一位读者刘柱田却给母亲写了一封30页稿纸

---

① 根据笔者统计，自1986年《芳菲之歌》出版至1995年杨沫去世的十年间，涉及杨沫新作的期刊文章仅有罗筱萍的《林道静、柳明形象比较论》[《南充师院学报》（哲学社会科学版）1988年第2期]、吴宗蕙的《从〈青春之歌〉到〈英华之歌〉》（《北京文学》1991年第4期）、吴宗蕙的《一代青年的灿烂青春——评杨沫的"青春三部曲"》[《北京师范学院学报》（社会科学版）1991年第6期]、阎纲的《侠骨柔肠杨沫》（《小说评论》1993年第1期）、吴隐林的《杨沫小说创作论》[《广西师院学报》（哲学社会科学版）1993年第2期]、徐贵森的《论杨沫》[《牡丹江师范学院学报》（哲学社会科学版）1994年第2期]、诸天寅的《勇于艺术开拓的强者——读杨沫作品随想》（《北京联合大学学报》1994年第4期）等，总数不足十篇。

② 1985年5月19日日记。《杨沫文集第7卷：〈自白——我的日记〉（下）》，北京十月文艺出版社1994年版，第240页。

的长信,对《芳菲之歌》提出尖锐批评:"虚假的东西,最容易引起读者反胃,令人作呕。当我仅读到《东方欲晓》第 13 页,密集发现一系列人工斧凿的东西,再无心读下去,而把书丢到一边去了。"

他认为把《东方欲晓》改成《芳菲之歌》之后,高大全的创作方法依旧没有减弱,相反有某些扩大与增强。他还一一指出了《芳菲之歌》里面那些虚假不实的描写。并认为母亲把《东方欲晓》改成《芳菲之歌》没有必要。①

林斤澜在 1992 年的《杨沫心态》一文中,道尽了杨沫在 80 年代所承受的"别时别地别人所不能想象的磨灭",以及迅速被冷落、遗忘的孤独感。"这是一个老作家多于新进作家的时代,后浪推前浪,后浪生猛,前浪堆积。堆积也就是碰撞,重叠,积压……""人还活着,作品死了。几十年白干了。一天还能写到黑,就成了废品,没有地方发表,没有地方出书,什么也没有了。"② 事实上,抱病创作—续写长篇—受到冷落的"命运三部曲",并不是杨沫一个人的尴尬。曾经在五六十年代受到官方认可与读者热捧的"十七年作家",在 80 年代恢复写作权利后,即便已经垂垂老矣,依然要追回丢失了的时间,抢救被打断的文学生命,是这一代作家的集体性选择。如欧阳山、曲波、梁斌、杨益言等人,在步入 80 年代后的晚年,均有"续作"的创作与出版行为,试图延展、丰满自己的"红色文学"成就。如"青春三部曲"这样在 80 年代续写完成的多卷本、多部曲的鸿篇巨制,就有梁斌的"红旗谱三部曲"(《红旗谱》《播火记》《烽烟图》)、欧阳山的"一代风流"五部曲(《三家巷》《苦斗》《柳暗花明》《圣地》《万年春》)、冯德英的"三花三部曲"(《苦菜花》《迎春花》《山菊花》)、姚雪垠的五卷本长篇历史小说《李自成》等。除此之外,曲波在"文革"结束后出版的《山呼海啸》、杨益言与刘德彬合著的《大后方》,也分别与《林海雪原》《红岩》在时代背景与故

---

① 老鬼:《我的母亲杨沫》,同心出版社 2011 年版,第 273 页。
② 林斤澜:《杨沫心态》,《当代作家评论》1992 年第 4 期。

事题材上存在显见的连贯性。这些作品的篇幅动辄几十万乃至上百万字，老作家们为此付出的巨大劳动是难以想象的。但是著作出版后收获的反响，却与鞠躬尽瘁的严肃姿态并不相称。

在80年代以后的文学史著述中，这些具有"遗物"性质的长篇续作，成为难以放置的烫手山芋。对于这一代作家晚年的写作事实，也往往以"题材陈旧""批评界的冷淡"或"几乎没有产生什么反响"等否定性的叙述一笔带过，甚至只字不提。① 不合时宜的续作行为，被解读为一种缺乏反思、"抱残守缺"的顽固，从而在文学史隐喻的意义上，被指认为杨沫们精神结构和思维模式的"病态"。"她（指杨沫——引者注）并没有有意识地反思革命想象落地后的具体问题，而是勉力支撑、遮掩漏洞，试图维护《青春之歌》展现出的审美范式。"②"杨沫始终沉浸在《青春之歌》的世界里，无法回应新时代的文学、文化命题，'记忆书写'成为她面对新世界的姿态，随着革命时代的消逝，革命作家的时代也随之终结了，勤奋的写作、严肃的思考，换来的只是对自我生命的安慰。"③

对"十七年作家"在"新时期"的冷遇，文学史研究者一般归因于读者阅读兴趣的变化，以及阶级话语、政治理想和崇高美学的破产。讲述革命神话的宏大叙事难再激起青年一代的精神共振，"边缘化"的命运也就在所必然。如果单纯站在80年代的立场看待，这样的判断当然无可非议。但若以更具兼容性的视野观之，既往对于"十七年作家"凄凉晚景的探讨，则有着两种出于盲视而产生的误读。误读之一，是曾经处于"中心"位置的"十七年作家"，在"新时期"一直处于"边缘"的状态。但事实上，杨沫一代作家的"边缘化"，是随着80年代的展开而逐渐产生的现象，否则我们无法解释《青春之歌》和《李自成》等作品重

---

① 针对这种"边缘化"的处境，洪子诚的《中国当代文学史》只以一则脚注罗列杨沫、欧阳山、曲波等人在80年代的创作成果。而陈思和主编的《中国当代文学史教程》，程光炜、孟繁华的《中国当代文学发展史》，丁帆的《中国现当代文学》在对80年代文学的介绍中，都没有提及"十七年作家"的写作事实。

② 刘卫东：《论杨沫的"晚年写作"》，《中国现代文学研究丛刊》2014年第5期。

③ 赵磊：《无法忘却的青春记忆——关于杨沫和她的"青春三部曲"》，《文艺报》2014年6月23日。

印时引起的轰动效应。误读之二,在于无视,或者严重低估杨沫们对于自身处境的自觉意识。仿佛老作家们都披着"皇帝的新衣",沉浸在幻想中的满足与快慰,而对实际的接受情况毫无自知。实际上,正如杨沫对《青春之歌》续作的信心建立在她对"读者"的想象之上,而且始终与普通、非专业的读者保持着密切的互动往来,"十七年作家"其实普遍具有高度自觉的读者意识。李晓磊、张文东认为,由于"十七年"的革命历史小说具有政治动员和意识形态教育的功能,"读者的接受程度决定了革命历史小说是否达到宣传革命历史和革命意义的目的",因此无论是文艺政策的制定者,还是文学创作者,都"将读者对作品的接受程度、读者的反应批评作为对文学作品评判的重要标准"。[①] 因此,或许应该这样提问:杨沫们为何会从"新时期"文化英雄的神坛上跌落,并且迅速成为不受欢迎的缪斯?而他们自己又是如何理解这种巨大的历史落差的?

在90年代,已经完成"青春三部曲"的杨沫,在回顾自己后半生的创作生涯时,以平生少有的平静、淡然,但在原则问题上也绝不让步的倔强口吻写道:

> 我呢,我也有我的道理。我推崇现实主义创作法则,我的生活经历,我的信仰决定了我的爱与憎,也决定了我喜欢写什么,不喜欢写什么。这无法更改。我不想媚俗,不想邀某些读者之宠;我只能以一颗忠于祖国、人民,热爱共产主义的心来从事我的创作。[②]
>
> 文学体裁的开拓,文学手法的探索,在三中全会以后,很是红火。无数雨后春笋般破土而出的中青年作家,他们令人目不暇接的好作品,令我又欢喜又望而自惭。却也不气馁。给我鼓舞的是:文学应该是,你走你的阳关道,我走我的独木桥,百花齐放嘛。
>
> 以革命为题材为主旨写作品,即使在九十年代的今天,也可以

[①] 李晓磊、张文东:《革命历史的传播与认知——论"十七年"革命历史小说的读者接受》,《文艺争鸣》2017年第5期。

[②] 杨沫:《〈青春之歌〉新版后记》,《青春之歌》,北京十月文艺出版社1992年版,第622—623页。

照写不误。①

尽管问题的关键,并不在于"阳关道"和"独木桥"的分别,但是应该感谢杨沫的清醒和坦率。它让我们看到,杨沫及其所信奉的文学观念和创作方法,与80年代的文学主流构成了一种隐性的对抗关系。更重要的是,杨沫本人经过亲身的创作实践,明确地体认到了这种对抗。杨沫们与80年代以来形成的以"文学性"或"审美性"为核心范畴的文学评价标准之间的分歧,绝不仅仅表现在"老作家/中青年作家""现实主义/现代主义"等文学世代抑或文学手法层面的对立。分歧的实质,在于如何认识革命文学与社会主义现实主义话语在"新时期"的合法性与有效期的问题。可以说,杨沫及"十七年作家"晚年续作的意义,恰恰在于它们是"旧时代"的革命文学在新的历史时期绵延的、扎实的,尽管不算成功的实践。在这里,革命文学已经绝不仅仅意味着以革命为题材,它还包括"文艺战士"和"革命尖兵"的身份想象;以抱病的、向死的决心"拿起笔来,不倦地写作下去,直到我生命的终结"②的战斗化的写作姿态;在作家与读者之间达成的,以亲历者身份承载历史记忆的契约关系;以及以动员、宣传、教育为核心内容的泛政治的文学功能观。

具体到《芳菲之歌》和《英华之歌》的写作实践,作家与读者关于文学功能的不同理解格外值得注意。因为恰恰是在这一问题上,可能隐含了杨沫一代作家在80年代从"热"到"冷"的历史秘密。在续作的序言和90年代以后的日记中,杨沫反复强调的,依然是文学的革命教育、历史认识和引导青年精神生活的社会功能:"如果通过这本书,能使年轻的读者,窥见中国人民过去的艰苦,看到中国革命是在怎样曲折的道路上迂回前进的,那么,我——不管是活着的我或死去了的我,都会感到慰藉了。"③为杨沫的这股信念提供支撑的,是《青春之歌》继续作为

---

① 杨沫:《往事悠悠——创作随想》,《北京文学》1992年第4期。
② 杨沫:《献上一颗炽热的新——致青年读者》,《杨沫文集第5卷:散文选》,北京十月出版社1994年版,第444页。
③ 杨沫:《〈英华之歌〉自序》,《英华之歌》,花城出版社1990年版,第4页。

"革命历史教科书"的红色经典化，配合着 90 年代新的历史语境与意识形态教育政策再次展开。杨沫有幸在有生之年见证了这一历史时刻，而它只是后来一次次在特定历史时刻回潮的"红色经典热"的预演："1990 年，为加强对青少年进行革命传统教育，有关部门决定将五六十年代出版的一批优秀作品予以再版。为此，《青春之歌》最近又印了 55000 册（不包括北京市赠给全市中学每个班级 1 册的 6000 册）。"[1] 杨沫的作家命运在不同时期的鲜明对比，也凸显出作家所扮演的社会角色的历史变迁。

毋庸讳言，杨沫将《英华之歌》视为不逊于《青春之歌》的成功之作，自然是依据"十七年文学"的评价尺度。而认为《青春之歌》的续作毫无价值，乃至将一代作家的续作行为视为"病态"的研究者，遵循的无疑是八十年代所形成的，与革命激情保持距离的审美标尺。真正的问题在于，由"十七年"到"八十年代"的文学评价标准的变换，在很长时间内被不证自明地视为正当的、进步的、不可逆转的新洪流。而当"十七年"与"八十年代"都已成为历史，二者的幽灵同时在今天游荡之时，也许可以重新讨论两个时代、两种文学的历史意义。换句话说，"十七年文学"的尺度诚然只能是"过时"的"十七年"的尺度，但是"八十年代"的尺度，也可能只是"八十年代"的尺度。站在今天的历史坐标系回头来看，杨沫的晚年续作，践行的正是她"以革命为题材为主旨写作品，即使在九十年代的今天，也可以照写不误"的信念。这样的判断，究竟只是一个"病人"的妄语，还是也有她的道理？

2018 年 3 月 30 日初稿
2018 年 4 月 19 日改
2018 年 7 月 6 日再改

---

[1] 杨沫：《青春觅踪——为陕西〈火花〉写》，《杨沫文集第 5 卷：散文选》，北京十月出版社 1994 年版，第 538 页。

作为"把关人"的林默涵

——林默涵批校1981年版《鲁迅全集》第六卷清样初探

黄海飞

1981年版《鲁迅全集》，胡乔木负责"掌握方针和对注释中的重大问题加以指导审定"，林默涵则"负责主持具体工作"。"根据胡乔木意见，经国家出版局同意，成立了'《鲁迅全集》领导小组'，其成员由秦牧等组成，林默涵任组长，具体领导鲁编室工作。"① 或许是受限于材料，相比于胡乔木，学界对林默涵之于1981年版《鲁迅全集》的贡献研究较为薄弱。② 上海鲁迅纪念馆藏有林默涵批校过的1981年版《鲁迅全集》第六卷清样，借助于这份珍稀③的清样④，我们可以更为深入地了解林默涵对于1981年版《鲁迅全集》文本施加的具体影响及其成因。

一 从两封信说起

上海鲁迅纪念馆藏林默涵批校1981年版《鲁迅全集》第六卷清样，

---

① 张小鼎：《〈鲁迅全集〉四大版本编印纪程》，《新文学史料》2006年第4期。
② 对于胡乔木的贡献，程中原已有研究，见程中原《胡乔木与1981年版〈鲁迅全集〉》，《纵横》2004年第6期。同时，程中原主编《胡乔木传》有专节介绍，见程中原《胡乔木传》，当代中国出版社2014年版，第499—505页。但林默涵与1981年版《鲁迅全集》的关系，至今未见相关文章。同时对林默涵的研究本身也较薄弱，至今也没有文集出版，只有一本《林默涵文论》。
③ 据笔者有限的见闻，这极有可能是现存的唯一一份有林默涵批校记录的清样。胡乔木批校的清样未知是否存世，但估计不容乐观，更显出林默涵批校清样的珍贵。
④ 笔者于2017年12月21日拜访朱正先生，感谢朱先生告知线索。2018年8月2日下午往上海鲁迅纪念馆翻拍清样，感谢上海鲁迅纪念馆顾音海老师、乔丽华老师提供帮助。

系朱正先生捐赠,按书名分为三部分,每页编码,《且介亭杂文集》计297页,《且介亭杂文二集》计334页,《且介亭杂文末编》计225页。在两书之间,还保存了当年装清样的两个信封以及林默涵的两封短札。第一个信封上面写道:

急要件(波浪线为原件所加——引者注)
　　　　　林默涵同志
　内《且介亭杂文二集》请审,请于下周内(6.14前)退还,急等发稿。

　　　　　　　　　　　　　　　　　　　　　　鲁编室

信封背面有"王仰晨"字样,其余模糊不清,应该是人民文学出版社(以下简称"人文社")鲁编室王仰晨亲自发的稿件。第二个信封反面正中三行字:

　　　　　鲁编室第六卷
　　　　　王仰晨同志
　　　　　《且介亭》三本

正面贴有裁好的纸条,上写"北京:中央文化部林默涵",为收件人及地址,因林默涵时任文化部副部长。信封右下方则是印刷体"《外国文学研究》编辑部地址:武昌桂子山华中师范学院内"。此处本来应该写寄件人及地址,但估计这是旧信封的二次利用,所以寄件人信息改写在信封背面。由王仰晨发出,利用旧信封是可以理解的,因为王仰晨一直有节约用纸的习惯[①]。

以上两个信封应该是大信封套小信封,第二个信封在外,第一个信封在内。根据朱正的讲述,大信封内装的第六卷的复审清样,由朱正用

---

① 参见刘运峰《哀悼王仰晨先生》,《鲁迅研究月刊》2005年第8期。

钢笔手抄注释；有些条目为省事，直接剪贴前一稿（打印稿）注释，并用红笔将要删去的文字涂掉，用钢笔进行修改增补。① 信封上没有标注年份，但从《且介亭杂文二集》急等发稿来推断，时间应是1980年②。

林默涵的短札之一涉及《且介亭杂文》与《且介亭杂文末编》：

> 仰晨、文兵同志：
> 因黄镇同志忙，身体又不大好，刘出国，部里的许多事弄到我头上。稿子看得很匆忙，有一些改动，未必妥当，请你们酌定。
> 我不明白，为什么《集外集序》收入这一集中，"集外集"中是否还收？如收，不是重复了吗？
> 末编要下星期二、三才能奉上。杂事太多，真没有办法。匆祝好。
>
> 　　　　　　　　　　　　　　　　　　　　　　　林默涵
> 　　　　　　　　　　　　　　　　　　　　　　　六月十三日③

信件抬头为"仰晨、文兵同志"，即王仰晨、李文兵，当时两人是人文社鲁编室正副主任，也是"《鲁迅全集》领导小组"成员。信件提到了三件事情：一是谦辞。黄镇是当时的文化部部长，"刘"应是副部长刘复之。"刘出国"是指1980年6月9日至7月19日，刘复之"奉命率领中国政府文化代表团访问葡萄牙、西班牙和美国，出席中墨文教混合委员会首次会议并正式访问墨西哥"④。由于部里公务繁忙，林默涵自称"稿子看得很匆忙"，有些改动，未必妥当，意见不必完全遵循，人文社可自

---

① 笔者2018年8月28日通过朱晓先生的微信请教其父朱正先生得知，在此一并致谢。
② 王仰晨回忆提及，1980年"三月十七日，第一、二卷正式发稿。……四月十二日，第三、四卷发稿。……迄于年底，除第十二、十三、十六卷外，发稿工作陆续完毕。"见王仰晨《鲁迅著作出版工作的十年》，《鲁迅研究月刊》1999年第11期。
③ 短札原件有潦草之处，辨认过程中得到徐强、凌孟华、侯桂新、易彬、孙植、崔金丽、袁洪权等诸位师友的帮助，一并致谢。
④ 刘复之：《刘复之回忆录》，中央文献出版社2010年版，第303页。

行酌定。后来人文社也确实是这样执行的。二是提出关于《〈集外集〉序》的疑问。《且介亭杂文》的清样中收入了《〈集外集〉序》，这里面临重复收文的问题，因第七卷中《集外集》也收入此文。定稿最终采取的方法是将此篇存目。三是交稿时间。《且介亭杂文末编》的清样林默涵称要到1980年6月17、18日交，正是端午时节。

林默涵的另一封短札则涉及《且介亭杂文二集》：

仰晨、文兵同志：
  先送上"二集"注释稿233页，其余的要明天才能看出来了，真是焦头烂额。

                 敬礼
                 林默涵
                 6月19日

从这封信看来，林默涵并未能按照鲁编室所要求的6月14日前退还《且介亭杂文二集》注释稿，因为直到19号，也只审读到233页。结合两封信的时间可知林默涵是在繁忙的公务间隙连续作战，要在短时间内批校三本清样，也确实够"焦头烂额"的。据李文兵回忆，林默涵当时加班加点看稿，记得有天早上，林默涵让李文兵在某个路口等，他的小汽车经过时将其中一本清样交付，林默涵说昨晚熬夜看稿。[①] 可见林默涵的敬业。

二 林默涵的政治把关

中华人民共和国成立以后，"国家文学出版方强调编辑人员对于采用的外稿要'把关'，把政治关、把思想关、把学术、艺术质量关……逐渐

[①] 据笔者2018年7月9日对李文兵先生的访谈。感谢李文兵先生不吝赐教。

明确了这才是编辑的主业。"① 编辑把关之外,"一般还需要请党组织在政治上进行把关,并以他们的意见作为作品编辑加工的依据。"② 人文社将1981年版《鲁迅全集》第六卷清样送林默涵审校,最主要的诉求就是请林默涵在政治上帮忙把关,正如胡乔木所说:"稿件到了我们手上,要使它能够出版,要看稿子,'编'底下还有一个'审'字,政治上去考究它,这是第一。"③

经过整理,林默涵的批校共涉及167条注释,其中关涉政治的注释虽不多,只有9条,但其重要性不可替代,故一并列出如下。

1. 《且介亭杂文·序言》注释8"且介亭"条目,注文为:"当时作者住在上海北四川路,这个地区是'越界筑路'(租界当局越出租界范围修筑马路)的区域,即所谓'半租界'。"林默涵将"租界当局"改为"帝国主义者"。(《且介亭杂文》清样第7页)④

2. 《答〈戏〉周刊编者信》注释11"曾今可"条目,原注文有:"他曾提倡所谓'解放词',内容大多庸俗无聊;并与张资平同办《文艺座谈》杂志,攻击左翼文艺。"林默涵删掉此句,并加上"当时上海反动文人。"(《且介亭杂文》清样第203—204页)

3. 《中国文坛上的鬼魅》注释5"民族文学"条目,原注文为:"即'民族主义文学',一九三〇年六月由国民党反动当局策划的文学运动,发起人是潘公展、范争波、朱应鹏、傅彦长、王平陵等,

---

① 舒芜:《悼念楼适夷先生》,《新文学史料》2002年第3期。实际上,编辑与意识形态官员成为把关人。在新闻传播领域,"把关人"是一个重要概念,它最早由美国社会心理学家库尔特·卢因在1943年《心理生态学》中提出。卢因认为"把关人"是指"具有让某一东西进来或出去之决定权的个人或团体"。这种说法与舒芜异曲同工。参见黄旦《"把关人"研究及其演变》,《国际新闻界》1996年第4期。

② 王秀涛:《当代编辑制度的建立与文学生产》,《扬子江评论》2012年第6期。

③ 胡乔木:《出版工作是神圣的工作》,《胡乔木传》编写组《胡乔木谈新闻出版》,人民出版社1999年版,第415页。转引自王秀涛《当代编辑制度的建立与文学生产》,《扬子江评论》2012年第6期。

④ 本文后面所举案例除非特别说明,一概都出自上海鲁迅纪念馆藏林默涵审阅过的第6卷清样手稿。为节省篇幅,后文出处只在文末括号中列出手稿书名、页码。

假借民族主义文学名义，反对无产阶级革命文学，进行反共反人民活动。"林默涵改为："是国民党反动当局的御用文学。发起人为潘公展、朱应鹏、王平陵等，假借民族主义之名，反对无产阶级，反对革命文学。"（《且介亭杂文》清样第216页）

4.《内山完造作〈活中国的姿态〉序》注释4"提携""友善"条目，注文中有"一九三五年一月日本外相广田弘毅在议会发表'中日亲善'、'经济提携'的演说，蒋介石即就此发表谈话"，在这中间林默涵插入一句话"以欺骗中日人民"。（《且介亭杂文二集》清样第82页）

5.《弄堂生意古今谈》注释6"复兴农村"条目，原注文为："一九三三年五月间国民党政府成立了农村复兴委员会，发起所谓农村复兴运动。其主要内容为发放农村贷款和在农村推行信用、运销等合作运动。目的是为城市游资寻找出路，并加强对农村的控制和剥削。"林默涵将第二、三句改为："这是国民党政府用来掩盖他们对农村的剥削和缓和农民的反抗斗争的一个政治骗局。"（《且介亭杂文二集》清样第141页）

6.《三月的租界》注释5"狄克"条目，原注文为："张春桥的化名。张春桥，山东诸城人。当时是潜伏在上海左翼文艺界的国民党特务分子。七十年代是"四人帮"反革命阴谋集团的主要成员。他在一九三六年三月十五日的《大晚报·火炬》上发表《我们要执行自我批判》一文，以'自我批判'为名，一面指名攻击小说《八月的乡村》'不真实''技巧上、内容上，都有许多问题在'，一面含沙射影地攻击鲁迅，以为鲁迅对这部作品的肯定'无异是把一个良好的作者送进坟墓里去。'"林默涵将第三句改为"当时混进上海左翼文艺界进行破坏活动。"最后一句改为"他的攻击小说《八月的乡村》和鲁迅的文章《我们要执行自我批判》发表在一九三六年三月十五日的《大晚报·火炬》上。"（《且介亭杂文末编》清样第66页）

7.《答徐懋庸并关于抗日统一战线问题》注释5"先安内而后

攘外"条目，在原注文前面加上一句话："这是国民党政府所奉行的对内镇压、对外投降的反共卖国政策。"（《且介亭杂文末编》清样第95页。）

8. 《答徐懋庸并关于抗日统一战线问题》注释30，原注文为："田汉于一九三五年三月被捕，同年八月经张道藩等保释出狱后，曾在南京主持'中国舞台协会'，演出他所编的《回春之曲》、《洪水》、《械斗》等剧。"林默涵将"张道藩等"圈出删去，并在最后加上了"以后接受了党组织的批评，中止了这一活动。"但旁边还有圆珠笔字迹："此条用乔木同志修改过的。"又划掉了。（《且介亭杂文末编》清样第101页）

9. 《答托洛茨基派的信》注释4"O.V."条目，原注文为"早年参加湖畔诗社，后来是中国左翼作家联盟领导成员之一。曾参加两万五千里长征。著有《论文集》《灵山集》《回忆鲁迅》等。"林默涵删去"早年参加湖畔诗社，后来是"，圈出了"曾参加两万五千里长征。著有《论文集》、《灵山集》、《回忆鲁迅》等。"并且旁注："好象周扬、夏衍等条目中都没有讲他们的著作。这里也可以不讲，以示划一。"（《且介亭杂文末编》清样第159页）

由以上9例能够看出，政治把关主要分为两类：一是对于某些历史现象进行政治定义、政治表态。如例1将"租界当局"改称为"帝国主义者"，例2将"曾今可"定性为"反动文人"，例3将"民族主义文学"定义为"国民党反动当局的御用文学……反对无产阶级，反对革命文学"，例4指出广田弘毅的演讲是"以欺骗中日人民"，例5认定国民党"复兴农村运动"是国民党政府的一个"政治骗局"。例7说明国民党"先安内而后攘外"是"反共卖国政策"。与之形成鲜明对比，1981年版《鲁迅全集》的其他注释则要求尽量避免发表评论，以保持客观的态度。早在1977年12月，林默涵就与秦牧、王仰晨等确立了注释《鲁迅全集》的几条基本原则，指导以后的工作。其中第二条指出："注释力求做到简明易懂，不发议论，避免繁琐；特别要注意思想性、科学性、准确性和严肃性、稳定性。对所涉及的人物、事件、社团等,必须坚持历史唯物主义的态度,做到公正、客观,力求还历史的本来面目。"① 但关涉政治则有所例外,政治立场必须坚定,事关原则必须表态。二是对一些重点人物、事件进行重点审查,特别对待。如例6对于张春桥,表述注意尺度,力求准确,将原注释中"潜伏在上海左翼文艺界的国民党特务分子"改为"混进上海左翼文艺界进行破坏活动",表述上避免扣上"国民党特务"的帽子。例8将原注释中"张道藩等"删除,是将田汉与国民党高官"张道藩等"切割,增补的一句则表明田汉已"悬崖勒马,知错能改"。最后定稿采用的正是这一修改。例9的旁注显示出同等级别历史人物的注文需要考虑到整体待遇的统一。最后定稿删去了"曾参加两万五千里长征",因为这是政治经历,而非文学经历。删去"早年参加湖畔诗社",则是因为与正文无关。"按照体例,可以不注这些。"②

三　林默涵的专业把关

在政治把关之外,林默涵的批校大部分都集中于专业部分,大致可以划分为以下四种情况:

第一,改正错讹。

此类共25条。这是编辑加工中最基本的操作,主要是改正注释中的错别字、病句、标点符号、排版错误等,由此却能看出编辑的专业水准与工作态度。从批校记录来看,尽管时间紧张,林默涵"也真是一个字一个字地看下去,决不肯随便放过,敷衍作者和读者的"③,发现了不少问题。

如改正错字的例子:

1.《叶紫作〈丰收〉序》注释2"第三种人"条目,注文引用

---

① 王仰晨:《鲁迅著作出版工作的十年》,《鲁迅研究月刊》1999年第11期。
② 朱正先生原话。笔者2019年1月27日通过朱晓先生的微信请教其父朱正先生得知定稿原因。
③ 鲁迅:《鲁迅译著书目》,《鲁迅全集》第4卷,人民文学出版社2005年版,第187页。

鲁迅致增田涉的信件："自称超党派，其是是右派"，林默涵将第一个"是"字改为"实"。(《且介亭杂文二集》清样第 13 页)

改正病句：

1.《"题未定"草一至三》注释 14 "《小说月报》"条目，注文中提及"先后由沈雁冰郑振铎主编，改革内容，成为新文学运动的重要阵地之一"。这里由于主语是"《小说月报》"，"改革内容"在这里语态显然有误，故林默涵将其改为被动语态："经过改革"。(《且介亭杂文二集》清样第 210 页)

改正标点符号：

1.《买〈小学大全〉记》注释 11 "阅微草堂笔记"条目，注文中提及"《阅微草堂笔记》，笔记小说，共五种，二十四卷，"，林默涵将句末误用的逗号改为句号。(《且介亭杂文》清样第 77 页)

增补漏字：

1.《隐士》注释 5 "庚款"条目，注文中提及"八国联军侵我国"，林默涵增加了一个"入"字。(《且介亭杂文二集》清样第 20 页)

改正排版错误：

1.《续记》注释 8 "汉出的《人间世》"条目，注文中条目之后紧跟就是"半月刊"，中间没有断开，林默涵增加了一个空一字格的符号。(《且介亭杂文末编》清样第 22 页)

甚至对于正文中的标点符号、错别字也加以改正：

1.《六论文人相轻——二卖》正文中有"还用方体字标题道：《幡然一老莅故都，吴稚晖语妙天下》"，此处原为双引号，编辑将其改为书名号，林默涵又将书名号改回双引号，并批注："报纸标题似不应用书名号。"（《且介亭杂文二集》清样第265页）

第二，删汰重复。

这一批校最多，共63条。这一操作通过删除重复、拖沓的文字，以达到精简表述的作用，由此可见林默涵的文字功底。如：

1.《难行和不信》注释6"武当山"条目，注文中有"山上有紫霄宫、玉虚宫等宫观，为我国著名的道教胜地。"林默涵在"宫观"前面加上"道教"二字，改逗号为句号，删去后一句多余的话。注文最后有一句："在旧小说中常把武当山描写成为剑侠修炼的神奇的地方。"林默涵删去了。（《且介亭杂文》清样第67页）

2.《"文人相轻"》注释5"真理哭了"条目，送审稿较为啰唆，作："'真理哭了'一语，出于当时何人的文章，待查。"林默涵删改为"此语出处待查"。（《且介亭杂文二集》清样第126页）

3.《论"人言可畏"》注释3"艾霞"条目，注文中有"当时的电影女演员"，林默涵画出"女"字删去，并在旁边备注："文中说'她们的死……'已暗示是女性。"（《且介亭杂文二集》清样第176页）

4.《六论文人相轻——二卖》注释2"太阳社"条目，注文中有"在关于革命文学的论争中，该社和创造社都曾把鲁迅年老作为奚落的材料。"林默涵将后句改为"该社和创造社都曾奚落过鲁迅年老"。（《且介亭杂文二集》清样第267页）

例1只用"道教"两个字就达到了原稿用冗长的一句话介绍武当山

"道教胜地"属性的效果。例2中,林默涵删减后,用六个字达到了之前17个字的效果。例4用"奚落过"三个字达到了之前八个字的效果。例3则表明,删汰重复是精确到字的。即使是多用一个"女"字,林默涵也毫不含糊,而其理由则和例1删去最后一句的理由相同:正文已经提及,注释则不必重复。林默涵非常注意正文与注释的照应,这一点在后文还将出现。

删汰重复的例子中有一类比较特殊,是删去整条注释的,如:

1. 《门外文谈》原有注释12"为艺术的艺术"条目,注文为:"最早由十九世纪法国作家戈蒂叶提出的一种资产阶级文艺观点(见小说《莫班小姐》序)。它认为艺术应该超越一切功利而存在,创作的目的在于艺术本身,与社会政治无关。"林默涵整体删去,并旁注:"此条可以不要,因为这种观点,正文中已讲清。"(《且介亭杂文》清样第137页)

2. 《"以眼还眼"》原有注释6[①],注文为"马克思在《资本论》第一卷第三章《货币或商品流通》中曾引用莎士比亚《雅典的泰门》剧中的诗作注,来说明货币所起的作用。"林默涵整体删去,并旁注:"此条可不注,马克思引用莎士比亚的地方很多,不止这一处。"(《且介亭杂文》清样第168—169页)

3. 《脸谱臆测》原有注释6"面如重枣"条目,注文为:"见《三国演义》第一回。"林默涵整体删去,并旁注:"可以不注。"(《且介亭杂文》清样第184页)

4. 《"寻开心"》原有注释2"未来派"条目,注文为:"二十世纪初形成于意大利的一种资产阶级艺术流派。它否定文化遗产和一切传统,强调表现现代机械文明。形式离奇,难于理解。我国有些作者如王独清等,也曾以此标榜过自己。"林默涵整体删去,并旁注:"文

[①] 本条注释无条目名。《鲁迅全集》注释按有无条目名称可分为两类,无条目名的注释直接就是注文。

中已有解释，可以不注。"(《且介亭杂文二集》清样第 86 页)

从上文例子来看，林默涵提出删除整条注释的原因有两个：一是注释本身没有必要，"可以不注"，如例 2、3 所示。二是正文中已经讲清，注释无须再重复，如例 1、4 所示。正如鲁迅修改自己的文章："写完后至少看两遍，竭力将可有可无的字，句，段删去，毫不可惜。"[①] 林默涵显然继承了鲁迅的做法，将可有可无的注释整体删去，毫不吝惜。

第三，增补注释。

相对于删汰重复，林默涵在增补注释上动作不大，极为谨慎。这类注释 11 条，略举两例：

1. 《在现代中国的孔夫子》注释 19 "释迦牟尼"条目，注文为："佛教创始人。佛教于西汉末年开始传入我国。"林默涵在注释开头加上"原古印度北部毗罗卫国净饭王的儿子，后出家修道，成为"。(《且介亭杂文二集》清样第 156 页)

2. 《名人和名言》注释 14 "悬诸日月而不刊"条目，注文为："语出汉代扬雄《答刘歆书》中。扬雄在这封信里，引用张伯松赞美他的《方言》稿本的话：'是悬诸日月不刊之书也。'"林默涵在原注释后增加一句："刊，掉下的意思。"(《且介亭杂文二集》清样第 220 页)

例 1 中原注释对于"释迦牟尼"的介绍实在太过简略，林默涵用简短的一句话介绍了佛陀的出身与经历，丰富和完善了原有注释。例 2 中，林默涵则补充注解了原句中关键字词的意义，这也正是读者理解的难点所在。林默涵增补的内容都有充分的必要性，有助于读者更完整、准确地理解注释，而且也没有同简洁的原则相冲突。

---

① 鲁迅：《答北斗杂志社问——创作要怎样才会好?》，《鲁迅全集》第 4 卷，人民文学出版社 2005 年版，第 373 页。

第四，字斟句酌。

这一类批校有 57 条，仅次于删汰重复。而相对于第二、三类的增、删，本类主要是改；但与第一类"改正错讹"不同，本类并非改错，而是炼字炼句，精益求精。如：

> 1. 《中国文坛上的鬼魅》注释 11 "书籍杂志检查处"条目，注文为"指国民党中央宣传委员会图书杂志审查委员会，一九三四年五月于上海设立"，林默涵将"于"字改为"在"字。（《且介亭杂文》清样第 219 页）
>
> 2. 《四论"文人相轻"》注释 6 "阿木林"条目，注文为"上海话，即傻子。"林默涵将"傻子"改为"傻瓜"。（《且介亭杂文二集》清样第 238 页）

首先是炼字。林默涵对于注释的推敲是精确到字的。从严格意义上来说，"于"字属于后缀介词，例 1 此处如果用"于"字，当为"一九三四年五月设立于上海"，因此林默涵此处改为前缀介词"在"字。例 2 中"傻子"与"傻瓜"意义虽很相近，都有"愚蠢、不明事理"的意思，但却有细微的差别。"傻瓜"是带有一点亲昵意味的骂，是玩笑话，"傻子"程度则更重。上海话中的"阿木林"是"傻瓜"而非"傻子"，林默涵改后更为准确。

> 3. 《徐懋庸作〈打杂集〉序》注释 5 "削'杂文'"条目，注文中有："他在发表于《现代》第五卷第五期（一九三四年九月）《杂文和杂文家》一文中说"，林默涵改为"他在《杂文和杂文家》（发表于一九三四年九月《现代》第五卷第五期）一文中说"。（《且介亭杂文二集》清样第 115 页）
>
> 4. 《陀思妥夫斯基的事》注释 4 "伦勃罗梭"条目，注文中"著有《天才论》、《犯罪者论》等书。"是放在注释最后，被林默涵提前到开头第一句"意大利精神病学者，刑事人类学派的代表"的

后面。(《且介亭杂文二集》清样第 285 页)

在炼字的基础上，对于句子则主要是调整次序。例 3 将要补充的内容统统放入括号中，避免了正文主次不分、内容混杂的情况，叙述更为清晰明朗，标点符号的使用也更为清爽。例 4 伦勃罗梭的专著理应放在其头衔介绍之后，然后再介绍其思想主张，这样更合乎逻辑。

5.《中国新文学大系·小说二集序》注释 50 "《晨报副刊》" 条目，注文有 "但是其副刊在孙伏园编辑期间……却是当时赞助和推动新文化运动的重要刊物……一九二五年十月以后，编辑者为新月派的徐志摩。" 林默涵删去 "但是" 的 "是" 字，删去 "却"、"和推动"，将最后一句改为："改由新月派的徐志摩编辑。"(《且介亭杂文二集》清样第 70 页)

6.《七论文人相轻——两伤》注释 6 "左拉" 条目，注文中有："至一九零六年，该案终于真相大白"，林默涵改为 "直至左拉死后四年（1906），该案终于真相大白。"(《且介亭杂文二集》清样第 276 页)

从这组例子能看出林默涵很注意注释的上下文呼应。例 5 中删去多余的字是为求简洁准确，但最后一句改动则主要是为与注释前文 "在孙伏园编辑期间" 呼应，故林默涵用了 "改由" 二字，比初稿毫无转折、平铺直叙确实更为妥帖。例 6 中因条目为 "左拉"，故林默涵在注文中将 "一九零六年" 改为 "左拉死后四年（1906）"，有始有终，方便读者理解。

林默涵对于注释一般是修补，鲜有完全推翻重来的，唯有一条注释是例外：

7.[《立此存照（七）》] 注释 1 的注文为："据《中流》编者黎烈文在该刊第一卷第五期以手稿影印的《'立此存照'（五）》的附

记里说:'现在登出的一条,本来是编作第五条的,后来因为鲁迅先生见到《申报》《儿童专刊》上一文,竟主张中国人杀日本人应加倍治罪,不胜愤慨,立即另外草了一条补白寄来[即《中流》第四期发表的《"立此存照"(五)》……]而这一条原想留在第五期改作《"立此存照"(七)》登出的,料不到现在竟成遗作了!'"林默涵重新撰写注释:"按原来的《'立此存照'(五)》,是关于张资平的那条,因作者看到《申报·儿童增刊》一篇文章,竟主张中国人杀外国人应加倍治罪,不胜愤慨,就写了这条补白寄去。《中流》编者把这一条改为《'立此存照'(五)》,在该刊第四期发表,原来的第五条改为第七条,移在该刊第五期发表,因发表时系用手稿影印,所以号码没有改。收入本书时,编者按写作时间先后将这一条改为第七条。参看作者一九三六年九月二十八日致黎烈文信。"林默涵旁注:"此条与其引用黎烈文附记,不如直接说明原委更清楚。请酌定。林。"(《且介亭杂文末编》清样第225页)

例7中原注释引用黎烈文的附记,叙述缠绕,如云里雾里,读者不易明白两篇文章的关系,林默涵改写后则脉络清晰。其修改令人信服。

小 结

林默涵的批校记录显示出他敏锐的政治性以及扎实的编辑专业功底,是专业与意识形态的双重把关人。林默涵确实发挥了政治把关的作用,给多条注释加上了政治表态,保证了政治正确,但总体而言专业把关更加突出。作为一名文化高官,林默涵所展现出的专业素质毫不逊色于人文社的资深编辑,这与其经历有关。

林默涵1913年出生于福建省武平县,1928年下半年考上福州师范专科高中,通过同学姜树民的介绍开始阅读新文学作品,尤其钟爱鲁迅、郁达夫。1929年春加入中国共产主义青年团,开始做地下工作。同时加入武平县同乡会,并与参会同学凑钱自办刊物《新武平》,在创刊号上发表了第一首白话诗,这是他现代文学、编辑生涯的开端。后由于身份暴露不得不转移到上海，不久又因上海地下党团组织几乎全被破坏，林默涵与组织失去联系，只好卖稿为生，直到1934年才进入一家报社当校对，后又做资料工作。1936年七八月间，林默涵由柳湜推荐，到香港任《生活日报》副刊编辑。不久，又到上海任《世界知识》编辑。在生活书店期间，林默涵协助谢六逸编《国民周刊》，同张仲实编《读书与出版》，得到很大锻炼。1938年春在武汉参加柳湜主编《全民》周刊编辑工作。同年7月，林默涵去往延安。1940年协助艾思奇编辑新创刊的《中国文化》，负责组稿、看稿、画版样、跑印厂。1941年调任华北书店主编，1943年又调《解放日报》，协助艾思奇编副刊。1944年由周恩来亲调重庆工作，1945年负责《新华日报》通讯课，其后接替胡绳任副刊主编。1946年，先在上海，又转移到香港，协助章汉夫编《群众》周刊，协助周建人编《新文化》，也参与编辑《大众文艺丛刊》。新中国成立以后，林默涵转到文教委，才基本脱离编辑的具体工作而逐步走向文化领导岗位。① 艰苦的革命时期，编辑往往是一人身兼数职，甚至常常一人支撑整个刊物。这二十年编辑生涯足够把林默涵锻炼成为一名优秀的编辑。

林默涵的批校也折射出定稿的原则。第一要义就是正确，这包括政治正确和专业正确两方面。专业正确最突出的一点就是要避免错别字和病句。胡乔木也曾对李文兵等人说过："要避免错字。好好的一篇文章，突然冒出一个错字，让人很难受，就像喝粥喝出一个苍蝇。"② 第二是用字要简练、精确。林默涵在这点用力最多，一方面，删汰重复，力避行文啰唆、拖泥带水；另一方面又字斟句酌，力求注释文字达到最经济的效果。胡乔木和他有相同的指示与主张。1978年11月上旬，在京西宾馆，胡乔木接见了《鲁迅全集》领导小组全体成员及《呐喊》的编辑王永昌，谈了一个晚上，对于注文总的要求就谈道："文字要简练、准确、干净，文学书籍的注文更应该干净，否则，与原作很不相称，就把这部

---

① 林默涵的人生经历参见陆华《林默涵自述》，《新文学史料》2006年第3期。
② 据笔者2018年7月9日对李文兵先生的访谈。

书给搞坏了,就像脸上有了泥点,修辞上、逻辑上都不要有什么疵点。"①第三是注意读者感受。在这一点上,林默涵显示出他的专业敏感,有自觉的"受众意识"。在批校中,他会考虑读者的知识基础、阅读反应,从而对注释作出相应的调整。

人文社的编辑对于林默涵的大多数批校都是认可与执行的,但并不一味盲从,个别批校甚至完全否定,推倒重注。如《"立此存照"(三)》注释4"冯史丹堡"条目,林默涵原是建议删除整条注释的,但最后定稿却完整保留,大概是因为正文只提及了冯史丹堡是美国导演,注释则补充了信息,丰富了细节。②即使是涉及政治,也有个别注释并未听从林默涵意见。如《答〈戏〉周刊编者信》注释11"曾今可"条目,林默涵批注加上了"当时上海反动文人"的帽子,但定稿组并未采纳,是因为"能不戴政治帽子的都不戴"③。结合人文社鲁编室曾以集体名义向胡乔木呈递加盖公章的报告,反对胡乔木对《答徐懋庸并关于抗日统一战线问题》题注的反复④,以及陈早春坚持将杜荃注为郭沫若,最后取得成功⑤,可见1981年版《鲁迅全集》注释过程中"政治权力"也要高度重视"知识的逻辑"⑥,在解放思想、实事求是的时代背景下,意识形态领导有其开明的一面,而知识分子也更具主动性。

总而言之,这份林默涵批校过的1981年版《鲁迅全集》第六卷清样有着重要的史料价值,它显示出林默涵作为专业编辑与意识形态官员的双重身份,昭示着注释定稿的基本原则,甚至也折射出当时的政治、文化气候,蕴含着丰富的历史信息,应该引起研究者更多的关注。

---

① 程中原:《胡乔木与1981年版〈鲁迅全集〉》,《纵横》2004年第6期。
② 参见《鲁迅全集》第6卷,人民文学出版社1981年版,第626页。
③ 朱正先生原话,笔者2019年1月27日通过朱晓先生微信请教其父朱正先生获悉。
④ 参见朱正《关于一条注释和一条附录》,《鲁迅研究月刊》1999年第10期。李新宇:《〈鲁迅全集〉:一条注释的沉重历史》,《东岳论丛》2011年第11期。
⑤ 参见徐庆全《"杜荃(郭沫若)":惊动高层的〈鲁迅全集〉一条注释》,《纵横》2004年第4期。
⑥ 范雪:《出版延安的"知识"与"政治":延安与生活书店的战时交往史》,《文学评论》2016年第5期。

《高山下的花环》的发表

陈华积

《高山下的花环》(以下简称《花环》)是李存葆的小说成名作,也是写"对越自卫还击战"[①]最为轰动的战争小说之一,发表于 1982 年第 6 期的《十月》杂志上(11 月初出版),同期还配发了李存葆关于《花环》的创作谈《〈高山下的花环〉篇外缀语》与另一篇时为《文艺报》主编冯牧写的评论文章《最瑰丽的和最宝贵的——读中篇小说〈高山下的花环〉》。《花环》在发表之初就引发了全国性的轰动,掀起了一场空前的阅读高潮[②]。1983 年年初,总政治部决定将《花环》、冯牧评《花环》的文章与李存葆创作谈一起印成单行本,"下发到班",组织部队阅读《花环》[③],使得《花环》从最初发表时的担惊受怕,到最后得到总政治部的认可,"这是对一部作品的最高奖赏"[④]。时任中共中央总书记的胡耀邦,曾自费购买了两千册《花环》,赠送给老山前线将士,更使《花环》轰动一时。1984 年由谢晋执导的同名电影《高山下的花环》上映时,再

---

① "对越自卫还击战"(又称中越边境自卫还击作战,对越自卫还击保卫边疆战),是指 1979 年 2—3 月,中国人民解放军边防部队对在中越边境挑衅和入侵的越南军队进行的自卫还击作战。战争在 1979 年 2 月 17 日打响,分为东、西两线战场。东线为广西边境,由这场战争的总指挥许世友上将指挥;西线为云南边境,由武汉军区司令员杨得志上将指挥。同日,《人民日报》发表题为《是可忍孰不可忍》的评论文章,痛斥越南侵略者长期以来在边境无端挑衅的残忍和无道,揭开了这场战争的序幕。3 月 5 日,中国军队攻下越南北部最重要的城市谅山,随即宣布撤军,东西两线军队于 3 月 16 日全部撤回我国境内,宣布战争结束,历时 28 天。
② 张守仁:《我和〈高山下的花环〉》,《美文》(上半月) 2005 年第 5 期。
③ 1983 年 2 月 19 日《总政治部文化部关于组织部队阅读小说〈高山下的花环〉的通知》。
④ 李存葆:《〈高山下的花环〉发表前后》,《新观察》1983 年第 4 期。

次引发全国的轰动和热议。《花环》是新时期以来继《西线轶事》之后具有突破性的军事题材作品，军旅批评家朱向前指出，"《高山下的花环》的文学史意义，不仅意味着军旅作家思想上的拨乱反正，也意味着军旅文学创作新局面已经开始，意味着以李存葆为代表的新一代军旅作家的崛起"①。

然而，这样一部享誉军内外的军事题材小说，李存葆在构思之初却是经历了几度"难产"的过程，不但数易其腹稿，且时断时续的"苦苦思考"了三年；而在题材的选择上，他也显得疑虑重重，信心不足，经常以讲述"精彩"故事片段的方式向身边的亲友从正面与侧面验证"故事"的可接受度，惴惴不安地揣摩，"担心有人会说是给军队抹了黑"②。李存葆创作《花环》时的谨小慎微固然与他选择所反映的军事文学题材有很大关系，也与"文革"结束后军事题材小说创作还一直处于未"解冻"的环境有很大的联系。最终，李存葆顶住了所有的压力，在其构思了三年之后，"我又将《花环》的结构讲给几位战友听了，他们听后鼓励我快写出来。是的，不能再拖了，烈士坟头的郁郁青草，已经三载三枯荣了！"③ "因为《花环》中的人物在我脑子里活动时间较久，情节也想得差不多了。我没有将结构落在纸上，只是列了个人物表，便开始写，很快就完稿了。《十月》杂志接到稿子三天后便通知我，说编辑部的同志们已将稿子传阅了一遍，决定采用。这就是现在发表的还很不成熟的《花环》。"④

李存葆冲破重重障碍，终于把构思了三年之久的《花环》写了出来，这个过程不可谓不煎熬，创作者本身也背负了沉重的精神压力。然而，需要进一步考量的是《花环》的诞生到底是怎样的一个过程，李存葆当时到底背负了哪些精神压力？而《花环》又是怎样冲破重重"地壳"的裹缚，最终喷薄而出的？

---

① 朱向前：《新时期军事文学的浪潮与格局》，《中国艺术报》2008年12月2日。
② 李存葆：《〈高山下的花环〉发表前后》，《新观察》1983年第4期。
③ 同上。
④ 同上。

一　创作缘起

一九七九年三月初，"对越自卫还击战"在云南、广西边境打响以后，身为济南部队政治部宣传队（前卫文工团）创作室创作员的李存葆，在接到总政文化部统一组织到前线采访的任务[1]后，马上全副武装，火速奔赴前线。与李存葆一同赶往前线的"全军组织的作家"，还有从全国各地赶来的其他九十五名文学艺术创作人员[2]。"随后，边防部队东西两线也抽调了二百多名文艺创作骨干加入作战部队，进行战地采访与写作。在这支专业、业余'混编'的创作队伍中，文学创作方面有徐怀中、西虹、李瑛、陆柱国这样的老战士"，"也有刚获得平反不久，带着'创伤'上战场的金敬迈、彭荆风"等人[3]。

李存葆作为一位临时抽调过来的随军作家，在这场"对越自卫还击战"中表现颇为突出，不但紧跟部队出战，在极其恶劣的行军途中进行英雄人物事迹的采写，而且在战后还继续深入边防部队进行采写，在参加这场战争的前后四个多月里，赶写出十万余字的报告文学和散文[4]。然而，随着对战争深化的认识与对越来越多英雄人物素材的把握，李存葆已经不再满足于写出"宣传战果与仗打得怎么样"的急就章式作品了，他还常常因此而陷入了深深的自责与自我反思当中，认为作品不感人，远远没有反映出指战员给他讲述的原始材料中的那些动人情景，"觉得描

---

[1]　组织军内作家到前线采访是由当时的总政文化部部长刘白羽决定的，见刘白羽《谈〈高山下的花环〉》，《文艺报》1983年第2期。

[2]　朱向前回忆："1979年2月，南疆自卫反击战前后打了半个多月，作为原福州军区前锋歌舞团的创作员，我在停战后第二天就赶到了广西凭祥。这时总政文化部老部长刘白羽组织全军中青年作家也到了前线深入生活，其中就包括李存葆。"朱向前：《〈高山下的花环〉：文化破冰期的旗舰》，《中国青年报》2008年6月3日。

[3]　《军事文学之春——"自卫还击保卫边疆英雄赞"征文评选综述》，《解放军文艺》1980年第8期。

[4]　这一期间他收获了《"战争之神"的眼睛》《将门虎子——记战斗英雄兰方虎》《无敌的匕首——记一等功臣孟召宝、刘建国》《英雄的后代》《从太阳寨出击》五篇报告文学与一篇《努力描绘新一代英雄的风采》的文学创作谈，其中《将门虎子——记战斗英雄兰方虎》一文在其后总政文化部发起的"自卫还击保卫边疆英雄赞"征文大赛中，还荣获了报告文学类一等奖。

写战斗过程较多,而揭示人物心灵的东西较少,可能是这些作品缺少感人的力量的根源。"从此,他常常面对从云南前线带回的一大包英雄事迹材料和六本密密麻麻的采访本而愣神、苦恼,"琢磨着应该怎样概括和集中这些动人的素材,写出一篇较能深刻展示英雄人物的心灵的作品。"①

同年八月,李存葆在解放军文艺社的安排下,再度前往另一支在广西前线参战的部队中去深入生活,并在那里生活了近三个月,使得他再次获得了近距离观察与思考普通战士与英雄人物心灵世界的机会②。这时的李存葆虽然已经顺利完成了上级部门要求军队作家努力宣传英雄人物事迹的写作任务,他前一阶段创作的报告文学作品《将门虎子——记战斗英雄兰方虎》获得了不少赞誉,后来还获得了"自卫还击保卫边疆英雄赞"征文大赛中报告文学类一等奖。但是,这些荣誉和创作收获对于已经从事创作十多年的老文工团创作成员来说是远远不够的,此时的李存葆急需一部有影响力的代表作来证明自己的能力和存在,这还需要从他过去的从业经历和近年来的创作抱负说起。

1946年2月,李存葆出生于山东昌潍地区五莲县的一个村庄里,其父亲在抗日战争时期是村里的地下党员,后来成为乡文书、区指导员。1958年秋,李存葆进入五莲县第二中学就读。高中毕业前的李存葆文学积累并不多,也从来没有想过有一天会走上文学的道路,"现在回想,我那时读的书不足二十本,记得有一本唐诗,几本当代作家描写战争题材的流行小说,再就是读了一些在同学中间私下流传的旧小说,如《七侠五义》《包公案》《施公案》等等"③。1964年初春,刚满十七岁的李存葆报名参军,被分到青岛驻军某部守备连指挥班当战士,学炮兵侦察专业。入伍后的李存葆,对炮兵侦查专业很感兴趣,还在年底的技术大比武中获得了二级技能手的称号,而这时的李存葆"除了偶尔读些报纸副刊的文章外,没读过一本文学书籍。只是在闲暇时即兴在笔记本上写下

---

① 李存葆:《〈高山下的花环〉篇外缀语》,《十月》1982年第6期。
② 同上。
③ 李存葆:《一个跋涉者的回顾》,冉淮舟、刘毅然编《三十五个文学的梦》,解放军出版社1985年版。

一些小诗，以图消遣，压根没想到要发表。"①

促使李存葆走上文学创作道路"完全是一次偶然的机遇"②。在一次为期十多天的通讯报道学习班当中，团里的新闻干事看到了李存葆笔记本上写的十多首小诗，认为有点味儿，并选出两首让他来修改。后来，李存葆得知修改的那首《行军小憩》的小诗被青岛广播电台广播，另一篇散文诗先是被《青岛日报》刊登，接着又被《大众日报》转载。这两篇作品的意外发表对李存葆的即兴创作热情产生了巨大的推动力，团新闻干事也对他大加鼓励，并赠给他两本稿纸。李存葆用这两本稿纸又写了几首诗投寄军区《前卫报》，结果又被录用一首。不久，他就接到团政治处的调令，让他专职从事新闻工作，从此便开始了他新的创作生活。

在团报道组工作的三年，李存葆写了很多模式化的政论文，文学创作上虽是收获不多，不过这期间他也有意外的收获：一是瞅准了空子读了存量不少的"黑书"③，而没有被人发现；二是由于新闻工作的方便，经常有机会参加团、师、军的党委会，有机会到各个单位跑，使他熟悉了各种各样的军人。这段时间的工作与学习，使李存葆深谙"假大空"文章与"假大空"式人物的生存之道，而那些被称为"黑书"的中外国文学名著对他的精神滋养，则为他后来努力要剔除的"假大空"思想影响埋下了一颗"重磅炸弹"。

1970年，李存葆调到济南部队政治部宣传队（即前卫文工团）创作室任创作员，有机会公开地读到更多的中外名著。④几百本中外名著的熏陶，使得李存葆的眼界逐渐开阔起来，创作思想也慢慢成熟起来。林彪倒台之后，李存葆便根据自身的生活感受，大胆尝试写了几个颇为"出格"的短篇小说，并在军内外的刊物上发表了，这其中有《青山望不断》

---

① 李存葆：《一个跋涉者的回顾》，冉淮舟、刘毅然编《三十五个文学的梦》，解放军出版社1985年版。
② 同上。
③ 同上。
④ 同上。

《猛虎添翼》等"在一定程度上触及当时部队生活中的矛盾"① 的作品。李存葆还和创作室的几个同事合作写了一个被认为是"丑化了老团长"的五幕剧《再战孟良崮》，该剧虽是争议很大，却也不妨碍它顺利地公演了一百多场，李存葆渴望冲破体制内写作的诉求由此可见一斑。正当李存葆想在描写部队生活的创作上再往前探索一步的时候，政治上却接二连三地遭到打击②，被迫写各种检讨过关等等，此后的李存葆变得沉默多了，"不再急于写什么东西，而是又潜心读起书来，读了一批苏联的军事文学和战争回忆录，还读了一些世界名人传记等等"③。

"文革"结束后，李存葆创作上不再急于求成、多出成果，甚至在面对"约稿"与出版的诱惑时，还学会了"忍痛割爱"，把一部约稿出版的、写了二十万字的长篇小说果断地搁置了起来④。这时的李存葆，经历了十年"文革"的创作压抑期，有着丰富的政治创作经历与文学成果，"文革"的结束给李存葆期待的文学创作带来了新的希望，同时也滋生了他更大的创作野心："期望自己在创作上能有所突破。"他开始暗中蓄力，希望能创作出一部有影响力的作品来。这些便是李存葆创作《花环》前的早期文学实践与文学理想。

由此，李存葆在面对"自卫还击战"时期丰富的战争素材时，他过往的文学理想又一次变得触手可及了。这时的李存葆显得有点从容不迫，他努力地消化、吸收从云南前线与广西前线七个多月来"深入生活"所搜集到的战争素材与英雄事迹，耐心地寻找战时与战后最能打动他的人和事，同时也在认真地"反省"那些已创作出来的作品为何会写不出原始材料所特有的"激动人心"的效果？原因何在？

---

① 李存葆：《一个跋涉者的回顾》，冉淮舟、刘毅然编《三十五个文学的梦》，解放军出版社1985年版。
② 同上。
③ 同上。
④ 同上。

二 《花环》构思与创作上的准备

在耐心而又细致地梳理"对越自卫还击战"的原始材料时,李存葆对这批材料有两个意外的重大发现:其一是烈士的"欠账单"问题;其二便是高干子弟"曲线调动"问题。先来说烈士"欠账单"的发现。在云南前线时,李存葆就得知有些连、排干部在牺牲后留下"欠账单"的事情(有的写在纸条上,有的仅口头交代过),战争结束后,李存葆通过一位在11军专门从事与慰问团接洽协调工作的山东老乡张援朝的带领,在采访11军31师主攻部队时,见到了令人震撼的"带血的欠账单"。张援朝回忆:

> 第二天一大早,我带着一辆嘎斯69,拉着三位作家直奔战功卓著的31师主攻部队。他们不顾旅途劳顿,看沙盘、问战况,上至师团首长、下至普通士兵,一些具体细节再三核实,生怕有所遗漏。那种认真、细致、负责的创作初衷实在令人佩服。当在92团采访时,一位营教导员拿出一张带血的欠账单,说是他们营一位排长的遗物。上面一一列出父亲患病时欠谁谁多少元;家中房屋倒塌修缮欠谁谁多少元,遗书中一再叮嘱:若我光荣捐躯,人死不能账灭,国家会给抚恤金,把抚恤金全部拿出来还账。但他哪里知道,当时连排级干部阵亡,只有550元的抚恤金,全部拿出也不够还账!
>
> 诉说者、聆听者至此都是热泪盈眶,哽咽不止……
>
> 我陪着三位作家在部队采访了三天,在这难忘的三天里,被英烈们的英雄壮举所震撼,心灵受到了洗礼。①

其后,李存葆在采访广西方面参战的部队时有了更多的发现,在他到过的几个单位中,"几乎也都发现了欠账的事。这些欠账的烈士,清一色是从农村入伍的。他们有的来自河南,有的来自山东,有的来自十年

---

① 张援朝:《老兵亲历越战》,http://www.yidianzixun.com/n/0FgpwZJa。

动乱很凶的'天府之国'四川……"①,"有一个党委搞了个统计数,连排干部牺牲后留下欠账单的人所占的比例数相当大。有一个班长,立了二等功,腿打瘸了,成了残废。当时的规定,战士负伤都不安排,哪里来到哪里去,班长所在地区很贫穷,家中的生活也相当苦,他也欠了点账,复员时拿了点复员费一二百元吧,就把欠账还了一下,最后还该一个人15块钱还不上,按说这个情况应该向组织说一说,最后他就把自己的一套新军装留下来,写了个纸条,压在铺底下,说我还有一套新军装留下来,15块钱我还不了啦,用新军装顶啦,请转交给他。"②

在这些"欠账单"事件当中,李存葆还采访到一个更为"撼人心魄"的事例:一个烈士的妻子拿着抚恤金,卖掉她结婚时娘家陪送的嫁妆,和婆婆一起,来到部队替丈夫还债的故事③。这些"带血"的欠账单和悲情故事曾一度使李存葆很踌躇,"这个问题我也考虑,能不能写,我反复琢磨过这件事"④。透过这些欠账单,李存葆发现了一个广阔的社会生活面,也发现了很多问题,"特别是十年动乱时期的穷过渡,极左路线对我们的破坏,使我们的人民,特别是老区的人民很贫穷"⑤,于是,在《花环》的构思以及后来的文本中,便有了连长梁三喜不幸中弹牺牲前留下的一句话:"这里……有我……一张欠账单……"以及一张染血的"欠账单":

我的欠账单
借:本连司务长120元
借:团部刘参谋70元
借:团后勤王处长40元
借:营孙副政教50元

---

① 李存葆:《〈高山下的花环〉篇外缀语》,《十月》1982年第6期。
② 《李存葆同志谈〈高山下的花环〉》,昆明市总工会宣传教育部1983年5月。
③ 同上。
④ 同上。
⑤ 同上。

……

梁三喜烈士留下的这张欠账单上，密密麻麻写着十七位同志的名字，欠账总额是六百二十元。[①]

李存葆的第二个重大发现是高干子弟"曲线调动"的问题。由于"文革"与"上山下乡"知青运动的影响，"文革"期间有不少高干子弟入伍。70年代末"对越自卫还击战"打响后，这些当年入伍的"高干子弟"将面临战争的考验。战争期间，大多数高干子弟在战斗中的表现都是不差的，如徐怀中的《西线轶事》中的通信兵刘毛妹，虽然在"文革"时遭受不少委屈，但在保家卫国面前，他却是身先士卒、大义凛然，甚至不惜献出了自己年轻的生命。李存葆在云南前线采访时，对高干子弟在战争中的英勇表现是非常赞赏的，《将门虎子》写的就是高干子弟的"兰方虎"继承父志在战场上勇立新功的报告文学，还有后来的《英雄的后代》、"黄南翼排长"事迹等，也是对高干子弟"虎父无犬子"的高度赞扬。这些具有"家国情怀"的高干子弟及其父母当然是值得颂扬的，但也免不了会有一些有私心的高干在战争打响前想方设法把其子女调离前线的事情发生。《解放军报》于战争结束后的5月17日，曾发文就此现象提出过严厉的批评，指出"有极个别的干部，战事一来竟然利用职权把孩子调离前线部队，或是唆使子女抗命不去边防。他们认为这样就能使子女有安逸生活，也有舒适位置，就算尽到了父母的责任。殊不知，这恰恰是贻误子女"[②]。战争结束后，高干子弟"曲线调动"的事情也越来越多地被暴露出来。8月初，李存葆在广西部队采访时，就曾遇到过这类"令人气愤"的事件[③]，在现实当中，也有高干子弟在临调走前被指战员抵制而没有走成的例子[④]。

高干子弟战前"曲线调动"的事件，在作战部队时有发生而且不得

[①] 李存葆：《高山下的花环》，中国解放军战士出版社1983年版，第83页。
[②] 《切莫搞特权贻害子女》，《解放军报》1979年5月17日。
[③] 《李存葆同志谈〈高山下的花环〉》，昆明市总工会宣传教育部1983年5月。
[④] 同上。

人心，这种事情对指战员而言，"很伤部队指战员感情"，"对部队的战斗力是一种极大的损伤"①。更有甚者，在战争已经打响，大炮轰鸣，军指挥所就要向前推进时，"有人把电话要到指挥所，让军长关照其子。因而惹起军长的怒吼，大呼要让来电话者的儿子第一个去炸碉堡！"② 由此可见，当时高干子弟战前"曲线调动"的事情在部队内确实已经造成了非常坏的影响。

李存葆对烈士"欠账单"与高干子弟"曲线调动"两件事情的发现，令他陷入了深思当中。一方面是普通战士壮怀激烈的保家卫国，即使在牺牲后也要"人死不能账灭"，用抚恤金也要还清账的高洁品质；另一方面是有些高干子弟贪生怕死，高级干部为一己之私而置国家与人民利益不顾的猥琐行径。崇高与卑劣的鲜明对比，更能让人无比的痛心，李存葆正是处于这样"无比痛心"事件的旋涡当中。这样的事情，在"文革"后倡导"部队文艺要大力宣扬革命英雄主义"③ "歌颂新一代'最可爱'的人"④ 的军事文学创作氛围⑤中，把其中任何一个故事写出来，都会与当时宣扬军事文学"革命英雄主义"价值观的主流导向产生巨大的冲突，从而引发军事文学的"地震"，更何况李存葆同时还发现了两种都能引发军事文学"地震"的题材，要是真的把这些故事呈现出来了，那么70年代末的军事文学到底会引发什么样的争议，这简直是无法想象。如何处理这些题材？要不要把这些重大的发现写进小说当中？要不要对军中存在的"丑恶"现象予以揭露？一连串问题的提出，成了压在李存葆心头的一块块巨石。

"对越自卫还击战"新发现题材的敏感与意识形态化写作宣传上的要

---

① 《李存葆同志谈〈高山下的花环〉》，昆明市总工会宣传教育部1983年5月。
② 李存葆：《从生活到艺术》，《迎着八面来风》，解放军文艺出版社1986年版。
③ 本刊编辑部：《部队文艺要大力宣扬革命英雄主义》，《解放军文艺》1979年5月号。
④ 本刊编辑部：《祝贺自卫还击战的重大胜利，歌颂新一代的"最可爱的人"》，《解放军文艺》1979年4月号。
⑤ 此时，率先反映"对越自卫还击战"中英雄人物生活与精神"阴暗面"的徐怀中《西线轶事》已完成写作，但尚未发表，李存葆对70年代末军事文学创作风向标的把握尚无从借鉴。

求，一方面给李存葆的构思与创作带来了巨大的困扰。但另一方面，李存葆对"文革"时期"三突出"创作模式与"假大空"政论式写作等创作弊端深刻的认识，也使他逐步抵达精神忍耐的上限，从而产生"破除"军事文学条条框框的冲动。在烈士"欠账单"现象与高干子弟"曲线调动"问题所形成的情感旋涡的牵引之下，特别是在高干子弟的问题上指战员们群情激愤地提出"能不能揭露这个问题"，并动情地对他说，"你们不要害怕，因为揭露这个问题出了事情我们保你！"① 时，李存葆最终还是被这场战争所激起的巨大情感与正义力量战胜了紧绷在他头脑中十多年的"明哲保身"之弦，从而对正义的战争有了更深刻的认识：正义的战争，也是人类灵魂的净化剂……在战争这个特定的条件下，一切利己的打算、一切私心杂念，无不显得格外渺小、格外可耻。②

三 《花环》构思的"禁锢"期

李存葆的第一次创作冲动在情感与正义力量的感召之下，终于迅猛地推动他"冲开"了新时期军事文学"堤坝"的一个"缺口"："由于这些，我便产生了创作冲动，铺开稿纸拉了个结构。结构中的人物关系，梁三喜一家和赵蒙生一家这条线当时就有了，但其他的人物关系和现在的《花环》不尽一样。开篇写了个引子，先引出梁三喜留下的欠账单，接着便把生活面放在沂蒙山中去了。"③ 但是，由于其他材料准备不足与"展现生活面的角度没选准"，李存葆的创作很快便出现了难以为继的局面。由此，《花环》第一次的结构便宣告"报废"了，李存葆也便结束了第二次在前线部队的采访，回到了济南所在的单位。紧接着因忙于年底演出节目的创作，《花环》的写作便暂时辍笔了。后来李存葆屡次想抽空重新结构，"总感到难度颇大，除了角度的选择外，还因生活交给我的那些素材的'负荷量'沉甸甸的，我不能把它写得不痛不痒，这就遇到如

---

① 《李存葆同志谈〈高山下的花环〉》，昆明市总工会宣传教育部1983年5月。
② 同上。
③ 李存葆：《〈高山下的花环〉篇外缀语》，《十月》1982年第6期。

何写军队内部矛盾的问题。"①

李存葆所谓的"我不能把它写得不痛不痒",涉及对"文革"时期"无冲突论"②的批判,在"无冲突论"模式的要求下,文学创作多表现为"写得不痛不痒""你好我好大家好"。而对于"无冲突论"给军事文学创作带来的危害,李存葆有深刻的认识:"长期以来,理论上的形而上学和庸俗社会学,严重地影响了军事文学沿着现实主义道路的发展。我认为最突出的是'无冲突论'思想。'无冲突论'导致作品的概念化,概念化的根源是回避了生活中的矛盾。多年来,在军事文学创作中,除了什么'三突出''高大全'外,还有着若干没有形成文字的框框,诸如:对领袖人物的神化,对英雄人物的净化,对反面人物的脸谱化,对现实生活的粉饰美化等等。我们写战争,有时并不是战争本来的样子,而是作者认为必须那样写才'通得过'的样子,我们写部队日常生活的人和事,也往往人为地去加以粉饰和拔高。我们往往习惯于单一地去描绘那些英雄头上的'光圈',把作品中的人物变成某种教义的图解。这样的作品如同蘸着观音菩萨'净瓶'的水写出来的一样,很难使食人间烟火的读者所接受。"③

李存葆全新的创作要求,使得他第一次真切地感受到"无冲突论"思想给《花环》写作带来的"难度":一方面,他在前线生活获得的写作素材给予了他极大的激励和震撼,他再也不能像以前一样处理这类"激越人心"的题材,"把它写得不痛不痒、你好我好大家好";另一方面,这些题材在其精神品质上是沉重的且带有较强的"破坏性",如果"照此写了,我则担心有人会说是给军队抹了黑"④。由此,"这就遇到如何写军队内部矛盾的问题"。对李存葆而言,这是一个比处理"负荷量"沉甸甸的题材更为棘手的问题,"没有任何人说军队内部矛盾不可以写,但还确

---

① 李存葆:《〈高山下的花环〉篇外缀语》,《十月》1982年第6期。
② 军事文学创作历来要求不能写"从落后到转变",不能写人物的"阴暗面",不能写"矛盾冲突",即便是有"矛盾冲突",也是"好"与"更好"的冲突。
③ 李存葆:《从生活到艺术》,《迎着八面来风》,解放军文艺出版社1986年版,第11页。
④ 李存葆:《〈高山下的花环〉发表前后》,《新观察》1983年第4期。

实存在着如何在创作实践中去表现它的问题。尤其是写自卫还击战，我当时还未能从已发表的作品中得到更多的有关这方面问题的借鉴。"①

最终，如何准确地去揭示部队生活的矛盾，李存葆一时感到还没有把握，于是他只能将在前线生活所得的素材暂时放在一边，又回到不断变化发展的生活中去。1979年年底的中国文坛，风起云涌、变化万端，新时期的文学局面将进一步打开。十月底全国第四次"文代会"在京召开和十二月中下旬全军文化工作会议的召开，给"文革"结束后低迷的军事文学创作带来了新的机遇，"这次会议的召开及相关政策的落实，对文艺指导思想的拨乱反正，解放部队文艺生产力，激发部队广大文艺工作者的创造力，乃至活跃基层文化活动都起到了重要推动作用。"② 在这样的瞬息万变的新形势下，李存葆与军内少数跃跃欲试的创作者一样，选择了观望的态度。

李存葆第二次创作《花环》的冲动，来自于1980年2月中旬党中央与中国作协召开的剧本座谈会。这个剧本座谈会是第四次文代会后有关文艺工作的一次延续会议，召开这次会议的目的和希望在于能够对文艺创作上大家共同关心的一些重大问题，交流一下看法，统一思想。胡耀邦在这个剧本座谈会上就"如何对待我们社会中的阴暗面""要培养和锤炼一支敢想敢干、百折不挠的文艺创作大军"等方面的话题作了具有导向性的阐释。他指出："要不要揭露那些不好的东西？也要揭露。现在各种各样干扰'四化'的力量、倾向、错误思想、错误行为多的是。我赞成你们在写向'四化'进军的时候，狠狠揭露那些阻碍向'四化'进军的错误行为、错误思想。"③ 这段话明确地表示了对社会中一些"不好的东西""错误行为""错误思想"等现象应该予以狠狠的"揭露"，而对于"落后的典型"更应该予以揭露，"要描写我们的主导力量，如何排除阻力，如何克服落后思想"。

---

① 李存葆：《〈高山下的花环〉篇外缀语》，《十月》1982年第6期。
② 胡世宗：《文坛风云录》，海天出版社2013年版。
③ 胡耀邦：《在剧本创作座谈会上的讲话》，《文艺报》1981年第1期。

胡耀邦在文艺工作的一些具体问题上鲜明的导向性，非常及时地打消了李存葆关于"能否表现社会生活中的阴暗面""能否暴露社会中的一些丑恶现象"等问题的疑虑，也为他构思出《花环》中的矛盾对立面，书写"英雄崇高的心灵"与揭露"落后的典型"思想上的"卑劣"相冲突的作品架构提供了一条很好的路径，"这段话对我重新构思《花环》有很大启示，我集中力量思考如何在《花环》中把矛盾写得尖锐一些，准确一些，深刻一些，特别是准确地反映矛盾，这是关键。不然，作品既不会尖锐，也不可能深刻。"①

胡耀邦的发言与文艺政策的明朗化给李存葆带来了重新构思《花环》的冲动，"这期间，我数次跟军内外年轻的同行们口头谈过《花环》的结构，当我讲到烈士的妻子和母亲用抚恤金还账的情节时，对方总是眼泪汪汪地对我说：'写！赶紧写出来！写得更悲壮一些！世界上哪有这好的烈士，哪有这么好的人民！'当我讲到雷军长甩帽骂娘的情节时，对方也总是鼓励我：'军事文学应该有它独特的风骨，要充满革命英雄主义和爱国主义，要写得正气凛然！'"②

由此，《花环》的结构也开始成型了，几个比较关键的细节也逐步安排进小说的情节结构当中去。但是，1980年2月中旬后的李存葆面对逐渐回暖的文坛氛围却是迟迟不能动笔，"我仍在苦苦思考"③。胡耀邦关于文艺创作问题的讲话虽然扫除了李存葆创作认识上的不少迷雾，创作的形势也显得越来越乐观，但对于当时军队内部的文学创作来说，意识形态化的写作要求仍然是放在首位的，这与李存葆所要反映军队内部矛盾的问题仍然有不小的差距，这也是李存葆最为谨慎与犹豫之处：是否要真实地反映部队的问题？如果真实地反映了部队的高干子弟曲线调动的问题，"我则担心有人会说是给军队抹了黑"④。

李存葆的担心也不是没有原因的，早在"伤痕文学"刚发端之时，

---

① 李存葆：《〈高山下的花环〉篇外缀语》，《十月》1982年第6期。
② 同上。
③ 同上。
④ 李存葆：《〈高山下的花环〉发表前后》，《新观察》1983年第4期。

总政文化部部长刘白羽就曾公开表示过:"我觉得,我们部队不要写那样的作品,调子比较低,好像一百年后也解决不了,遗恨终生。"①

文坛对《苦恋》的批判横亘于李存葆第二次构思《花环》的创作期间,这给《花环》的创作带来了不小的冲击,而《花环》在长达两年多的时间也一直处于"构思"的状态,则更显出李存葆的顾虑重重。不过,虽然《苦恋》给部队作家带来不小的冲击,这期间李存葆还是努力想打破僵局,先后写出了《母亲,孩儿对你说……》《瞧,这些导弹兵》《生命的奇迹》《雷与火谱写的歌》《爱的悲喜剧》《金银梦》《火中凤凰》等具有"试探性"的短篇小说和报告文学,这些作品中有歌颂我军建设新风貌的,也有直击现实中的困境和矛盾冲突的,但更多的还是以抨击社会与军队内部不良现象为主的作品,显示了他正视现实、试图冲破文学创作无形束缚的勇气②。

四 《花环》创作最后的突破与诞生

李存葆第三次创作《花环》的冲动,来自 1982 年 4 月 19 日召开的全国军事题材文学创作座谈会③。这次会议由中国作协和中国人民解放军总政治部文化部联合召开,也是新中国成立以来规模最大、规格最高的全军军事题材文学创作座谈会。出席会议的有贺敬之、张光年、刘白羽、丁玲、冯牧等人,以及来自全国各地军内外一百四十二位老中青作家、文学工作者和编辑等,会议的目的为"繁荣军事文学创作,推动军事文学新发展"。这次会议距离李存葆上次参加的"剧本创作座谈会"已有两年多了,对于《花环》的创作,李存葆仍然是举棋不定,关于《苦恋》的批判犹在耳边。不过这次以"繁荣军事文学创作"为主题的座谈会,其"解放思想"的力度比以往的创作座谈会都要大,与会者一改以往的墨守成规,反而是大胆进言,各抒己见。《十月》杂志的创办人之一张守

---

① 胡世宗《文坛风云录》,海天出版社 2013 年版。

② 李存葆:《一个跋涉者的回顾》,冉淮舟、刘毅然编《三十五个文学的梦》,解放军出版社 1985 年版。

③ 1982 年 4 月 19—28 日在京召开了全国军事题材文学创作座谈会。

仁以编辑的身份参加了这次会议,"在那次会上,有的与会者指出,不敢解放思想,束手束脚,无冲突论,回避矛盾,粉饰生活,是军事题材作品不能感人的原因。只有深刻而真实地描写矛盾冲突——外部的和内部的、军事的和政治的、经济的和文化……使之具有撼动心魄的艺术力量"①。

见到如此活跃的会场氛围,李存葆的心思也开始活动起来了。会上,李存葆重新学习了胡耀邦在1980年2月召开剧本创作座谈会上的重要讲话,以及胡耀邦近几年来有关繁荣军事文学创作的批示②。而胡乔木就如何繁荣军事文学创作的问题"作了十分精辟的阐述",使李存葆深受启发③。会上刘白羽的发言,对李存葆《花环》的创作触动较大。刘白羽在谈到"部队创作中存在的某些问题"时,指出"要深刻反映矛盾,构思真实感人的情节","回避矛盾,常常是作品情节平淡的原因。战争年代的矛盾,是尖锐的,剧烈的。当前,部队现实生活也存在着许多新的矛盾,而部队就是在不断地解决矛盾中前进的……部队内部的矛盾毫无疑问可以进入军事文学创作的领域。只要作者有正确的立场、态度和方法,真实地反映生活,在光明与黑暗的搏斗中能掌握光明的主导方向,在先进与落后的冲突中能掌握先进的主导方向,就会有利于推动生活的前进,有利于军队的建设。"④

刘白羽的这段发言,对处于迷惘中的李存葆颇有"豁然开朗"之感:"这又一次提高了我的思想认识,对我在《花环》中表现部队内部矛盾,有不少启示。"⑤刘白羽对李存葆的"启示"在于刘的发言给李提供了一个如何处理"部队内部矛盾"的方法:"只要作者有正确的立场、态度和

---

① 张守仁:《我和〈高山下的花环〉》,《美文》(上半月)2005年第5期。
② 李存葆:《〈高山下的花环〉发表前后》,《新观察》1983年第4期。
③ 张守仁:"会上,胡乔木就如何繁荣军事文学创作的问题,提出了人民性高于党性的新观点。"(《我和〈高山下的花环〉》)
④ 刘白羽:《努力建设我国新的历史时期的社会主义军事文学——一九八二年四月十九日在军事题材文学创作座谈会上的发言》,刘白羽、冯牧等《军事文学创作论集》,解放军文艺出版社1984年版。
⑤ 李存葆:《〈高山下的花环〉篇外缀语》,《十月》1982年第6期。

方法，真实地反映生活，在光明与黑暗的搏斗中能掌握光明的主导方向，在先进与落后的冲突中能掌握先进的主导方向，就会有利于推动生活的前进，有利于军队的建设。"刘白羽首先肯定了部队内部"写矛盾""写冲突"的合法性，其次指出"写矛盾""写冲突"的诀窍在于如何掌握"光明的主导方向"与"先进的主导方向"的问题，也即是矛盾的"主要方面"与"次要方面"中的"主次"问题。李存葆由此掌握了一个书写《花环》时的一个重要的方法："在写《花环》时，我努力去追求的是，对美的事物，采取实写，重笔浓墨；对丑的东西，进行虚写，点到为止。在揭示矛盾时，寓热情于无情之中。就拿贯穿全篇的'曲线调动'和'反调动'来说，我重点在'反'字上作文章。这样矛盾尽管很尖锐，但它主要展现的是广大指战员的爱国主义和革命英雄主义，从梁三喜、靳开来对赵蒙生的痛斥声中，从雷军长甩帽骂娘的怒吼声中，读者可以体味到炎黄子孙那充满正义感的美好感情。在'欠账单'和'抚恤金还账'的描写中，'欠'是虚写的，'还'是实写的。'欠'是意在不言，'还'能打动人心。'还'的实写尽管'悲'，但却有'壮'，能充分展现梁大娘、韩玉秀这样的老革命根据地的人民，对党、对军队、对国家的一往情深；能够描绘出我们民族脊梁的那瑰丽的灵魂。"[①] 由此，李存葆在深入揭露部队内部尖锐的矛盾时，又巧妙地避免了"有人会说是给军队抹了黑"的指责。

此时，李存葆对《花环》结构与内容上的把握与两年前在剧本座谈会上的把握相比，显得更成熟、稳重一些，俨然是"胸有成竹"了。不过，李存葆最后顾虑的打消，与同是新时期军事文学"破冰"之作——徐怀中的《西线轶事》诞生一样，还需要一些"外力"的助推，才能完成最后的"破土而出"。这"外力"便是《十月》的编辑张守仁对李存葆的约稿与最后的精神鼓动，若没有张守仁及时的"助推"，《花环》什么时候能诞生，仍是一个未知数。

张守仁，1933年生于上海市崇明县，毕业于南京外国语学院和中国

---

① 李存葆：《从生活到艺术》，《迎着八面来风》，解放军文艺出版社1986年版。

《高山下的花环》的发表

人民大学新闻系,1953年起在部队担任过四年的翻译员,《十月》杂志创办人之一。70年代末80年代初的张守仁编发过《公开的情书》《开拓者》《张铁匠的罗曼史》等轰动一时的作品,在文坛上以"大胆的伯乐"著称。1982年4月19日,以编辑身份参加全国军事题材创作座谈会的张守仁,在会议期间的一次外出活动中①,巧遇了李存葆。他向李存葆约稿,李存葆就给他讲了三个题材:《月照军营》《英雄一生》《花环》②,其中他对《花环》最感兴趣,于是把新搬到北三环中路的家庭地址抄给了李存葆,热情地邀请他到家中长谈。李存葆如约而至,向张守仁讲述了在前线的所见所闻,还讲了后来在《花环》中详细描写的三个细节(军长因为在战前有上级领导把儿子撤向后方而甩帽骂娘、梁三喜留下的血染的账单、两发没有发出的臭弹)。张守仁的情绪被调动起来了:"在交谈中,我建议作者写军事文学作品,除了大力歌颂军队丰功伟绩、英勇献身的同时,要敢于如实揭示军队内部存在的深刻矛盾。我说,任何团体组织,都不可能是铁板一块,军队内部既有正气的一面,也有阴暗的负面。如果军旅文学作者只到地方上寻找对立面,那就没有紧张性、没有爆发力……我建议存葆有胆有识地写,冲破精神枷锁,摆脱清规戒律,跨越好人好事的写作水平,把严酷的战争真相、鲜活的战士心灵,淋漓尽致地展现在读者面前。"③

张守仁一番推心置腹的精神鼓励,显然深得李存葆的认可。在编辑认可、激励的精神鼓荡之下,李存葆也最终完成了最后一道精神障碍的跨越,"他从1982年5月20日动手写《高山下的花环》,到6月19日就完成了初稿。并于7月5日至7月18日改写、誊抄完毕。当天傍晚,李存葆拿了一大摞原稿送到北三环中路我家里,希望我尽快处理。"④《花环》由此完成了它最后的创作历程,历经十多天就被创作出来了,再经过修改、誊抄,最后作为成品被摆到了编辑张守仁的案台上。

---

① 大会组织与会作家乘车到河北高碑店去看当地驻军战士打靶演习。
② 张守仁:《我和〈高山下的花环〉》,《美文》(上半月)2005年第5期。
③ 张守仁:《李存葆的"花环"与我》,《星火》2017年第6期。
④ 同上。

然而，不要以为历经三年"难产"的《花环》，一部精神"负荷量"沉甸甸的中篇，得到编辑首肯就可以顺利刊发了，《花环》最后的发表还经历了一次"走钢丝"般惊险的心理博弈。第二天清晨，张守仁赶写好《花环》的审读报告后，把稿子带到编辑部互相传阅。整个编辑部只花了两天就把稿子传阅了一遍，一致决定把它作为重点稿放在头条刊登出来，组织评论稿的编辑还提议请当时担任作协书记处书记的评论家冯牧写一篇评论同期发出。《花环》稿件经张守仁编辑完后，送给冯牧审读，并请他写评论。编辑们这样做的目的是很明显的，当他们遇到一些有争议的作品需要刊发时，往往会请一些文坛上有名望的作家予以支持。作为文坛最大伯乐的冯牧，五六十年代提携过不少部队的年轻作家，80年代初肯定过《十月》刊发的有争议的作品《晚霞消失的时候》，《十月》的编辑约请冯牧写一篇评论与《花环》同时刊发，自然是再合适不过的事情了。

冯牧读完稿件后，认为这是一部难得的好稿，"但由于他处在中国作家协会领导岗位上，比较谨慎，觉得有些地方过于尖锐，提了意见，建议作者修改。"[①]李存葆舍不得删改，张守仁也不同意再修改，他们一致认为，"如果把矛盾的尖锐性磨平了，艺术感染力必将大大减弱"。最后，张守仁想出一个办法"把编好的稿子复印一份，让存葆在复印稿上作了些删改，送给冯牧审阅。冯牧看了删改稿把评论文章写了出来，送给编辑部。但当我发稿时瞒着他人，发的仍是没有删改的原稿。"[②]经过编辑张守仁此番"斗智斗勇"的心理博弈，《花环》终于以"未删稿"的面目刊发于1982年第6期《十月》，冯牧的评论文章《最瑰丽的和最宝贵的——读中篇小说〈高山下的花环〉》也一同刊出。冯牧对《花环》予以极高的评价，认为这是"一部充溢着崇高的革命情愫、能够提高和净化人们的思想境界的作品，一部真实地挖掘和再现了我们英雄战士身上所赋有的那种瑰丽而又宝贵的精神品质的作品"，而对作品中最为敏感

---

① 张守仁：《我和〈高山下的花环〉》，《美文》（上半月）2005年第5期。
② 同上。

的、"揭露部队内部矛盾"的做法,冯牧还特别指出来,并予以肯定:"我以为这种尊重客观实际和尊重生活真实地描写,不但没有给我们的革命军队生活涂上不谐调的色彩,反而使作品中的人物和生活显得更加绚丽多彩,更加真实可信。"①

结语:反响与余波

《花环》发表以后,在全国读者中激起了很大的反响。李存葆在一年多收到全国读者四千多封来信,纷纷向他表达阅读后的激动和相似的遭遇,出现了很多感人事件和读者被感化的"忏悔"事件,也有四百多封是为牢骚副连长"靳开来"最后没有立功鸣不平的。《花环》在文艺评论界也好评如潮:《文艺报》副主编唐因称赞《花环》是新中国成立三十多年来第一部写军队内部矛盾的优秀之作;南京召开的当代文学研究会第三次学术会议上,称《花环》是爆炸性的作品;著名评论家唐达成、雷达、陆文虎、范咏戈、李炳银等人纷纷写评论给予好评;刘白羽在《文艺报》上就《高山下的花环》发表了与李存葆的对谈,称赞这部作品具有"震撼人心的力量";上海作家协会组织座谈会,盛赞《花环》的成就,等等,各类称赞不一而足。

《花环》最蔚为壮观的是引发了一场当代文学的出版奇迹,全国先后有74家报纸连载此小说,北京出版社的《花环》单行本,到第8次印刷时,已达158万册,当时国内有8家出版社出版《花环》单行本,总印数达1100万册。另外,全国有60家剧团把《花环》改编成话剧、歌剧、舞剧、京剧、评剧、曲剧演出。1984年,《花环》被改编成三集电视剧在全国上演,同时还被改编成电影在下半年上映。《花环》电影引起巨大轰动,几乎达到家喻户晓的地步,也是"对越自卫还击"系列电影中最感人的电影。2017年年底,冯小刚执导的《芳华》在中国上映,《芳华》以军队文工团一群青年男女的遭遇,讲述了他们历经"文革"与战争洗

---

① 冯牧:《最瑰丽的和最宝贵的——读中篇小说〈高山下的花环〉》,《十月》1982年第6期。

礼的"芳华"岁月，其中有一段讲述文工团的几个成员奔赴"对越自卫还击战"战场的经历，战争的残酷与命运的吊诡奇异地扭结在一起，让大多数年老的观众再度回忆起80年代风靡全国的《花环》小说与电影。两相比较，还是觉得《花环》给他们带来的心灵震撼，始终萦绕于心，而借助电影《芳华》，那种崇高的"家国情怀"又再度在他们心中复活了。

2018年6月21日
2018年10月9日修改
永泰庄

书斋内外的小气候
——宗璞的家、父亲与小说

樊迎春

出生于 20 世纪 20 年代末的宗璞,为世人熟知或许因为是著名哲学家冯友兰之女,又因 50 年代运动中小说《红豆》被批为"大毒草"而名世。但无论作为"归来"还是"伤痕"作家,她都不够典型。冯友兰1949 年以后一直积极向党和国家靠拢,除了"文革"中被抄家和短暂关押外,冯家全家不曾被下放或虐待,宗璞本人除了在 50 年代中期和"文革"因"冯友兰之女"被揪斗外,也并未遭受更多迫害,始终葆有基本正常的工作和生活。新时期到来,宗璞重返文坛,甚至迎来自己创作生涯的新高潮[1];但作为知名作家,宗璞又似乎远不及她的同代人受关注。这自然和她常年陪侍在父亲身边没有全心写作有关,更重要的原因或许在于她本人家学和教育影响之下形成的写作意识与创作风格。宗璞显然不是一个可以获得和比她年轻几岁的王蒙等人一样重要学术关注的作家,也很难赋予关于她的研究以更多的当代性意义,但不能否认的是,宗璞确实代表了一种类型的知识分子写作。目前有关宗璞的研究大多停留于其散文、小说的创作风格,且多用"优雅""精致""玉兰气质""淡泊宁静"等语义阴柔和重复之词,对已经出版了三卷的"野葫芦引"系列长篇小说的评价也多从知识分子命运、历史责任、家国、民族等宏大角

---

[1] 自 1978 年开始,宗璞发表中短篇小说数十篇,散文、童话若干,并先后获得全国优秀短篇小说奖(《弦上的梦》)、全国优秀中篇小说奖(《三生石》),同时开始有散文小说集等作品选出版。

度出发①。但宗璞身上携带的其实是更为复杂的作家创作与社会历史之间的契合与冲突问题,而她个人对此的认知与态度更在一代知识分子型作家中具有典型性。

宗璞出身书香门第,深受古典文学熏染,又接受了外国文学科班教育,历经抗日及解放战争、1949年后多次批判运动、"文革"、新时期,她的写作已经超越通常意义上的"作家姿态与自我意识",单纯地论述其文学创作风格显然有失偏颇。本文从她的家学渊源写起,梳理其父亲家庭代表的书香古风和母亲家庭倾向的革命实践,力图在知人论世的基础上探究宗璞的创作风格,厘清其陪侍六十年的父亲冯友兰对她的内在影响,以宗璞的作品文本为基础,分析宗璞在书斋之内形成的个人审美趣味与书斋之外影响下的价值追求之间挣扎的分裂式写作。这也成为宗璞创作的特点与困境。有意义的是,同样的问题甚至依然困扰着今天的诸多写作者,研究宗璞的问题恰恰可以为我们观察今天的文学现场提供视角参考。

一 家庭

宗璞1928年7月26日(农历六月十日)生于北平海淀成府槐树街十号,是冯友兰夫妇的第三个孩子,冯友兰时年33岁,已经有一个9岁的女儿和一个4岁的儿子。宗璞未及满月冯友兰便开始担任清华大学哲学系教授兼秘书长,随后全家搬进清华园。此后直到1990年冯友兰去世,宗璞一直居住在清华、西南联大、北大的校园之中。与女儿是天生北平人不同,冯友兰于1895年出生于河南省南阳市唐河县祁仪镇。冯友兰祖籍山西,清朝年间曾祖携子迁入河南,正是迁入的这一支筚路蓝缕,历经几代传承,终于在南阳落户扎根。及至冯友兰出生,冯家已是当地有名的大户,不仅有田产一千五百多亩,而且人丁兴旺,每天家里有二三十口人吃饭。

作为南阳本地的外来者,历经了最初的艰难困苦,到了冯友兰的祖

---

① 人民文学出版社编:《宗璞文学创作评论集》,人民文学出版社2003年版。

父冯玉文一代，除了买地置产之外极为重视子女教育，他认为唯有耕读可传家①，这种观念也算是文化名地南阳的优良传统。地处盆地，河流环抱，气候湿润，南阳自古人才辈出，学风浓厚。据冯友兰自述，"照老家的规矩，教书先生的地位是很高的，每顿饭必须有家里一个主要人陪着吃"②。冯家的尊师重道也得到了相应的回报，冯友兰父辈的兄弟三人都在科举中取得功名，冯友兰的父亲更是连中举人、进士，一时"唐河三冯"传为佳话。冯友兰谨遵家族规矩，七岁进私塾，经过了传统四书五经的"包本"③教育。但在冯友兰父亲一代，满清王朝已经日暮西山，父亲常年奔波在外，不幸英年早逝，冯友兰当时只有13岁。之后冯母继续延师教子，直到他们1910年考入新式学校。冯友兰父母秉持的教育观念是无论学什么，都需要把中文的底子打好。因此，15岁之前的冯友兰一直接受中国传统文化教育。冯友兰的母亲是具有传统家庭妇女美德又不拘泥于传统礼法的人，既把丈夫孩子的成功视为最高目标，又思想开明，不仅做过新式学校的学监，还做主解除了女儿的包办婚约。在这样古典、开明又富庶的家庭成长，冯友兰和弟弟妹妹将冯家的声名带上了一个新的高度。

与父辈"唐河三冯"相呼应的是冯友兰一辈的"新唐河三冯"。冯友兰和弟弟冯景兰先后考取河南省的官费留学资格，几年后都从美国知名大学学成归来，受到当地人的礼遇。冯友兰后成为知名哲学教授，先后任教于清华、北大；冯景兰成为著名地质学家，是中国丹霞地貌最早的发现者和研究者。他们的妹妹原名冯恭兰，后改名沅君，笔名淦女士，是"五四"时期著名女作家。冯沅君自幼与兄长一起学习古典文学知识，虽然按照家族规定女孩十岁以后不再上学，但她从兄长处了解了新知识和新观念，并最终说服母亲取消了原定的婚约，与兄长一起北上求学，

---

① 冯友兰家族情况可参考赵金钟《霞散成绮——冯友兰家族文化史》，长江文艺出版社2000年版。
② 冯友兰：《三松堂自序》，江苏文艺出版社2011年版，第24页。
③ 一本书从头背到尾，才算读完，叫"包本"。冯友兰：《三松堂自序》，江苏文艺出版社2011年版，第4页。

考入北京女子高等师范学院，毕业后又考入北京大学攻读古典文学研究。求学期间，冯沅君创作了许多反抗旧礼教、宣扬女性婚恋自由的小说，一时名满京华，时有黄（庐隐）、凌（叔华）、冯（沅君）、谢（冰心）之称。后来，冯沅君与同为文学研究者的陆侃如结婚，一起从事古典文学研究和教学，成为文坛著名的学术伉俪。如果说父辈的"唐河三冯"还是传统的享誉功名，子辈的"三冯"便都进入现代意义上的专家学者行列。

祁仪冯家是传统的书香门第，在走出了范蠡、张衡、诸葛亮等文化名人的南阳，祁河仪河环绕的小镇孕育了冯家的几代贤能。冯友兰的堂妹冯缵兰嫁给了著名哲学家张岱年，冯景兰的长女冯钟芸后来成为北京大学中文系教授，她的丈夫是著名哲学家、国家图书馆前馆长任继愈。据河南冯友兰研究会提供的一份材料统计①，冯氏子弟自第七世"兰"字辈起，至第九世"镇"字辈止，具有大学学历者 55 人，硕士学历者 2 人，博士学历者 8 人。其中 37 人毕业于北大、清华、哈佛等名校，23 人留学海外，22 人成名成家。说南阳冯家是有家学传承的"文化世家"似乎并不为过。与父亲家庭的温润儒雅形成对照的，是母亲任载坤这边的另一番激烈景象。

宗璞的母亲任载坤是任芝铭先生的第三个女儿。任芝铭先生是河南新蔡人，生于 1869 年，是晚清举人，早年沉迷学问，后参加革命，是同盟会重要成员。辛亥革命之后也一直活跃在革命一线，在反袁、北伐、抗日战争中始终发挥重要作用。任芝铭在家乡兴办教育，鼓励后学，在河南和全国都享有盛名。革命战争年代，任芝铭亲近共产党，心系延安。中华人民共和国成立后历任河南人民政府委员、河南政协委员、全国政协委员。任芝铭共有六个女儿，虽然一生没有儿子，但他对女儿绝不歧视，鼓励她们放足、接受教育，且婚恋自主，并无逼迫。大女儿任馥坤嫁给了四川人黄肇修，黄是早期同盟会成员，由任馥坤的妹夫孙炳文介绍二人相识，自由婚恋。黄从京师大学堂采矿工程系毕业，致力于祖国

---

① 新华社每日电讯：《牵挂冯友兰的乡亲和故土》，2015 年 12 月 18 日。

的采矿工业，后来成为中国最早期的华人矿长，为我国早期矿业发展作出了卓越的贡献，任馥坤也一直过着较为富有安定的生活；四女儿、五女儿二十岁左右不幸早亡；最小的女儿任平坤后改名任均，由任芝铭在1938年亲自送往延安。从鲁迅艺术学院毕业后一直在革命区从事戏剧、表演工作，有"延安梅兰芳"之称。她的丈夫王一达也是鲁艺学生，1949年后一直从事戏剧戏曲工作。

值得详细讲述的是任芝铭的二女儿、宗璞的二姨妈任纬坤，后来改名任锐。任锐在辛亥革命前就加入了同盟会，在革命活动中与中共早期重要成员孙炳文相识相恋并结婚。孙炳文和朱德是好友，曾一起出国留学，感情甚笃。周恩来是朱、孙二人的入党介绍人。1927年4月，北伐濒临失败，蒋介石发动反革命政变，大肆屠杀共产党员，孙炳文被残忍杀害，舆论哗然。孙炳文去世后，任锐将刚出生几个月的小女儿交给大姐任馥坤抚养，带着其余子女，颠沛辗转多地，继续参加革命活动。周恩来和朱德对他们的子女多有关照。长子孙宁世（孙泱）担任朱德秘书多年，1949年后也一直在许多重要岗位担任领导；三儿子孙名世参军报国，1946年不幸牺牲在前线战场。最引人注目的是二人的大女儿孙维世，长相甜美，性格开朗，深受周恩来和邓颖超喜爱，也被夫妇二人收为养女，在延安时期便家喻户晓。孙维世还曾留学苏联，学习表演艺术和理论，也曾担任过毛主席的翻译。令人唏嘘的是，孙泱和孙维世在"文革"初期的1967年、1968年便先后被迫害致死，孙泱"自杀"，孙维世被以莫须有的罪名关押并杀害，周恩来夫妇连孙维世的尸体都没有看到。孙炳文和任锐共育有三子二女，任锐本人在1949年4月因重病在天津去世，这个七口人的革命之家最后只有二儿子孙济世和被收养的小女儿孙新世得以善终①。

与南阳冯家的书香相比，新蔡任家显得太过激烈。任芝铭的第三个

---

① 孙济世"文革"后辗转回到家乡四川、重庆一带工作生活，1989年从四川旅游局副局长的职位上离休（省委批准享受正厅级待遇），2008年去世；孙新世被大姨一家收养后改名黄粤生，成年后才得知自己真实身份，后万里寻亲，在北京找到了孙维世，孙新世曾在北京大学俄语系担任教员，50岁后与鳏居的姐夫金山共同生活。

女儿任载坤,即宗璞的母亲与父亲及姐妹多有不同,她性格温婉,读书识字的同时秉持相夫教子的传统观念。冯友兰经同学介绍与任载坤相识,婚后任载坤便承担了几乎所有的家庭重担,让冯友兰得以安心学问。宗璞在这样的家庭出生,成长在平和的大学校园里,父亲是受人尊敬的教授,叔叔、姑姑是知识渊博的学者,母亲是温柔体贴的家庭妇女,外公是老革命家,姨妈、表兄表姐们则多是进步、奋进的时代旗手。根据现有资料可以看出,宗璞一家和两边家庭都有较多交往,冯、任两家不管谁到北京,都会到清华拜访相聚,留下很多珍贵合影、回忆资料。冯景兰的女儿女婿冯钟芸、任继愈,冯友兰的堂妹堂妹夫冯缵兰、张岱年以及任平坤一家更是与宗璞往来密切。

父母双方的家庭氛围截然不同,南阳古风和革命世家,似乎正是对应了文与武的共生,书斋内与外的区隔。我们不能轻率地判断宗璞到底受了哪方更多的影响,但我们可以在梳理双方家庭情况的基础上更好地贴近作家本人,也可以由此探究宗璞创作风格的成因,以及她何以成为一类作家的代表。

二 父亲

虽然冯、任两方的家庭氛围南辕北辙,但从1928年出生,到1990年冯友兰去世,整整62年,除了新婚时短暂搬离和70年代下放约半年之外,宗璞一直和父亲朝夕相处。冯友兰晚年曾写道,"我一生得力于三个女子,早年读书赖慈母,中年事业有贤妻,晚年又得女儿孝,扶我云天万里飞",而宗璞自己也承认,在父亲身边,她身兼数职,秘书、管家、门房、护士兼跑堂。在一个甲子的陪伴中,书斋之内的冯友兰对宗璞的影响显然是不可忽视的。

冯友兰曾在给女儿的寿联中说道,"勿让新编代双城","新编"指自己的著作《中国哲学史新编》,"双城"则是指宗璞本人自1985年开始创作的长篇系列小说"野葫芦引"(原名《双城鸿雪记》),冯友兰的这句寿联无意中也成为宗璞本人创作的谶言。因为要料理父亲的日常生活,还要协助父亲写作,"野葫芦引"出版第一部《南渡记》之后便一直搁置，直到父亲去世，宗璞才重新继续创作。女儿为父亲做出牺牲本来无可厚非，但冯友兰对宗璞的影响却又不仅仅是外在创作进程方面的，更多在于内在的肌理与气质。

在1915年考入北京大学之前，冯友兰一直心思不定，辗转换了多所学校，进入北大学习哲学后才算最终安定下来。在北大，冯友兰主修中国哲学。他曾自言"我虽然读了一些古书，但是对于真正的学问还没有入门，也不知道门在哪里，现在总算是摸着一点门路了"[1]，但冯友兰并不满足于中国古典知识，他"在那个新天地之外，还有一个更新的天地……这两个天地是有矛盾的，这是两种文化的矛盾。这个矛盾，贯穿于中国历史的近代和现代"[2]，冯友兰带着这个问题于1919年赴美国哥伦比亚大学留学，并于四年后获得哲学博士学位。作为河南祁仪冯氏一族后来最有影响力的人物，冯友兰的成功依然是中国知识分子传统意义上的科举功名。但冯友兰身上并没有多少传统读书人的迂腐，而是极为玲珑和活跃。

早年刚回国时，冯友兰受邀在河南一所高校任职，后该校校务主任空缺，冯友兰开诚布公地直接和校长表示，他在"学问"和"事功"两方面都有追求，简单地说，他想做校务主任，如若不能，他即要离去。河南虽是家乡，亲故师友众多，但冯友兰显然志不在此。离开河南后，冯友兰先去了广州，据他自己说，"我当时想当一个革命的人"，但在革命的中心广州他只停留了短短几个月便用一些借口离开，"我本来只打算在广东大学一个学期"其实才是真心话[3]。冯友兰本人的回忆录中如此前后矛盾的自述并不少见，不能说他虚伪或善变，但他的灵活和"见机而作"[4]倒是一以贯之的。冯友兰也是当时较为流行的"学阀"中的一员，

---

[1] 冯友兰：《三松堂自序》，江苏文艺出版社2011年版，第185页。

[2] 同上书，第186页。

[3] 冯友兰身为接受了较为充分的古典文学教育的中国知识分子，对时局有着基本的好奇和关切，去广州也是如此，但本质上他也只是"好奇"，比如当时日本逼近，华北难保，他的想法却是：要抓紧时机，到没有看过的地方去看看。冯友兰：《三松堂自序》，江苏文艺出版社2011年版，第61、90页。

[4] 冯友兰本人在《三松堂自序》中多次使用该词描述自己。

保有清华的教职,同时在河南一所学校给自己留了后路。在军阀混战的二三十年代,清华大学多次更换校长和实际控制人,冯友兰始终保有相当高的地位,一度担任清华大学实际的管理者,这恐怕不是学问好人缘好可以完全解释的。

在1934年一次莫名的短暂逮捕和释放后,身边的朋友都劝他与南京决裂,而他本人表示,"我如果走前一条路是会得到全社会的支援,可以大干一番。可是我没有那样的勇气,还是走了后一条路(更加谨小慎微)"①,而后来重庆政府要求他加入国民党,他也"恐怕重庆说是不合作,只好默认了"②。他在1949年后的诸多行为一直为海内外研究者所诟病,不只在于"文革"期间他与"四人帮"的微妙关系,更在于1950年他便对自己之前建立的学术体系表示了检讨甚至唾弃③。冯友兰曾多次表示"义者,宜也",他反对"笃信"而信奉"做事必须恰到好处。但所谓恰好者,可随事随情形而不同"④,这是冯友兰的处世哲学,也是他的自保之道。可以说,作为知识分子,冯友兰除了拥有受认可的学识和才华外,在"知识分子精神"方面,即使在可以做到的适度的范围内⑤,也并无多少中国传统文人的坚硬气质,而更多顺势而为与随遇而安。我们当然不能以历史的后见之明指责任何的知识分子在特殊的政治年代的言行,常年陪伴在父亲身边并多次撰文替父亲正名⑥的宗璞则无论在情感还是理智上都对父亲有着特殊的认知与情感。

或许是见多了父亲一生的波澜起伏以及与时局的博弈争斗,宗璞始终关注知识分子与时势现实的关系。在小说《知音》和《米家山水》中

---

① 冯友兰:《三松堂自序》,江苏文艺出版社2011年版,第90页。
② 同上书,第103页。
③ 冯友兰1950年发表《学习与错误》,1950年10月冯友兰致信毛泽东,表示要改造思想,准备于五年内用马克思主义的立场、观点、方法重新写中国哲学史。
④ 冯友兰:《道中庸》,《三松堂全集》第4卷,第432页。
⑤ 凭冯友兰的学识修养,说他完全由于时代的狂热与神圣性而单纯参与当时的诸多荒唐行为是不科学的,冯友兰作为学养深厚的哲学家,至少不可能无法辨识"批林批孔"的不合理。
⑥ 谴责冯友兰的同行中最具代表性的是梁漱溟,他曾拒绝冯友兰的寿宴邀请并直言因为冯友兰曾谄媚江青。宗璞后撰文《〈对梁漱溟问答录〉中一段记述的订正》,为父亲辩护。

宗璞都曾讨论这一问题，且是近乎矛盾的讨论。《知音》讲述一个"热爱搞政治"的青年学生与一个沉迷搞学术的物理学教授几十年间从"互相不理解"到"音乐和政治上都是知音"的几次交往。教授从劝学生"少搞点政治，多搞点学术"到因一次夸张的暗杀而"明白你说的为科学而科学有些悬空的道理了。因为我们不只有脑子，还有心"，学富五车、以物理实验为生命的大学教授要亲自下乡参加"土改"实践，见证农村的现实、面对农民的穷苦，继而有发自内心的悲悯和义愤，最终实现思想上的进步与政治上的成熟。这其实是一个进步青年充当"范导者"拯救思想落后的大学教授的另类"成长故事"。《米家山水》中，体弱多病却才华横溢的画家不计前嫌，将出国交流的机会让给"斗争"中伤害过自己的人，对学院派别中的人事和活动皆一笑而过，淡然平静地沉浸在自己的艺术创作中，颇有古代名士之风。何以同一个作者写出的讨论同一问题的两篇小说差异如此之大？《知音》写于1963年的火红岁月，而《米家山水》写于劫波渡尽的1980年。

　　以赛亚·伯林曾对"自由"概念作出区分，他认为自由可分为"积极自由"与"消极自由"，"消极自由"即指可以不受他人干涉、可以选择自己想从事的领域的最低限度的自由，而"积极自由"则指受理性引导、受外力干预而要去做什么的自由，且平等地拥有参与民主政治和分享统治权力的机会。正如伯林对"积极自由"更易走向其反面的担忧，"理性或朝向理性的生灵所必会追求的目标对个人行动形成专制"[1]。纵观中国20世纪的社会，在一个民族和社会所能承受的几乎所有动荡中，上至高官显贵，下至平头百姓，其实都早已丧失了"消极自由"，他们自读书识字以来便"被教育"必须拥抱的"积极自由"，受了"修身齐家治国平天下"熏染多年的中国知识分子所珍视的一直是建功立业，他们从来不曾真正觉得"消极自由"可以是一种选择。在《知音》年代，宗璞

---

[1] ［英］以赛亚·伯林：《两种自由的概念》，陈晓林译，联经出版事业公司1987年版，转引自李石《消极自由与积极自由辨析——对以赛亚·伯林"两种自由概念论"的分析与批评》，《云南大学学报》（社会科学版）2008年第6期。

无疑和她的同代人一样,视知识分子的"积极自由"为第一要义,而在春风和暖的 1980 年,她已敏锐地觉察到,知识分子选择"消极自由"的时代已经来临,这才有了《米家山水》的闲适淡定。宗璞擅长观察这样一类以艺术和学问为生的知识分子与时势现实之间的龃龉与合谋,父亲冯友兰显然是最直接最鲜明的例证。

长期与宗璞保持良好合作和朋友关系的人民文学出版社编辑杨柳曾坦言,"文革"中冯友兰和周一良、林庚等人同为显赫一时的"梁效"①成员,其实是颇为自得的,觉得自己"被当朝所用",这种对现实的积极参与根本上来自自身"便宜行事"的生活哲学,1949 年后积极向毛主席表态要努力学习马克思主义并重写《中国哲学史》更是一种"阐旧邦以辅新命"②的学术信仰。于冯友兰而言,每个时期的行为与做法都是"真诚"的,都符合自己所受的治国平天下的传统教育与建设富强民主社会的西方现代教育,恰恰是外在的评价体系的变化导致了命运的差异。远在天边近在眼前的女儿宗璞却是敏感的,她看到了时势的变迁,看到了父亲在"变与不变"之间所受的规训与惩罚,所以她选择将父亲"文学化"。正是在自己的笔下,《知音》里的物理学家"幡然醒悟",《米家山水》里的画家"退隐江湖"。而在 80 年代中期开始创作的"野葫芦引"系列小说中,宗璞将以父亲为原型的大学教授孟樾置于精神领袖的位置,以优雅的文笔展现他近乎完美的精神品质,他拥有为人称道的学识、涵养,有鼓舞人心的坚韧不拔和高风亮节。冯友兰从不隐藏对"学问"和"事功"兼备的渴望,但宗璞笔下的孟樾却和《米家山水》中的画家一样,辞去行政职务,专心教学和写作,这显然是宗璞观望时代后寄予父亲的期愿。"重要的不是故事讲述的年代,而是讲述故事的年代",宗璞

---

① 梁效:"文革"期间由北京大学、清华大学组成两校"大批判组",谐音"梁效"。
② 冯友兰撰对联"阐旧邦以辅新命,极高明而道中庸"以自勉,语出《诗经》"周虽旧邦,其命维新",冯友兰曾多次引用这句话,"旧邦"指源远流长的中国文化传统,"新命"指现代化和建设社会主义。"阐旧邦以辅新命"就是要"把中国古典哲学中的有永久价值的东西,阐发出来,以作为中国哲学发展的养料","马克思主义在中国也要接上中国古典哲学,作为来源之一,才会成为中国的马克思主义"。《三松堂自序》,江苏文艺出版社 2011 年版。

在《野葫芦引》中将80年代的观念与思想成果加诸30年代的孟樾（父亲）以及西南联大（社会历史）。在刚刚发表了部分章节的"野葫芦引"最后一部《北归记》中，宗璞更是直接将"今人哲学家冯友兰提出的主张"大段放入。宗璞借父亲在"六书"之一的《新事论》中的观点阐释对待传统的态度，冯友兰的态度也成了宗璞的态度。在目前发表的五章的结尾，宗璞借孟樾之口说出了一句"永忆江湖归白发，欲回天地入扁舟"，并直言"要到五十岁以后才要懂"，历经多次风雨洗礼的父亲冯友兰晚年潜心书斋，做到了真正的"白发入扁舟"，宗璞让这也成为自己主人公的内心追求，显然已经将笔下角色与父亲融为一体。

如果说"文革"之前宗璞的创作是自我的、个人化的"青年写作"的话，自新时期重返文坛之后，宗璞的小说中总是有一个或几个"长辈"的知识分子形象，这自然是和时间流逝之中个人年龄和阅历增长有关，但同时不能否认这些人物身上或多或少具有父亲的影子，宗璞正是如此实现对父亲的理想化与文学式救赎，这也是父亲赋予宗璞的永恒的影响之焦虑。影响的有无或许并非黑白分明，但宗璞创作的内在气质与外在倾向却可以通过对其创作脉络的梳理得到较为清晰的展现。

三　宗璞的道路和小说

在两种近乎极端的家族背景下成长，一直陪侍在大风大浪看遍的父亲身边，同时以少年身份历经抗日战争、解放战争，自青年时代起便在各种运动中沉浮，宗璞的创作有着时代的"共名"，也有着父母双方家庭赋予的"异质"，二者的纠缠共生形塑了宗璞独特的创作风格。

大学期间，宗璞开始发表散文、小说、诗歌等文学作品。1957年，宗璞的短篇小说《红豆》借"百花齐放，百家争鸣"的春风发表于《人民文学》7月"革新特大号"。小说讲述"党的好干部"江玫重回母校，看到当年收藏的红豆发夹，想起学生时代与资产阶级少爷齐虹恋爱的经历，回忆起当年朦胧美好的情感。故事被放置于20世纪40年代末动荡的社会背景中，他们两人本是志同道合的校园文艺青年，沉迷于艺术和美学，却最终因"革命理想"的不同分道扬镳。江玫在学生运动中成为代表正义与理想的共产党员,齐虹则遵循自己的价值观念"背叛祖国和人民"远走美国。小说发表后不久便遭批判,大部分批评者认为主人公江玫带有典型的小资产阶级情调,没有坚定的立场,对党和人民的敌人有不应有的暧昧回忆和主观同情。宗璞本人在批判会上也反思,"我的思想并没有站得比江玫、齐虹高,尽管在理智上是想去批判的,但在感情上,还是欣赏那些东西——风花雪月、旧诗词……有时这种欣赏是下意识的,在作品中自然得流露出来"①。

宗璞无疑是诚恳的,虽然"确实想写一个小资产阶级的知识分子怎样在斗争中成长",但小说中随处可见的是这样的片段:

> 她甚至希望路更长一些,好让她和齐虹无止境地谈着贝多芬和肖邦,谈着苏东坡和李商隐,谈着济慈和勃朗宁。他们都很喜欢苏东坡那首《江城子》:"十年生死两茫茫,不思量,自难忘,千里孤坟,无处话凄凉。"他们幻想着十年的时间会在他们身上留下怎样的痕迹。他们谈时间,空间,也谈论人生的道理。
>
> 你甜蜜的爱,就是珍宝,我不屑把处境和帝王对调(莎士比亚)。②

宗璞对这类场景的描写可谓信手拈来,游刃有余。与她同时被批判的刘宾雁、王蒙、李国文、刘绍棠等人选择的题材都是 50 年代火热的社会主义建设中出现的诸多问题,他们多以正反两方面的人物直陈社会主义建设中的诸多丑恶现象与错误行为,使用的是我国左翼文学中较为常见的"干预生活"的手法,其余几篇涉及爱情题材的作品也是以个别案例写社会现象③。但选择了"写历史上的爱情"的宗璞显然有自己的偏好,对小资情调的熟稔也伴随着对真正的"革命者"肖素和作为精神导

---

① 《人民文学》编辑部:《"红豆"的问题在哪里——一个座谈会记录摘要》,《人民文学》1958 年第 9 期。
② 宗璞:《红豆》,《人民文学》1957 年 7 月"革新特大号"。
③ 根据 1979 年上海文艺出版社出版《重放的鲜花》收录作品统计。

师的母亲的塑造的单一化、概念化。当时对她的批判自然是政治与时代的错误，但按照彼时的美学标准，宗璞确实"在感情上，欣赏那些东西"，因而着实算不上"含冤"。洪子诚曾敏锐指出，《红豆》"属于20世纪现当代文学中革命与爱情的传统主题"，"但小说又包含着更复杂的成分，存在着叙事的内部矛盾"①，宗璞在正确的意识形态指导下还是自然地走入了自己的书写舒适区，展现了自己对于"小资产阶级趣味"的纯熟运用。这种趣味与倾向自然与她所受的教育和生长环境有关，虽然遭到了批判，但多年之后的宗璞似乎也并没有"改邪归正"。

1978年，宗璞《弦上的梦》发表于《人民文学》12月号，正式重返文坛。小说讲述"文革"后期大学里的音乐教授慕容乐珺与受迫害去世的故人梁锋的女儿梁遐的一段故事，穿插了慕容乐珺对青春往事的回顾，但着重描写了新一代青年对革命精神的传承，对时代真理的信仰。大提琴教师慕容乐珺作为主人公，无疑是宗璞一贯擅长塑造的形象，温婉沉静，有留学经历，即使在这样一篇叙述伤痕的作品中，依然不乏浪漫文艺的词句。在表达对"文革"生活即将结束的感受时用的也是"这些日子，就象柴可夫斯基第六的最后那些乐句，好像无法继续下去，随时会断下来"。对梁遐这样一个切身历经"文革"创痛的青年形象的塑造也与《红豆》中对肖素的简单、概念化如出一辙。这似乎是《红豆》在二十年后的一次"还魂"。《弦上的梦》后来荣获首届全国优秀短篇小说奖，当然主要因为它与当时文学潮流的契合以及宗璞本人"归来者"的身份。

随后几年间，宗璞先后发表《我是谁》《三生石》《米家山水》《心祭》《鲁鲁》《蜗居》等小说，《三生石》还获得首届全国中篇小说奖，而她创作的散文、随笔、童话等数量则几倍于小说，从大学校园中的花草树木到与父亲生活的点滴，宗璞娓娓道来，细腻动人。与之同步的是评论界的声音，大家多以"优雅温婉""淡泊宁静"等词语形容宗璞的创作风格。也不难看出，宗璞对自己作品中的人物形象确实存在一定的偏好：主人公的职业一般是从事脑力劳动的知识分子，有一定的艺术或文

---

① 洪子诚：《中国当代文学史》，北京大学出版社2007年版，第128页。

学修养，如音乐家、大学教师、科研人员、画家、退休学者；主人公的名字一般偏于古典文艺，如慕容乐珺、梅菩提、黎倩兮、凌缩云、楚秋泓、柳清漪等；他们的经历都颇相似，如受过良好的教育，有留学经历，在政治风波中遭受伤害，失去过亲人或朋友；他们的姿态都优雅体面，温婉和蔼，面对迫害后的当下生活依然表现出性格中淡泊、平静的模样，以近乎不合时宜的冷静对待一切。宗璞极为擅长处理细腻微妙的情感，不管是面对逝去的亲人，还是交错而过的恋情，又或者是工作、日常中的烦恼琐事，宗璞都能以独特细致的笔触四两拨千斤，无奈伤感中又有坚韧和操守。孙犁曾高度评价宗璞的创作，认为宗璞有"深厚的文学素养""严谨沉潜的创作风度""优美的无懈可击的文学语言"，"内含是人性的呼喊"[1]，孙犁的评价切实中肯，这便难怪后来宗璞有多篇散文节选收入中小学生语文教材，先后也曾有三位批评家[2]以"兰气质玉精神"形容宗璞其人其文。用今天的批评观念看，宗璞的创作局限是极为明显的，但考虑到其家庭环境与所受教育，作为"归来"作家的宗璞的风格特征俨然足够独树一帜。

在鲜明的个人风格之外，宗璞也难以超越自己的时代，和他的父亲一样，她也必须面对个人与社会历史之间的纠缠互动。《红豆》被批判之初，宗璞本人就在自我反省中明确表示，"确实想写一个小资产阶级的知识分子怎样在斗争中成长"，这样的立意自然是受欢迎的，女主人公的阶级觉悟和最终决定也十分契合官方意识形态，而"爱情故事"的构架方式也与"百花"方针不谋而合。虽然最后因为个人的行文风格与气质遭受批判，但《红豆》对时代潮流的迎合是显而易见的。在《红豆》批判平息后的1960年，宗璞在《北京文艺》发表了一篇后来并无太多人知晓的小说：《桃园女儿嫁窝谷》。小说讲述富庶村庄的女儿晚姐不顾父亲反对和邻居眼光，坚持嫁入穷苦村庄与村民共同劳动致富的故事。宗璞描写了一个"梁三老汉"式的人物的思想转变，塑造了农村青年男女高昂

---

[1] 孙犁：《肺腑中来（代序）》，北京出版社1981年版。
[2] 李子云、叶稚珊、王蒙，参见《宗璞创作评论集》，人民文学出版社2003年版。

的革命理想，热情洋溢地为当时的人民公社唱了赞歌。行文中对农村劳动人民思想矛盾的琢磨以及对他们积极热情品质的描绘生动自然，难觅丝毫"小资产阶级趣味"。这篇作品发表之后很快受到赞扬，被认为是宗璞下放锻炼思想改造的成果。同时期，宗璞还发表了《湖底山村》《无处不在》等几篇歌颂人民公社运动的农村题材作品，在当时皆受好评。

1978年，小说《弦上的梦》的发表成为宗璞"归来"的标志，这篇小说从当下写过去，重述了每个历劫者都熟悉的"文革"画面，表达了对"文革"遗孤的忧虑与真情，更以"拨乱反正"的姿态展现了青年人的进步和成长，展望了黑暗之后黎明的光亮。简单地说，这是一篇极为典型的"伤痕文学"，小说结尾也以高昂的节奏和词句表达对"新时期"的期待和热望。这依然是一篇《红豆》式的、《桃园女儿嫁窝谷》式的小说，是有正确的意识形态指导、契合时代氛围的应景之作。

即使是迎合时代主题，宗璞也未改变其美学趣味与风格倾向。同样面对"小资产阶级趣味"的质疑，时隔将近半个世纪之后，早已拥有"著名作家"身份的宗璞坦然表示："我觉得我们这种年龄的人的信仰，和工农兵出身的那些人还是不一样。那时候老是要自我改造，要清算自己思想里的'小资产阶级王国'，可是这个'小资产阶级王国'我看是永远清算不了啦……但这种'小资产阶级'与上纲上线的小资产阶级其实又是完全不同的两回事，那时候就把，比如说看看月亮啊，看看花啊，这些一律都归之为'小资产阶级王国'的东西，但这些东西有一些是人的天性，比如爱美，是一种好的东西，如果真的对大自然一点都不能欣赏，恐怕生活就太枯燥了。"[①] 宗璞对中国古典文化的热爱、对西方文学传统的认可以及对人的天性、艺术与美的追求其实一直没有改变过，她对自我的趣味认知也是清晰的，只是在不同的政治年代必须有不同的表述。在50年代，是自觉的公开检讨和反省，在80年代以后则是自然的标榜和坚持。这是冯友兰的"权宜"和"便宜行事"，也是宗璞甚至是一大批知识分子自然、真实的心态。

---

① 贺桂梅：《历史沧桑和作家本色——作家宗璞访谈》，《小说评论》2003年第5期

宗璞显然是懂得解读并乐于跟上时代的作家，在重返文坛并获得一定认可后，她的多篇作品也体现出对艺术创作手法的"创新"，如《我是谁》《谁是我》《蜗居》《泥沼中的头颅》等篇目使用了当时颇为先锋的意识流和魔幻现实手法，梦境、幻觉、象征等现代主义元素在这几篇小说虽略显生硬但也大致恰如其分[1]。宗璞以蜗牛、临终病人的幻觉、头颅为意象，用简单的故事情节架构小说，直接鲜明地批判"文革"以及当时的社会乱象，虽然还是停留在传统的"借景抒情"的范畴内，但在写作艺术手法上却是和王蒙等人一样走在一众作家前列的，她对当时西方的文学创作方法、学术思想的感受是敏锐的，也是积极投身的。宗璞确如戴锦华所说："宗璞不是一个超越者或僭越者。她之为'新时期著名作家'的命名，来自于她对此间主流话语的构造的果敢而有力的加入。宗璞的作品序列几乎包含了新时期'启蒙文化'的全部母题。"[2] 从对"双百"方针的迎合到对人民公社的盛赞，从对"伤痕文学"的书写到对社会不良现象的批判，从对人性的呼唤到对西方现代创作手法的吸纳，宗璞确实从未落伍。然而，接受过外国文学系统教育的她并未如后来的莫言及先锋作家一样在文学创新领域有更高的造诣，她的文学乃至整个人生追求并不在此。

自 1985 年开始，宗璞开始着手"野葫芦引"四卷本小说的写作[3]。她曾在接受采访时明确表示，"我写这部长篇小说，很希望通过对几代知识分子心路历程的记载，起到一点历史的借鉴作用"，"我很想真实地写

---

[1] 宗璞个人曾表示，"我的作品可分为两大类，一类是根据生活反映现实的写实主义手法，我称为'外观手法'，也就是现在说的再现……另一类'内观手法'，就是透过现实的外壳去写本质，虽然荒诞不经，却求神似，相当于现在说的表现"。施叔青：《又古典又现代——与大陆女作家宗璞对话》，《人民文学》1988 年第 10 期。

[2] 戴锦华：《宗璞：历劫者的本色与柔情》，《涉渡之舟——新时期中国女性写作与女性文化》，北京大学出版社 2007 年版。

[3] 根据笔者对人民文学出版社编辑杨柳的采访，当时人民文学出版社总编辑韦君宜曾对宗璞说，"你现在到了可以写长篇的阶段了"，这句话给了宗璞很大鼓舞，使他开始着手构思多年的长篇小说的写作计划。

出当时的精神是什么精神""我也想写出那特定时代的人生遭遇"①。宗璞9—17岁的少年时期是在北平—昆明—北平的战火动荡中度过的，虽然始终生活在父母身边，生活在校园中，但那种颠沛流离和国族危机感深深影响了宗璞，重述包括父亲和诸多叔伯在内的西南联大时期知识分子的精神世界是宗璞的夙愿。而"我们的历史为什么是这样的，为什么会出现'文革'那样黑暗的一段。那当然不是孤立的，偶然的。这是我思索的问题。我想这也是亿万中国人思索的问题。我们有责任把它想清楚"②，回望抗战的艰苦卓绝与西南联大知识分子群体的共赴国难，宗璞试图以那个年代的精神与信仰探看和纾解几十年后的那场举国灾难。这才是宗璞作为书斋中成长的知识分子的最终诉求。

《野葫芦引》以革命前辈吕清非老人的三个女儿（素初、绛初、碧初）的家庭成员为主要人物形象，以西南联大时期的清华大学为背景，描写一群知识分子在抗战时期的不同选择和人生际遇。很明显，吕清非的原型是宗璞的外祖父任芝铭，绛初和碧初有宗璞的大姨和她自己母亲的影子。主人公孟樾是明仑（清华）大学历史系教授，海外留学归来，学识、人品俱佳，不仅德高望重，而且儿女绕膝，家庭幸福，堪称完美。如前所述，孟樾的原型是冯友兰，他的诸多言行、经历也与冯友兰本人的回忆录相符。宗璞以稳健的文风将几个家庭和一所大学描写得生动自然。宗璞的初衷是表现那一群人的热血贲张，却不自主地深陷"岁月静好"的泥沼。

> 孟樾一家，都喜欢昆明。昆明四季如春，植物茂盛，各种花常年不断。窄窄的街道随着地势高低起伏，两旁人家小院总有一两株花木，不用主人精心照管，自己活得光彩照人。有些花劲势更足，莫名其妙地伸展上房，在那儿仰望蓝天白云，像是要和它们汇合在一起。孟家人也愿意融进这蓝天白云和花的世界里。③

---

① 高洪波：《"假北平人"宗璞》，《文艺报》1988年2月6日。
② 宗璞：《〈冯友兰先生年谱长编〉后记》，蔡仲德主编《冯友兰先生年谱长编》（下），中华书局2014年版，第1054页。
③ 宗璞：《东藏记》，人民文学出版社2009年版，第3页。

没有讲究的纱衣裙了,没有赵妈赶前赶后帮着钉扣子什么的了,没有硬木流云镜台上的椭圆形大镜子了,碧初只能在心里翻来覆去想办法。自己和峨的衣服都不合用,算计了几天,忽然看中一条压脚的毯子。那上面一点浅粉浅蓝的小花,很是娇艳。暗想:这条毯子做件外衣倒不俗。

上身是琵琶襟金银线小袄,一排玉石扣子,下身系着墨绿色团花长裙,耳上一副珍珠耳坠,晃动间光芒射人。手上三个戒指,除一个赤金的以外,另有一个是碧玺的,一个钻石的。①

这些细腻、生动的描写随处可见,颇有"红楼"遗风。宗璞对生活细节和粉妆玉琢的小儿女的描写如同战乱年代的"桃花源记"。但即使身在自由的80年代,明白通透如宗璞,她依然出人意料地"避长扬短",回到了最"传统"最"正确"的书写道路上。

负责谈话的人叮嘱:"你不只教文化,也要向工农兵学习"。当然了,卫葑完全同意。②

一位上海来的丁老师说:"吃什么我倒不在乎,只是一律要向工农兵学习,大会小会检查思想,有点受不了。我来这里是要贡献自己的知识,不想这里并不尊重知识。"③

组织内成员学习文艺座谈会讲话,大家觉得那真是字字新鲜、道理深刻。立场问题当时是要最先解决的。那些腐败官僚和被苛捐杂税压得透不过气来的老百姓,看问题会一样吗?在文艺为工农兵服务这个问题上,有些人提出,如果只为工农兵服务,那别的人群呢?是不是会有一种为大家喜爱的文艺呢?虽然有些问题搞不清楚,

---

① 宗璞:《东藏记》,人民文学出版社2009年版,第19、22—23页。
② 同上书,第127页。
③ 同上书,第128页。

但它们都是经过思考而出现的。大家都觉得自己在亲近着一种崭新的能造福人类的理论，要通过思考去解决它。①

我希望国家独立富强，社会平等合理。社会主义若能做到，有何不可。……当然，学校是传授知识发扬学术的地方，我从无意在学校搞政治。学校应包容各种主义，又独立于主义之外，这是我们多年来共同的看法。②

如果我们的文化不断绝，我们就不会灭亡。从这个意义上讲，读书也是救国。抗战需要许多实际工作，如果不想再读书，认真地做救亡工作，那也是很重要的。我觉得去延安也是可以的，建国的道路是可以探讨的。③

政治观念、阶级认识、延安整风、主义讨论，宗璞极为努力地书写历史，并在最大程度上保持着"政治正确"，孟樾的"左倾"和宗璞对延安问题的反思依然带着强烈的"后文革"色彩。而随处可见的"我们真的秘密武器是中华民族不屈不挠的精神。只管向前，永不停止，御外侮，克强敌，不断奋斗，是我们的历史"的大段说教虽然枯燥，却不能不说正是宗璞的坦诚，是宗璞从父辈身上观察并想要去表现的知识分子的精神与认知。而与宗璞反思"文革"的终极目标相呼应的，是小说中的另一个重要的人物卫葑。他是30年代北平的地下党员，后与名流之女结婚，抗战期间秘密前往延安，40年代又被派回国统区，历经生死考验。卫葑身上显然有宗璞二姨妈任锐一家的影子，表兄孙泱和表姐孙维世的悲惨结局也在一定程度上冲击了宗璞，使得她对这个人物的书写赞赏中带着矛盾，讴歌中带着悲悯。

他早就献身的理想，并不时刻都是那么光亮，而现实的黑暗，

---

① 宗璞：《东藏记》，人民文学出版社2009年版，第276页。
② 宗璞：《南渡记》，人民文学出版社2009年版，第248页。
③ 宗璞：《东藏记》，人民文学出版社2009年版，第173页。

使他窒息。……这边的黑暗难以更改……他终究是必须往老沈那边去的,他应该去促成那个理想的光亮。也许那不过是一处乌托邦,不过他还是应该试一试。①

在后来的各种会上,有人为卫葑做了总结:他信他所不爱的,而爱他所不信的。并谆谆教导,既然做不到信自己所爱的,就要努力去爱自己所信的。这就是改造主观世界。这是一条漫长的路,也许终生无法走完。②

"他信他所不爱的,而爱他所不信的",信与爱的矛盾与改造主观世界的道路是宗璞对卫葑的总结,何尝不是对包括父母双方几家人在内甚至几代人的总结。于是,罅隙在此生成,几十年创作实践形成的宗璞个人的偏爱风花雪月的文学风格,与时代政治历史要求下的文以载道形成了强力的拉扯,拉扯之中暴露的便是宗璞本人的写作困境。

作为出生于书香世家并一直生活在校园中的作家,宗璞总是不自觉地倾向于书斋之内的个人的美学趣味,醉心于爱与美的描绘,但父亲坚守的知识分子的责任意识与母亲一方几家人为革命献身又使得她在主观上有意识地贴近社会实践,贴近时代主导的意识形态:战争年代是必须为之奋斗的理想信念与民族精神,和平时期则是对历史错误与当下现实的积极反思。这不只是身为作家应承担的责任,同时也是冯任两家赋予她的宿命般的使命。于是,宗璞总是力图用书斋之内的技巧与方法表现书斋之外的风云动荡,总是试图以书斋之内知识分子形象建构书斋之外的宏大世界。在校园池塘里飞舞的萤火虫旁边,是群情激昂的知识分子谈论时事政治;在祖国大地硝烟弥漫的战场后方,是艰苦朴素的学者家庭的柴米油盐。宗璞如此信仰"以小见大"的创作方法,但事实可能恰恰是知识分子与青年的日常中并不能给出诸多问题的答案,一方校园与书斋的日日夜夜并不能解释整全疏阔的历史。宗璞于其中挣扎沉浮,过

---

① 宗璞:《东藏记》,人民文学出版社 2009 年版,第 335 页。
② 同上。

于清晰的写作目的和观念意识恰恰限制了其更高的文学成就。但对作家本人来说，达成书写和记录一段历史的意愿本身，可能更为重要。在这样的意义上，在书斋内外的艰难跋涉正是宗璞本人的创作追求。

从1985年开始《野葫芦引》第一卷的创作，截至2017年，已出版《南渡记》《东藏记》《西征记》三本，最后一本《北归记》也终于开始了部分章节的发表，前后历经三十年，这很可能是已经90岁高龄宗璞的谢幕之作。正是在这样一套表达生命呼吸的作品中，宗璞形成并巩固了独属于自己的书斋内外的小气候，这气候里是父亲一脉的古典修养带来的文学美感，是母亲一脉的革命历史熏染的责任担当。当然，父亲作为传统知识分子具有的家国情怀与母亲一方革命激情中携带的抒情特质，加之自身所受的外国文学科班教育，一同浇灌了宗璞的文学气象。这气象之中多重因素交互纠缠，有契合整一之时，更多的是分裂离析，也正是这种分裂离析使得宗璞的创作具有一定的典范性。她的困境依然是今天诸多写作者的困境。如何更好地利用自己的创作资源与优势，如何正确处理文学与现实中个人与社会历史的关系，如何与自己思想观念中的矛盾挣扎和解……认知宗璞书斋内外的经历与思想，也是认知当下文学创作的症候之一种。

2017年8月15日一稿
2017年9月20日二稿
2017年12月15日三稿
2018年1月4日定

林斤澜的"复出"

朱明伟

时至今日，林斤澜并未占据文学史叙事的重要位置，似乎落入了被文学史遗忘的角落。近年来，林斤澜成为中文系学生写作学位论文时青睐的研究对象。然而多数研究仍停留在审美判断式的文学批评上，缺乏从历史角度还原作家生平"本事"与作品命运由来的工作。在2009年的一篇文化报道中，这年辞世的林斤澜被目为远去的大师；刘庆邦作语，评林斤澜"是一个匠心独运的作家，并具有智慧之心。他有独立的人格、不屈的精神、高贵的灵魂"[1]。林斤澜的遗体告别仪式无比隆重，到场者囊括作协、文联的重要领导，更有百余名作家和各界人士送别。[2] 其中铁凝和刘恒的致辞高标林斤澜的艺术成就与人格魅力。诚然，议论林斤澜这样的作家，不仅要重新整理相关的问题史，也需要耐心地完成诸多知识考古的工作。

长期以来，对林斤澜创作的评价集中于其短篇小说的艺术水准，如王蒙在一篇序中所论："与孙犁相近，在困难的时刻默默地坚持着与众不

---

[1] 李子木：《2009 十位大师远去》，《中国新闻出版报》2009 年 12 月 18 日。
[2] 出席者名单如下：中国作协主席铁凝，中国文联副主席、中国曲艺家协会主席刘兰芳，中国作协党组成员、副主席、书记处书记陈建功，中国作协副主席、北京作协主席刘恒，中国作协名誉副主席王蒙、邓友梅，北京市委宣传部副部长常卫，北京作协副主席刘庆邦、曹文轩、李青，以及严家炎、赵大年、徐坤、阎连科、白烨、曾哲、徐小斌、解玺璋、邹静、刘连书等作家、学者参加了告别仪式。中国作协党组书记、副主席李冰，中共中央党史研究室副主任龙新民，中国作协党组成员、副主席、书记处书记高洪波，作家、学者陈忠实、张洁、陈祖芬、刘心武、从维熙、史铁生、毕淑敏、凌力、谢冕等。据王杨《百余名作家送别林斤澜》，《文艺报》2009 年 4 月 18 日。

同的艺术特别是手法与技巧的追求的,我们不能不提到的还有林斤澜,他的短篇小说创作一直颇有特色。"① 林斤澜的身份,是容易遗忘的"复出"作家,理解其自我意识与写作姿态,首先要回溯到他的"复出"前史中去。

一 林斤澜是怎样复出的

林斤澜初入文坛的身份,是崭露头角的剧本作者,但是作者本人对于自己的编剧生涯是有些沮丧的。当时林斤澜认为:"自己不合适写剧本,写的剧本也没人演。"② 相比之下,与林斤澜有着一年同学之谊的高晓声,似乎更有剧作家的潜力。高晓声与叶志诚合作的锡剧《走上新路》作于1953年,剧本于1955年出版。该剧轰动一时,还曾由中国评剧院在1956年国庆节的天安门广场"游行献礼"。③ 随后林斤澜转入短篇小说创作,据林斤澜自述,文体选择主要是由于自己的性格原因。他认为剧本需要"很多情节、故事,悲欢离合",与自己的性格不合,自己也不善于紧跟当时的"政治气候",写短篇"可以避开路线问题"。

据林斤澜对创作道路的追忆,他从1950年开始发表作品,50年代进入"创作组",1962年终于"专业化",自谓是"建国以后的头一拨作者"。林斤澜由剧本转入小说,一开始并不顺利。在《人民文学》作为"国刊"的50年代,林斤澜第一次投稿两篇,一篇人物特写,另一篇是小说。有趣的是,"特写"作为小说刊登,而"小说"却遭遇了退稿。翌年,林斤澜将退回的"小说"改易数遍,但是在其他刊物均未得用稿。到了"文革"结束,林斤澜仍想找到旧作去发表,无奈旧作已然消失不可追,沉淀成了作家对处女作的敝帚自珍之情。林斤澜一次次反问:"那

---

① 王蒙:《感受昨天——小说卷序》,《中国新文学大系:1976—2000》(第三十集史料索引卷二),上海文艺出版社2009年版,第577页。
② 陈洁:《林斤澜:一事能狂即少年》,《读书文摘》(文史版)2010年第1期。
③ 高晓声文学研究会编:《高晓声研究生平卷》,江苏文艺出版社2014年版,第324页。

些遭遇究竟是怎么回事呢?"① 这是林斤澜自身所坚持的风格与时代文学的第一次龃龉。

林斤澜从50年代开始小说创作,这段时间他与《人民文学》关系十分密切。他在《人民文学》上发表的小说处女作是刊于1957年第1期的《台湾姑娘》,此篇获得小说散文组编辑的一致赞成,发在头版头条。一般认为,《台湾姑娘》是林斤澜的成名作。时任《人民文学》小说散文组的编辑涂光群回忆,经过秦兆阳的建议,《台湾姑娘》中的男主人公与女主人公的爱情被改写为友情或朦胧的感情。其后,短篇《一瓢水》有编辑认为过于晦涩,由涂光群送呈茅盾把关,经过茅盾致信编辑部,终获发表。② 茅盾对于作品缺乏明确的政治路线倾向有所批评,但更多的还是老作家对青年作者的奖掖爱护之心。茅盾说:"这样一个似乎有点写作能力的作者,倘能帮助他前进一步,那岂不好呢?"③ 有了茅盾此信之后,林斤澜在《人民文学》发表作品更加顺利。

与王蒙、张贤亮等"复出"作家不同,林斤澜似乎有着传奇般的好运气,如其自道:"历次运动,我基本上都是平安度过的。"④ 但事实上,在同代人的回忆中,林斤澜其实劫波渡尽。从维熙作于林斤澜去世后的纪念文章,题目即为"炼狱后的凤凰涅槃——文坛'不死鸟'林斤澜走了",虽然只是一个平常的比喻,却暗示了林斤澜其实遭逢辛苦。1957年的一个星期天,北京市委宣传部部长杨述把林斤澜、刘绍棠、邓友梅和从维熙叫到家中,要求青年作家"带头鸣放"。其时刘绍棠感到兴奋;而政治经验相较之下更为丰富的林斤澜基本沉默,分别前嘱咐同行三位:"大家自己考虑吧!"⑤ 事后,刘绍棠、邓友梅和从维熙在命运的安排下,被划为右派。其时林斤澜的处境已经十分危险。邓友梅回忆,当时北京

---

① 林斤澜:《说难》,《林斤澜文集 散文卷壹》,人民文学出版社2015年版,第486—490页。
② 涂光群:《短篇名家林斤澜》,《北京文学:精彩阅读》2005年第8期。
③ 程绍国:《林斤澜说》,人民文学出版社2006年版,第160页。
④ 陈洁:《林斤澜:一事能狂即少年》,《读书文摘》(文史版)2010年第1期。
⑤ 《林斤澜何以在反右风暴中"漏网"》,《中外文摘》2012年第5期。

文联的一位"头人"心中预定了右派分子名单，林斤澜的名字尚排在自己之前。时任北京文联秘书长的田家一直等待林斤澜"鸣放"，而心知肚明的林斤澜沉默避祸。"在鸣放最激烈的那场会上"，医院来电称给林斤澜女儿林布谷开的药拿错，需要立刻诊断。林斤澜因故离会，而凡是会上发言者，如邓友梅、汪曾祺，即被划入右派名单。

虽然极其戏剧性地避开了"反右运动"，林斤澜的命运并未转危为安。1957年"探求者"案发，因为林斤澜与社团的主要成员均有交谊，田家乘机成立"林斤澜专案组"，"但没有材料，躲过去了"。① 在"反右"扩大化中，田家于1958年3月号的《北京文艺》上发表长文《林斤澜小说的艺术倾向》，以阶级论批评《台湾姑娘》的感伤笔调，更认为"隐浮在作者的艺术技巧的背后，却是一种非无产阶级的观点和情绪"。② "反右"之后，林斤澜作为北京文联的干部"带户口"下放的首例，下放至北京门头沟一个叫黄土贵的山村。幸运的是，下放并未使林斤澜的写作中断。从1957年到1963年，林斤澜成为编辑组稿的重点对象，连续在《人民文学》上发表短篇小说。③ 据涂光群对于林斤澜约稿、改稿的回忆，"林斤澜是个面目和善的谦谦君子"，他"笑迎客人，有涵养、有见识"，"藏而不露"，"容易接近，好打交道"。"他内在的热情，可能比表现出来的更丰盈。"

1958年，林斤澜第一部小说集《春雷》出版。一直到"反右"运动后，林斤澜仍在《人民文学》上保持着稳定的出镜率。作为青年作家，林斤澜迅速被文坛接纳。1962年5、6月间，北京文联连续召开三次林斤澜作品座谈会，由北京文联主席老舍主持，冰心出席，冯牧则参加了最后一次座谈会。其中一次会议被1962年6月7日的《北京日报》报道，标题为《促膝谈心——研究林斤澜作品小型座谈会》。老舍在会上"格外兴奋"，

---

① 陈洁：《林斤澜：一事能狂即少年》，《读书文摘》（文史版）2010年第1期。
② 田家：《林斤澜小说中的艺术倾向》，《北京文艺》1958年第3期。
③ 此处稍稍列举如下：《家信》（1957年第4期）；《姐妹》《一瓢水》（1957年5、6月合刊）；《草原》（1957年第10期）；《送信》（1958年第11期）；《新生》（1960年第12期）；《山里红》（1961年第5期）；《志气》（1963年第8期）。

认为"林斤澜不错,这几年老老实实到生活中去,写出来的东西有乡土气息"。冯牧极力肯定了小说《赶摆》:"是汉族作家反映兄弟民族生活比较准确鲜明的作品之一,它很能代表作家独有的艺术感受能力";更"着重指出",林斤澜与孙犁、茹志鹃的风格是"很接近"的。冰心、孙家新、张钟赞扬了林斤澜小说的语言风格,公兰谷、张广祯、郑武玮则指出小说结构的"精心安排"。褒奖之外,亦有批评的声音。有人批评个别作品过于追求传奇色彩和曲折、含蓄的效果,却损害了作品的真实性。发言集中指出了林斤澜的不足之处,一是"作品的思想深度不够",二是"人物的刻画还欠些工夫"。冯牧就直言"纤巧有余,深厚不足"。更有"许多同志"认为,"典型人物不多,好多形象都不很完整"。即使如此,在会者还是认为不是作者"思想水平的问题",而是"美学观点"的问题。此时,林斤澜的写作状态还被目为"走上了健康发展的道路",不断有着"新的探索""新的追求"。会议的结论是"林斤澜是一位勤恳的、在创作上显露才华的青年作家,通过十年的实践,逐步形成了自己的风格"。"大家谈起这一点,都怀着一种喜悦的心情"。"大家期望这位有才能的青年作家","在创作上开拓出新的境界"。[①] 老作家们对作者提出了"语重心长"的建议,老舍建议林斤澜花半年写个长篇练笔,冰心还建议林写写诗,鉴于他"喜欢抒情"。据林斤澜回忆,当时的冰心因为精力所限,于青年作家中只着重看了茹志鹃、浩然和林斤澜三人的作品。[②]

同年,《北京文艺》第8、10、11期接连发表5篇关于林斤澜的评论文章。可以说,在十七年的末尾,林斤澜在北京文坛可谓头角峥嵘,被老作家们寄予厚望。

到了1964年,时势急转直下。《文艺报》第4期发表了署名陈言的两万字评论《漫评林斤澜的创作及有关评论》。1962年的三次座谈会所认可的艺术形式素质,被此文基本否定。此文极力高标"艺术形式的群众化"问题。小说的形式被目为"陈旧的艺术趣味",颠倒了政治标准第一

[①] 《赞许·商讨·期望——林斤澜创作座谈会侧记》,《北京文艺》1962年第8期。
[②] 林斤澜:《二十多年前的座谈会》,《北京文学》1984年第5期。

艺术标准第二的"根本原则",甚至名之为"资产阶级的美学观点"抬头。其时,《文艺报》在当代文学的文学制度中影响最大,陈言的这篇评论很可能对作家的写作生命酿成巨大的危险。长于避祸的林斤澜就此搁笔。虽然如此,林斤澜在"文革"中还是备受"照顾"。在"文革"初期,林斤澜自述是未经重点揪斗的"中间人物",每天早上需要去单位"应卯画押"。林斤澜时患心绞痛,仍被单位安排下乡劳动,后因主治大夫李蕙薪帮助,才被单位召回。其后,林斤澜于崇文门电影院卖票,幸运的是电影院职工替他交了病条,于是告假在家。① 在"复出"以前,林斤澜最后的一份工作,是某中学的图书管理员,随后"称病赋闲","滋润"而"逍遥"。"文革"中几次小劫,均因为"没有材料",未对林斤澜产生冲击。②

1979 年,"归来者"们次第平反,重新获得发表作品的机会。春节刚刚获得平反的刘绍棠(1936 年出生)激动地放言,"让我从二十一岁开始",他 21 岁时因打成右派而失去发表权。③ 而林斤澜因为未被卷入"反右"运动,于 1978 年已然开始公开发表作品。搁笔 12 年之久,林斤澜对自己的小说写作已经不再自信,"复出"前甚至征求了不少朋友的意

---

① 邓友梅:《含泪忆斤澜》,《文学教育》2009 年第 21 期。
② 林斤澜看似擅长避祸,其实与其生平经历不无关系。林斤澜自认为:"说起来,我十多岁就在社会上摸爬滚打,人间世故还是见过的。"与深具"少共情结"的王蒙相仿,林斤澜 1937 年入党,时年也是 14 岁。相比之下,林斤澜的革命路途更为曲折、艰险。1937 年,林斤澜在粟裕任校长的闽浙边抗日救亡干部学校入学,成为宣传抗日的新四军战士。1940 年赴延安未果,滞留重庆,听从茅盾建议"就近上学",加入国立社会教育学院。1946 年林斤澜赴台湾从事"地下"工作,掩护身份是彰化职工职业学校的老师。在 1947 年的"二·二八"运动中,林斤澜被上级供出,从此被监狱关押一年。晚年的林斤澜对于青年时期的革命磨难仍旧耿耿于怀:"其间眼看着很多人被枪毙,我也总被他们威胁要送到火烧岛去,那是个荒岛,去了铁定是个死。"经过保释、搜捕、逃亡,林斤澜侥幸逃回上海。1949 年,林斤澜参加了苏南新闻专科学校,与高晓声、林昭成为同学。这样的经历,使林斤澜人情练达,对政治运动十分敏感。"文革"的十年,林斤澜不着一字。"文革"以前出版的集子,统统没有"序"和"后记","免得被揪"。林斤澜的党籍在 1949 年之后难以恢复。据《河北日报》1982 年 7 月 1 日的一则消息《作家骆宾基林斤澜重新入党》,可知林斤澜于 1982 年再次入党。据陈洁《林斤澜:一事能狂即少年》、程绍国《林斤澜说》《北京文艺年鉴:1983 年》等资料。
③ 刘绍棠:《让我从二十一岁开始》,《北京文艺》1979 年第 4 期。

见，经过"犹豫和思考"，① 终于重新起笔。

考察林斤澜的复出，绕不开《北京文艺》。1978年3月，《北京文艺》发表了林斤澜新时期的第一篇短篇小说《悼》，远远早过同年刊于《上海文艺》第12期的《开锅饼》和《人民文学》第7期的《竹》。其时北京作家的阵地《北京文艺》渐渐刊发复出作家的作品，如1978年第7期刊发了林斤澜的短篇《小镇姑娘》，1979年第2期刊发邓友梅的短篇《话说陶然亭》和刘绍棠的短篇《地母》，1979年第4期选载了王蒙的长篇《青春万岁》。同期，在题为"学习周总理《在文艺工作座谈会和故事片创作会议上的讲话》"的专栏中，邓友梅、从维熙、林斤澜三人的学习随笔位列其中。在这一期的《北京文艺》上，林斤澜的短篇《阳台》发表在首篇的位置，② 这在其创作生涯中十分罕见。同期刊物发表的作品还有李宽定的《年轻人的事情》、高尔品的《我的妈妈》、苏林的《白花啊，洁白的花》、刘向阳的《母亲和儿子》，这一系列作品从主题、结构来看，均属于其时流行的伤痕文学的序列。

1979年是林斤澜创作生涯的重要一年。本年，仅在《北京文艺》上，林斤澜就发表了《阳台》《问号》两部短篇，在《上海文学》上发表了《拳头》，于《人民文学》发表了《记录》。以1979年的《北京文艺》为例，其时影响最大的文学体裁还是短篇小说。据王蒙回忆，《北京文艺》1979年9月的《小说专号》，"重印了一次仍不能满足读者的要求"。③ 其中，《阳台》一篇也入选了1980年6月出版的《〈北京文艺〉短篇小说选》。该选本由《北京文艺》编辑部编订，王蒙作序，实际上是《北京文艺》1979年所刊发的短篇小说的选本。由王蒙在序言上的落款可知，选本的编辑工作是在1979年12月左右完成。选本的作者构成，除了蒋子

---

① 林斤澜：《在鲁迅文学院谈创作》，《林斤澜文集 文论卷二》，人民文学出版社2015年版，第155页。
② 系《北京文艺》编辑约稿。陈世崇：《和林老相处的日子》，《北京文学：精彩阅读》2009年第6期。
③ 王蒙：《序言》，北京文艺编辑部编《〈北京文艺〉短篇小说选》，北京出版社1980年版，第11页。

龙、张洁、陈建功、母国政等人外,更有阅尽沧桑的"归来者"们。选本目录的前三篇,分别是方之的《内奸》、邓友梅的《话说陶然亭》与林斤澜的《阳台》,其余还有从维熙的《梧桐雨》和高晓声的《拣珍珠》。刘锡诚在《1979年〈北京文艺〉短篇小说印象》中评点了刘宾雁、王蒙、从维熙、邓友梅、刘绍棠等因"反右运动"消失的"中年作家",而唯独忽略了林斤澜。① 然而以同代人不乏同情的视角来看,林斤澜亦属于"复出"作家。虽然林斤澜避开了50年代以来的历次政治运动,却并未真正"风雨不动安如山"。文学史家在对林斤澜进行归类时,也多少意识到其尴尬之处。如洪子诚在"圈定""复出"作家时,不经意间便疏漏了林斤澜。《当代文学史》对"复出"作家序列的两次枚举中,林斤澜只出现了一次,② 而并不像王蒙、张贤亮那样不被遗忘。实际上,文学史写作中的"复出"作家包括曾因"反右""文革"等政治运动蒙难者,而右派作家的创作在新时期更受瞩目,使得林斤澜渐渐被忽略其"复出"作家的身份。

二 "团结宴"圈子

容笔者从一个文学事件谈起。为北京作家量身定做的"终身成就奖"一共评选过两次,2004年的首届获奖得主是王蒙,2007年的获奖得主则是林斤澜。相比于其他当代文学制度中的奖项设置,由北京作协附丽于"北京文学节"的"终身成就奖"更类于对重要作家的荣誉追授。与第一届评奖过程的波澜不惊不同,第二届的评选却在候选人林斤澜、浩然之间产生了一些争议。根据《文艺报》的报道,评奖结果"是由北京作协会员在评奖监督委员会的全程监督下经过三轮票选产生的",授奖词曰:"林斤澜一生致力于小说艺术的探索,在小说语言、小说艺术及理论方面

---

① 刘锡诚:《1979年〈北京文艺〉短篇小说印象》,《北京文艺》1980年第1期。
② 见该书第十六章《文学"新时期"的想象》第四节《80年代的作家构成》、第二十章《历史创伤的记忆》第三节《"复出"作家的历史叙述》,林斤澜的名字在第二次叙述中才被列举出来。洪子诚:《中国当代文学史》,北京大学出版社2007年版。

的独到发现与见解，对中国当代白话文写作极具启发意义"。① 但据在场者、作家刘庆邦回忆，评奖前北京市文联的主要领导提出了"建议"：把"终身成就奖"评给浩然，理由是浩然的文学成就与长久病情。然而在后续的过程中，文联的意图并未如愿生效，刘庆邦、邹静之、史铁生等人坚持从"文学"的角度主张颁奖给林斤澜，最终林斤澜以微弱多数票获奖。在作家的回忆中，刘庆邦等三人用文学质地压抑了身体状况，正是对主管领导"建议"的反诘。实际上，林斤澜比浩然年长十岁，两人都处于人生的晚景。而作为并置奖项"杰出贡献奖"的候选人史铁生更是直接言：如果浩然获奖，他宁愿放弃评奖。② 可以说，在当事人的叙述中，非只有文学、健康的原因，也存在被叙述遮蔽的人情因素。有论者认为：研究者总是把其他"十七年""文革"作家放在"审美批评"的层面上，却把浩然一个人放在"文化批评"的层面。③ 实际上，论者在评价浩然时已然带有了先在的感情因素，无法抹掉浩然在"文革"中的政治表现。与浩然重评中裹挟着诸多复杂的历史语境不同，林斤澜是80年代初北京作家群的一个中心人物，在其为人为文的评价中，人情因素其实加分不少。

"复出"作家陆文夫在写于第四次文代会前夕的《一代人的回归》中表达出一种代际观念，他认为"我们的这支文艺大军"由"30年代的老将"，"40年代"的"战士"，"50年代解放以后的第一批文学青年"，"70年代"的"青年"构成。④ 同年召开的作协第三次代表大会中，王蒙在会上做了报告，其身份意识则是"新中国的第一代青年作家"。⑤ 根据两人的观念交集，"复出"作家基本上是出生于30年代，而从50年代文坛开始崭露头角的青年作家，到了新时期，以中年作家的姿态重回历史

---

① 武翩翩：《第三届北京文学节在京颁奖》，《文艺报》2007年9月27日。
② 刘庆邦：《北京作家"终身成就奖"评浩然还是评林斤澜》，《作家》2015年第4期。
③ 程光炜：《我们这代人的文学教育——由此想到小说家浩然》，《南方文坛》2008年第4期。
④ 陆文夫：《一代人的回归》，《陆文夫文集》第5卷，古吴轩出版社2006年版，第1页。
⑤ 王蒙：《大块文章》，花城出版社2007年版，第45—46页。

舞台的一批人。在一篇人物特写中，林斤澜也被描述为"新中国培养出的第一代作家"。① 其中曾被划为右派者，有重返北京文坛的王蒙、从维熙、刘绍棠、邓友梅，亦有受"探求者"案牵连的高晓声、陆文夫、方之。相较之下，林斤澜、汪曾祺二人同为20年代生人，显然无法从年龄上融入归来者们。由于历史的安排，林斤澜成为凝聚众人的线索人物；通过林斤澜的文学活动，既能勾连出现代作家在当代的境遇，又串联出"复出"作家们的沉浮故事。因为长期就职于北京文联，林斤澜与诸多北京文坛的现代作家颇有交集。林斤澜数篇回忆散文中，有对老舍、骆宾基、萧军在时称"红八月"的1966年8月遭遇的记述。林斤澜调入北京文联创作研究部时，端木蕻良是时任的部长。在林斤澜的习作期，端木关心、爱护，"巴不得部下赶快打响"。② 在林斤澜的散文随笔中，对逝去作家的追记十分密集。其中有对老舍、沈从文、端木蕻良生前往事的回忆。老作家沙汀、艾芜也对林斤澜的《草原》《山里红》等作品予以批评，在得知林斤澜要写电影剧本后，沙汀更是直言"你的笔细，不要写粗了。"③ 本文将林斤澜回忆、纪念老作家的随笔录表如下：

篇名	回忆对象
《"红八月"的"八·二三"》	老舍
《揪人——"红八月"之三》	萧军
《打人——"红八月"之四》	萧军
《微笑的失落》	沈从文
《沈先生的寂寞》	沈从文
《灯》	沈从文
《名著选读》	焦菊隐
《高谈与沉默》	田汉

---

① 张丽妣：《深山老峪采石工——记当代作家林斤澜》，《北京文艺年鉴：1982年》，工人出版社1983年版，第322页。
② 林斤澜：《我们叫他端木》，《北京文学》1991年第1期。
③ 林斤澜：《沙汀艾芜剪影》，《林斤澜文集 散文卷贰》，人民文学出版社2015年版，第130页。

续表

篇名	回忆对象
《我们叫他端木》	端木蕻良
《他坐在什么地方》	端木蕻良
《忆林夫》	林夫
《两个作家》	沈从文、老舍
《不愿多住》	赵树理
《杨沫心态》	杨沫
《沙汀艾芜剪影》	沙汀、艾芜

纪念同代人的散文录表如下：

篇名	回忆对象
《意外的宗璞》	宗璞
《念志诚》	叶志诚
《再念志诚》	叶志诚
《纪终年》	汪曾祺
《〈纪终年〉补》	汪曾祺
《十月电话》	高晓声

王蒙在从新疆返回北京时，接收单位是北京文联。首要之事，除了致信邵燕祥，更从邵燕祥处获悉了"老林"的地址。不久后，林斤澜牵头，宴请了邓友梅、从维熙、刘绍棠、邵燕祥和刘真等人。对于王蒙等人来说，林斤澜是年资更长的"林大哥"。众人在林斤澜处"相谈甚欢，笑声不断"，许多笑谈的段落都被王蒙记忆下来。对于这次文人雅集，王蒙认为是"一片团结起来搞创作的皆大欢喜气氛"，"很有团结四面安定文场的气概"。① 正是由于林斤澜的地位与人缘，"文革"中夙有恩怨的刘绍棠也能与浩然把酒言欢。之所以重提这次聚会，正是因为彼时的北京文坛，虽有管桦、杨沫等人对浩然"印象不错"，还有许多老作家对浩然意见极大。王蒙提到曲波有言，"文革"后的某次文艺集会，"如果浩

---

① 王蒙：《大块文章》，花城出版社2007年版，第25页。

然参加的话,他就不参加"。聚会其时,广东《作品》杂志正发起了对浩然的批评,影响颇大。浩然本人在王蒙看来,"仍在耿耿于怀","适应不了从云端跌下的落差"。①而林斤澜与浩然私交可谓不差。据汪曾祺回忆:"文革"中,"文联作协批斗浩然,斤澜听着,忽然大叫:'浩然是好人哪!'当场昏厥"。②林斤澜的身份类似于欧美文学史上重要的沙龙主人,但更像是一位能缓和人际关系的长者。如王蒙在一篇序言中所言,"在经过'旗手'的一视同仁的'培育','文人相轻'的旧俗已经让位于'文人相亲'的新风"。③据林斤澜自述,这样的团结宴不止一回:"改革开放初期,我请了好几拨有过节、有隔阂的作家到家里赴'团结宴',做和事佬。"在埃斯卡皮所定义的文人圈子中,首先具备筛选效果的,还是进入"出版商"环节之前的"作家"。毫不意外,林斤澜作为文人圈子中的中心人物,是受其个人的历史所决定。在整个80年代,林斤澜与《北京文学》渊源深长,并于1986—1989年出任《北京文学》主编。林斤澜"团结了越来越多的'解放牌'作家",被认为"对提高《北京文学》的质量起到相当重要的作用"。④

林斤澜与邓友梅的友谊颇为感人。邓友梅曾言:"汪曾祺和林斤澜是建国后我结识得最早的朋友。"⑤邓友梅在纪念文章中,敬称林斤澜为"大哥"。中华人民共和国成立初期,林斤澜与邓友梅同在北京人艺创作组工作。1951年,两人随"中央土改团"分赴外省参加土改。返京之后,北京人艺进行改组,取消了创作组编制。先林斤澜回京的邓友梅被调入北京文联,而林斤澜被原单位要求自寻出路,颇为不顺。邓友梅游说了文联领导、诗人王亚平,推荐了林斤澜调入文联。邓友梅划为"右派"发往外地改造,故旧多划清界限不再往来。而境况并不轻松的林斤澜,逢年过节一定带着礼品看望邓母。"反右运动"批判邓友梅时,在领导步

---

① 王蒙:《大块文章》,花城出版社2007年版,第57页。
② 汪曾祺:《林斤澜!哈哈哈哈……》,《时代文学》1997年第2期。
③ 北京文艺编辑部编:《〈北京文艺〉短篇小说选》,北京出版社1980年版,第1页。
④ 陈世崇:《和林老相处的日子》,《北京文学》2009年第6期。
⑤ 邓友梅:《漫忆汪曾祺》,《文学自由谈》1997年第5期。

步紧逼下，林氏也一言不发。

除却在场的王蒙、邓友梅等人，林斤澜与江苏的叶志诚、高晓声更友谊深厚。林斤澜和高晓声是苏南新闻专科学校的同学，与叶志诚在高晓声处相识。据叶兆言回忆，"林斤澜是父亲的挚友"，"父亲在北方有许多朋友，每次去北京，最想看的朋友，是林斤澜伯伯"。① 叶志诚去世后，林斤澜受《钟山》半夜急电约稿，于是写了《念志诚》作为纪念。不久后，林斤澜觉得《念志诚》"写得草率"，② 又作了《再念志诚》，补记了诸多旧事，才算称心。在 80 年代中期的一次家庭宴会上，饭桌上即有叶志诚一家、高晓声一家、林斤澜夫妇、汪曾祺和章品镇，可见友谊甚笃。

汪曾祺长林斤澜三岁，与林斤澜是供职于北京文联的多年同事，友谊非同一般。更有趣谈：林斤澜家的电话号码经常被汪曾祺当作自己家的给别人。③ 据刘心武回忆，自己第一次见到汪曾祺，便是在林斤澜的家中。刘心武说："倒是林大哥有劝他写小说的话，他也不接那话碴儿。"④ 到了 80 年代，二人更到了形影不离的程度。据汪曾祺女儿汪朝回忆，汪曾祺与林斤澜总是一起参加讲课、座谈。汪曾祺对林斤澜口无遮拦，醉酒后经常给林斤澜打电话。1979 年，北京出版社要重印几个北京作家的选集，编为一套丛书。林斤澜、王蒙、刘绍棠、邓友梅均在册，林斤澜于是建议"一定加上汪曾祺"。汪曾祺知悉后并不情愿，干脆婉拒，林斤澜又登门游说，让汪曾祺尽快赶写出一批作品，"凑够一集出版"。这本书就是汪曾祺新时期的第一本小说集：由北京出版社于 1982 年 2 月出版的《汪曾祺小说选》，同一系列的还有《林斤澜小说选》和《邓友梅小说选》。林斤澜对汪曾祺说："你的小说有自己的风格。为什么不出呢？字不够赶写几篇就成了嘛。你积极点好不好！"⑤ 正是这样，才促成了汪

---

① 叶兆言：《闲话林斤澜》，《时代文学》1997 年第 2 期。
② 林斤澜：《再念志诚》，《林斤澜文集 散文卷贰》，人民文学出版社 2015 年版，第 46 页。
③ 林斤澜：《〈纪终年〉补》，《林斤澜文集 散文卷壹》，人民文学出版社 2015 年版，第 79 页。
④ 刘心武：《醉眼不朦胧》，《刘心武说寻美感悟》，中国青年出版社 2007 年版，第 88—90 页。
⑤ 邓友梅：《漫说林斤澜》，《无事忙杂记》，华艺出版社 2007 年版，第 206—210 页。

曾祺写作《异秉》、重写《受戒》。在汪朗和汪曾祺的回忆中，一起登门催促的还有邓友梅，而这次催促在汪曾祺、林斤澜处亦有自陈。可以说汪曾祺复出历史地表，离不开林斤澜、邓友梅的"催化"作用。为人熟知的是，汪曾祺的《异秉》一开始由林斤澜介绍给主编《雨花》的叶志诚，然而由于编辑部的内部意见未能统一，《异秉》一直拖到《雨花》的1981年1月号上才发表，落后了刊发《受戒》的《北京文艺》3个月，叶志诚也一直遗憾没能以最快速度将汪曾祺的《异秉》发在《雨花》上。①

有关80年代末的"汪曾祺热"，林斤澜也曾推波助澜。汪曾祺的文论集《晚翠谈文》于1988年由浙江文艺出版社出版，而出版事宜均是由林斤澜负责，"连赔时间带搭面子，联系了好几处地方"，最后才得以出版。②1988年9月，《北京文学》编辑部策划了汪曾祺作品研讨会，这也是国内第一次以汪曾祺为主题的研讨会，主持人与时任主编正是林斤澜。研讨会的论文以专集形式，在《北京文学》1989年第1期、台湾《联合文学》1989年第1期同时推出。《人民日报》《光明日报》《中国青年报》都派记者出席了会议，并作出了报道。《北京文学》方面出席的是林斤澜、李陀、陈世崇，更有吴组缃、黄子平、陈平原等学者，林培瑞（美）、秦碧达（瑞典）等汉学家，共20多名参会者。③《北京文学》也在这一期上刊发了汪曾祺的短篇小说《小学同学》。

三　林斤澜与文学评奖

引人注目的是，80年代初的"复出"作家，与文学期刊、评奖制度之间存在着某种龃龉，这种现象在林斤澜、汪曾祺身上尤为显著。在人民大学的一次访谈中，格非认为，汪曾祺和朦胧诗是先锋小说两个近

---

① 叶兆言：《郴江幸自绕郴山》，《高晓声资料 生平卷》，江苏文艺出版社2014年版，第91页。

② 汪朗：《也写书评也作序》，《老头儿汪曾祺：我们眼中的父亲》，中国青年出版社2012年版，第203—204页。

③ 陈红军：《汪曾祺作品研讨会纪要》，《北京文学》1989年第1期。

距离的"重要源头"。① 论者也多注意到汪曾祺的文学观念、文体试验成为1985年后文学潮流的"先驱者"角色。② 但是在暗流涌动的80年代初,汪曾祺的"重放"却是以"另类"的姿态呈现的。正当汪曾祺被文坛发现后,汪曾祺的二女儿曾有戏言:"我爸爸的小说还是不登头条的好,放在第三四篇合适",又道:"林叔叔,您的也一样"。③ 熟悉期刊格局的叶兆言也认为,"根据行情",汪曾祺、林斤澜的作品"显然不适合作头条文章"。虽然二人还是获得了全国短篇小说奖,但"只要看获奖名单的排名",就知道是"陪衬""副榜"的位置。④ 与汪曾祺有别,林斤澜在1984年以前并未产生些微影响,作品位置显得十分尴尬,甚至"边缘"。虽然林斤澜在80年代初的北京作家群中以中心人物的身份发挥着沙龙主人一般的作用,但是除文学活动之外,林斤澜的小说创作反响寥寥,几乎被当时的文学潮流所淹没,仅仅在作家圈子中存在有限的影响。表现在80年代初的文学评奖中,林斤澜的这种"边缘"姿态更是被放大了。

以《北京文学》1980年优秀短篇小说的评奖结果为例,"复出"作家的"重放"之作,并不是名列前茅。在该刊评出的11篇作品中,除了王蒙的《风筝飘带》列于第3名,汪曾祺的《受戒》列在第5名,李国文的《空谷幽兰》排在第8,林斤澜的《肋巴条》位于第9,与青年一代的作家陈建功、金河、王安忆相较,位置颇为尴尬。在《北京文学》1981年优秀短篇小说评选产生的获奖篇目中,汪曾祺的《大淖记事》排名第3,林斤澜的《头像》列位第5(获奖作品一共五篇)。在编辑部组织的大型座谈会报道中,汪曾祺被描写为"老作家","介绍了他在语言

---

① 格非、李建立:《文学史研究视野中的先锋小说》,《南方文坛》2007年第1期。
② 孟繁华、程光炜:《中国当代文学发展史》,中国人民大学出版社2004年版,第167页。
③ 林斤澜:《注一个"淡"字——读曾祺的〈七十书怀〉》,《中国作家》1991年第5期。
④ 叶兆言:《郴江幸自绕郴山》,《高晓声资料 生平卷》,江苏文艺出版社2014年版,第91页。

技巧方面的追求",而林斤澜则谈了"探讨小说结构方面的得失"。① 到了《北京文学》1982年优秀作品评选的获奖小说排名中,"复出"作家邓友梅的《那五》终于排到了第1名的位置。

如果说彼时《北京文学》还只是一本地方性的文学期刊,那么制度化的全国短篇小说奖似乎更能说明问题。在1979年全国短篇小说奖的获奖作品中,方之的《内奸》与高晓声的《李顺大造屋》分列第4、5名,王蒙的《悠悠寸草心》、邓友梅的《话说陶然亭》仅仅入选。在1980年全国优秀短篇小说评选中,"复出"作家才逐渐形成规模。在入选的30篇作品中,出于"复出"作家之手的有:《月食》(李国文)、《陈奂生进城》(高晓声)、《灵与肉》(张贤亮)、《春之声》(王蒙)、《小贩世家》(陆文夫)、《被爱情遗忘的角落》(张弦)。1978年、1979年和1980年小说评奖,林斤澜都榜上无名,这与他"短篇圣手"的文名毫不相称。林斤澜的《头像》与汪曾祺的《大淖纪事》同获1981年全国短篇小说奖,但是排名却十分靠后。在《小说选刊》随后开辟的《一九八一年短篇小说漫评》专栏中,评委们对《头像》也未置一词。在80年代初期,林斤澜并未进入主要批评家们的视野。如黄子平所论,林斤澜可能是最让评论家"困惑"和"着迷"的当代作家。②

如果重回新时期文学评奖的起点,也许更能理解"复出"作家与评奖制度之间的龃龉。《人民文学》1978年第10期刊发了《本刊举办一九七八年全国优秀短篇小说评选启事》,在"评选目的"中,以"及时反映工农兵群众抓纲治国、努力实现社会主义现代化的火热斗争"为第一目的;而对年轻作家的发掘、培养,亦被《启事》所强调:"促进文学创作新生力量思想上、艺术上的段落和成长"。据刘锡诚保留的内部文件,编辑部评奖"设想"的目的中,"主要是推荐新人作品,有老作家的短篇佳

---

① 《又一个丰收年——〈北京文学〉一九八一年授奖活动侧记》,《北京文学》1982年第1期。

② 黄子平:《"沉思的老树的精灵"——林斤澜近年小说初探》,《文学评论》1983年第2期。

作也可入选。"① 在编辑部经过初评遴选出 20 篇作品后,给专家学者们写了一封"参考信"。这封信认为对青年作者给予"鼓励""肯定",更利于"壮大文学创作队伍"。而老作家"写得还不是很多",因此评选应当"偏重于中青作者","特别是青年作者"。② 在最后获奖的 25 篇作品中,"复出"作家确实也仅有邓友梅、宗璞、王蒙和陆文夫四位,而王、陆作品的排名则是不起眼的"边缘"位置。其实早在邓小平的《在中国文学艺术工作者第四次代表大会上的祝辞》中,就曾明确强调对青年文艺工作者的发现和培养。③

新时期的文学评奖制度,其预设的主要任务还是建构意识形态的功用,以及扩大这一功用的重要方式:扩大青年作者队伍。如同文学史家发现的,在 1978 年、1979 年两年的获奖短篇小说中,"伤痕"题材和"改革"题材从数量上呈现出统治性的优势。④ 对于"归来者"们来说,其本身几乎都曾被卷入五六十年代的历史创伤,这样的"本事"天然成为他们共同的创作资源,主要作家的创作与"伤痕""反思"等文学潮流亦存在着交集。相较而言,林斤澜、汪曾祺虽然也曾搁笔,但其所遭遇的政治磨难与其他"复出"作家其实不可同日而语。林斤澜从"反右"运动中幸免于难,汪曾祺则早在 1960 年就摘掉了右派的帽子。⑤ 这也致使林斤澜有关"文革"题材的小说往往由一个理性而冷峻的叙述人来完成,而汪曾祺更是没有触及当时流行的题材。而当时主要的"复出"作家,则纷纷加入"伤痕""反思"文学的潮流中去,如陆文夫的《献身》、王亚平的《神圣的使命》、宗璞的《弦上的梦》等。以王蒙为例,在"反右"运动中遭受的劫难自然流露于创作之中,并坚持"文学应当能动地为政治服务"这样朴素的文学政治观念。⑥

---

① 刘锡诚:《在文坛边缘上——编辑手记》,河南大学出版社 2004 年版,第 186 页。
② 同上书,第 188 页。
③ 邓小平:《在中国文学艺术工作者第四次代表大会上的祝辞》,《中国文学艺术工作者第四次代表大会文集》,四川人民出版社 1980 年版。
④ 孟繁华、程光炜:《中国当代文学发展史》,中国人民大学出版社 2004 年版,第 167 页。
⑤ 汪曾祺:《随遇而安》,《收获》1991 年第 2 期。
⑥ 雷达:《春光唱彻方无憾——访作家王蒙》,《文艺报》1979 年第 4 期。

对于"复出"作家们来说,文学评奖的意义仍旧十分重大。不仅因为评奖关涉作家的社会荣誉与自我认同,而评奖结果本身也会带来社会地位、物质条件的积极变化。据程绍国对1993年12月发生的《中国作家》优秀小说奖的授奖活动回忆,当高洪波按照票数多少的顺序念出获奖作家名单,首先念道"李平"时,汪曾祺"身子明显颤抖了一下"。[1] 汪曾祺在文人圈子里,为人颇以自负为名。即使如此,汪曾祺仍然不能对文学评奖无动于衷。汪曾祺与高晓声有别,首先在作家圈里获得认同、叫好,而非从文学评奖制度中脱颖而出。看上去高晓声对文学评奖更执着,曾因为《钱包》《山中》《鱼钓》三篇没有一篇得奖而遗憾不已,在与叶兆言闲谈时,高晓声又表现出对评奖"标准"的熟悉。[2] 毕竟在新时期,"一篇小说只要得全国奖","户口问题工作问题包括爱情问题,立马都能解决"。[3] 如常州市委宣传部副部长李文瑞就为高晓声安排了两套新宅。

以今天的视角来看,伤痕小说的艺术质地当然是"粗糙"的。[4] 对于汪曾祺和林斤澜来说,引一时风骚的文学潮流,遵守的还是"文学创作服务政治"的文学政治,因此其理念与实践都是十七年式的。无论是汪曾祺的"另类",还是林斤澜的"边缘",都是作者的有意为之。汪曾祺一直强调,自己对于当代文学的陌生感,坚持自己"没有考虑过迎合当时的某种浪潮"。[5] 在汪曾祺、邓友梅看来,"十七年"的文学从属于政治,受到政策、宣传的束缚。林斤澜极其排斥"图解式的作品"。"从我和我同辈的创作生涯中,吃图解的亏吃得最大。"[6] 在林斤澜写于五六十

---

[1] 程绍国:《林斤澜说》,人民文学出版社2006年版,第101页。
[2] 叶兆言:《郴江幸自绕郴山》,《高晓声资料 生平卷》,江苏文艺出版社2014年版,第95页。
[3] 同上书,第90页。
[4] 程光炜:《繁华落尽见真醇:读汪曾祺小说〈岁寒三友〉》,《当代文坛》2012年第2期。
[5] 林斤澜:《关于现阶段的文学(答〈当代文艺思潮〉编辑部问)》,《中国现代、当代文学研究》1983年第4期。
[6] 汪曾祺、林斤澜:《社会性·小说技巧》,《人民文学》1987年第3期。

年代的那些合作化题材的小说中，往往注意抒情氛围的营造，显得自出机杼。① 汪曾祺也承认，林斤澜的"图解"作品，只是"新鲜一点"。② 在林斤澜看来，80年代的"伤痕文学""反思文学"等文学流派，不仅主题、内容是"反冤假错案"，写作手法也是"五六十年代"的。"还是写政策，是旧式写法的翻版。"③ "每个搞创作的人都应有自己的目标"，"千万不要赶浪头"。④ 邓友梅对"图解"亦颇有微词，对于根据政策号召图解的作品，如《内当家》《黑娃照相》（两篇均系1981年全国短篇小说奖获奖作品）等作品紧跟新时期的农村政策，认为有"概念化模式化"的嫌疑。⑤ 邓友梅的态度也间接透出"复出"作家对文学评奖的重视。

  伤痕文学等潮流分别成为新时期的文学成规，林斤澜、汪曾祺并非毫无意识，但是作家的态度却是杂糅的。即使不愿依附伤痕、反思文学的时代潮流，但是历史的创伤仍然使他们在自我意识中渴望自己的创作获得时代的认可。在一次对谈中，林斤澜道："我的作品在读者中反响不大，比较冷清"，"我的作品读者面小，确是遗憾，是我的缺点"，但还是坚持既成的风格："我还得走我自己的路，换个别的路我不会，我也不干"。⑥ 如同钱振文所论，汪曾祺的《受戒》之所以能被代表主流意识形态的文学评奖所接纳，正是具备证明"文学多样性"的政策。这也是在70年代末80年代初，林斤澜的小说所能被允许的重要素质。林斤澜五六十年代的作品还被认为是"明朗""轻松""抒情"，新时期以来的却被认为是"晦涩""低沉""看不懂"。⑦ 其实，林斤澜一边选择具有政治意

---

① 林斤澜的小说更接近于孙犁的风格。无怪乎孙犁对林斤澜的评价充满了惺惺之情："年轻人，好读热闹或热烈故事的人，恐怕不愿奔向这里来。他的门口，没有多少吹鼓手，也没有多少轿夫吧。他的作品，如果放在大观园里，他不是怡红院，更不是梨香院，而是栊翠庵，有点冷冷清清的味道，但这里确确实实储藏了不少真正的艺术品。"一直到《北京文学》1981年第2期，才见第一篇评论，即孙犁的《读作品记（三）》。
② 汪曾祺：《林斤澜的矮凳桥》，《评论选刊》1987年第4期。
③ 林斤澜：《谈小说的图解》，《林斤澜文集 文论卷贰》，人民文学出版社2015年版，第180页。
④ 同上书，第192页。
⑤ 同上书，第127页。
⑥ 汪曾祺、林斤澜：《社会性·小说技巧》，《人民文学》1987年第3期。
⑦ 林斤澜：《我看"看不懂"》，《文学评论》1986年第6期。

义的题材，却又着力于语言、结构这些文本要素，以使作品显得不那么图解政策。于是即使才华横溢的批评家，也无法将其置于文学流派与时代历史中，只能赋予其"沉思的老树精灵"这样的风格描写。获1981年全国短篇小说奖的作品《头像》（《北京文学》1981年第7期），主人公分别为接连得奖的画家老麦和苦心孤诣经营艺术的雕塑家梅大厦。小说通过老麦访问老同学引出一连串的生活场景，微妙地传达出林斤澜的创作观念。且看老麦如何出场：

> 画家老麦的气色红润，为人圆通，又走好运。有一年出了样舒筋活血的新药叫脉通，同行拿来开老麦的玩笑，谁知老麦就棍打腿，索性拿麦通当了笔名。这天傍晚他从城堡般的人民礼堂里出来，手提包鼓鼓的，装着刚得的奖品；一张奖状，一本精装的速写本子，一个人造革的夹子，一本画册，还有一个密封的信封，里边是奖金，他当然没有打开来看过。
>
> 这个奖是十年浩劫以后兴起来的，也才连续三年，老麦年年都得上了。他拎了个手提包来装这些东西，就是个行家。有的人没有经验，手里捧着出来就显得不自在。①

主人公老麦已然是新时期评奖制度的宠儿。作者于下文讲述老麦的获奖史：

> 老麦通的确好运道，十年浩劫时候，也"全托"过，也下过水田叫蚂蟥咬过，但总没有伤着元气。现在这些都成了光荣历史，眼面前可是青云直上。前年画了张武十场面，闯了"禁区"，反映强烈，热辣辣地得了奖。去年评奖的时候，说不能全是"伤痕"，要点叫人愉快开朗的。恰好他有一张五只小猫，象小孩子那样互相抓挠着。今年得奖的题名是"夜行军"，主要人物是一个十几岁的女兵，

---

① 林斤澜：《头像》，《北京文学》1981年第7期。

军帽下边戳着两根辫橛子，背上背的当然不是枪，得是一把二胡。起初大家觉着不新鲜。评选来到，又觉着革命传统教育现在太需要了，理当上选。最后一讨论，军事题材的就这一张，不破工夫地名列前茅了。①

老麦在"文革"中的经历与作者仿佛，侥幸易安。而在新时期评奖制度中的扶摇直上，又暗示出画家对时代气候的敏感把握——获奖作品莫不是出于题材的成功，接二连三地获奖当然不可能仅仅是因为好运气。继而我们看到雕塑家梅大厦的命运：艺术家挨整便是由于自身的"白专道路"；到了新时代，梅大厦致力于"继承民族传统"和"追求现代派的表现方法"。在观看了雕塑家作品后，画家忍不住惊叹："在这么个杂院的破南屋里，这个老泥瓦匠般的老同学，老光棍，有所探索，有所创造……"② 梅大厦对于艺术的追求近乎一种极端拜物的状态，而老麦却不能忘情于世俗的功利。小说的结尾，则是老麦想方设法帮助同学解决生活困难，主动要组织一个展览会。小说的主题有着丰富的意蕴，但是作者还是隐微地表现出自己的心事。作者对于文学评奖的感情无疑是杂糅的：既不排斥，也不汲汲追求，而是坚持沉湎于语言、结构等方面的文体探索，渐渐给批评家们关上了作品的其他入口。

2016 年 8 月初稿
2017 年 2 月再改

---

① 林斤澜：《头像》，《北京文学》1981 年第 7 期。

② 同上。

残雪和她的家人们

陆丽霞

残雪，原名邓小华，1953年5月30日生于湖南长沙，残雪是其笔名。据残雪自述："当初取名残雪除了这个意象有冷峻之美以外，也希望坚持一种独立的、拒绝融化的姿态。同时，残雪也可以说是踩得很脏的雪。我时常觉得自己很脏。"[①] 1961年，残雪开始上小学一年级（当时的小学是五年制）。1966年上完小学后，恰逢"文革"的爆发，残雪便辍学在家。1983年残雪三十岁，她开始创作《黄泥街》。1985年，残雪发表了第一篇短篇小说《污水上的肥皂泡》（发表于《新创作》1985年第1期）；同年在《芙蓉》第4期上发表短篇小说《公牛》。残雪作品一出来受到批评，后来逐渐受到学术界的认可。与此同时，海外也关注残雪的创作且给予了很高的评价。残雪小说以怪诞、荒谬、晦涩难懂著称，小说时常形成一个封闭的空间，这些与残雪自身的性格有一定的关系。残雪谈道"提到我的作品为什么会成为现在的这种样子，我想那多半与我个人的性格有关。我从小时候起，总是与世界作对。大人说'东'，我偏说是'西'。不理解周围的人为什么会是那样。而且，不赞成他们所做的一切。因此，我能采取的方法就是封闭自己，一直都是那样做的。"[②] 残雪二哥唐复华曾谈道"残雪从小瘦弱，极其敏感，神经气质。深藏着她

[①] 残雪：《附一：残雪其人其事》，《残雪文学回忆录》，广东人民出版社2017年版，第253页。

[②] 残雪：《创作中的虚实——残雪与日野启三的对话》，萧元编《圣殿的倾圮——残雪之谜》，贵州人民出版社1993年版，第426页。

的恐惧,她的表现是极为狂傲和怪拗的"①。

残雪的性格、进入文坛及文学风格的形成均与她的原生家庭有密切的关系。本文拟从家世考的角度,梳理残雪原生家庭几个重要人物(父母亲、外婆、兄弟)的生活及其对残雪的影响,希望通过挖掘作家的周边资料,呈现更为丰富的作家形象,也希望能为解读残雪及其作品提供另一种路径。

一 残雪的父母亲

残雪的父亲邓钧洪,生于湖南耒阳。残雪的爷爷是私塾先生,父亲从小就跟着爷爷读四书五经。残雪的父亲兄弟三人,大哥是像鲁智深一样的大块头,在家里务农,是家里的主要劳动力;二哥也务农,兼做小本生意;残雪的父亲天生就是读书的料子,父母很宠爱他,希望他光宗耀祖。父亲十几岁公费进了初中,在其父母的包办下,结了婚。他20岁的时候考取了公费学堂——湖南省立第一师范。当时第一师范的革命风气很浓,有地下党的秘密组织,学生闹学潮,讲压迫与被压迫的理论,残雪的父亲接触到那些理论,一下子成了激进分子。②

残雪的父亲邓钧洪于1938年加入中国共产党,是早年的地下党员,在桂林、东北阜新等地从事革命活动。1949年,邓钧洪到《新湖南报》(现为《湖南日报》)工作,先后担任编辑部主任、秘书长,1954年开始任社长,是继李锐、朱九思之后的第三任社长。1956年,邓钧洪调离《新湖南报》,到湖南省文教办任副主任,由官健平接任他的工作。据邓钧洪回忆,1956年"报社编委请我回报社作了《关于改进报纸工作的报告》,并在报社内开展了关于改进报纸工作的争论。谁知道,我的这个报告后来竟成为'右派反党集团'的新闻纲领,这次争论也就成了'骂省委'、'反党反领导'"。③ 1957年,邓钧洪被划为"右派"。1958年夏天,

---

① 唐俟:《残雪评传》,萧元编《圣殿的倾圮——残雪之谜》,贵州人民出版社1993年版,第15页。
② 李茵:《永州旧事》,作家出版社2016年版,第294页。
③ 邓钧洪:《追记〈新湖南报〉的反右斗争》,《新闻记者》1989年第6期。

残雪父母的右派定了案。1959年，残雪一家人从新湖南报社的社长单栋住宅搬到了河西岳麓山下的湖南师范学院两间房间里，母亲下放衡山劳动改造，父亲被贬为一般职工。残雪父母的这些遭遇也是一家人命运的重要转折点之一。

据残雪回忆：

> 我们姊妹是伴随着父亲的劳教生活而逐渐懂事起来的。家庭一下子陷入困境，吃的，用的，烧的全没有。父亲和外婆带领全家在屋前屋后开垦了好多块菜地，每天都要去伺弄，可是那些蔬菜因为缺肥长势一点都不好。忙完之后，父亲只要一有时间就坐在书桌前，就着那盏从报社带过来的旧台灯读书。父亲读书是真读，一本书他要反反复复读，每一段、每一章都要深思，都要在脑子里贯通。那些马列哲学书上写满了他的批注。五六岁的我经常看见父亲的眼睛在镜片后面进入冥思的状态。我那时也许似懂非懂地感到了，这每日的操练该是多么的惬意和自足！①

残雪的哥哥邓晓芒也回忆道：

> 记得当年父亲和母亲双双打成"右派"，母亲下放衡山劳动改造三年，后回到报社，在资料室打杂，父亲被贬到湖南师范学院图书馆看守周围的柑橘园。经历过三年"困难时期"的大饥荒，外婆患水肿病去世，几个刚刚上幼儿园和小学的弟妹都得了肺结核，母亲则是严重的肝炎和肾盂肾炎，然而，我们家的读书风气从来就没有断过。经常是，父亲从图书馆、或者母亲从资料室下班回来，带回几本书，要么就是中外经典小说，要么是《鲁迅全集》的某一册，我们兄弟姐妹立刻每人抢一本，有的围在炉边，有的倒在床上，如饥似渴地读起来。外人有时候很奇怪，知道我们家兄弟姐妹多，但

---

① 残雪：《逻辑的眼神》，《趋光运动》，上海文艺出版社2008年版，第212—213页。

是整天听不到一点儿人的声音,直到把门推开一看,才发现原来满满一屋子人,人手一本在看(当时我们家大小八口挤住在共 20 多平方米的两间房子里)。①

1962 年,残雪的母亲摘了"右派"帽子,回到《新湖南报》工作,一家人回到报社分的两间宿舍。"文革"期间,父亲又被抓去。当时还当街游街,街上的高音喇叭还放着"大右派邓钧洪"。游完街,父亲就住到"牛棚"。所谓的"牛棚"在学生宿舍,是长长的走廊尽头的几间寝室,家人可以定期来看望。② 一家人除了大姐外,其他人又都被赶到了郊区。残雪因为要照顾父亲,又搬回湖南师范学院的房子,也就是被残雪称作"小黑屋"的地方。③

在父亲所营造的读书的氛围中,残雪有机会接触到中西方的文学名著,因而她能够游刃有余地选择自己的精神养分,这也是残雪虽没有受到太多的学校教育,但是能够走向作家之路的重要原因之一。有了青少年时期的文学积淀,当 20 世纪 70 年代末,西方现代派文学进入中国,残雪能够很快接触到这些文学,并且最终找到了与自己气质相契合的文学形式。④ 残雪谈道"我从小时候起就喜欢看书,看了很多的古典小说。如俄罗斯文学、狄更斯等。关于现代派文学,因为在中国很少翻译,所以没有机会接触。到 70 年代末,中国也终于翻译现代派文学了。但那时我

---

① 邓晓芒:《序》,李茵《永州旧事》,作家出版社 2016 年版。
② 参见残雪《冷静与勇气》,《趋光运动》,上海文艺出版社 2008 年版,第 215—217 页。
③ 参见残雪《我和我的小黑房间》,《趋光运动》,上海文艺出版社 2008 年版,第 195—196 页。
④ 关于这一点,残雪曾自述:"八十年代初我开始接触到西方现代派。可能我是在一个有文化氛围的家庭中长大,父亲被打成右派后在图书馆打扫卫生,母亲也在图书馆搞过,常常可以借一点书回来。大概我血液里传承得比较多吧。一旦接触到西方现代派,马上一拍即合。我自己的东西可以跟西方现代派契合在一起,浑然天成。也就是说,西方现代派的形成启发了我,但内在的还是中国文化中国生活的底蕴。比如对于《红楼梦》,我不知看了多少遍,把书中一个一个的人物在本子上描摹出来。像'黛玉葬花'我都不知'表演'了多少遍。上世纪六七十年代俄罗斯文学对我影响最大,到八十年代初西方文学对我影响最大。"残雪《答〈深圳商报〉魏沛娜问》,《残雪文学回忆录》,广东人民出版社 2017 年版,第 224—225 页。

二十七八岁，看了也不太懂。然而，即使不懂也坚持看，大约在三十岁左右，有一天突然有了一种非常亲近的感觉，突然理解了。那是一种冲击性的变故，突然感到倘若那样，自己也能写。并且能够用一种与他们完全不同的方式表现出自我。"①

"父亲在家庭里营造出一种理想至上的氛围。正直，不攀附，不随风倒，不与人争物质利益，这成了我们姊妹兄弟做人的原则。"② 这就不难理解残雪后来在文坛的姿态。她曾谈道"鲁迅先生对待异国文化的态度仍然是我的榜样。那种开阔、不自卑的心态正是我们大陆的文人所缺少的……我的使命就是与当今文坛对抗，发扬鲁迅精神，给青年作家留下一线希望。当今大陆文坛是一些利益分配集团，青年作家只要有一点反骨，就得不到发展机会，只能自生自灭。"③

因为父母亲的身份，残雪在学校受到了歧视。据邓晓芒回忆："我与班上的同学关系也很融洽，那个时候还没有像后来贯彻'阶级路线'那样形成'人吃人'的局面。我的弟弟、妹妹们可就没有我这么幸运了，他们上小学时正逢'文革'，在加入少先队（那一段叫'红小兵'）、佩戴红领巾等一系列事情上都受到歧视，给他们带来了严重的心理创伤。"④ 残雪也谈论道，"有一天，我到邻居家去玩，邻居家的阿姨对我和我的小朋友说，我的爸爸妈妈是'有问题'的，党和国家对我们家其实已经很'优待了'，这是因为我爸爸在战争年代里头立过大功。关于'有问题'这个说法，我早有耳闻，虽然家人从未在我面前提起过，我也从周围人的眼光中猜出了几分。由于周围环境的暗示，我原来内向的性格更内向了。"⑤ 关于小学生活，残雪写道，"我在班上是一名不被注意的学生。除

---

① 残雪：《创作中的虚实——残雪与日野启三的对话》，萧元编《圣殿的倾圮——残雪之谜》，贵州人民出版社1993年版，第425页。
② 残雪：《逻辑的眼神》，《趋光运动》，上海文艺出版社2008年版，第213页。
③ 残雪：《答美国〈渐近线〉问》，《残雪文学回忆录》，广东人民出版社2017年版，第172—173页。
④ 邓晓芒：《一个"右派崽子"的"革命"经历》，《徜徉在思想的密林里》，重庆大学出版社2012年版，第253页。
⑤ 残雪：《认识》，《趋光运动》，上海文艺出版社2008年版，第159—160页。

了成绩好之外，在其他方面很少有人关注我。我太腼腆，也太压抑，很难同人交朋友，也羞于在众人面前表现自己。大部分时间课间休息时间我都是坐在自己的座位上一动不动，看别人玩。只有当同学们的游戏缺人时来叫我，我才跑过去。然而这种时候是多么的少啊。一方面我害怕被人注意；另一方面，我又是那么渴望有人来叫我，注意我！"①

父亲晚年病重时，对残雪的成长仍是很关心。他知道残雪在创作小说，就让残雪将自己的作品交给他来研究研究，好帮助他去向别人介绍残雪。起初，残雪并没有这么做；后来，残雪还是将自己的《黄泥街》交给了父亲。"他果然仔细地读了，在上面划了很多记号，还在一张纸上写了几句评论。他的字全没有了往昔的飘逸和潇洒……"②

残雪父亲可以说是她走上文学之路的精神向导。残雪自述："我的父亲一直保护我的追求欲望，他总是鼓励我多读那些有益的书。他甚至一度教过我一些西方哲学和历史。我想，他的榜样总是在我的内心深处。我的看法是：认识自己的欲望，保护它，让它得到合理的发挥"。③ "我的父亲是一名真正的孤胆英雄，我做不到像父亲那样，但我将他传给我的内在气质转化成了搞文学的天赋。我通过文学创作的演习，一次次重现了父辈追求过的永恒之光。"④

残雪的母亲李茵，1923 年出生在湖南永州。李茵十五岁那年，她的父亲为了一千元现金将她卖给了一个比她大很多的军官。这军官四十多岁，叫钱大富，河北人，是军官学校的少校军需官。⑤ 李茵先是吞食火柴自尽，被家人救活；后来又投河自尽，被人救起来。死不成，没有办法，在她父亲的恶棍之下，李茵也就只能出嫁。但是结婚不久，因为"钱大富娶太太，彩礼一千元，全套金器，名声像风一样快，传出去，军官学

---

① 残雪：《精彩的较量——怀念我的父亲邓钧洪》，《老年人》1995 年第 6 期。
② 残雪：《交流的冲动》，《残雪文学回忆录》，广东人民出版社 2017 年版，第 46 页。
③ 残雪、[美] 格里菲斯：《追求逻各斯的文学——与格里菲斯对话》，《残雪文学回忆录》，广东人民出版社 2017 年版，第 144 页。
④ 残雪：《光感》，《残雪文学回忆录》，广东人民出版社 2017 年版，第 42 页。
⑤ 李茵：《永州旧事》，作家出版社 2016 年版，第 223 页。另外李茵在自传中人物并没有完全用真实姓名，因此此处"钱大富"的姓名是否为真实名字，还需要进一步考证。

校注意他了，并且调查了他的贪污"。① 在抗战时期，军人贪污，罪加一等，"不久，军官学校发出了通缉令，要捉拿钱大富归案，交军事法庭受审，送陆军监狱"。钱大富就一个人逃之夭夭。李茵因此也得以回到娘家。但是，回到娘家的李茵像是白痴又像是有神经病的人，动不动就大哭、摔东西。李茵的母亲没有办法，就和李茵的寡姨商量先住在她那里一段时间。寡姨二十六岁守寡，那年已经三十七岁了，带着一儿一女，住在永州，女儿读初中了，儿子读高小。李茵表妹晚上做完作业会看小说、报纸等，如《西游记》《红楼梦》《三国志》《水浒》《七侠五义》等，而且表妹还有一些新思想，常常说"女的先要求得生活上的独立，尔后才能得到自由"②。表妹鼓励她学习文化，并且每晚给她讲故事。这三年，李茵耳濡目染，习得一些文化知识与自由思想。1941年，钱大富又回来找李茵。因为不在永州，外婆放心不下，母女商量着就一起跟着钱大富去全州。到了全州乡下之后，李茵又呕又吐，以为是水土不服，只好又回到老家永州。回来后，才发现原来是怀孕了。1942年春天，李茵生下第一个儿子。抗日战争时期，李茵和母亲带着孩子逃难。李茵大姨娘的大儿子玉表兄派长工来把他们接到乡下。玉表兄是一位大学生，他不仅提倡新婚姻思想，而且组织抗日先锋队。在他的影响下，李茵也参加了抗日青年先锋队。表哥还帮助她走出第一次婚姻的阴影，说将来帮她上法院告钱大富。在表哥的鼓励下，她开始学习文化知识、写日记、多读书。在那里，她读到《一个女人翻身的故事》《妇女争鸣》《高尔基传》《家》《女叛徒》等。最后看了《西行漫记》，她觉得自己有了一个追求的目标——解放区——延安，只有解放区，共产党领导的解放区，才是她的归宿，而且那是千真万确的一个地方——延安。③ 1945年，她丢下母亲与儿子，决定学高尔基出去走走，开始流浪。直到1949年再次与母亲取得联系。1950年开始，李茵的母亲到长沙来帮带孩子，母女分

---

① 李茵：《永州旧事》，作家出版社2016年版，第242页。
② 同上书，第245页。
③ 同上书，第256页。

离的状态才算是结束了。

  1945年,李茵来到长沙,表哥托他的朋友照顾她,于是她得以在书店谋到一份工作。在那里,李茵可以接触不少人,其中就包括邓钧洪。当时,邓已经跟他的妻子离婚。不久因为"新中国书店"被省党部捣毁了,"兄弟书店"只好赶快转移,李茵也因此失业在家,住在报馆朋友那里。后来有一次,李茵看到苏北有一个护训班,想去报名参加。起初,表哥的朋友不建议她参加的,她一再坚持,朋友就让邓先生带她去看看。但是到了护训班后,发现里面"几个当官的,油腔滑调,痞里痞气,在那里开玩笑"①。所以邓先生不建议她去,他们又回去了。当时,正好有一所学校缺年轻老师,表哥的朋友便介绍她去那里工作,也让邓先生带着她去学校。到了学校后,她觉得自己无法胜任。表哥的朋友便给她介绍去学裁缝;然而正当她准备去学时,便出现了小插曲。当时李茵的母亲来信,说钱大富来要人,让她回永州。李茵收到信之后,非常担心,就逃跑了。而邓钧洪发出感叹,"她要不逃走,我会爱她"②。后来几经辗转,终于到上海,经朋友介绍,她去了一户人家做佣人。后来朋友筹划的出版社成立。朋友会让她去跑跑腿。有一次安排她去送请柬,其中就有田汉、许广平、傅雷、郭沫若、郑振铎、欧阳予倩等。朋友告诉她,"你现在的主要任务,是熟悉这些作家的住处,跑一趟,跑熟了,以后有什么事,也就方便了"③。她也因此见了许广平、田汉、郭沫若、傅雷等人。正当她工作顺心之时,邓洪钧来信说,要去延安,约她一同前去,并约定在东北阜新相聚,她自然是再高兴不过了。④ 等到了阜新之后,邓洪钧向她示爱,两人正式确立了恋爱关系。当残雪的父亲被划为右派时,她的母亲因为不愿意与她的父亲"划清界限"(离婚),也被打倒,分配到衡山下劳改。在邓晓芒的眼中,"母亲天性正直,具有平等思想,这一

---

① 李茵:《永州旧事》,作家出版社2016年版,第295页。
② 同上书,第299页。
③ 同上书,第312页。
④ 李茵早年经历主要参见李茵《永州旧事》,作家出版社2016年版。

点甚至比知识分子的父亲更强"。① 1962年，母亲摘了右派"帽子"，回到报社工作，家也就搬回了报社，分了两间宿舍。

父母亲早年的生活遭遇以及六七十年代对残雪的个性有着重要的影响。"一是五六十年代理想主义社会风气的熏陶；二是在我孩提时代最为关键的那几年里生活在大自然当中，让我领略了美是什么东西；三是家庭落在了社会的最底层，这使我能够同普通人一样来看待生活，而不是某个有优越感的人；四是家庭内部极度的专制氛围，与此同时却又极为注意精神生活，这两个方面的作用使得我在称为内向的孩子的同时，奋起追求某种理想。"②

二 残雪的外婆

残雪的外婆与外公，出生于湖南永州。据残雪描绘，"外祖母特别神经质，又特别坚强，她生了十一个小孩，生一个死一个，最后只剩下我母亲一个。"③ 残雪的外公家境清寒，年轻时是一位书生，读书有天分，写得一手好文章。外婆的大哥与外公的先生是同一科的秀才，两人都看中外公的才华。于是由外公的先生做媒，外婆的大哥主婚，外婆嫁给了外公。婚后外公还想去读书，考取功名，但是第二年科举废除了，此事也不了了之。外公与外婆就商议着借钱开始做生意，后来两人到永州城做米生意。外婆勤奋，夫妻同心，很快日子也算是过得比较舒坦。

好景不长，外公三十岁那年患上了急性关节炎，外婆请了中医、水师等来治疗，都没有太大效果。当时附近汤老倌开了一家鸦片馆。在汤老倌的诱骗下，外公开始每日以吸食鸦片来止痛、求生。很快，外公的一条腿就干瘪了，而且染上了鸦片，这也成了外婆噩运的开始。吸食鸦片后的外公不仅耗尽了家里的财产，而且时不时暴打外婆。他为了钱，不惜将女儿卖给了一个与自己差不多大的男人。女儿出嫁之后，有一次，

---

① 李茵：《永州旧事》，作家出版社2016年版，第6页。
② 残雪、[美]格里菲斯：《追求逻各斯的文学——与格里菲斯对话》，《残雪文学回忆录》，广东人民出版社2017年版，第140页。
③ 施叔青：《为了报仇写小说——与残雪谈写作》，萧元编《圣殿的倾圮——残雪之谜》，贵州人民出版社1993年版，第438页。

外公竟然拿刀砍了外婆八刀,并且卷走家里所有的钱及金器,悄然出走。三年之后,外公又回来说要离婚。经过当地保长、甲长和本街的有头面人物协商,决定两人各分一半房屋,共折算为四百元。经过协调,外婆给了外公两百元,一个人拿到了房子。然而,外公拿到钱后,竟然一把火把房子给烧了,还差点把整条街的房子都烧了。之后,外公就再也没有回永州。据说,在日本入侵湖南时,在逃难中,外公被日本人抓去当挑夫;外公挑不起,日本人就用枪托去撞打他,他就跳到了河里。母女相依为命,听到这个消息后如释重负。①1945年,母亲李茵一个人出去流浪,外婆便独自带着外孙在家,靠着自己做点小本生意、亲戚帮衬艰难度日。直到1949年才再次与女儿取得联系。②1961年,外婆又活活地饿死了。外婆一生受尽了人间苦楚,但是她一直很乐观,笃认这就是自己的命。残雪并没有见过外公,但她却认为自己继承了外公的某种基因。她谈道"据说我的老外公是个疯狂的暴君,一发疯就用刀砍我的外婆,我的外婆被他砍得遍体鳞伤,腿上有一排深洞。我继承了这种非理性的暴烈"③。

　　残雪从小就跟着外婆,外婆是她最亲近的家人。外婆对残雪的生活有重要的影响。残雪三岁时就喜欢做梦。外婆不但不压制她这种爱好,还会时不时给残雪讲民间的鬼故事。外婆还有几分迷信,相信民间的某些鬼怪之事,这无形之中加深了残雪对某些神秘事物的好奇心。残雪的外婆喜欢讲故事。据残雪回忆道:"我的外婆是一个活在自己的内部时间里的老人。她每天都有做不完的家务,但只要一坐下来搓麻线或打鞋底,她的故事就出来了。"④外婆早年生活在永州,后来才来到长沙生活,因此她的故事中总是带着"故乡"的重述。而这种突破时间界限、若有若无的重述,也时常会呈现在残雪的小说中,如《黄泥街》中所写的"那

---

① 参见李茵《永州旧事》,作家出版社2016年版,第364—379页。
② 李茵父母亲早年的生活主要参见李茵《永州旧事》,作家出版社2016年版。
③ 残雪:《附一:残雪其人其事》,《残雪文学回忆录》,广东人民出版社2017年版,第252页。
④ 残雪:《故乡》,《趋光运动》,上海文艺出版社2008年版,第228页。

城边上有一条黄泥街,我记得非常真切。但是他们都说没有这么一条街"。①

外婆还有一个特征是幽默,这种幽默在人世浮沉中酝酿、发酵,变成了黑色幽默、变成对自我的戏谑。"回想我外婆的生活,除了短暂的几抹亮色之外,可以说全部是黑暗和苦难,最后还被活活饿死。然而在我同她相处的年头里,她总是用好笑的、有几分自嘲的口气讲那些绝望的故事。她说的是别人,但她的语气,她所制造的那种氛围,处处指向在生活重压下拼全力挣扎的自己。她当然没有意识到,她只是一个民间讲述人,她有讲述的隐隐冲动。"② 而残雪认为自己继承了外婆的这些幽默气质;经由西方文学的润泽,这份幽默变成别样的观照自我的方式。外婆还是一个永不言败的人,残雪认为自己也继承了这一优点。③ 残雪小时候身体不好,她认为跑步能够锻炼身体,就坚持长跑,并且能够拿到很不错的成绩。到了成年之后,残雪爱好写作,每天坚持写作,多少也与少年时期的经历有关系。

三 残雪的兄弟

残雪的兄弟姐妹有八人。父母亲在相遇前均有过一次"婚姻",且都有孩子。大哥和姐姐与残雪是同父异母,二哥与残雪是同母异父。童年时期,残雪常与兄弟爬山看鹰、养蚕、看电影、挖野菜,与姐姐玩沙袋游戏等,一家人尽管一直在忙,但是很快乐。"我们姊妹都是很阳光的,虽然害怕生人,但我们在自己家是玩得很开心的。"④

残雪的哥哥邓晓芒应该是兄妹中对残雪写作影响最大的一位⑤。早在邓晓芒下乡的时候,他们就时常通信讨论读书心得和哲学问题。据邓晓

---

① 残雪:《黄泥街》,《残雪文集》第1卷,湖南文艺出版社1998年版,第236页。
② 残雪:《幽默》,《趋光运动》,上海文艺出版社2008年版,第231页。
③ 残雪:《吹火》,《趋光运动》,上海文艺出版社2008年版,第238页。
④ 残雪:《隔壁小男孩》,《趋光运动》,上海文艺出版社2008年版,第399页。
⑤ 邓晓芒,生于1948年4月7日,1964年到1974年插队十年,1979年考取武汉大学哲学系西方哲学史专业研究生,师从陈修斋、杨祖陶。

芒回忆,"我还经常与我们家唯一没有下农村的二妹通信讨论读书心得和哲学问题,有时候一封信能写上十几页。后面她主动中止了这种讨论,她更关注的是文学方面。事实证明她是对的,如果她当时钻到哲学中拔不出来的话,也许她就不会走上文学创作的道路了。现在她是很有名气的作家残雪,有大量的作品被翻译为英、法、德、日、意、瑞典等好几种外文。不过那一段哲学训练对她的文学写作无疑也起了很好的作用,她的小说里哲学味很浓"。[①] 残雪《黄泥街》写出来之后,就交给她的哥哥邓晓芒来阅读。邓晓芒一方面惊叹她的文学才华;另一方面,又替她担心,让她不要拿出来,以免招来杀身之祸。后来,残雪带着手稿去北京找《人民文学》杂志总编辑李雪峰(残雪父亲的朋友)。李雪峰看了之后当即告诉残雪稿子发不出去。残雪路过武汉,就把稿子给她的哥哥看。邓晓芒让她把稿子给他的好朋友陈放荪看。湖南文坛的何立伟、王平、徐晓鹤通过陈放荪看到了《黄泥街》。王平看到之后立刻就觉得这些作品是很不错的,但是徐晓鹤却说"整个一个泼妇骂街"。[②] 通过邓晓芒,残雪也认识了何立伟等湖南文坛的作家。据何立伟回忆,残雪与何立伟、王平、徐晓鹤"年纪相仿,热爱文学,脾性'巨狂'的四个青年,几乎天天都见面,一下蹿到我家里,一下蹿到王平家、残雪家,我们叫自己文坛四人帮"[③]。她公开发表的第一篇短篇小说《污水上的肥皂泡》是由何立伟、王平等介绍、推荐发表在《新创作》(长沙,1985年年初)。[④] 后来何立伟还引荐残雪成为湖南省作协的专业作家。当时湖南作家在全国很有名气,《收获》杂志等也很关注湖南作家。据程永新回忆,残雪是

[①] 邓晓芒:《一个"右派崽子"的"革命"经历》,《徜徉在思想的密林里》,重庆大学出版社2012年版,第280页。

[②] 参见卓今《残雪研究》,湖南文艺出版社2012年版,第59—60页。

[③] 《穿越30年时光,走进何立伟的1986年》,《潇湘晨报》2016年9月4日,http://hunan.voc.com.cn/xhn/article/201609/201609041116406376.html。

[④] 参见残雪《与河西对话》,《残雪文学回忆录》,广东人民出版社2017年版,第246页。文中残雪还谈道:"当时《新创作》杂志的负责人之一张新奇在我当时还无人知晓、并且又文风特别冷僻的情况下,不拘一格地选发了我的处女作,这对我后来创作的迅速发展毫无疑问起了很大的推动作用。"

残雪和她的家人们

他编发的第一个湖南作家。① 邓晓芒还以沙水为笔名，为残雪的小说写评论，赞赏残雪的写作才华，如《论残雪：1988年》等。

残雪的二哥是唐复华（笔名唐俟），与残雪同母异父。他毕业于零陵师范，因为家庭的政治问题没有分配工作，在长沙做临时工，后来到洞庭湖的千山红农场工作与生活。哥哥很有理想，希望自己能够像高尔基那样读社会这本大书，成为一名伟大的作家。在农场时，他坚持写作，并且寄给邓晓芒等人看。② 他一直很鼓励残雪在文学上的发展，还以"唐俟"为笔名撰写了多篇评论残雪的文章，如《残雪评传》《食客来到我们中间——读残雪〈思想汇报〉》。其中，最为有名的是唐俟、沙水（邓晓芒的笔名）与上海文坛吴亮关于残雪文章所发生笔战（《关于残雪小说论证的通信》）。这次笔战也让更多评论家关注到残雪的文章。

残雪的大弟七毛在"文革"期间（1966年）意外去世。"他在浏阳河里被漩涡卷进了取沙的农民弄出的沙坑里"③。残雪当时正与大弟闹别扭，还处于互相不搭理的阶段。但是没有想到弟弟竟然意外身亡，残雪一度活在悔恨之中。她多次尝试在梦里与弟弟沟通，幻想着与弟弟重逢的各种场景。弟弟的去世，让残雪明白自己的写作就是在演不可能的事，"我就是要将那种无望的沟通进行到底，我要自己来扮演死神，打通灵魂与灵魂之间的那些墙，演出真正属于我自己，也属于我们大家的好戏。"④ 残雪还有一个弟弟，大学时腰椎发病，痛苦不堪，最后只好休学回家。

---

① "早在上世纪80年代，《收获》杂志就很关注湖南的作家和作品，像韩少功、王跃文、何立伟、残雪、徐晓鹤等。从事编辑工作后，在我的印象中，我编发作品的第一位湖南作家，就是残雪。然后是徐晓鹤，徐晓鹤的小说名我还清楚地记得，叫作《院长和他的疯子们》，进入新世纪以来，我们刊发湖南作家的作品就更多了，去年还发了韩少功的长篇小说《日夜书》。湖南这块土地是出作家的地方，从沈从文、韩少功、王跃文、何立伟、何顿、徐晓鹤、蔡测海等，到黄晓阳、郑小驴等等，可谓是灿若星辰，大放异彩。"刘哲：《程永新：率性、创新地为时代写作》，湖南作家网2014年6月9日，http：//www.frguo.com/Info.aspx?ModelId=1&Id=7403。

② 参见邓晓芒《一个"右派崽子"的"革命"经历》，《徜徉在思想的密林里》，重庆大学出版社2012年版。

③ 残雪：《飞翔的黑色大鳖》，《残雪文学回忆录》，广东人民出版社2017年版，第27页。

④ 残雪：《不可能的戏》，《趋光运动》，上海文艺出版社2008年版，第222页。

"那个时候，他不论白天夜里都在疼痛中。我看见他弓着身子伏在床上（那是他惟一的痛苦较轻的姿态），便急得如热锅上的蚂蚁。找医院啊，找医生啊，帮他做按摩啊。虽然并无多大疗效，但非得做点什么心里才好过一点。他的病对我的刺激太大了。好长时间里头曾是我生活中心。"[1]弟弟的腰椎病让残雪体会到他人的痛苦，具有同理之心，能够切身去扮演他人的角色、感受他人的处境。因此，残雪表示"我认为我的作品，就是写给那些有同情心的人看的"[2]。

残雪将写小说称为"表演"：表演自己的人生[3]，认为"文学的创造过程就是一场趋光运动，我不过是延续了幼儿时期的本能"[4]。残雪的原生家庭对她走向文坛以及形成独具特色的文学风格具有至关重要的影响。当我们解读残雪的作品时，这些零散的、碎片式的生活瞬间或许能照亮残雪作品的某些暗处，为解读残雪作品寻找到另一条小径。

---

[1] 残雪：《扮演》，《趋光运动》，上海文艺出版社2008年版，第267页。
[2] 同上书，第268页。
[3] 残雪：《答〈深圳商报〉魏沛娜问》，《残雪文学回忆录》，广东人民出版社2017年版，第221页。
[4] 残雪：《趋光运动》，上海文艺出版社2008年版，第111页。

格非与华东师大
——大学、读书及文学圈子

褚云侠

朱伟在评价格非创作时曾说,"格非在新时期,是一位难得的以其学术背景进行创作的作家。但我总觉得这种学术气在读者认知度上,其实帮了他很多倒忙。"① 他通过小说探索世界的不可知和神秘性,人的主体性与记忆的不可靠等,且似乎从来没有向着可读性和读者的接受靠近。这也使相比同代人的苏童、余华等先锋作家,格非研究从 80 年代开始就是相对冷落和滞后的。的确,在格非小说创作的发生、发展与转型背后,存在着一以贯之的学院背景。新时期以来出自高校的小说家不少,但格非是罕有的取得了博士学位的作家,且在高校从事教学与研究工作多年。这一背景又使他获得了丰富而系统的阅读经验以及和文学圈子互动的机遇。如果忽略了对这种简单而又特殊的经历的考察,理解其创作的前提和脉络都会变得模糊起来,也无法走进其他学者小说家双重身份相映成趣的文本世界。本文试图通过作家事迹、经历材料的铺陈,考察格非是如何获得创作资源和小说观念的,这也将折射出先锋文学的发生以及 80 年代以来学院知识分子的精神状貌和精英文化的转轨。

一 大学

格非 1964 年 10 月出生于江苏丹徒,他的家乡地处镇江市区周围。由

---

① 朱伟:《格非:文学的邀约》,连载于《三联生活周刊》2018 年第 3—11 期。

于交通不便的限制，相比苏南大部分地区经济的富庶，这里相对落后和闭塞。70年代以后，他在老师的带领下跑到离家很远的沪宁铁路支线旁等了整整一天，才第一次看到一辆运煤火车，且为此写下了一篇文章《终生难忘的一天》。格非的父母都是农民，大伯在南京，姑妈嫁到了上海。城里人回家乡，在当时闭塞的农村是一件大事。由于祖父历史反革命①的身份，让他从小因家庭成分不好而在加入红小兵、共青团的时候都遭遇了阻碍，预设的"有罪"判决使他的家庭在村里处于十分糟糕的境况，没有人愿意与之来往，这也养成了他孤僻、不愿与人合作与不相信任何事情的性格。在父母眼里，他"比较沉稳，不爱说话，甚至有些沉默寡言，更别说交际，对未来也没有什么想法"②。格非在考入大学之前除了曾经去过一趟镇江文教局之外，从来没有进过城，而这一次进城与他日后的大学生涯产生了密切关联。

对于上大学选专业这件事，农民出身的父母对格非并没有什么指导意见。在1980年他第一次高考失败后，母亲已经决定让他去当木匠了。就在他心灰意冷准备放弃的时候，镇上一位非亲非故、素不相识的翟姓老师意外造访，因为听说了格非是班上最优秀的学生，而要引荐他去县里最有名的谏壁中学上高考补习班，但是格非第一次高考的成绩并没有达到补习班的分数线。于是便谎称丢失成绩单而去镇江文教局补开，没想到文教局办事员听闻了他所有的经历后，竟给他开具了一份合格的成绩单，这才有了他第二次高考的机会和命运的彻底改变。1981年第二次高考前又大病一场，考后格非自我感觉很不好，母亲也决定让他跟着姨夫去常州学泥瓦匠了。填志愿的时候他选择了几所比较差的学校：扬州师院、镇江师专和某进修学校，重点大学栏空缺。后因为学校负责人要求重点大学一定要填，才填报了华东师范大学。而格非对这些学校几乎一无所知，选择师范院校"只是知道师范肯定容易考取，而且家里比较

---

① 格非的祖父曾是村里的保长，由于在1949年以前一方面掩护共产党的革命，另一方面跟国民党合作而在20世纪50年代被捕，送到黑龙江劳改，在监狱里关了25年。
② 舒晋瑜：《格非：作家一生只在写一部作品》，《说吧，从头说起》，作家出版社2014年版，第94页。

穷，师范可以有粮食补贴。"① 但放榜那一天，格非取得了一个出乎意料的好成绩，1981年的本科录取分数线是370分，他考了440分，当即就被文化馆发放成绩单的助理预测肯定能考取华东师大。

格非就这样来到了当时人文学科的重镇上海华东师范大学。20世纪80年代的上海、华东师大、中文系成为格非一生的教育背景和写作起点。作为上海人的李劼认为，"对现代文明的执着，对自由不可遏止的向往和忠诚"② 构成了这个城市的精神气质和文化底蕴，而正是这样的特点，让上海在"文化大革命"以后，"成为一个最快在文学和文化上醒过来的城市。"③ 华东师大的建校以及中文系的成立皆始于1951年，和一些百年老校中文系相比历史并不算悠久，但却在许杰、徐震堮、施蛰存、徐中玉、钱谷融、程俊英、周子美等知名学者的开拓与努力下形成了深厚的人文传统。加之1985年前后北京批评圈的暂时退场以及上海强烈的先锋意识，"在上海的巴金、夏衍等文坛老将的支持下，加之李子云、周介人两主编的鼓噪推动，以'两刊'（《上海文学》《收获》）和'两校'（复旦、华东师大）为核心的'上海批评圈'（史称'新潮批评'）这时大举登陆当代文学的舞台。"④ 这都使华东师大在20世纪80年代迎来了它的黄金时代且走上了中文学科的前沿。

格非是卷着一个铺盖到华东师大报到的，当时中文系五十多个外地学生当中只有他一人来自江苏丹徒。据同学回忆："格非那时姓刘名勇，无论怎么看，都不能算美男子。个子不高，肩膀宽厚，骨骼粗壮，脑袋显得较大，好似里面蕴藏着很大的能量，终有一天会释放出来，让人刮目相看。"⑤ 或许是因为性格的原因，他不爱说话，喜欢打篮球，童年留给他很多思索、很多疑问，自然也就有很多东西需要表达，这或许注定

---

① 格非、任赟：《格非小传》，《欲望的旗帜》，春风文艺出版社2005年版，第277页。
② 李劼：《中国八十年代文学历史备忘》，秀威咨询科技股份有限公司2009年版，第127页。
③ 同上书，第133页。
④ 程光炜：《小说探索浪潮中的批评家》，《文艺争鸣》2016年第10期。
⑤ 花向阳：《我的同学格非》，《语文教学与研究》1999年第2期。

写作是他最好的选择。当时华东师大的创作氛围非常浓厚，再加上 77、78 级中几个在文坛崭露头角的大人物的煽动，中文系的大学生们几乎人人都做起了"作家梦"，而对基础课反而有些不屑一顾。

华东师大中文系当时的创作风气浓厚，这和系主任徐中玉先生的鼓励与支持密不可分。他不仅常在全系大会上热情鼓励学生课余进行文学创作，对在文学创作上取得成绩的学生也常点名表扬，甚至还提出了这些学生可以用文学作品来替代最后的毕业论文，这几乎是史无前例的。而关于上课，他们当时一入学，77、78 级的学生就主动跑到宿舍告诫他们课是没有必要上的，四年学不到什么东西，要做一个好学生前提就是不能上课。虽然他们牢记教导并表示坚决不上课，但格非也承认这些表面的游手好闲、饱食终日不过是作为"名士风度"的一种标榜，其实暗中也是惜时用功的。的确在当时的中文系有不少教师是工农兵学员，水平有限，但在华东师大的讲台上，也活跃着一批中国现代文学史上的重要作家和学者。据比格非略长几级的周佩红在《315 教室的讲台》一文中回忆，她已记不清那是 1978 年、1979 年、1980 年抑或是 1981 年，施蛰存先生在华东师大文史楼 315 大教室里给他们讲《项羽本纪》。而 78 级的赵丽宏提到在他入学之后，施蛰存由于曾受到鲁迅的批评，还没有给学生上课，因此可推断施蛰存走上课堂的讲台大约是在 1980 年前后。格非也坦言在本科时就听过施蛰存先生的课，除却施蛰存先生这样的现代文学大家之外，当时给学生们上课的还有许杰、徐中玉、钱谷融先生等，让他们觉得"好像是在和现代文学史中走出来的人物相遇，既遥远，又切近"①。格非虽然一度逃课，但其实也有选择地认真修习了诸如古代汉语、中国历代文学作品选、古代文学史、唐诗宋词、古典文献等课程。据格非回忆，师范院校格外重视古代文学和古汉语基础，不仅有着系统科学的课程设置，而且这些课的老师水平高、学问好，对学生要求也严格，因此他们在这些课程上也是颇为用功。令他印象深刻的还有王智量

---

① 周佩红：《315 教室的讲台》，杜公卓主编《我的丽娃河》，华东师范大学出版社 2001 年版，第 23 页。

讲授的俄苏文学,一半时间由老师讲授,另一半时间由学生分析文本做课堂报告,让他们在本科阶段就学会了怎样研究小说。

业余时间学生们就进行文学创作。在华东师大文史楼103通宵教室,每到后半夜,那里就聚集了一大批写小说的人。那时写了作品没有出版物,学生们便自发地在文史楼走廊里办壁报。中文系的壁报,曾是华东师大校园里一道独特的风景,不仅吸引了学生、教师,也引来校外的文学爱好者和报社的记者。格非那时刚刚开始写小说,还是传统的写法,写过选举题材和一些恐怖小说。当年的华东师大中文系,也有一些文学创作社团,而社团往往有自己的油印刊物,这便是他们最初的发表途径。除却著名的"夏雨诗社"之外,格非在大三那一年还曾建立过一个"散花社",其中《散花》杂志专事刊发散文兼及小说作品。主编是姚霏,格非是副主编。后来还成立了"苑草",专事小说创作,叶开任《苑草》主编,格非是指导教师。这些社团除却给学生们提供了一个发表文学作品的途径之外,也不定期组织作品研讨会。1983年,华东师大校报编辑部还组织过一个全校性的"小说接龙"游戏。由一个留校的学生发起,"只记得参加者被邀至编辑部的会议室,大致定下题材和故事动机,由某位作家开头,随后十几个人依次接续,由校报分期连载"。[1] 当时学校很多老教师以及在读的青年人都是作家,这也在一定程度上构成了华东师大在80年代的独特性。

大概是由于几年来在创作上的熏陶与尝试,1985年毕业那一年,格非立志要去江苏文联了,他放弃了直推研究生的名额,而决定要当一个作家。"那个时候文联是全国青少年梦寐以求的地方,都是作家呆的地方。"[2] 然而就在他要去江苏南京文联工作前夕,因为原本决定留校的女生因个人问题放弃,选择了北京国务院侨办,留校的名额就空了出来。格非后被选中留校,也就这样留在了上海文学圈和华东师大校园。留校以后,格非的空闲时间也更多了,据他回忆,刚留校的时候,担任新生

---

[1] 格非:《师大忆旧》,《收获》2008年第3期。
[2] 格非、任赟:《格非小传》,《欲望的旗帜》,春风文艺出版社2005年版,第284页。

辅导员，不上课也不写文章，只是跟着老师去听课。"第二年晋升讲师，课就稍微多一点，那时候最多也就是一个学期一门课。"① 甚至让他觉得有大量时间无处打发以及光阴的虚度，于是他决定继续小说创作。格非曾谈到在华东师大留校之后十几年的生活：一般来说上午十一点起床，饭后大约十二点左右开始写作，写到下午三四点，然后就开始打牌、下棋、聊天，晚上十一点再看书，三点钟睡觉……这是极度自由，有着大量空闲随心所欲地读书和写作的日子。直到后来1997年，国家教委要求凡是在高校任教的人必须具有硕士以上学位，格非才以同等学力方式去考取博士研究生，开始了三年辛苦的耕读生活。即便如此，以学生辅导员身份留校的格非在大学的从教生涯也并没有太大压力，他了解学校的体制，知道如何与学生沟通，与教师打交道，在1994年评上副教授，1998年博士在读期间就已经成为教授了。学校的环境整体上让他觉得舒服且游刃有余。

华东师大当时文学氛围之浓厚、文学活动之丰富都把它推向了上海文学圈的核心位置，而格非正处于这个文学场之中，且常年维系着相对余裕的校园生活。这让他周围的不少先锋作家都艳羡不已，如当时地处浙江嘉兴的余华就有着一种对上海、对华东师大的向往和偏居一隅的焦灼感。每每到上海改稿，余华都会在华东师大借住。他在1991年5月4日写给程永新的信中提到了非常愉快的上海相聚："本来是想趁机来上海一次，和你、格非再聚聚，但考虑到格非学外语，不便再打扰，等格非考完后我们再聚一次如何？"② 频繁辛苦往返于上海、海盐、嘉兴的余华其实一直迫切地想进入上海文学圈，如程光炜所言："上海在使余华获得先锋眼光、翻译读本和文学知识的同时，也把无比奢侈的都市生活景象推到了这位野心勃勃的年轻作家面前。"③ 在80年代接受了大学教育和大学精神洗礼的作家不只格非一位，但很多人在毕业之后，就失去了20世

---

① 格非、任赞：《格非传略》，《当代作家评论》2005年第4期。
② 程永新：《一个人的文学史》，上海文艺出版社2018年版，第147页。
③ 程光炜：《文学史二十讲》，东方出版中心2016年版，第186页。

纪80年代大学校园的光晕,被无情地扔进灰暗的小市民生活,相对这些人的不甘与无可奈何,格非的心态要放松很多。也可能正因为如此,格非被马原称为"最进入职业心态的人",甚至不止一次意味深长地感慨,"这个年纪有许多事情要做的","刘勇,他实际生活也没有其他重心,现在看没有,没有"。

格非的大学以及之后留校任教时期,恰恰是华东师大在文学上的辉煌年代。90年代的开始伴随着一场苍茫的告别,在20世纪90年代的转轨中,格非一直驻守的华东师大也猝不及防地加速走向了它的末日黄昏。张闳在《丽娃河上的文化幽灵》一文的"尾声"中谈及在20世纪90年代初期,他常与徐麟趴在一起讨论"世界之午夜""存在之荒诞"等问题的走廊栏杆上,遥望西边的落日。而这一举动后来却变成了对一代人精神困境和生存环境的隐喻与象征,或许不曾想到,他们所遥望的恰恰是华东师大或者一代人的末日黄昏。自1990年之后,华东师大的学术与文化精英们随着时代的巨大转轨也不可避免地流落四方,呈现出一副"树倒猢狲散"的态势。先是宋琳、夏志厚去国,然后是1994年胡河清在上海寓所跳楼自杀。格非在回忆胡河清的文章中说:"我在北京正准备去石家庄讲课,突然接到了福民兄从上海打来的长途,他只说了四个字'河清没了',便哽咽不能声。我当时亦不能语。在一种锐利的痛苦之下,我知道,这个世界又失去了一份美德,一份温暖,多了一层寒意和肃杀。"[①] 之后,李劼、宋耀良旅美,徐麟、陈福民、张柠、崔宜明、李洱、叶开、余弦、师涛等人,在纷纷毕业之后,也都相继离开,四散在全国各地工作。因而张闳有如下感慨:"华东师大。丽娃河。青春。书本。一切依旧如故,一切正变得越来越好看。而大学精神却无可挽回地走向黄昏。"[②] 当1992年,马原、格非、李劼、吴亮重聚华东师大的时候,吴亮等人不禁感慨:"李劼还在,吴亮还在,马原还在,格非还在,作为文学家的肉体还在,我们在社会文化中的作用和精神已没有了,成为历史了,只能回忆了,甚

---

① 格非:《胡河清》,《格非散文》,时代文艺出版社2011年版,第17页。

② 张闳:《丽娃河上的文化幽灵》,《大学人文》2005年第3辑。

至有时,连回忆也不可靠了。"① 对于格非而言,他有关20世纪80年代的全部回忆都只有大学校园,他是精英文化从核心走向边缘的见证者,也是文学风景的亲历者。面对物是人非的场景自然会发出"世异时移,风尚人心,早已今非昔比,徒寻其味,岂可再得"②的感慨。这时,格非心里时常生出的虚无之感似乎也越来越强烈。这或许构成了他以之后的写作不断回望80年代的重要动因,无论是较早的《欲望的旗帜》《沉默》还是晚近的《蒙娜丽莎的微笑》《春尽江南》,他都似乎想通过写作留下一些有关那个时代的印记与见证,让记忆、感觉和冥想彼此相通。

二 读书

在大学人文精神与创作氛围的影响之下,展开系统性阅读可以说是对格非日后写作影响最大的事情了。对于那个时代的大学生来说,他们印象最深刻的事,便是图书的开禁。1979年第1期《读书》杂志的创刊号上刊发了李洪林的《读书无禁区》和雨辰的《解放"内部书"》两篇文章,这不仅标志着在"四人帮"横行十年之后,一代人重获了阅读被"禁锢"的图书的权利,这也是一个文化专制和封闭的时代结束的象征。③"在中国的土地上,春天又来临了。被禁锢的图书,开始见到阳光。到了一九七八年春夏之交,一个不寻常的现象发生了。门庭冷落的书店,一下子压倒美味食品和时尚服装的店铺,成了最繁荣的市场。顾客的队伍从店内排到店外,排到交叉路口,又折入另一条街道。从《东周列国志》到《青春之歌》,从《悲惨世界》到《安娜·卡列尼娜》,几十种古今中外文学名著被解放,重新和读者见面了。那长长的队伍,就是欢迎这些精神食粮的行列。"④ 据赵丽宏回忆,当时华东师大校园中的小书店一开

---

① 此内容根据1992年10月13日马原、格非、李劼、吴亮在上海华东师大的谈话录音整理,马原等《重返黄金时代——八十年代大家访谈录》,吉林出版集团2016年版,第35页。
② 格非:《师大忆旧》,《收获》2008年第3期。
③ 赵丽宏:《不老的大学》,杜公卓主编《我的丽娃河》,华东师范大学出版社2001年版,第7页。
④ 李洪林:《读书无禁区》,《读书》1979年第1期。

门，每次大家都是蜂拥而入，把能买的书全都买下来。而这些书大多是西方名著和再版的中国现代作家的作品。据统计，从1985—1987年，三年累计出版的社科类译著已达1500种，而大学生是这些西方译著的"主力消费者"[1]。甘阳在谈到80年代的几个特征时说到，这一时期整个知识界都以人文学科为主，且占主导地位的绝对是西学。的确，这是继洋务运动和"五四"之后的又一次"西学东渐"，西方译著大量出版；《读书》杂志成立"文化：中国与世界"编委会，重点推介西学新知；"评介西方文化思潮的课程无一不是最受欢迎的'人气课程'"[2]，与西方文化思想有关的社团数量占据了绝对优势……而若从阅读的角度考察，除却《读书》杂志外，商务印书馆出版的"汉译世界学术名著丛书"，袁可嘉等编的《外国现代派作品选》，上海译文出版社出版的《外国文艺丛书》《二十世纪外国文学丛书》几乎引领了整个80年代的阅读潮流。

格非真正开始大量的读书正是源自这一时期，生长在农村的格非和很多可以看到内部书的城市孩子不一样，早年他只是读一些小人书，直到遇到一位从徐州师范毕业的班主任，才开始读《烈火金刚》。班主任还把村子里的书搜集起来，让学生互换着阅读。虽然村里的图书也相对有限，但是让格非从那时起养成了阅读的习惯。大学时代的读书风气沾染了很多20世纪80年代的特点，西方现代思潮的再度合法化使如饥似渴的一代人在"西学东渐"的背景下开始追寻文化创新之路。格非在《师大忆旧》中回忆了他那时的读书生活："正好系里给我们印发了课外阅读书单，我记得在一百多本的书目中竟没有一本是中国人写的，至于什么濂、洛、关、闽之书，更是不入编者的法眼。好在鲁迅先生'中国的书一本也不要读'，吴稚晖'把线装书全都扔到茅厕坑里'之类的告诫我们早已铭记在心，自然不觉有任何不当。"[3] 之后格非也真是按照这个书单没日没夜地读了好一阵子，"我和其他作家差不多，都受到这个时尚的影响，

---

[1] 鲁育宗：《大学寻梦——1977—2009中国大学实录》，上海书店出版社2009年版，第108页。

[2] 同上。

[3] 格非：《师大忆旧》，《收获》2008年第3期。

在大学里从三年级开始基本上都读西方的小说。"①《伊利亚特》、奥维德的《变形记》，托尔斯泰和福楼拜的作品都是那时就开始读的，而且对他影响至深，现在仍然不断重读。读完书后，他们便去找人论道，但是很快问题就出现了，如果跟人谈论起诸如《浮士德》《伊利亚特》《神曲》这样大家耳熟能详的经典作品，必然会遭到对方的鄙夷。后来才知道那时候读书其实不注重知识和学术，更重要的是要能够让人大吃一惊，也就是要通过以高深、艰涩、冷僻的新名词获得一种"饰智以惊愚"的震撼效果。"这些玄奥的著作与其说是用来阅读的，不如说是用来炫耀的。在当时的大学环境中，学识是显示个人品格和权力的标志。能够谈论这些玄奥话题，无疑是一种文化资本；否则，就会沦落为文化贫困阶层。"②论道的受挫使格非迫切希望能通过读书建构起属于自己的一个根据地，一套说出口就能让人满脸生疑但是又不得不刮目相看的话语体系，而他以及周围的一批同代人找到的独门秘籍之一就是现代派。当时袁可嘉先生编译的《外国现代派作品选》刚刚出版，他们循着这本书的纲目和线索顺藤摸瓜，渐渐认识了卡夫卡、博尔赫斯、卡尔维诺，也发现了《外国文艺》《世界文学》《外国文学动态》《译林》这样了解外国文学的期刊。那时他尤其喜欢看《外国文艺》和《世界文学》③ 这两本杂志，每期必看，而这两本杂志正是率先翻译西方现代派作品的重要阵地。由此可见，中文系的读书风气和学院环境，使格非成为80年代以后最早接受现代派小说和研究现代派技艺的一代作家。

而到了1985年他本科毕业留校任教的那一年，文化氛围又悄然发生了新的变化。他渐渐发现，单纯凭借艰深难懂的现代派和博尔赫斯已经

---

① 格非、李建立：《文学史研究视野中的先锋小说》，《南方文坛》2007年第1期。
② 张闳：《丽娃河上的文化幽灵》，《大学人文》2005年第3辑。
③ 《外国文艺》是上海译文出版社出版的以介绍当代外国文学为主旨的纯文学刊物，双月出版。《世界文学》是专门译介外国文学的重要刊物，前身是《译文》，1959年更名为《世界文学》，双月出版。1961年"博尔赫斯"的译名第一次出现在《世界文学》第4期的"世界文艺动态"中，当时写作"波尔赫斯"。《外国文艺》在1979年的第1期首次介绍了由王央乐翻译的《交叉小径的花园》《南方》《马可福音》《一个无可奈何的奇迹》等四篇短篇小说，这是博尔赫斯的小说第一次被翻译和介绍到中国。

无法像前些年那样给人以震惊的效果，只谈小说开始多为风雅之士所不齿。留校以后，格非的空闲时间也更多了，于是他的阅读"除了原来的惟新、惟深之外，又多了一个'杂'字"。① 他开始读史学、社会学、哲学、宗教学等，除此之外还去历史系参加史学沙龙。格非对《新五代史》，王阳明与朱子学说，陆九渊、黄宗羲、严复的学术及政治理念均有涉猎。他之后的小说《迷舟》《相遇》《边缘》以及新世纪以来的"江南三部曲"，呈现出对命运的偶然和不可知的探索，以及处理自身与历史关系的气魄与自觉，大概和这一时期学术风气的转向与阅读积累也不无关联。

如果说格非第一次对阅读范畴的调整仍然源自时代风气的影响，是一种不自觉的阅读选择，那么90年代以后的改变则和他自身写作上的困境密切相关了。到了1994年前后的时候，格非在小说写作上如日中天，早在之前，曾经"像毛主席一样地走进教室"② 的马原不止一次在这位年轻作家面前表达了来自年龄和创作实力方面的焦虑，格非"是《收获》历史上唯一的一个发过两个长篇的作家"③；"你是同行里面最有成就的，还是最小的"④；"这一茬人里面你是最年轻的。咱就说今天写得比较好的作家里面，大概刘勇，到目前为止还是最有名的。"⑤ 而那时年龄最小且最有名、已经在《收获》发表过两个长篇的格非却在1994年完成《欲望的旗帜》之后，停止了长篇小说的创作。此时他敏感地意识到其早期先锋小说的写法，似乎在90年代之后会遭遇"某种虚化的危险⑥"或难以为继，这或许也是他以自己的方式与小说写作暂时告别的原因之一。因

---

① 格非：《师大忆旧》，《收获》2008年第3期。
② 毛尖：《没有人看见草生长》，《上海文学》2010年第7期。
③ 此内容根据1992年10月3日马原与格非、余华、程永新在嘉兴余华寓所"烟雨楼"谈话的录音整理，见马原等《重返黄金时代——八十年代大家访谈录》，吉林出版集团2016年版，第221页。截至四人谈话的1992年，格非已在《收获》发表两部长篇小说，一篇为《敌人》，发表于《收获》1990年第2期；另一篇为《边缘》，发表于《收获》1992年第6期。
④ 同上书，第220页。
⑤ 同上书，第221页。
⑥ 王中忱、格非：《"小说家"或"小说作者"》，《当代作家评论》2007年第5期。

此他停下来开始重新阅读。这一时期的阅读与之前相比，一个很明显的差异是他在继续阅读或重读西方经典小说、现代派小说的同时，意识到了自己在理解中国古典文学、历史方面的不足与缺陷，而这样的知识结构调整，胡河清在很多年前就郑重而严肃地提醒过他们了。早在20世纪80年代，胡河清就曾告诫这些先锋小说家，若要在写作上走得长远，必须要重回中国古典传统。因此格非在30岁以后，尤其是35岁以后决定要花费大量时间精力重新阅读中国古代小说与历史。"我从35岁开始思考这个问题，小说可以写得好看，可以保留你的东西。不一定要按照西方的路子，一条道走下去。这当然也是我后来不断读中国传统叙事，特别是读《史记》《左传》时想到的。这两本书对我影响比较大。中国文学根本性的东西都在《史记》和《左传》里。"[1] 格非在阅读上的转向一方面与其作为一个作家、知识分子在文化上的敏感与自觉有关，另一方面也与他进一步的问学和学术研究经历有关。

1994年格非30岁，开始小说创作上的十年沉寂期。而35岁左右的时候，正是他跟随钱谷融先生攻读中国现当代文学博士研究生时期。与此同时，他将"废名小说的叙事研究"作为自己的博士学位论文题目而展开了对其深入的考察。其实格非是1985年前后才第一次知道废名的名字，当时他喜欢的作家中，除了鲁迅，就要算是沈从文和汪曾祺了。因为汪曾祺曾声称自己的风格受到废名的影响，加之道听途说了一些废名的奇闻逸事，促使格非读了一些他的小说。那时只是对废名产生了一些朦胧的感觉，但很快因为一些作品佶屈聱牙、深奥难解而未能卒读。而之所以后来将"废名小说"作为他的研究对象，其实也和他此时在创作上遇到的问题密切相关。格非在其博士论文"引言"中介绍了他研究废名的缘起："1997年底，笔者与几位来访的日本作家聊到中国的现代文学，言谈间屡次提到了废名。当时我已经有了一个初步的研究计划，选

---

[1] 格非、毛尖：《相遇：在文学的黄金时代》，此内容为2014年3月15日格非、毛尖在思南文学读书时的对谈，详见孙甘露主编《在思南阅读世界》，上海书店出版社2015年版，第39—40页。

题是中国现代的抒情小说,选择这个题目的初衷与我自己创作上遭遇的问题有关。我自己的写作一度受西方影响,尤其是现代小说影响较大,随着写作的深入,重新审视中国的传统文学,寻找汉语叙事新的可能性的愿望也日益迫切。列入研究范围的作家包括沈从文、萧红、汪曾祺等人。这次谈话的结果之一使我想当然地把废名列入研究计划,并立即搜集了所能找到的有关废名的全部资料。重读废名,感觉上与十多年前的记忆竟大不相同,我渐渐意识到要研究中国现代的抒情小说,废名是不可或缺的。这不仅因为废名的整个创作都根植于中国的诗性叙事传统,而且他明确地把诗歌的意境引入小说,在小说的抒情性方面比沈从文和汪曾祺走得更远。"① 为了展开对废名的研究并完成自己的博士论文,他不仅系统地完成了一次叙事学以及文学理论的研究,如集中阅读了《小说美学经典三种》(卢伯克)、《小说修辞学》(布斯)、《结构主义诗学》《论解构》(乔纳森·卡勒)、《叙事话语、新叙事话语》(热奈特)、《陀思妥耶夫斯基诗学问题》(巴赫金) 等。更重要的是,他阅读了废名小说全集,重读了很多中国古典小说,甚至仔细研读了《唐前志怪小说史》《俗讲、说话与白话小说》《小乘佛学》等。

无论是自我警醒还是博士学位论文的研究需要,都要求此时的格非要集中精力大量阅读中国自古至今的文学作品。而在阅读的过程中,他产生了很大的疑问:"中国古代文学怎么变成今天这个样子?这当然是一个很重要的环节……关于整个中国小说又涉及中国传统文化定位的问题。"② 于是,他又看了很多这方面的书。在王元化先生的推荐下,"我从钱穆的清代学术史一直看到《史记》和《左传》,中国传统文化带给我无比丰厚的滋养"。③ 在这期间,他不仅发现了"没有唐宋传奇就没有沈从文,没有明朝的文人小品,就没有汪曾祺"④,而且他"觉得中国叙事学

---

① 刘勇:《废名的意义》,博士学位论文,华东师范大学,2000 年。
② 王中忱、格非:《"小说家"或"小说作者"》,《当代作家评论》2007 年第 5 期。
③ 格非、舒晋瑜:《格非:作家一生只在写一部作品》,《说吧,从头说起——舒晋瑜文学访谈录》,作家出版社 2014 年版,第 100 页。
④ 同上。

的源头恐怕还是在《诗经》《史记》《左传》这一类的作品中"①。在重读传统的过程中,他个人尤其喜爱明清之际的章回体长篇小说,特别是《红楼梦》《金瓶梅》《镜花缘》《醒世姻缘传》《西游记》《儒林外史》等,而对宋元以后的白话短篇小说并无太多好感。文言小说中他对《世说新语》、唐传奇中的《任氏传》《李娃传》,宋人的《错斩崔宁》以及《聊斋志异》尤为情有独钟。认为《错斩崔宁》中的人物塑造(对话)和情节铺陈(悬念)皆有可观之处,而《聊斋志异》是中国文言小说的巅峰之作。其实前文已论及,格非在华东师大中文系读书期间就已经对古典文学进行了系统修习,那时已为他后来与传统发生联系的写作种下了"因",而35岁之后的重新阅读激活了曾经埋下的种子,对中国古典叙事的探索与研究使他找到了一种真正与传统心脉相通的写作。之后"江南三部曲"的写作正是在这种重新审视古典传统与寻找新出路的背景下完成的。

三 文学圈子

除安静地耕读,学术氛围浓厚的华东师大校园,也是吸引着众多评论家、作家、编辑家纷纷前来的核心地带。虽然格非的性格不好交往,但学院的丰富资源和优越环境还是使他很快进入了文学圈子。

格非大学时的辅导员徐海鹰是1977级留校任教的老师,了解到学生中有人喜欢写作,便给他们成立了一个"萌芽小组",小组中有七八个人,小组活动每次就是讨论作品,也会请一些上海作协的作家来给他们讲课、交流。徐海鹰和王小鹰关系好,就请王小鹰每隔几个月来点评作品,格非至今还记得王小鹰反复跟他谈及的关于细节的问题和对他"这个小鬼很不错"的夸赞。王小鹰以及赵丽宏、孙颙、陈丹燕都是他们崇拜得五体投地的大人物,这些上海的名作家以及后来1979级留校的诗人宋琳都来给他们讲课了。陈村是常来宿舍闲坐的校外名人之一,陈村多来找姚霏,姚霏是和格非同级的教育系学生,也是校园社团"散花社"

---

① 张学昕、格非:《文学叙事是对生命和存在的超越》,《当代作家评论》2009年第5期。

《散花》杂志最早的主编。因为格非和姚霏关系好,所以也常能听到陈村的教诲。马原来学校讲小说,比他年轻11岁的格非就是他最早的听众之一。马原与李劼过从甚密,他最初来华东师大大概也与李劼的邀请有关。后来马原和格非成为朋友,在20世纪90年代以后,马原再到华东师大做演讲,通常是格非陪着,后面浩荡地跟随着一支文艺队伍。余华若来上海改稿,也会在华东师大借宿。程永新、吴亮、孙甘露便会过去聚谈。

当时很多编辑也常来华东师大,1985年王中忱还在与丁玲一起办《中国》,有一天他带着年轻编辑吴滨去学校。格非刚好在系里碰到79级留校的著名诗人徐芳,徐芳告诉他有两位大编辑来了,叫格非去参加座谈会并和他们一起去吃饭。这次被邀请参加座谈会的嘉宾几乎囊括了当时华东师大文学创作界所有的精英,而王中忱和吴滨二人此行的目的也正是绕过作协与学校各级组织,与文学爱好者直接对话并为《中国》发现年轻作者的新锐作品。格非参与了讨论,席间徐芳更是极力推荐,之后格非就把他在火车上写就的小说用稿纸誊抄了一遍寄给《中国》,没想到很快就发表了,这便是他先锋文学的处女作——《追忆乌攸先生》。这篇作品的发表还为格非赢得了在1986年参加中国作协青岛笔会的机会。这是格非第一次参加笔会,他结识了北村、迟子建这样的青年作者,也见识了当时大名鼎鼎的牛汉、北岛、多多、徐星等大人物,他觉得当这些最优秀的作家和你在一起的时候,眼前的障碍就没有了,极大地树立了写作的信心。当时时任《关东文学》主编的宗仁发也频频抵沪,格非的《陷阱》《没有人看见草生长》就是在"酒酣耳热之际,受他怂恿和催促而写成的"。[①] 虽然格非在回忆这两篇小说的发表时有些轻描淡写,但《没有人看见草生长》是格非的中篇处女作,在当时发表一个中篇小说是一件大事,而且《关东文学》是当时少有的将目光聚焦于新的文学潮流的期刊之一。据李洱回忆,格非收到《关东文学》用稿通知的时候,"从铁栅栏上跳了过来,跳进草坪,来到我的身边。他手中拿着一封信,信封上有《关东文学》的字样。格非把那封信再次掏了出来,让我分享

---

① 格非:《师大忆旧》,《收获》2008年第3期。

他的幸福。"① 而这一次格非的幸福也极大地感染了李洱。可见刊物的发表机会对当时的年轻作家来说是一种极高的肯定和巨大的鼓舞。格非因《迷舟》被《上海文学》退稿转寄《收获》而与程永新结识,《迷舟》发表后两人成了朋友。后来程永新也是华东师大聚谈的常客。

除却在小组、座谈会和文人交往之外,更多的是朋友之间的清谈。清谈本来是华东师大的传统,《师大忆旧》的"清谈"篇中,忆及了与80年代诸师友的交往。所谓"清谈",不过是各路人马忙过了白昼的生计与写作之后,于夜晚幽灵般出没,找朋友聚会聊天,常常通宵达旦,却也大有龚自珍"幽光狂慧复中宵"的况味。陈村、姚霏、李劼、余华、苏童、北村、吴亮、程永新、孙甘露、宋琳、吴洪森等都是清谈的常客,这其中包括了很多在80年代声名显赫的人物。他们所讨论的话题,除却文学之外,亦兼及哲学、宗教、音乐、思想史,等等。

留校任教以后,格非"则像吸铁石一般吸引各地小说家前来。马原、余华、苏童、北村,以及《收获》杂志的程永新和上海社科院的吴洪森,几乎是三天两头往华东师大跑"。② 因为写小说,结识了很多当时的先锋小说家,又因为和"夏雨诗社"来往密切,也就自然熟络了很多诗人。格非因是青年教师,有一间单身宿舍,众人就多在那里聚合。华东师大就成了一个据点,在他周围聚集了很多作家、诗人、学者和编辑。"那时他的宿舍异常简陋、清贫,书架上的书都很少"③,但"他那儿就像一个文学的会所,来来往往,无异于作家的停泊地,中转站,说雅一点,也可叫作精神的港湾"。④ 但大家很少谈小说,更多的是交换一些文坛趣闻。⑤ 他们通常喝酒谈文学,饿了就夜晚翻越华东师大后门的大铁门去消夜,偶尔也会打牌下棋,打80分或者四国大战。据《收获》杂志社的社长程永新回忆,当时他们很喜欢去华东师大,余华或者当时的另一位浙

---

① 李洱:《向宗仁发们致敬》,《扬子江评论》2007年第2期。
② 张闳:《丽娃河上的文化幽灵》,《大学人文》2005年第3辑。
③ 程永新:《一个人的文学史》,上海文艺出版2018年版,第333页。
④ 同上。
⑤ 张闳:《丽娃河上的文化幽灵》,《大学人文》2005年第3辑。

江作家黄石来了，他们就拿着啤酒翻墙到华东师大宿舍，聊天到天亮。20世纪90年代以后，虽然很多人离开了华东师大，离开了上海，但是日常的聚会仍然在进行着。后来王晓明提议由在9舍625室（徐麟宿舍）的日常聚会演化成一个正式的学术沙龙，由当时的博士生轮流主讲。陈福民告诉笔者，格非那时已经是写作教研室的青年老师且致力于写小说，对学术讨论并无太大兴趣，也几乎不去参加，但他和每个人都保持着很好的私人朋友关系。

除和上海圈子交往之外，格非在80年代的时候也和北京圈子建立了联系。李劼是格非《褐色鸟群》的推荐人，甚至还在格非去北京的时候，一举三封推荐信将其介绍给当时北京文坛举足轻重的人物：李陀、史铁生和时任《人民文学》编辑的朱伟。格非的妻子王方红女士是北京人，二人在上海工作之余，尤其是暑假期间，也常回北京。李陀在《迷舟》发表之后，就开始和格非通信来往了。朱伟和格非大约是1987年下半年相识的，1987年至1989年的暑假，格非在北京，他们来往较多。那时候，格非已经对很多小说家的叙事技巧都有了深入的研究，常和朱伟讨论小说的结构。朱伟也是古典音乐发烧友，二人除却文学之外还有不少共同爱好。1988年的时候，余华正在鲁迅文学院上学，格非、余华经常去朱伟家，三人盘腿坐在朱伟家的地毯上看借来的电影录像带，他们不知道一起看了多少部录像带电影，主要是伯格曼、费里尼、安东尼奥尼、戈达尔等现代主义的影片。当时除了在朱伟家看现代主义影片，在北京的另一个去处就是小西天的中国电影资料馆，去找刘毅然，从认识的导演那里要来"内部资料"播放。

文学圈子的形成和密切交往最重要的是相互激发，就像宋琳在与这些朋友激烈的谈话中写下了无数诗歌的开头一样，格非也在与朋友的草地闲谈之后写下了《迷舟》等小说。小说写完，通常最初的读者也是这一群人，这也就少不了朋友之间的相互举荐和切磋。这让格非在多年以后，计划写作"江南三部曲"时，仍然想到给王中忱打去电话，讨论了"方志"的写作方式。他们也在一起写小说，据格非的妻子王方红女士回忆，"除了写小说和辩论外，大家还传看不知属于谁，也不知从哪里弄到的书籍"。① 比如当时在他们之间迅速流传的台湾版《窄门》，让她第一次知道了纪德的名字。在 1985 年《他们》刚刚创办，作为他们文学社内部交流资料的杂志就很快流传到了那群人中间。这虽然是一个相对松散的文学圈子，但也是一个热闹非凡的场域，它几乎会集了所有当时上海文学圈重要的写作者、研究者和期刊编辑，因此也自然成为各种信息的汇集地。与此同时，它为格非提供了一个观察的视角，这些人的生活、理想、雅趣、精神气质也成为他小说创作的重要资源。

格非自幼的成长过程培养了他孤僻的性格，觉得没有人能够相互理解，也不太愿意与人合作，从那时起他就希望可以写点东西，希望可以和另外的一些人交流。而这种自幼养成的气质又在华东师大这样一所人文气息、写作氛围浓厚的校园里得到了进一步的滋养和激发。从 1981 年到现在，他阔别生活了 19 年的家乡江苏丹徒来到上海，再到北京，使这样一个几乎全部的教育、阅读、研究、交往经历都完成于城市和高等院校的乡村出身写作者，已经不可能成为一个乡土作家了，也注定了他的写作将紧密地和知识分子的命运与言说方式联系在一起。大学、读书和文学圈子构成了格非最重要的文学资源，也让他的思维一直被鼓荡、被激发。或许一直和精英知识分子保持着最为切近的关系，从格非的小说创作来看，他的佶屈艰涩，处理历史的能力与气魄，他的伤悼与鸣呼哀哉，对传统的呼应与回望，也恰如其分地诠释出了一群人和一个时代的精神镜像。

---

① 王方红：《远去的声音》，海燕出版社 2001 年版，第 135 页。

史料附录

《夜的眼》发表记

秦晋 赵天成

访谈时间：2015 年 11 月 17 日

访谈地点：中央党校秦晋寓所

人物：秦晋（原《光明日报》文艺部副主任，批评家）

赵天成（中国人民大学 2014 级博士生）

赵天成：秦晋老师，您好！很高兴您能接受我的采访。时隔将近四十年，现在要想重新打开"新时期"起点的文学作品的意义，必须首先将其放回到具体的历史时空当中，并关注一些早已被忽略的细节信息。王蒙的小说《夜的眼》发表在 1979 年 10 月 21 日《光明日报》第 4 版"东风"副刊上，这引起了我的兴趣。《光明日报》《文汇报》这样的大报刊登小说，并且能够引起很大的社会反响，这在今天已经很难想象。在您为我们讲述背后的编辑故事之前，您能否先介绍一下，在《夜的眼》发表的时候，您的具体职务，以及《光明日报》文艺部当时的基本情况？

秦晋：我当时是文艺部副主任，主管"东风"副刊。当时文艺部下面有这么几大块："东风"副刊，"文学"专刊，文学艺术报道，还有一个是后来恢复的"文学遗产"副刊。"东风"主要刊发文艺作品，"文学"发文艺评论。每个副刊有一个组长，组长对我负责。

当时《光明日报》文艺部的编辑力量很强，有相当一部分人都是作协的会员。我后来算了一下，是作协会员的有十多个，当时文艺部一共二十多个人。搞评论的，先后有：李准——后来当过中宣部文艺局局长，退下来的时候是文联的副主席；陈丹晨——后来到文艺部当副主任；冯立三，评论家；我也是写评论的。还有写散文的：彭程——现在是文艺部主任，韩小蕙。写杂文的：盛祖宏，后来一直主管《东风》。还有写报告文学的，张胜友，后来到作协当书记处书记。此外，还有一些搞美编的，是美术家协会的会员。《光明日报》文艺部当时还有好几个老人，像黎丁、张又军，他们有他们的一套工作经验、工作方法，对文艺部形成这样一种风格很有贡献。

我们能发小说，能发《夜的眼》，和《光明日报》在改革开放中所处的地位很有关系。《实践是检验真理的唯一标准》当时是发在《光明日报》上，它实际上代表着《光明日报》当时的思维和观念，就是对改革开放有强烈的要求，和内心的激情。发这个东西得有担当、有胆识，当时是带有风险性的，一开始好多人反对呢。大的情况是这样，具体到《光明日报》文艺部呢，在《光明日报》的所有部门里面，又是走在前列的。因为文艺界有一个拨乱反正的问题，拨乱反正谁来做呢？报纸担负着很重要的任务。拨乱反正之初，《人民文学》《文艺报》还没有恢复。《人民日报》是一个大报，它的视野更宽，它要解决很多问题，不可能去管特别具体的事情。所以《人民日报》文艺部虽然人力也很强，但是它有它的一套工作方法。《文汇报》在上海，太远了，"够不着"，中央有些东西它搞不明白怎么回事。所以当时文艺界拨乱反正的重担，主要就在《光明日报》身上。这不是谁愿意去做，或者谁让你去做的，而是自然而然形成的。比如，粉碎"四人帮"以后的第一个短篇小说座谈会，我记得是文艺界最先召开的作家会议，好多大作家都参加了。这个会是我们跟《人民日报》和作协一块儿办，《光明日报》最后拿了好几个版，除了报道会议以外，会上所有人发言的记录，都用一块版整版刊出。《人民日报》不可能拿出一个版面报道这个。当时有些突破性的评论，也是《光明日报》首先打出来的。比如说话剧《于无声处》，《光明日报》是全国第一个发评论的。刘心武的《班主任》，评论也是我们第一个发的。《班主任》的评论稿子是我拿来的，作者是我们北大中文系的同学，比我低两届，62级的女同学，叫刘蓓蓓。当时的评论可不是一般的评论啊，评论本身就是一个战斗，就是用评论来解决拨乱反正的问题，就是说我现在要倡导这个东西。小说在杂志上发了不一定有很多人看，报纸一登，它就变成一个问题了。发评论就是觉得这个问题很重要，大家应该关注这个问题。

赵天成：我注意到，1979年《光明日报》发了两篇小说，一个是戴晴的《盼》（连载于《光明日报》1979年11—12月），一个就是王蒙的《夜的眼》。当时发小说有什么风险和争议吗？

秦晋：这个很有意思。我们当时一是没有考虑风险，二是实际上也没有太多风险。因为整个国家的思想，改革开放的潮流在这儿，你在这个范围里做，只能引领这个东西。风险是有什么变化，或者出了什么问题的时候才会有，那都是以后的事儿了。当时发的时候，没有遇到这样的问题。戴晴的短篇小说《盼》，这个稿子是我拿来的。因为我跟戴晴过去就认识，都是干部子弟，挺熟悉的。她说写了一篇东西，然后念给我听。我当时已经是文艺部主任了，听了以后就跟戴晴说，行，你别再大改了，你就把刚才这个东西写出来给我就行。后来她写完以后，自己朗诵，录成一盘磁带——那时候刚流行磁带那种东西。我就把这个磁带拿到了办公室，星期一我们文艺部开碰头会，那天我就说，咱们今天集体审稿，就把磁带放在录音机里放。就在审稿的过程中，放着放着，很多人就哭出来了。后来我们就决定用，"东风"副刊发，得分几次连载，整版的刊出。我们的工作是这样的，我们部门自己就可以决定用哪篇稿子，但是我们有我们一套工作程序，我就找总编辑，把这个事情汇报，有这么一个稿子，大概是这样一个情况。必须得讲清楚，要得到总编辑的认可。当时总编辑是杨西光，他原来是上海市市委副书记，管文教的书记，老革命，老干部，很有水平的。《实践是检验真理的唯一标准》就是他从党校拿过去的，他跟胡耀邦一块儿商量过怎么修改。《盼》一打出去，影响特别大，《光明日报》连载短篇小说，这是过去从来没有的事。以前"东风"都是小块儿的诗歌、散文，整版登载小说，这是没有过的事。但是当时的思想状态就是非常活跃、非常开放，没有过的事，也可以有，就是这样的。这篇小说后来遇到一个什么问题呢，连载到最后一次的时候，我们一个副总编辑叫殷参，他是主管文艺部的，他也很好，也是老干部。但是他对结尾不满意，让修改。我就去找戴晴，她说不行，那怎么能改呢？她也很坚持。后来我就去找杨西光，杨西光说，哎呀，殷参有意见的地方，你就把它改一改嘛。后来这个事儿就这么解决了。

　　说到《夜的眼》。你刚才讲的一句话很重要，要讲《夜的眼》，必须把它放在大的环境下来看，才能有意义，才能说出问题来。《夜的眼》拿来以后呢，在文艺部里没有什么绝对不同的意见，可能就有人说"看不懂"。《夜的眼》为什么在《光明日报》的文艺部用呢？有几个条件：第一，《光明日报》当时有拨乱反正的强烈气氛，就是说你必须在思想政治上，要站在改革开放的前列，你才敢于登这些跟过去不一样的东西。因为本身你登这个东西，就是一种拨乱反正，就是对旧的文艺思想、文艺路线、文艺方法的批判。我用新的东西告诉你，小说还可以这样写。这在世界上已经是司空见惯的事情，就是在我们这儿大家还不知道呢。我登出来就是告诉你，小说这样写是可以的，而且这是好东西。在那个时候，我们也需要《夜的眼》这样的东西。第二，《光明日报》人要有水平。这个水平既是政治水平、思想水平，同时又是文学水平、业务水平。当时大家还不太知道"意识流"是怎么回事，我们已经看过"意识流"的作品了。得过诺贝尔奖的美国作家索尔·贝娄的作品我就看过，当时是发在《译文》上面的。而且我们从理论上已经知道"意识流"是怎么一回事儿，在西方"现代派"里处于什么样的地位。《夜的眼》有不同意见是在外面，外面说《光明日报》怎么登这种东西？但是你看，后来《夜的眼》被文学史认为是重要的作品，好几种文学史里都提到《夜的眼》。你想想，有几家报纸副刊登出的东西能上文学史？

其实还有一篇重要小说，张洁的《拣麦穗》（载《光明日报》1979年12月16日）。

赵天成：《拣麦穗》当时是当作"小说"发的吗？现在文学史一般把这篇看成"散文"，比如洪子诚老师的《当代文学作品选》，也是把这篇收在"散文"类下面。

秦晋：那就看不同的文学史家怎么分析了。我们当时是按小说发的。这个比《夜的眼》更厉害，因为它是写"人性"的，写那种朦胧的爱情，而且是小女孩跟老头儿之间的。这个东西要在"四人帮"时候被揪出来，是不得了的事儿。但是这个呢，也是拨乱反正，就是我们文学要关注人性问题，而且不能光是政治上的东西，也应该强调它的艺术性。这篇东西，被有的评论家认为是张洁最好的作品，比《沉重的翅膀》那些都好得多，因为它真正是文学，真正是艺术。这篇东西登了以后，出了一点问题。我们的一个编辑，在排版的时候发现多了一些字，排不下，就删去了作品里的几句话。张洁后来告诉我，她第二天看了报纸以后，背上直冒冷汗。我现在记不清楚具体是怎么删的了，总之是删了以后，会让人家对作品里的暧昧关系产生更多的误会。为了这个事儿呢，我，还有史美圣，就一起到张洁家去了，给人道歉。后来也没出什么问题，这个事儿就过去了。

总的来说，在这些问题上，当时没有太大的阻碍，就是因为当时处于那样的状态。不管是发作品，还是发一些评论，当时都是把它们作为拨乱反正、批判四人帮、批判旧的文学思想、文学观念、创作方法，推动我们"新时期"文艺的发展的事情，等于是"运动"，我们是在参加这样的"运动"。所以当时大家工作热情特别高。除了我刚才给你举的那些例子之外，《光明日报》文艺部在"文学"版上搞过好多讨论。比如关于《爱，是不能忘记的》的讨论，也是轰动整个文艺界。我们组织的讨论里面，对于这篇小说，有的人说"好"，有的人说"不好"，这在当时是很不容易的。在过去"四人帮"的时候，你还讨论问题？上面一发表意见，说是什么就是什么。能够有不同意见的讨论，这在当时全国也是领先的东西，而且引起了各方面的重视。此外还有好多讨论，对刘心武的小说，对报告文学，都有讨论。"讨论"是我们《光明日报》很主要的一个宣传方式。我们去开会的时候，冯牧见了我们也发表意见，说你们发的讨论里面哪篇文章好，哪篇文章不好。我们就要达到这个效果，让大家都重视这些问题。文艺里面的好多问题，是需要讨论的。只要有讨论，文艺就活跃起来了。所以当时《光明日报》讨论的风气特别强。我们经常把搞理论的、搞艺术的、搞报告文学的，都请到《光明日报》来，就某一个专题进行讨论。或者就是约稿。关于《爱，是不能忘记的》的讨论，我们就是约稿，请那些大家们写稿。在讨论的过程中，也出人才，还推动我们学术的进步和发展。

还有一个是我们《东风》副刊首创的，就是发表杂文。每周每版的左上角，发表一篇杂文，影响不比小说小。拨乱反正本来就是批判性的东西，杂文在其中起到很重要的作用。很多杂文家都是我们的作者，比如东方既白、宋振庭。那时候杂文的尖锐性很强。有时候确实有问题。我还因此写了检查。其实我们过去文艺界好多人都是这个观点，包括赵丹临死的时候，讲的也是这个问题，不要管得太死，管死了没出路。但是从领导的角度来讲，我也很理解，我跟他们太熟了。他们觉得要是放任的话，出了问题那还得了。他们有他们的一套思路。我作为党在这个部门的领导，我当然懂得了，我们是把宣传和艺术揉到一起的，艺术是一种宣传的工具，当然是要跟党的政策配合在一块儿，也有它的道理。

赵天成：发表《夜的眼》这样的文学作品，一般要过几道审？

秦晋：不用过太多道。按照我们一般的程序，先是编辑从作家那里拿来稿子，重点的稿子先给我看一下，一般的不用看。第一个环节是发排，就是铅印了以后打成小样。小样是不规矩的一两张纸，都搁在一个筐里面，这个稿件就可以用了，但没准哪一期用。第二个环节是组稿，就是把这一期要用的几篇稿件，从筐里面拣选出来，弄成一组，这个环节我必须要看。我可能会有自己的修改意见，而且我跟总编辑的联系很密切，总编可能会告诉我，这是什么时候，你要注意什么东西。我签字之后就拿去拼版，拼版以后打出来的叫大样。大样我再看一遍，也可能再做修改，修改的话就再签字，然后就可以复印了。这是一般的过程，紧急的稿子就直接往上拼，这样就快。我记得《夜的眼》就没有组稿的过程，直接拿过来就去拼版了。

赵天成：《夜的眼》是黎丁老先生拿来的吧？王蒙在《自传》里面讲，写《夜的眼》时他刚回到北京，暂时住在北池子招待所，黎丁去拜访过他，向他约过稿，说写什么都行，体裁不限，后来他写了《夜的眼》以后就给了黎丁。您刚才说，黎丁作为文艺部的老编辑，有他的一套工作经验、工作方法，具体是指什么？

秦晋：用最简单的话说，黎丁的方法就是"交朋友"。他本来也是个老人，跟这些老作家很容易交朋友。经常去他们家拜访啊。他跟很多老作家都是朋友，跟郭沫若都是。像丁玲啊，冰心啊，他经常去他们这些人家看望。我第一次到冰心家就是黎丁带我去的。我们还发过一篇艾青写齐白石的散文，也是黎丁拿来的。散文能写得这么好，真是难得，我印象特别深。艾青本来也不怎么写散文，想约他写篇散文，没有友情太难了。黎丁约王蒙的稿子，也是这样，先交朋友。后来我们文艺部也继承了他们的方法，就是跟老作家保持友谊，不是约稿才去，逢年过节就去看看。这样你顺便就知道他们正在干什么事儿了。如果他在做的事情，你很有兴趣的话，就可以跟他谈约稿的事情了。

  回头再来看《夜的眼》，在具体事情上没有多大争论，但它本身能够发，就是一件不简单的事情。能够在《光明日报》发，有它的必然性。我们把《夜的眼》用出去了，王蒙觉得我们还是挺识货的。但这不只是识货的问题，假如政治环境不对的话，我们再识货也没办法。在那样的大环境下，就有人支持你。当时老有人老给我打电话，问我后台是谁。我说我们的后台就是十一届三中全会。

关于萧也牧之死与平反的几则史料[①]

邵 部

萧也牧本名吴小武,因发表《我们夫妇之间》受到批判,于1953年调往中国青年出版社文学理论编辑室从事编辑工作。1969年4月15日随团中央系统下放黄湖(位于河南省信阳市潢川县)"五七"干校,1970年10月15日受迫害致死,1979年正式平反。关于萧也牧之死及平反情况,张羽的《萧也牧之死》和石湾的《红火与悲凉——萧也牧悲剧实录》有较为详细的介绍,但如下几则由家属保管的重要史料还未见使用,遂辑录于此,并做以简要说明,以期能够为这一历史事件提供更多的细节,还原历史现场。

一 萧也牧黄湖检讨残篇

在笔者走访萧也牧长子吴家石先生的过程中,意外发现了一则萧也牧本人的手迹,没有抬头和落款,残缺不全,仅余一页半的篇幅。据内容判断,疑似为在干校去世前不久所写的检讨。"文革"开始不久,萧也牧的手稿、书信、藏书均被查没,以后也没有寻回。因而,萧也牧本人在干校期间的手迹就显得尤为珍贵。写作这篇检讨时,萧也牧在孤立无援的处境中忍受着肉体的病痛,精神濒临崩溃的边缘,字里行间弥漫着一种悲观绝望的情绪(辨认不清处以□代替):

[①] 笔者曾于2016年11–12月两次走访萧也牧之子吴家石先生。本文所引材料由吴家石先生提供,特此致谢。

因为自己的罪行,① 到黄湖来已经快两年多了②。你到黄湖是干什么？说是为了赎罪、改造自己呀！但是看一个人，首先看他的行动。到黄湖来，一点也看不出是为了赎罪、改造自己。而正好是为了对抗无产阶级专政。这是十分突出的矛盾现象。在我们伟大的社会主义的国家里，竟然有人如此，该当何罪？这在我是想都不敢想的，但阶级斗争是不以他人的意志为转移的。我回想起这个问题，非常恼火。问题在哪里？为什么会出现这种情况，总觉得需要再三思索。

我自进黄川医院以后，总觉得心虚，自知身上的病愈来愈多，一心想逃避劳动，他的目的是怕死。再加上自己懒得出奇，在劳动上更不行。有人说，我干活就像一个新鲜活死人，"只还有一口气"。自思把身体养得好一些再说。同时今后的事，□□要清醒一些，平时少说话，凡事要想一想。

……

在受审人员屋子③很少说话，总觉得自己的脑子中没有话要说。受审人员对我提过这个意见，才想起这件事来，但是仍然回答不出来。自己对自己目前的精神状态，也是十分讨厌。

根据自己的情况，放在自己面前的问题是该怎么办？这样下去肯定是没有前途的，曾经□自己苦恼过。首先□□□□，带着自己

---

① 萧也牧的"罪行"主要是指参与编辑、出版了《红岩战报》。1967年2月10日，《红岩》作者罗广斌在重庆"文革"造反派的派系斗争中被整死。此前，《红岩》曾被作为中国青年出版社的"重点书稿"，得到了出版社从主编到编辑的大力支持。因而，杨益言、胡蜀兴（罗广斌的爱人）在罗广斌死后从山城赴京寻求中国青年出版社支持。责编张羽联合周振甫、陈斯庸、严绍端等出版社同事聚在萧也牧家聚会，决定为《红岩》正名，为罗雪冤，编辑出版了两期《红岩战报》。1968年江青在四川问题会议上做了讲话之后，《红岩》被定性为一本"为叛徒翻案"的大"毒草"。《红岩》事件的影响也就由重庆波及北京，变成了一个全国性的政治问题。中青社为此成立了专门的"红岩事件"专案组，审查萧也牧、张羽等人。在1969年下放干校前，出版社据此做出过一次审查结论，为萧也牧定"罪"。

② 依照字迹看似为"两"字。但萧也牧自进入干校到去世，总共待了一年半的时间，两年之说疑为笔误。

③ 萧也牧所属单位的驻地在李竹围孜，是整个农场最为低洼的地段。最北边的一间房子名为"受审人员室"，供"右派""叛徒"等有问题的"牛鬼蛇神"集中居住。在生命最后的时光，萧也牧一直住在东面贴墙的一张床上。

思想中的问题去学习毛主席著作,① 突出具体措施,从行动上取得改正。学一点,用一点,在"用"上下功夫。同时在其他各方面,要严以待己。大问题不放松,小的问题也要改正。大事的根源常常是由小事引起的。特别要自己注意的是说得到做得到。

这是我目前存在着的问题。"历史经验值得注意",我很有必要把自己经历作回顾,从而解决现在的问题。我怎样变成了一个有罪的人?这里也有深刻的教训。否则说是说,做归做,归根到底还是并不好的,五七年是分界线,怎样地犯下了罪,又怎样屡教不改。这个问题是考虑过的,但是始终在枝节问题上,而不是从根本问题上去考虑。于是一错再错,终于犯了更大的罪行。这是长期以来存在的问题,始终是没有解决的。自文化大革命以来,终于又跳出来。这都是由自己的反动本质——原来的阶级立场所决定的。②

因此,自己的反动的世界观的改造,应该是□不放松,□毫不原谅自己,把自己当立足点彻底地移到无产阶级这方面来,对我来说,要经过长期的甚至是痛苦的磨练。这件事,是头等大事,而且要取得立竿见影的效果。不能像过去那样说了不算,毫不见行动。在这问题上一方面在大的问题上多下功……

在纸张的背面,还有一行歪歪扭扭的字迹:"要时刻记住自己是一个犯罪的人。"

不长的残稿之中一连出现了七个"罪"字,可见,"我怎样变成了一个有罪的人?"成为在生命晚期不断困扰着萧也牧的根本问题。对于这位热忱地拥抱"革命",在"革命"成功之后却不断被边缘化的知识分子来说,萧也牧实在难以从内心的自省中找到答案,解决自己为什么会是一个"反革命"的问题。因而,他只好追溯到自己的出身,认为"自己的

---

① 萧也牧遗留下来的手迹目前只有两篇。另外一篇也是残稿,仅余一页,内容是学习毛主席著作的心得体会。

② 萧也牧1918年出生于浙江吴州(今湖州)。父亲吴京甫与人合开一家规模很大的同裕绸缎店,家里还有缫丝作坊。因而,在当时的语境中,萧也牧的出身存在问题。

反动本质——原来的阶级立场所决定的"。于他而言，这可能不仅仅是囿于当时外界环境的一种叙述策略，更重要的是能够寻找一个说服自己的理由，以便在面对外在的和自我的"质问"时，搪塞过关。其实，这一情形在很大程度上也是知识分子在"当代"的共同遭遇。

萧也牧之所以如此悲观绝望与所在单位的阶级斗争形势有关。当时干校实行军事化管理，按照军队的连排编制。以原单位的组织形式为底子，中国青年出版社、少儿出版社被编为七连。萧也牧所属的七连二排由文学编辑室和政治理论编辑室组成。七连是干校著名的"四好连队"①，阶级斗争工作突出。对此，时任干校革委会主任的王道义颇感困惑，在听取了七连的工作汇报后，曾在笔记中写下这样一句话："七连阶级斗争的现象一直不断，其他连队为什么反映不多？"② 1970年3月初，革委会开始酝酿落实"一打三反"③的指示，布置各连先进行摸底。尤其是在七连出现了"马期企图谋害军代表案件"④之后，武斗之风更炽，萧也牧经

---

① "四好连队"的提法首先出现林彪对军队工作的指示中，连队工作主要抓四个方面的工作：一是抓政治工作，抓活的思想；二是抓作风，就是三八作风；三是抓军事训练；四是抓生活。在团中央"五七"干校，四好连队的评选每月搞月检查，半年搞一次初评，七连被树为"四好连队"的典型。

② 王道义：《干校笔记》，中国人民政治协商会议潢川县委员会学习文史资料委员会编，内部资料，第247页。关于七连的阶级斗争，可做旁证的还有当时在十连劳动的贺林的回忆："最近我看到原中国青年出版社孟庆远同志的回忆录，其中讲到在黄湖'五七'干校期间，出版社（七连）的'阶级斗争'搞得很残酷，有几位无辜的人被折磨致死，可悲可叹！相对来说十连这方面比较宽松一些，我们在十连期间没有开过什么批斗大会。经历主要放到忙不完的生产劳动之中。文革仍在继续，但已经没有前几年那么强的火药味了。"可见面对干校革委会布置下来的任务，各连在具体的执行中其实有相当大的自主性。七连之所以狠抓阶级斗争，很可能与人事安排与连队的"典型"形象有关。见河南省潢川县政协文史委编《干校记忆》，内部资料，第228页。

③ 中共中央一九七〇年一月三十一日发出《关于打击反革命破坏活动的指示》，二月五日又发出《关于反贪污盗窃、投机倒把的指示》和《关于反对铺张浪费的通知》，随即根据这三个文件在全国开展了"一打三反"运动。

④ 马期原是出版社的美术编辑，抗日战争时期参加过远征军，在滇缅公路上当辎重兵。在干校中因这一历史问题住进了萧也牧所在的"受审人员室"。一天晚上，马期去河边游泳，高度近视的他误将七连副军代表小李当成同去的杨彬华，伸手要他拉自己上岸。小李不识水性，误认为马斯要谋害自己，将此事报告给了军代表李四海。连队据此大做文章，以此有了"马期企图谋害军代表"一说。见《孟庆远回忆录》，第150—152页。

常受到"革命群众"殴打,处境堪忧。因《红岩战报》事件,他被七连划为批判中的"重点人物"①,冠以"现行反革命"的罪名。10月6日下午,萧也牧在一号稻田晒草时受到群殴。"从这一天开始,吴小武下不了床了,整天整夜哼叫不止"②,又由于得不到营养和及时的治疗,最终于10月15日去世。

二 一则申诉材料与萧也牧死后余事

10月18日,萧也牧的爱人李威女士携长子、二儿媳赶赴到黄湖农场料理萧也牧后事。在察看遗体之后,李威对萧也牧死因产生了怀疑,并在日后的萧也牧平反中成为家属最为关心的焦点问题。1979年以后,李威等曾就此事多次向有关部门递交申诉材料。在一份名为《关于吴小武同志之死的补充材料》的材料中,李威详细讲述了河南之行前后发生的事情:

> 吴小武同志是七〇年十月十五日,在团中央五七干校去世的。中国青年出版社留守处的赵世权通知我们:"吴小武因心脏病已死",并说"干校出版社连队的领导会将吴小武安置好的,你们是否就不用去了。他的问题是敌我性质的,你们去了影响不好,要和他划清界线。要相信干校连队的领导。"我对吴小武同志的突然死亡,感到很奇怪。吴小武同志生前除心脏病外,没有什么其它病症。吴在中国青年出版社工作十七年,从来没有休过什么病假。所以,我们还是坚持要去。并和赵世权讲,请他立即去电保留吴的遗体。
>
> 七〇年十月十八日,我们赶到干校。刘文致(当时连队的连

---

① 1970年10月7日,边春光在连长、指导员会议上介绍七连的阶级斗争,指出七连的阶级斗争划出了"重点人物四个",对"重点人物,要边揭、边批、边落实",批判力度很大。王道义:《干校笔记》,中国人民政治协商会议潢川县委员会学习文史资料委员会编,内部资料,第288页。

② 同上。

长①,现任出版社党委书记,机关党组成员)陪同我去看吴的遗体。吴的遗体停放在外面贴满大标语的牛棚里的一个薄皮黑箱子里。我上下将吴的遗体摸了一遍,发现吴的双腿青肿未消。脸部半边也有青肿的伤痕。我当时立即向刘文致提出疑问,说:"吴小武不像病死的。"刘文致讲"如果不是病死的,我们就不这样处理了。(不知他会怎么处理?)你说这种话要负责任。"这时,牛棚外面传来一群小孩子整齐呼口号的声音……刘文致说:"群众要知道你这么说,后果你可自己负责。"我当即提出要求"要医生给吴小武生前的诊断证明和吴死后的检查尸体的证明,否则不能埋。"

  第二天,在我们住处来了很多人,对我进行围攻和谩骂,并向我吐唾沫。说我与吴划不清界线,不像共产党员,为吴翻案等。后来,刘文致和我说"你们不同意埋,群众意见很大。群众起来了,我们也没有办法。"就这样在没有通知我们和我们根本不同意的情况下,强行将吴埋了。连埋在什么地方也没有告诉我们。至今遗骨无法找到,真是死无葬身之地。②

  吴被埋后,刘文致与我们讲,"你们可以回去了。如果生活有困难,吴家刚可以留当农工。"(吴家刚随吴去干校当时十四岁。)我们没有同意,坚持带他回去。我们去河南时带的路费不多,回京时五口人③只剩下一块二毛钱,无法回来。出版社不但分文不借,还要我们给他们饭钱,说是"群众食堂不给钱,群众不答应。"这样,我们在那里耽搁了半个月。后来,看我们实在没有钱,饭钱说让我们写了借条,哄我们马上走。干校离火车站三百里地,我的精神和身体在这重重的打击下,也病倒了。在孩子们再三请求哀告下,才让干

---

① 刘文致时为七连副连长,负责与萧也牧家属交涉的问题。
② 因为是带着"现行反革命"的罪名去世的,萧也牧没有资格安葬到团中央的二郎岗陵园,只能草草掩埋在跃进闸外的乱葬岗中。第二天一早,有人发现,萧也牧的坟墓被人掘开,衣服不见了,薄棺更是无影无踪(见葛蔷月编著《孟庆远回忆录》,内部资料,第117页)。等到1979年萧也牧追悼会前夕,吴家石与中国青年出版社的工作人员到干校旧址寻找尸骨时,乱葬岗已被夷为平地。尸骨寻而未得,只好捧了一把泥土装在骨灰盒中带回北京。
③ 萧也牧的二儿子吴家斧时在陕北插队,得到消息后也赶到了干校。

关于萧也牧之死与平反的几则史料

校去信阳拉东西的卡车把我们"捎"到信阳火车站。在信阳火车站，我们上天无路，入地无门，在信阳火车站待了三天。一人一天啃两个火烧。后来，还是我想方设法，向在郑州工作的，过去的战友家里借了一点钱，这样才回到北京。回京后，出版社留守处的赵世权，在宿舍大楼到处宣扬说：我们游山玩水去了。这还不算，在我重病卧床期间，三番五次逼我们搬家。因我们无处搬，竟以拆门窗停水电相威胁。三天两头以查视为名，半夜三更到我们家捣乱，使我们日夜不得安宁。

回京后，我的三儿子吴家刚精神失常，两眼发呆，经常半夜三更哭醒。我们慢慢追问他，才将吴被阙打后，吴对他讲的话说出来。并说吴死后，给他办"划清界线学习班"时，阙江（阙的儿子）对他说："你爸爸是反革命，死有余辜，你要划清界线，不要坚持反动立场。不要胡说八道，这才是你唯一的出路。"

在文革前，我长期在基层做党的纪律检查工作和人事保卫工作。① 死人见过不少。我总觉得从吴遗体来看，不像是病死的。而像是疼痛饥饿而死的症状。② 加上我三儿子吴家刚提供的情况，我长期以来做了大量的调查工作。我始终相信我们的党绝不会忘记她的这些含冤死去的忠诚战士。吴小武同志，不仅是我的爱人，而且是我共同为党为人民奋斗的老战友。吴小武同志，在那战火纷飞的岁月里，经受了严峻的考验。在解放后，他一直任劳任怨地为党工作。在他经受挫折的时候，他仍然坚持坚信党，相信人民，仍然与党与人民同心同德，埋头工作。这样的同志，我无论怎样，也不相信他会反党反人民反社会主义。我相信他的问题终究有一天能搞清楚。

---

① 李威是老工农干部，15岁参加革命，1938年在晋察冀边区兵工厂工作，当过班长、党小组长、副排长，还被评为劳动模范。《我们夫妇之间》的张同志在很多地方就有李威的影子。1949年后李威因萧也牧的问题受到牵连，从北京市总工会妇女部部长，调到同仁堂人事科科长，再后来又调到原崇文区某街道。经历过战争，基层工作经验丰富。萧也牧去世时，李威正戴着"走资派"的帽子在原大兴县的东方红公社"五七"工厂下放劳动。

② 原稿中"而像是疼痛饥饿而死的症状"一句有划掉的痕迹。

>   这一天，我终于盼来了。我们的党粉碎了四人帮，又恢复了党的实事求是的光荣传统。在这种形势下，我多次上访党中央，反映问题申诉意见。在中组审干局的关切、过问下（当时中纪委还没成立），吴小武同志问题于七九年七月才得以平反昭雪。党恢复了吴小武同志的本来面目。推倒了强加于他的一切污蔑不实之词。七九年十一月在八宝山革命公墓开了追悼会。
>
>   ……

这则材料看起来有些琐碎却不乏关键的历史信息。鉴于当时的历史环境，李威在材料中谈到的诊断证明和检查尸体的证明是否存在，目前还是一个疑问，而且，由于萧也牧去世时间为15日上午，正是干校出工时间，身边并没有直接目击者。因而，萧也牧具体死因至今仍在官方结论和家属意见之间存在着分歧。由于事件当事人从没有就此公开发表过言论，这则材料无疑从侧面提供了许多当时的线索。

另外，这则材料极具生活质感的叙述，在日常生活的面向，为我们呈现了一个悲剧事件背后的故事。面对诸如萧也牧之死、老舍之死、傅雷之死等当代知识分子的悲剧，历史和文学史的叙述多是在国家层面的宏大叙事上寻求它们的意义空间。可是，作为一个具体的悲剧事件，它们同时也具有日常性，即日常生活的面向，受难者家属的生活轨迹很可能会从此发生根本性的转变。1979年11月1日，阳翰笙在四次文代会上做了《为被林彪、"四人帮"迫害逝世和身后遭受诬陷的作家、艺术家们致哀》的发言，宣读了一份一百余名的受难者名单。要知道每一个名字背后，又会有多少看不见的血泪。萧也牧去世之后，李威开始了漫长的申诉过程，直到去世都始终生活在这段历史之中。萧也牧之死成为她后半生走不出的情感节点。对于吴家刚而言，干校经历则是他一生的梦魇，在精神上受到极大的刺激之后，他以后的生活也因此改写。这何尝又不是这一悲剧事件中的一部分呢？

三 1979年平反文件与萧也牧追悼会悼词

1979年9月，在拨乱反正的大背景下，中国青少年出版社重新审查了1969年对萧也牧的错误结论，通过《关于吴小武同志的结论的复查意见》的文件正式为萧也牧平反：

关于吴小武同志的结论的复查意见

吴小武同志原是我社文学编辑室编辑，在无产阶级文化大革命中受到审查，一九六九年九月经中国青少年出版社大联合总部作出审查结论和处理决定。

吴小武同志在林彪"四人帮"反革命修正主义路线的迫害下，被错误的定为敌我矛盾实行群众专政，监督劳动，在病中又几次遭到殴打，他在精神上和肉体上都受到严重摧残，致使吴小武同志于一九七〇年十月十五日含冤而死。

无产阶级文化大革命中，对吴小武同志在山西民大参加"突击社"问题进行了审查。审查结果，吴小武同志没有问题。吴小武同志一九三八年参加革命，在战争年月里，跟着党和毛主席干革命，他服从组织的分配，密切联系群众，踏实地为党工作。解放后，吴小武同志在党的领导下，积极从事青少年文学读物和革命回忆录的编辑出版工作，工作是有成绩的。文化大革命初期，吴小武同志参加出《红岩战报》，反对对《红岩》一书的污蔑，态度是鲜明的。复查认为，一九六九年对吴小武同志的审查结论和处理决定是错误的，应予撤销，推倒一切污蔑不实之词，给吴小武同志平反昭雪。

中国青少年出版社党委会
一九七九年九月十八日

"复查意见"澄清了萧也牧的历史问题，肯定了他作为编辑的工作成绩。但是，关于"他在精神上和肉体上都受到严重摧残，致使吴小武同志于一九七〇年十月十五日含冤而死"的说法，家属表示不能接受，坚持追究具体当事人的责任。因而也就有了 1980 年、1985 年另外两次《调查报告》。当然，这是后话，且按下不表。

补开追悼会作为正式平反的一个重要仪式，相关事宜在文件下达之后顺理成章地被提上日程。不过，在筹备阶段，李威等与中国青年出版社在如何表述萧也牧死因这一问题上发生了争执。追悼会能够顺利举行，很大程度上是双方不想错过四次文代会在京召开的时机而有所妥协的结果。此前，李威与中青社达成了一个口头协议，在悼词之外，由萧也牧二子吴家斧向吊唁者讲述父亲受迫害致死的具体情况，但不能点出当事人的姓名。① 双方达成一致意见之后，萧也牧追悼会最终于 1979 年 11 月 7 日在八宝山革命公墓礼堂补开，晋察冀边区战友、文艺界人士三百多人参加。② 追悼会由中国青少年出版社社长兼总编辑陈模主持，萧也牧生前好友、中国青年出版社副社长李庚致悼词。

悼词作为萧也牧平反事件中的重要史料，其中所蕴含的历史信息已无须再做强调，现全文辑录于此以为文章的结尾：

吴小武同志追悼会上的悼词

我们怀着十分悲痛的心情，哀悼我们革命队伍中的一位好党员、我们出版界一位有才干的老编辑、一位文艺战士——吴小武同志。吴小武同志原名吴承淦，笔名萧也牧，浙江吴兴县人，1918 年生，1938 年参加革命，1945 年入党。青年时就学于东吴大学吴兴附属中学、杭州电业学校，1937 年春到上海浦东益中电机制造厂实习和做工。日本帝国主义进攻上海时，回乡参加吴兴县民教馆的救亡宣传活动，吴兴沦陷后，辗转北上，进入临汾山西民族革命大学。1938 年初，到晋察冀边区，参加牺牲救国同盟会五台中心区的革命工作。参加革命以后的三十年间，历任晋察冀边区行政委员会《救国报》

---

① 石湾：《红火与悲凉》，上海锦绣文章出版社 2010 年版，第 134 页。
② 1980 年 4 月，由张羽、黄伊编选的《萧也牧作品选》出版之后，李威与四个儿子向萧也牧生前好友赠送书籍以作纪念，随书附有《感谢信》一封，详细列举了参加追悼会的人员名单。

编辑，晋察冀边区四分区地委机关报《前卫报》编辑，"群众剧团"编演。晋察冀抗日救国联合会宣传部干事，晋察冀边区总工会。《工人日报》编辑、《时代青年》社编辑，华北局青委干事，团中央宣传部编辑科副科长、宣传科副科长、教材科科长，中国青年出版社文学编辑室编辑、副主任。

吴小武同志早年参加革命，在战火纷飞的年代里，紧跟共产党、热爱毛主席，经受过严峻的考验，几十年来，他艰苦奋斗，努力工作，为党的事业作出了自己的积极的贡献。他对同志热情直率，注意团结，密切联系群众，服从组织分配，努力完成党交付的各项任务。吴小武同志热爱文艺工作，他注重深入生活，往往夜以继日地写作。其作品先后出版的有：《山村纪事》《海河边上》《母亲的意志》《地道里的一夜》《难忘的岁月》《罗盛教》等，这些作品中的优秀小说和散文，含有浓厚的生活气息，乡土方向，具有独自的艺术特色。1951年，文艺界某些人对萧也牧同志的短篇小说《我们夫妇之间》，作了不适当的批判。事实证明，这篇小说表现了干预生活的热情，基调是健康的。他所编写的《走共同富裕的道路》《建设美丽的家乡》等通俗政治读物，宣传走社会主义道路，对土改后的广大青年读者产生了积极的教育作用。

吴小武同志任中国青年出版社文学编辑室编辑、副主任期间，为我社出版文学作品做了大量工作，他对组织稿件十分积极认真，经其组稿出版的《红旗谱》，是百花文坛中的一朵鲜花，《枫香树》《太阳从东方升起》等，也是广大读者十分喜爱的好小说。他不仅热情地联系老作家，而且积极培养青年作者，帮助他们修改作品，为他们出版的第一本集子写序言，向读者推荐。他参加创办的《红旗飘飘》丛刊，对继承和发扬党的优良革命传统，培养青年的共产主义理想、情操，积累党史资料，都起了一定的作用。

吴小武同志1957年被错划为右派，现在已予改正，恢复党籍和政治名誉。

"文化大革命"初期，吴小武同志积极参加出版《红岩战报》，反对对《红岩》一书的诬蔑，立场坚定，旗帜鲜明。他遭受林彪、"四人帮"反革命修正主义路线的诬陷和迫害，在精神上和肉体上都受到严重的摧残，致使吴小武同志于1970年10月15日含冤去世。以华主席为首的党中央粉碎了"四人帮"，吴小武同志也得以平反昭雪。今天，我们悼念吴小武同志，要纪念他对革命事业做出的贡献，纪念他历经艰难挫折，仍然坚持革命信念，努力为党工作的革命精神；我们要学习他那那种对工作对同志十分热忱，对审阅稿件的严肃认真，对青年作者积极培养的负责精神，学习他从事创作的刻苦精神，我们要化悲痛为力量，肃清林彪和"四人帮"的流毒，坚持社会主义方向，坚持无产阶级专政，坚持党的领导，坚持马列主义毛泽东思想，在自己的工作岗位上，为实现我国的四个现代化，积极奋斗，勇往直前！

　　安息吧！吴小武同志！

1979年10月